KB001802

진이,

지니

이 도서의 국립중앙도서관 출판시도서목록(CIP)은 서지정보유통지원시스템
홈페이지(http://seonji.nl.go.kr)와 국가자료공동목록시스템(http://www.nl.go.kr/kolisnet)에서
이용하실 수 있습니다. (CIP제어번호: CIP2019017748)

진이,

정유정
장편
소설

지니

은행나무

차례

왐바 캠프
콩고민주공화국 에콰테르주 밀림에 자리 잡은 왐바 캠프는 1974년 일본 영장류학자 가노 다카요시가 보노보를 연구하기 위해 설립했다. 세계 각지의 동물학자들이 이곳에 모여들어 보노보에 대한 현장 연구를 수행한다.

보노보(학명: Pan paniscus)
영장목 성성이과에 속하는 유인원으로, 인간과 가장 유사한 DNA(98.7% 일치)를 가졌으며, 학계 일부에선 현존하는 세 영장류(침팬지, 인간, 보노보)의 '원형'과 가장 닮은 꼴로 본다. 침팬지보다 체구가 작지만 공감 능력은 훨씬 뛰어나며, 온순하고 쾌활한 성격으로 알려져 있다. 정치적이고 다소 공격적이며 수컷 중심 사회를 이루는 침팬지와 달리, 연대와 평화를 중요시하고 암컷 중심 사회를 이룬다. 무리 간의 성생활이 자유롭고, 성을 연대와 소통의 수단으로 사용하는 특성을 지녔다.

프롤로그

막다른 곳에 불시착하는 때가 있다. 내가 왐바 캠프를 떠나던 날이 그랬다. 스승 장 교수를 수행해 한 달간의 캠프 연수를 마치고 귀국하던 날이었다. 왐바의 보노보들을 향해 곧 돌아오겠노라, 약속한 날이기도 했다. 그땐 수행이 아닌 연구를 위해 오리라 마음먹었다. 박사과정 연구 주제를 단 한 달 만에 바꿔버린 셈이었다.

나는 '침팬지가 사회적 털 고르기를 할 때 상대에게 접근하는 방식'에 관한 논문으로 석사 학위를 받았다. 더하여 오랜 기간 침팬지와 함께 살아온 영장류센터 사육사였다. 이러한 경력은 결정을 재고할 만한 요인조차 되지 못했다. 효율성이나 바람직성을 따지지 않고 살아온 자 특유의 감정적 결정이었다. 좀 윤색하자면, 운명적 사랑에 빠진 것이고.

깊고 예민한 감수성, 높은 지적 능력, 생동감 넘치는 몸짓, 풍부한 표정. 그중에서도 겁 많고 수줍은 성격이 가장 인상적이었다. 가까이 다가와 탐색하듯 응시하다가, 어느 순간 내 안으로 훅 미끄러져 들어오는 검은 눈은 내가 인간이라는 사실마저 잊게 했다. 그들을 향해 그들처럼 행동하게 만들었다. 느긋한 표정으로 입을 벌리고 상대를 관찰하거나, 입술을 오리 주둥이처럼 내밀고 접촉을 구걸하거나, 쉰 목소리로 헐떡거리며 함께 웃거나.

한 문장으로 압축하면 '이 지상에 이토록 매혹적인 생명체가 존재한다는 게 신기하다' 정도가 될 것이다. 흡사 개안을 한 기분이었다. 골대를 옮긴 이유로 이보다 더 타당한 것이 있을까.

킨샤사 공항에 도착한 후 귀국 일정이 꼬이기 시작했다. 환승지인 파리행 항공편이 알 수 없는 이유로 결항됐다고 했다. 탑승 가능한 항공편은 스물두 시간 후에 있었다. 도리 없이 킨샤사 시내에서 하룻밤을 보내야 했다. 스승은 난데없는 편두통으로 호텔 방에 드러누웠다. 나는 동료들에게 줄 선물이나 살까 하고 호텔을 나섰다가 철 모르는 폭풍우를 만났다.

아직은 건기인 10월 초였다. 선선한 바람이 불어오는 오후였다. 하늘은 맑았고 거리는 사람들로 북적거렸다. 그러니까 호텔을 나서던 무렵까진 그랬다는 것이다. 나는 잘못된 장소로만 인도하는 구글 맵에 열 받은 나머지 대기의 변화를 읽지 못했다. 어느 교차로에 도착해서야 주변이 어둑하다는 걸 깨달았다. 두껍고 짙은 먹구름이 하늘을 점령하고 있었다. 거칠어진 바람은 먼지기둥을 몰고 도로를 내달리는 중이었다.

나는 몸을 빙글 돌려 지나온 길을 살폈다. 여기가 어딜까.

구글 맵은 길을 건너 전진하라, 지시했다. 건너편에 내가 찾는 기념품 가게가 있다는 것이었다. 의심스럽기 그지없었으나 일단 건너기로 했다. 이번에도 뱀 장수 천막으로 끌고 간다면 그땐 구글을 죽여버릴 작정이었다. 호텔로 돌아가는 건 그때 해도 늦지 않겠지, 싶었다. 먹구름 좀 끼었다고 세상이 뒤집히는 건 아닐 테니까.

아무래도 내가 먹구름을 너무 업신여긴 모양이었다. 첫발을 떼자마자 땅울림처럼 묵직한 진동이 대기를 흔들었다. 다음 한 발짝에 천둥이 포효하고 번개가 번뜩거렸다. 절반쯤 건넜을 때, 빗줄기가 죽창처럼 내리꽂혔다. 건너편 인도에 발을 디디자 벼락에 얻어맞은 전봇대가 도로를 가로막으며 넘어졌다. 물막으로 뒤덮인 노면 위에선 끊겨나간 전선들이 불꽃을 흩뿌리며 날뛰었다. 무언가에 열 받은 대자연이 있는 대로 성깔을 부리는 느낌이었다.

거리는 그새 텅 비어 있었다. 행인도, 노점상도, 차량도, 가시반경 안에서 깡그리 사라졌다. 먹빛 하늘 밑으로 새 한 마리 날지 않았다. 나 홀로 낯선 길 위에 서서 사방을 두리번거리고 있었다. 꿈결처럼 빠르고 홀연한 변화였다. 도로가 아니라 차원을 건너온 것 같았다. 얼떨떨하다 못해 당혹스럽기까지 했다.

내겐 우산도, 우비도 없었다. 낡은 야구 모자는 언젠지도 모르게 바람이 낚아 갔다. 그 밖의 물건들도 빗줄기와 돌풍과 불벼락을 피하는 데 별 도움이 되지 않았다. 노점상에서 산 파인애플 꼬치, 휴대전화, 여권과 현금이 든 목걸이 지갑 등등. 도움이 될 만한 게 있다면 왼쪽으로 20여 미터 거리에 있는 슬라브식 단층 건물뿐이었다. 대형 간판이 붙은 걸로 보아 가정집은 아니었다.

나는 휴대전화를 청바지 뒷주머니에 꽂았다. 홈스틸을 감행하는 3루 주자처럼 가게를 향해 내달았다. 간판 앞에 도착하며 나도 모르게 세이프를 외쳤다. 진심으로 살았구나, 싶었다. 당연한 얘기지만 몰골이 말이 아니었다. 빗물이 줄줄 흐르는 몸, 산발해 얼굴에 들러붙은 머리칼, 허리띠 위로 풀어 헤쳐진 셔츠⋯⋯.

간판을 읽는 수고 따윈 하지 않기로 했다. 뭘 파는 곳인지가 뭐 그리 중요하겠는가. 출입문이 잠기지 않았다는 게 중요하지. 문고리에 걸린 프랑스어 안내 팻말 역시 무시해버렸다. 프랑스어를 모를뿐더러, 영업 종료 팻말이라면 안 읽는 쪽이 나았다. '못 봤다'라는 대답이 필요할 때에 대비해서.

나는 문을 밀고 안으로 들어섰다. 정전이 됐는지 실내가 어두침침했다. 누군가 말을 걸어오겠지, 싶어 잠시 문 앞에서 기다렸다. 얼굴로 흘러내리는 물기를 쓱쓱 문지르고 물걸레가 된 머리털을 비틀어 짜며 1부터 10까지 헤아렸다. 그사이 어둠이 눈에 익었다. 동네 편의점만 한 공간이었고, 오만 가지 물건들이 들쭉날쭉 쌓여 있었다.

출입문 옆에 걸린 대형 뻐꾸기시계, 실내를 세로로 가르며 길게 놓인 통나무 테이블, 그 위에 진열된 동물 형상 조각품, 대리석 공예품, 조명등, 탈, 장신구. 벽 삼면은 크고 작은 유화들로 덮여 있고, 벽 아래 굽도리를 따라 작은 항아리들이 겹겹으로 몸을 포개고 있었다. 구글님이 알려주신 그 기념품점이 아닌가 싶었다. 주인은 보이지 않았다.

"익스큐즈 미."

공손한 목소리로 주인을 불렀다. 공손한 자세로 답을 기다렸다. 장신구 같은 소품을 몇 개 고를 생각이었다. 선물도 사고, 그를 빌미로 폭풍우도 피하고. 운이 좋아 영어가 통한다면 우산이나 우비를 빌릴 수도 있겠지. 사소한 문제가 하나 있다면, 주인이 영 나타나지 않는다는 것이었다. 시계 안의 뻐꾸기가 알을 낳을 때나 돼야 돌아오려는지, 원.

"헬로."

좀 전보다 덜 공손하게 주인을 불러봤다. 응답 대신, 가게 안쪽에서 수상쩍은 소리가 들려왔다. 작고 짤막하게 울리는 소리였다. 생쥐가 찍찍대는 것 같기도 하고, 강아지가 끙끙 앓는 소리 같기도 하고, 문짝이 바람에 흔들리는 소리 같기도 했다. 확인차, 출입문을 돌아봤다. 잘 닫혀 있었다.

나는 가게 안쪽으로 한 발짝 더 들어섰다. 중앙 테이블 너머에 놓인 책상이 뒤늦게 눈에 들어왔다. 책상 뒤편에 나 있는 작은 문도 보였다. 책상 옆에 놓인 상자를 발견했다. 크기가 책상의 절반 정도나 될까. 마술사의 상자처럼, 검은 비닐 덮개가 덮여 있어 안은 들여다보이지 않았다.

"애니바디?"

세 번째로 주인을 불렀다. 십 대조 할아버지도 깨워 일으킬 만한 쩌렁쩌렁한 소리였다. 사나운 부름에 놀라 누군가 뛰쳐나오기를 바랐다. 주인 없는 가게에 우두커니 서 있다가 억울한 의심을 받고 싶지는 않았으니까.

대응을 해온 건, 이번에도 주인이 아니었다. 좀 전의 수상쩍은 소리였다. 가청음역 밖으로 솟구치는 가늘고 날카로운 고음, 얼음판 위를 선회하는 스케이트 날처럼 빠르게 미끄러지는 리듬. 나는 귓바퀴에 고인 빗물을 손끝으로 훑어냈다. 혹시 잘못 들었나 싶어 확인용 질문을 던졌다.

"후스 데어?"

제대로 된 응답이 왔다. 크고 또렷하면서 노래하듯 길게 이어지는 소리였다. 자신의 위치와 정체성을 밝히는 소리였다. 불과 반나절 전에 왐바를 떠난 나로선 못 알아차리기가 더 어려운 소리였다. 그제야 깨달은 바, 실내엔 강렬한 냄새가 떠돌고 있었다. 짙어서 강렬한 게 아니었다. 익숙해서 강렬한 냄새였다. 끊일 듯 말 듯 지속되는 저 소리처럼.

나는 마술사의 상자를 건너다봤다. 뱃속에서 불안이 일렁거리기 시작했다. 기분 나쁜 예감이 머릿속에서 모락거렸다. 건물 밖에선 천둥이 폭격을 재개하고 있었다. 낙뢰의 백광이 침침한 실내를 희뜩희뜩 비췄다.

어둠과 빛이 교차할 때마다 마술사의 상자를 뚫고 나온 비명이 칼날처럼 솟구쳤다. 주인은 여선히 나타나지 않았다. 길고도 긴 뇌성벽력이 멈춘 후까지도.

귀가 먹먹해지는 정적이 찾아들었다. 이전보다 더 짙은 어둠이 내려앉았다. 비명은 숨찬 흐느낌으로 바뀌었다. 나는 마술사의 상자를 향해 걸음을 뗐다. 진열된 물건들을 건드리지 않도록 동작에 주의를 기울이며 나아갔다. 소리의 정체를 몰랐다면 모를까, 알고서 가보지 않을 수는 없었다.

책상 앞에 이르렀을 때, 등 뒤에서 뻐꾸기가 다섯 번 울었다. 마술 상자 안의 흐느낌이 딱 멈췄다. 나는 상자 쪽으로 귀를 기울였다. 검은 덮개 안에서 가르랑대는 숨소리가 들려왔다. 뒷문 쪽은 조용했다. 사람의 소리도, 움직이는 기척도 감지되지 않았다. 나는 젖어 뻣뻣해진 청바지 뒷주머니에서 휴대전화를 꺼냈다. 플래시 버튼을 누르고, 저질러버리는 심정으로 덮개를 걷어 올렸다.

예상은 빗나가지 않았다. 상자로 보인 건 철장이었다. 전면 쇠창살 너머에는 무언가가 한쪽 손을 들어 눈을 감싸고 있었다. 무릎을 세우고 몸을 옹크린 자세였으나, 무언가가 무언지 알아보는 데는 지장이 없었다. 5대 5 가르마가 선명한 검은 머리털, 검은 얼굴, 둥글고 작은 귀, 침팬지보다 넓은 이마, 고릴라처럼 큼직한 콧구멍, 살빛이 더 옅은 인중과 턱, 겁에 질린 나머지 이빨이 다 드러나도록 당겨 올린 다홍빛 입술.

보노보였다. 큰 송곳니가 없는 걸로 봐서 암컷이었다. 가녀린 어깨와 작은 체구로 짐작건대, 어린 숙녀였다. 목에 찬 쇠사슬과 철장 문고리에 달린 자물쇠로 미루어 봤을 때 반려동물은 아니었다.

불현듯 나흘 전 일이 떠올랐다. 동틀 무렵, 일본인 동물학자 류가 관찰

12

하던 숲속 트랙(보노보 무리의 이동경로)에서 칼에 찔려 죽은 젖먹이가 발견됐다. 나머지는 사라졌다. 젖먹이의 어미를 포함해 여섯 마리가 모두. 류는 망연자실해서 중얼거렸다.

"누군가 지금쯤 신나게 돈을 세고 있겠군요."

보노보는 멸종위기에 처한 종이었다. 그것도 절멸위급 전 단계였다. 밀렵과 유인원고기 식용으로 인한 원주민의 남획 등이 원인이었다.

"밀렵꾼 짓이에요. 어미를 잡아가면서 죽여버렸을 거예요. 젖먹이는 돈도 되지 않고 거치적거리기만 하니까."

국제적인 보호정책과 단속에도 불구하고 밀렵은 끈질기게 지속되고 있었다. 킨샤사 시내에는 각종 밀렵 동물을 사들이고 밀반출하는 중간 상들이 있었다. 선적 장소까지 '상품'을 운반하는 자도 따로 있었다. 자전거나 오토바이, 혹은 삼륜차를 끄는 직업 택배 기사들. 이 보노보 역시 그런 과정을 통해 이곳에 왔을 것이다. 영업 종료 팻말을 내건 상점 주인의 두 번째 직업은 동물 밀매상일 테고.

나는 눈을 들어 뒷문 쪽을 살폈다. 저 문 너머에 무엇이 있을지 궁금했다. '상품'을 보관하는 창고일까? 주인은 신나게 돈을 세느라 나타나지 않는 걸까, 아니면 함께 배달할 다른 개체들을 '포장'하는 중일까? 이 아이 홀로 가게에 나와 있다는 건 무얼 의미할까. 조만간 아이를 실어갈 택배 기사가 올 거라는 의미인가? 그렇다면 이제 어떻게 해야 할까.

답은 이미 나와 있었다. 나는 어떻게도 해볼 수 없었다. 이 아이는 길고양이가 아니었다. 어딘가로 배달될 고가의 '상품'이었다. 이 유인원에 대한 내 감정이 어떤 것이든, 지금은 개인적인 입장을 덮어둬야 할 때였다. 구조 전문가가 따로 있으며 구조 작업에 큰 위험이 따른다는 걸, 그날 류에게서 전해 들은 바 있었다.

리키라는 구조 전문가가 밀렵꾼 손에서 구해낸 새끼 고릴라 사진을 자신의 SNS에 올렸다가 살해당한 이야기였다. 손도끼로 머리와 손발이 잘린 채 자신의 숙소에서 발견됐다고 했다. 밀렵꾼 일당이 저지른 짓이었다. 자기네 재산을 훔쳐 간 것에 대한 보복이자, 자신들의 일에 끼어들지 말라는 경고였다.

물론 나는 구조 전문가가 아니었다. 이곳이 밀렵 현장인 것도 아니었다. 그렇다고 해도 화끈한 환영 인사를 받기에 부족함 없는 장소요, 상황이었다. 내 신분은 민간인이자 이방인이었다. 동시에 목격자였다. 범죄 현장에서 피해자만큼 위험한 이가 있다면 바로 목격자 아니겠는가. 내가 할 수 있는 건, 이곳을 벗어난 후 적절한 곳에 신고를 하는 정도였다. 경찰이나 콩고 NGO 같은 곳. 그들이 저 비바람을 뚫고 '상품 발송'을 끝내기 전에 도착할 수 있을지는 미지수였지만.

나는 몸을 돌리고 일어났다. 출입문 옆 창으로 어두운 거리를 내다봤다. 가려면 지금 가야 할 것이다. 미처 날뛰던 천둥 번개가 잠시 숨을 고르는 지금. 주인이 없는 지금. 입구까지 가는 길이 특별히 험난하지도 않았다. 똑바로 걸어가서, 문을 열고, 밖으로 나가면 그만이었다. 네 살짜리 아이도 할 수 있는 일이었다. 다만, 반나절 전에 이 종족을 향해 사랑을 서약한 서른네 살짜리 여자라면 문제가 좀 달라진다.

문을 향해 발을 떼기 직전, 나는 인류가 저질러온 가장 전통적인 바보짓, 돌아보지 말아야 할 것을 돌아보는 짓을 저지르고 말았다. 흔히들 '오지랖'이라 부르는 저주에 걸려든 순간이었다.

아이는 창살 틈에 턱을 끼운 채 나를 응시하고 있었다. 크고 말갛고 까만 눈으로, 손을 맞잡듯 내 눈을 붙잡았다. 나는 눈꺼풀이 움찔거리는 걸 느꼈다. 눈두덩 밑에선 동맥이 발끈발끈 뛰었다. 아이의 시선은 내 눈동자의 가장자리를 따라 느릿느릿 돌았다. 살피는 눈이었다. 조심스레 물어오는 눈이었다.

넌 누구야?

스승은 종종 내게 말하곤 했다. 동물의 신호를 의인화해선 안 돼.

과학도로서 적절한 태도가 아니라는 지적이었다. 알겠노라 대답했으나 실제로 그리해본 적은 없었다. 그리하기엔 의인화에 대한 내 스트라이크 존이 지나치게 좁았다. 의인화라 이름 붙이려면 빨간 모자를 쓰고 침대에 누워 소녀를 기다리는 늑대 정도는 돼야 했다. 입이 자동문처럼 스르르 열린 건 그 때문일 것이다.

"나는 진이야, 이진이."

나는 한쪽 무릎을 바닥에 대고 철장 앞에 앉았다. 아이는 엉덩이를 뒤로 밀면서 제 무릎을 팔로 감싸고 목을 움츠렸다. 온몸의 털이 부스스 일어나 있었다. 귀는 쫑긋하게 섰고, 불안하게 흔들리는 시선은 쉴 새 없이 내 표정을 살폈다. 아이의 눈과 신체 반응을 조합해 인간의 언어로 번역하면, 이런 말일 테다.

너는 내 편이야, 나쁜 놈 편이야?

"나는 친구야. 네 친구, 진이."

친구라……. 머릿속 목소리가 경고를 해왔다. 그렇게 물색없는 말을 지껄일 때가 아닌 거 같은데. 지금은 그 무책임한 입에 지퍼를 채우고 여기서 나갈 때라고.

옳은 말이었다. 합리적인 판단이었다. 다만 어떤 유의 인간은 알면서도 합리적으로 행동하지 못한다. 반드시 합리적이어야 할 상황에서마저 그렇다. 내가 바로 그 교본이었다. 나는 입을 잠그지 못했다. 떠나지도 못했다. 내 왼손과 얼굴을 오가는 아이의 눈길이 뭘 의미하는지 알아차렸기 때문이었다. 내 왼손이 뭘 쥐고 있는지도.

"먹을래?"

나는 파인애플 꼬치를 들어 보였다. 아이는 격하게 반응을 해왔다. 큼직한 콧구멍을 벌름거리고, 목을 빼고 턱을 들어서 쩝쩝 소리가 나게 입맛을 다셨다. 분홍빛 혀는 잇새를 빠져나와 성급하게 허공을 핥았다. 시선은 내 눈에서 떨어져나가 파인애플에 붙박였다. 허기진 기색이었다. 밀렵꾼에게 잡혔다면 마취 총에 맞았을 테고, 깨어나기도 전에 배달 대기 상품이 되었다면 물 한 모금 먹지 못한 상태일 수도 있었다.

"이리 와."

나는 파인애플 세 조각이 남아 있는 꼬치를 창살 앞으로 들이댔다. 아이는 잽싸게 손을 뻗어 한 조각을 빼갔다. 조심스러운 탐색이 이어졌다. 쿵쿵 소리 내어 냄새를 맡고, 이리저리 살피면서 한세월을 보냈다. 표정으로 봐선 그걸 쥐고 있는 제 손가락까지 먹어치울 기세인데.

내가 알기로 파인애플은 바나나보다 더 유인원 친화적인 과일이었다. 새콤달콤한 맛을 좋아하는 보노보는 두말할 것도 없고. 나는 아이가 결국 먹게 되리라고 생각했다. 시간을 절약하는 의미에서 펌프질을 약간 해봤다.

"괜찮아. 먹어도 돼."

아이의 시선은 내 눈으로 건너왔다가 곧 파인애플로 되돌아갔다. '그래?' 하고 되묻듯, 손날을 타고 흘러내린 파인애플 즙을 혀끝으로 핥았다. 순간, 아이의 눈이 돌연 생기를 띠며 커졌다. '맛이 마음에 든다'는 말로 읽혔다. 먹어도 죽지 않을 거라 믿고 싶은 눈이었다. 나는 고개를 끄덕였다.

"나는 너를 해치지 않아."

그래. 나는 너를 해치지 않아. 적어도 해치지는……. 아이가 창살 틈새로 손을 내밀었다. 살갗에 묻은 과즙까지 싹 핥아버린, 깨끗한 빈손이었다. 나는 두 번째 조각을 꼬치 끝으로 밀어올려서 아이의 손으로 가져갔다. 꼬치를 통째 낚아챌 법도 하건만, 아이는 그러지 않았다. 손가락 끝으로 두 번째 조각만 슬쩍 뽑아갔다. 이어 세 번째 조각. 잠시 후 아이의 손이 다시 창살 밖으로 빠져나왔다.

"없어."

아이는 창살 틈에 얼굴을 딱 붙이고 시선을 뺨 아래로 떨어뜨려 나무 꼬챙이를 넘겨다봤다. 나는 꼬챙이를 자동차 와이퍼처럼 흔들어 보였다.

"이건 못 먹어."

모방의 고수답게, 아이는 기다란 검지를 꼬챙이처럼 세우고 같은 방식으로 깐닥거렸다. 이 몸짓이 스스로 재미났는지 윗입술을 뒤로 젖히며 이빨과 잇몸을 환하게 드러냈다. 목 안에서 헐떡이는 소리가 새어나왔다. 아,하,하,하…….

나도 똑같이 헐떡거렸다. 고양이 한 마리는 거뜬히 들어갈 만큼 입을 크게 벌려서, 아,하,하,하…….

우리는 눈을 맞대고 고개를 끄덕였다. 입을 더 크게 벌리고, 턱뼈가 덜걱댈 만큼 빠르게. 상대의 감정을 이해하고 공유하는 순간이었다. 딱딱해졌던 배꼽 근처 근육이 사르르 풀리는 순간이기도 했다. 나는 아이를 향해 손가락 총을 세웠다. 아침저녁, 영장류센터의 침팬지들과 만나거나 헤어질 때 나누는 습관적인 몸짓 인사였다. 안녕? 혹은 안녕.

몸을 일으켰다. 이번에야말로 가버릴 생각이었으나 이번에도 가지 못했다. 다리를 다 펴기도 전에 쾅, 하는 천둥소리가 정수리를 덮쳤다. 그 여파로 건물이 흔들리고 물건들이 덜컹거렸다. 번개의 섬광이 번쩍일 때마다 시야가 백색으로 암전됐다. 아이의 얼굴은 빛의 뒤편으로 사라졌다가 다시 나타나곤 했다. 처음 천둥이 쳤을 때와 달리, 아이는 비명을 지르지 않았다. 빛의 장막 뒤에서 덜덜 떨리는 숨소리만 들려왔다.

나는 눈을 감았다. 숨을 참고 귀를 세웠다. 신경을 교란시키는 온갖 소음 속에서 귀에 턱 하고 걸리는 소리가 있었다. 뒷문 너머에서 울린 소리였다. 아득하고 둔하게 반향되는 소리였다. 음악 소리 같기도 하고, 남자 목소리 같기도 하고, 바퀴 달린 물건이 구르는 소리 같기도 했다. 셋 다인 것도 같고, 셋 다 아닌 것도 같았다.

소리는 곧 사라져버렸다. 확인할 새도 없이, 번득이는 빛처럼. 나는 잠시 내 귀를 의심해봤다. 과잉 탐지였을까. 인간은 시야가 쪼그라지는 순간에 더 많은 걸 본다고 착각한다지 않던가. 한계치를 넘는 소음에 갇히면 청각 역시 비슷한 증세를 겪지 않겠는가. 역사학자인 유발 하라리의 말처럼, 뱀을 나뭇가지로 착각하는 것보다 나뭇가지를 뱀으로 착각하는 쪽이 더 안전할 테니까.

천둥이 멈췄다. 번개도 사라졌다. 정적이 돌아왔다. 내 정신도 제자리로 돌아왔다. 돌아온 제정신이 가장 먼저 감지한 건 나 자신이었다. 아이와 코를 맞대다시피 붙어 앉아 있는 나. 아이의 손아귀에 오른쪽 검지를 붙들린 나. 언제 이런 형세가 됐는지는 기억나지 않았다. 손가락을 당기는 힘에 상체가 끌려간 느낌만 어렴풋이 떠오를 뿐.

한심스러웠다. 이 무슨 덜떨어진 짓인지, 무슨 생각으로 손가락 총을 쐈는지. 신뢰 관계가 구축되지 않은 접근은 위험을 불러오게 마련인 것을. 보노보의 악력은 침팬지보다는 약할지 모르나, 인간과는 비교할 바가 아니었다. 비록 어리다고 해도 내 손가락 정도는 분필처럼 톡 분질러버릴 힘이 있었다. 그러니까, 아이가 마음만 먹는다면.

"괜찮아, 아가. 다 끝났어."

나는 소곤거렸다. 붙들린 손가락을 아이가 눈치채지 못할 만큼 조금씩 빼내면서, 발뒤꿈치를 밀어 뒤로 물러났다. 아이를 놀라게 해서는 안 되었다. 이 검지로 노트 필기를 하고, 눈썹을 그리고, 등도 긁으려면.

"괜찮아. 이제 괜찮아."

손가락의 두 번째 마디가 빠져나왔을 때, 다시 소리를 들었다. 뒷문 너머에서 들려오던 바로 그 소리였다. 과잉 탐지가 아니었다. 실제로 바퀴가 구르는 소리였다. 텅텅 울리는 걸로 미루어 밀차의 바퀴 소리 같았다. 뒷문 쪽으로 다가오는 소리였다. 우렁우렁한 남자의 목소리도 함께 들려왔다. 무슨 말을 하는가는 그리 중요하지 않았다. 중요한 건 주인이 오고 있다는 점이었다. 밀차를 밀고, 누군가와 전화 통화를 하면서.

나는 시야 가장자리가 어두워지는 느낌을 받았다. 가슴이 조여들고, 살갗이 따끔거리고, 사지가 저리고, 숨이 가빠왔다. 스승의 표현을 빌리자면 '숨이 턱 막히는 순간에 몸이 일으키는 생화학적 광란'에 빠졌다. 머릿속에선 별의별 생각들이 치어 떼처럼 엉켰다가 흩어지고 있었다.

이 아이는 왜 아직도 내 손을 잡고 있는 거지. 자기를 데려가달라는 것인가, 내겐 그럴 능력이 없는데. 남자가 뒷문으로 들어오기까지 시간이 얼마나 걸릴까. 문까지 몇 발짝에 뛸 수 있을까. 여섯 발짝? 다섯 발짝?

바퀴 구르는 소리가 멈췄다. 나는 아이의 손아귀에서 손가락을 잡아 빼고 튕기듯 일어났다. 의아해하는 아이의 눈을 외면하고 가차 없이 등을 돌렸다. 뒷문 손잡이가 딸깍 돌아가는 순간 뛰기 시작했다. 등 뒤에서 무슨 소리가 난 것 같았으나, 돌아보지 않았다. 그럴 시간도, 의사도 없었다. 잡히기 전에 튀어야 한다는 생각에만 사로잡혀 있었다.

　뒤를 돌아본 건 도로를 건너간 후였다. 쫓아오는 이는 없었다. 어두운 상점 문 앞에 삼륜차 한 대가 와서 섰을 뿐.

1부

무곡

1장
민주

나는 침팬지 '야외 쉼터' 앞 벤치에 앉았다. 등에 멨던 배낭은 발치에 내려놨다. 땀이 밴 모자를 벗자, 봄바람이 군인처럼 짧은 머리칼을 쓱, 쓸고 갔다. 벤치 등받이에 어깨를 기대자 늦은 오후의 햇살이 눈을 찔러왔다. 손깍지를 껴서 뒷목을 받치고, 실눈을 떠서 정면을 바라봤다. 침팬지네 동네 풍경이 한 화면으로 시야에 잡혔다.

수풀과 덩굴이 우거진 땅, 밧줄이 주렁주렁 걸린 나무와 바위 구조물, 정글짐과 그네……. 미니어처 정글처럼 보이는 쉼터를 철망 울타리와 해자가 에워싸고 있었다. 정글 한복판에선 침팬지 다섯 마리가 각자 자기 볼일을 보는 중이었다. 통나무 다리에 걸터앉아 온몸으로 대장의 위용을 뿜어내며 명상에 잠겨 있는 덩치와 덩치의 등 털을 공손한 손놀림으로 골라주는 넘버2, 긴 나뭇가지를 끌고 다니며 거들먹거리는 동네 건달과 참새처럼 짹짹대며 그네를 타는 어린이 둘.

뚝 떨어진 철망 울타리 앞에는 홀로 노는 외톨이가 있었다. 놀이 상대는 울타리 밑에 설치된 투명한 아크릴 상자였다. 네 칸으로 분할된 상자였는데, 각 칸마다 구멍이 하나씩 뚫려 있고, 구멍 옆으로 돌멩이와 막대기와 호두처럼 보이는 갈색 물체가 놓여 있었다. 필요한 연장과 호두를 구멍으로 떨어뜨려 꺼낸 후, 적절한 방법으로 깨 먹도록 설계한 실험 도구 같았다.

외톨이는 가느다란 막대기로 상자를 쑤셔대면서도 연방 한눈을 팔았다. 하늘을 가로질러 가는 새를 올려다봤다가, 등 뒤쪽 동네 주민들을 돌아봤다가, 담장에 설치된 CCTV를 흘끔거렸다가, 내게 곁눈질을 하다가.

안내문에 따르면, 침팬지 동네 주민은 총 일곱이었다. 나는 일곱 번째 침팬지의 행방을 알고 싶었다. 꼭 알아야 할 이유는 없지만 딱히 바쁜 일도 없고 해서 '숨은그림찾기'를 시작했다. 놀이터 맨 안쪽에 설치된 철망 부스를 중심에 놓고, 시선을 시계 방향으로 움직였다. 2시 방향에 물이 졸졸 흐르는 대롱과 물받이 통, 4시 방향에 고인돌만 한 바위, 6시 방향에서 다시 외톨이와 만났다. 녀석은 막대기를 상자에 꽂아놓은 채 맞은편 벤치의 인간을 관찰하고 있었다.

눈이 마주치자 외톨이는 허둥지둥 상자를 쑤시기 시작했다. 시선은 여전히 내게 붙어 있었다. 눈동자와 눈자위가 온통 검었으나 시선의 방향과 눈빛의 의미가 명쾌하게 읽혔다. 몹시 궁금한 기색이었다. 저 구지레한 생물은 저기 앉아 뭘 하고 있나. 나도 궁금했다. 내가 여기서 뭘 하고 있는지.

언젠가 '산꼭대기 원숭이 동물원' 이야기를 들려준 이가 있었다. 고시원에서 살던 시절 유일하게 말을 트고 지낸 이웃이었다. 아는 게 어쩌나 많은지, 질문 단추만 누르면 답이 재깍 튀어나오는 남자였다. 고시원 사람들은 남자를 '자판기 아재'라 불렀다. '원숭이 동물원'도 누군가의 질문에 대한 답이었다. 아재요. 이 고시원에서마저 쫓겨나면, 그담 번엔 어디로 가야 하는교.

자판기 아저씨는 친절하게도 가는 방법까지 알려주었다. 동서울터미널에서 정주행 버스를 탄다. 정주터미널에서 자기만큼 친절해 보이는 아재에게 무곡 마을로 가는 방법을 묻는다.

내가 버스를 탄 곳은 동서울이 아닌 원주였다. 친절한 '정주 아재'는 정주의료원 앞에서 시내버스 101번을 타고 종점에서 내리라고 알려주었다. 내려보니 그곳이 바로 무곡 마을이었다. 이후 한 살림 욱여넣은 배낭을 짊어지고 줄기차게 걸었다. 무곡 마을에서 '망아의 골짜기'라 불린다는 무곡 누리길 초입까지 50분이 걸렸다. 그곳에서 망아산 능선에 위치한 '원숭이 동물원'까지는 한 시간.

봉우리 두 개를 에돌아가는 산골짜기 도로였다. 관광 명소도 아닌 데다 오롯이 '원숭이 동물원'으로 뚫린 길이라 대중교통이 없었다. 내겐 택시를 탈 돈도 없었다. 걷는 자도 나밖에 없었다. 하기는 어떤 정신 나간 인간이 이 화사한 5월 첫날에, 원숭이를 보겠다고 산꼭대기까지 걸어 올라가겠는가. 세상에 쌔고 쌘 게 동물원인데. 원숭이가 나비처럼 예쁜 것도 아니고.

'그러는 너는 왜 가느냐'고 누군가 물었다면, '갈 곳이 없어서'라 답했을 것이다. 자판기 아저씨가 그런 용도로 알려준 곳이니까. '왜 그곳인가'에 대해선 말해주지 않았다. 사실 궁금하지도 않았다. 그땐 귓등으로 들었다. 거기까지 갈 일이 있겠나, 싶었다. 불과 몇 달 만에 찾아오게 될 줄 알았다면 물어보기라도 했을 텐데. 혹시 원숭이가 신점이라도 쳐주느냐고.

이곳에 도착한 건 정오 무렵이었다. 예상과 다르게 영리 목적의 동물원이 아니었다. 자판기 아저씨가 알려준 것과 달리 원숭이 동물원도 아니었다. 문설주에 붙은 정식 명칭은 '한국과학대학교 영장류연구센터'였다. 매표소도 없고 입장을 제한하는 이도 없었다. 신분증을 요구하거나 용무를 따지는 자 또한 없었다. 경비는 부재중이었다. 경비실 창문에 A4 크기의 안내문만 한 장 붙어 있었다.

일반인 관람은 구대륙 원숭이/신대륙 원숭이/대형 유인원 야외 쉼터만 가능하며, 개방 시각은 오전 10시부터 오후 6시까지입니다. 동물을 자극하는 행동, 놀이터 난입, 음식물을 주는 행위, 취사나 행락, 쓰레기 투기 등을 삼가주시고, 영장류 실내 쉼터와 연구소, 직원 숙소는 출입을 금합니다.

안내문대로 관람하면 한 시간 안에 다 돌아볼 수 있는 규모였다. 나는 안내문을 무시하고 여섯 시간을 이곳에서 보냈다. 출입 금지 구역까지 구석구석 기웃거리고 들여다봤다. 직원으로 보이는 사람이 있으면 야외 쉼터 앞 벤치에 앉아 쉬는 척했다. 갈증이나 허기가 느껴지면 음수대에서 물을 마셨다. 다리가 아프면 통행로 주변 이팝나무 숲에 누워 할 일 없는 곰처럼 꽃향기를 맡았다. 덕택에 센터 지형과 시설 조감도가 자동으로 떠오르는 지경이 됐다. 심지어 각 건물의 창문 수와 출입문 위치까지 외워버렸다.

두 산봉우리 사이 능선에 위치한 2층 건물 두 동은 직원 숙소와 연구동이었다. 연구동 밑에 붙은 단층 콘크리트 건물은 영장류 실내 쉼터, 실내 쉼터 아래로 부채꼴을 그리며 형성된 세 개의 야외 쉼터, 연구동과 두 쉼터 사이는 거대한 파이프들로 연결돼 있었다. 동물들이 세 공간을 오갈 수 있도록 설치한 통로 같았다.

사람을 위한 통행로는 쉼터 앞을 지나도록 설계돼 있었다. 구대륙 원숭이관을 시작으로 신대륙 원숭이관, 대형 유인원관까지. 각 관의 쉼터들은 삼면이 깊은 해자로 둘러싸여 제각각 독립된 섬처럼 보였다. 섬들은 다시 철망 울타리로 종별 영역이 세분화돼 있었다. 마지막에 도착한 대형 유인원관 역시 세 개의 작은 쉼터로 나뉘었다. 오랑우탄, 고릴라, 침팬지.

침팬지 쉼터는 그중 맨 끝에 있었다. 정문에서 가장 멀리 떨어진 곳이기도 했다. 이곳에 막 도착했을 땐 폐장 30분 전이었다. 지금은 5시 45분이고. 폐장 전에 나가려면 지금 일어서야 한다고 생각하면서도 나는 움직이지 않았다. 대신 고개를 쭉 빼서 12시 방향에 눈을 고정시켰다. 축구공만 한 바구니를 들고 철망 부스로 들어서는 여자가 있었다. 그녀는 부스 선반에 바구니를 내려놓으며 고함을 질렀다.

"천둥."

천둥 같은 목청이었다. 누군가를 부르는 어조였다. 누군가가 누구인지는 애써 추측할 필요가 없었다. 침팬지 무리 중 천둥이라 불릴 만한 놈은 하나뿐이었으므로. 짐작대로, 통나무 다리에 앉아 있던 대장이 부스 쪽을 돌아봤다. 그녀는 한쪽 팔을 들어올리고 손끝을 두어 번 깐닥거렸다.

"빨리 와."

천둥은 어슬렁어슬렁 다리에서 내려와 땅에 발을 디뎠다. 키도 체구도 컸다. 침팬지처럼 생긴 고릴라가 아닐까 싶을 만큼 험상궂은 인상이었다. 정수리 털이 희끗대는 걸로 봐서 나이깨나 드신 분 같았다. 행동은 둔하면서도 빨랐다. 바위와 물웅덩이와 나무 사이를 소걸음으로 걷나 싶었는데, 순식간에 부스에 도착했다. 나는 아슬아슬한 심정으로 둘의 조우를 지켜봤다.

그녀가 부스 문을 열자 천둥은 거침없이 안으로 들어섰다. 키는 그녀가, 덩치는 천둥이 더 컸다. 그녀는 천둥의 등을 다정하게 쓸어준 다음 바구니에서 뭔가를 꺼내 건넸다. 이어 부스 안쪽을 향해 손가락 총을 두 발 쐈다. 천둥은 그쪽으로 사라졌다. 실내 쉼터로 가는 통로의 입구 같았다.

"번개."

다리 밑에서 대기 중이던 넘버2가 날아갔다.

"아치."

동네 건달이 나뭇가지를 내던지고 달려갔다. 다음으로 어린이 둘이 차례로. 그들 모두가 천둥과 똑같은 통과의례를 치른 후 부스 안으로 사라졌다. 정말이지, 공평무사하게 다정한 그녀였다.

"제인."

외톨이는 곧장 달려가지 않았다. 어정쩡하게 엉덩이를 든 채로 나를 쳐다봤다. 부르는 소리를 못 들었나 싶어서 나는 "제인" 하고 불러봤다. 녀석은 입을 딱 벌리고 펄쩍 뛰어오르더니 허둥지둥 부스로 도망쳐버렸다. 마치 내가 제 엉덩이라도 걷어찬 것처럼. 내성적인 소녀 침팬지가 아닐까 싶었다. 외따로 노는 걸 봐서도, 호기심과 수줍음이 뒤섞인 행동으로 봐서도, 몸집이 무리 내에서 가장 작은 걸로 봐서도.

부스 안에선 지금까지와는 조금 다른 광경이 벌어졌다. 제인은 도약하듯 다정한 그녀를 향해 몸을 날렸다. 나무 타기라도 하는 것처럼 다정한 그녀의 목과 허리에 팔다리를 휘감으며 찰싹 들러붙었다. 둘은 얼굴을 맞대고 입을 크게 벌려서 헐떡이는 소리를 냈다. 아,하,하,하…….

내겐 세상을 소리로 읽는 버릇이 있다. 내 입으로 말하기는 뭣하지만, 소리의 액면가보다 뒤에 숨은 감정을 비교적 정확하게 읽어낸다. 그런 만큼 시각의 통제도 덜 받는다. 의지로 하는 일이 아니라 타고난 특성이었다. 벌이 자외선을 감지하듯, 살무사가 적외선을 보듯, 나방이 야밤에 색깔을 구별하듯.

그렇다고 천 리 밖 소리까지 들을 수 있는 건 아니다. 가청거리 안에서 울리는 소리를 잘 기억하고 구별한다는 것이지. 어머니의 회고에 과장이 없다면, 일찍이 유치원 시절에 파와 파의 반음, 물 끓는 소리와 국 끓는 소리를 구별해서 원장을 기절시킨 적도 있었다. 그때 원장은 이런 말을 했다고 한다.

"어머님, 우리 유치원에 모차르트가 입학한 거 같아요."

다정한 그녀와 제인이 듀엣으로 선보인 '아하하하'는 날숨으로 목젖을 세게 쳐야 나오는 소리였다. 인간들 사이에선, 적어도 이 홀로세의 인류는 쓰지 않는 방식의 웃음소리였다. 모차르트는 즉각 이에 대한 해석을 내놨다. 하느님, 우린 행복해요.

제인이 통로 안으로 사라졌다. 침팬지 쇼는 끝났다. 손목시계는 6시 정각을 가리켰다. 나는 모자를 집어 들고 일어났다. 고개를 들고 허리를 펴자 머리가 핑 돌았다. 식은땀이 돋고 사물이 흐릿하게 뭉개졌다. 나는 허둥지둥 손을 뻗어 벤치 등받이를 잡았다. 그 바람에 모자가 손아귀를 빠져나갔다. 몸이 엉덩이부터 와르르 무너졌다. 컴컴해진 시야 밖에선 다정한 그녀의 목소리가 들려왔다.

"저기요."

나를 부르는 호칭이겠으나 답할 여력이 없었다. 벤치에 주저앉아 그저 기다려야 했다. 현기증이 가시고 다정한 그녀가 보일 때까지.

"이봐요."

다정한 그녀는 바구니를 손에 쥐고 울타리 앞에 서 있었다. 귀 밑에서 잘린 커트 머리, 침팬지만큼이나 까만 눈동자, 플래시 빛처럼 거침없이 뻗어오는 시선, 다부져 보이는 어깨, 소매를 걷어 올린 갈색 작업복 셔츠와 청바지. 멀리서 봤던 것보다 키가 훨씬 더 컸다. 나는 허리를 쭉 펴고 일어섰다. 해자를 사이에 두고 있는데도 확연한 키 차이가 느껴졌다. 졸지에 스머프가 된 기분이었다.

"어디 불편하세요?"

그녀가 물었다. 상대를 주눅 들게 하는 말투요, 눈빛이었다. 말을 한다기보다 음절 하나하나를 귀에 박아 넣는 느낌이었다. 어디가 불편한지 묻는 게 아니라 '넌 왜 안 나가느냐'고 묻는 눈빛이었다. 아무래도 침팬지한테만 '다정한 그녀'인가 보았다. 나는 모자를 주워 들며 바구니 안을 슬쩍 훔쳐봤다. 아기 주먹만 하게 자른 과일 조각이 여남은 개쯤 들어 있었다. 오렌지, 바나나, 청사과…….

"괜찮습니다."

대답과 달리 입 안에 신 침이 고이기 시작했다. 알록달록한 과일 조각들이 나를 향해 둥실둥실 떠 오는 환영이 나타났다. 행여 손을 뻗어 잡을까봐, 나는 질끈 눈을 감았다. 뭔가를 먹은 게 언제였던가 헤아리자 위장에서 후끈한 허기가 솟구쳤다. 오늘 아침에 먹은 컵라면 하나가 마지막 식사였을 것이다.

"정말 괜찮으세요?"

다정한 그녀가 재차 물어왔다. 나는 배낭을 메고 왼쪽으로 몸을 돌렸다. 그렇게 걱정되면 바나나라도 한 조각 던져주시든가.

"정문은 이쪽인데요."

다정한 그녀는 손가락 총을 세워 오른편을 조준했다. 잠자코 바라보자 방아쇠를 당기듯 위아래로 두 번 빠르게 깐닥거렸다. 총성 대신 '꺼져' 하는 소리가 울리는 듯했다.

나는 명령대로 우향우했다. 다정한 그녀의 시선을 온몸으로 느끼며 걷기 시작했다. 귀 뒤가 뜨끈뜨끈하게 달아올랐다. 방향도 모르는 머저리가 된 것 같아서. 배꼽 안쪽에서 눈치 없는 밥통 시계가 꼬르륵꼬르륵 울어대는 바람에.

들어올 땐 없었던 경비가 정문 옆에 서 있었다. 양손을 허리에 짚고 복장이 터진다는 표정으로, 시간 개념 없는 관람객이 하늘대며 걷는 꼴을 지켜봤다. 내가 문을 빠져나가자마자 등짝을 후려치듯 문을 닫아버렸다. 나는 슬쩍 뒤를 돌아봤다. 뒤늦게 한 가닥 불안이 고개를 들었다. 다정한 그녀가 "정말 괜찮으세요?"라고 물었을 때, 혹시 해서는 안 될 말을 입밖에 낸 건 아닐까. 이를테면 '바나나'라든가.

고갯마루를 내려가기 시작했다. 골짜기가 내려다보이는 가드레일 쪽으로 붙어서 걸었다. 여전히 어지럽긴 했지만, 발아래 풍경을 볼 수 있어 좋았다. V자로 깎여 내려간 골짜기와 경사면에 우거진 팽나무 숲. 골짜기 바닥으로 새파란 물길이 흘렀다. 100미터는 너끈히 돼 보이는 깊고도 깊은 골짜기였다.

회전 각도가 90도에 가까운 굽잇길이 예닐곱 번쯤 반복됐다. 올라올 때 오르막이 계속됐던 만큼, 내려갈 땐 일관되게 내리막이었다. 덕택에 힘을 덜 들이고 움직일 수 있었다. 피로와 허기로 주저앉기 직전인데도 보속은 올라올 때보다 두 배쯤 빨랐다. 피할 수 없는 시점도 그만큼 빨리 다가오고 있었다. 처음 걷기 시작한 곳, 무곡 마을에 이르면 나는 결정해야 할 것이다. 이제 어디로 갈 것인가.

5분에 한 번씩 시계를 봤다. 볼 때마다 궁금증이 커졌다. 자판기 아저씨는 왜 이곳을 '갈 곳이 없을 때 갈 곳'이라 했을까. 정말로 그런 곳이라면 그다음에 대한 해답도 찾았어야 마땅하지 않겠는가. 갈 곳이 없을 때

갈 곳의 다음으로 갈 곳에 대한 단서라도. 혹시 있었는데 못 보고 놓쳐버린 것은 아닐까.

나는 머릿속에 영장류센터 조감도를 펼쳤다. 경보 속도 걸음을 산책 속도로 바꾸고 지나온 공간을 되짚어갔다. 떠오르는 건 단서가 아니라 다양한 얼굴이었다. 콧구멍이 따옴표처럼 바짝 붙어 있던 구대륙 원숭이부터 살굿빛 잇몸을 드러내고 아하하하 웃던 제인과 다정한 그녀. 기억의 종착역은 다정한 그녀의 과일 바구니였다.

단서는 끝내 찾지 못했다. 그래도 오늘 하루, 내가 가장 잘한 일이 무언지는 알아냈다. 다정한 그녀의 바구니를 탐하지 않은 것이었다. 갈 곳 없는 떠돌이일지언정, 거지는 아니었으니까. 그런 의미에서 가진 재산을 헤아려봤다.

현금 만이천 원, 몇 달 전 딸기 농장에서 일해주고 돈 대신 받은 농산물 상품권 두 장, 낡은 침낭, 영장류센터 음수대에서 물을 채운 물병, 통신이 정지된 휴대전화, 겨울 옷가지와 속옷, 셔츠 몇 벌, 맥가이버 칼, 어디선가 주운 네임펜 한 자루, 세면도구, 면도기, 바리캉, 텅 빈 위장과 걸을 때마다 텅텅 울리는 머리통……. 나는 헤아리기를 그만뒀다. 헤아릴수록 힘만 빠졌다.

6시 55분. 마지막 고갯마루에 도착했다. 발아래로 무곡 누리길 입구가 내려다보였다. 고개를 오른편으로 돌리자, 산마루에 자리 잡은 영장류센터가 올려다보였다. 두 동의 건물 사이에 붉은 저녁 해가 걸려 있었다. 좀 전까지 파랗던 하늘 상층에는 검붉은 새털구름이 깔렸다. 숲의 신록 위에선 자홍빛 그림자가 일렁거렸다.

나는 발아래로 시선을 돌렸다. 비탈 팽나무 숲이 성미 급한 땅거미로 어두워져 있었다. 골짜기 바닥 물길은 검푸른빛을 안고 흘렀다. 물길 너머 반대편 경사면도 마찬가지였다. 브로콜리처럼 몽글몽글하게 우거진 나무들 위로 여틈한 저녁 그림자가 덮이고 있었다. 그 틈바구니에 박힌 새끼손톱만 한 붉은 물체가 눈길을 끌었다.

처음엔 큰 바위인가 했다. 실눈을 떠서 시력을 돋우자 인공 구조물로 보였다. 곧 어떤 건물의 지붕이라는 결론을 내렸다. 지형이나 위치로 봐선 암자일 가능성이 컸다. 아니면 산 주인이 지어둔 산막이거나. 꽉 막혀 있던 숨통이 트이는 것 같았다.

나는 도로 바닥에 한쪽 무릎을 대고 앉았다. 헐거워진 운동화 끈을 공들여 고쳐 묶었다. 나를 '갈 곳' 혹은 '잘 곳'으로 데려다줄 소중한 물건이었다. 비록 신발이라기보다 나달나달한 고무 쪼가리에 가깝기는 했지만.

잠시 후, 나는 무곡 누리길 입구에서 안내 표지판을 읽고 있었다. 내용인즉 이랬다. 골짜기 지형과 팽나무 숲의 심각한 훼손으로 누리길을 한시적으로 폐쇄한다. 불법 입산, 캠핑, 노숙 시 최고 삼백만 원의 벌금형에 처할 수 있다.

누리길 입구는 말뚝과 밧줄 두 개로 봉쇄해놓았다. 거기에도 큼직한 출입 금지 팻말이 붙어 있었다.

'누리길이 폐쇄됐다'와 '붉은 지붕 집에는 사람이 살지 않는다'는 같은 말이었다. 재워달라 사정하지 않아도 된다는 점에서 오히려 반가웠다. 벌금이 삼백만 원이라지만 들키지 않을 확률이 더 컸다. 해가 저무는 저녁나절에, 불청객을 적발하겠다고 골짜기를 뒤질 만큼 체력이 남아도는 공무원은 없을 테니까.

나는 밧줄을 넘어 누리길로 들어섰다. 키 큰 나무들 사이로 잡초로 뒤덮인 길이 나 있었다. 20여 미터쯤 걷자, 제법 넓은 물길이 나타났다. 팽나무 숲이 시작되는 곳이자 숲길이 위쪽으로 꺾이는 지점이었다. 물길 옆으로 이어지는 소로였고, 골짜기 안으로 접어드는 오르막길이었다. 지표면을 뚫고 나온 나무뿌리와 크고 작은 바위들이 발을 거는 험로이기도 했다.

처음 얼마간은 사방을 주시해가며 조심조심 걸었다. 울퉁불퉁한 지형에 발이 익자 달리기 시작했다. 사물 구분이 가능할 때 목적지에 도착해야 했다. 지난 부랑 생활이 가르친바, 골짜기의 밤은 소나기처럼 온다. 딱히 살아야 할 이유는 없었지만 그렇다고 어둠 속에서 허둥대다 물길에 처박혀 죽고 싶지는 않았다.

10분 후, 나는 붉은 지붕이 건너다보이는 곳에 도착했다. 소나무 군락지 안, 옴팍한 곳에 자리 잡은 건물은 암자가 아니었다. 산막도 아니었다. 지붕과 기둥 네 개만 있는 작은 정자였다. 일순 힘이 빠졌으나 돌아가기엔 때가 늦었다. 돌아갈 곳도 없었다. 나는 수면 위로 솟은 바위 세개를 징검돌 삼아 물길을 건너갔다. 정자로 올라서자 예상하던 것이 왔다. 검은 어둠이 골짜기를 집어삼키듯, 훅.

한동안 나는 우두커니 앉아 있었다. 어둠이 너무 짙어 움직일 엄두가 나지 않았다. 배낭을 내리는 것마저 잊어버렸다. 수직갱도의 밑바닥에 들어앉은 기분이었다. 머리 위 아득하게 높은 곳에선 흰 불빛들이 신기루처럼 반짝이고 있었다. 능선이 보이진 않았으나 지형으로 미루어 영장류센터 창문에서 뻗어나오는 불빛이었다.

난데없는 궁금증이 와르르 밀려왔다. 저곳, 저 창문 안에는 어떤 사람들이 살고 있을까. 아니, 어떤 일을 할 수 있는 사람들일까. 미치도록 원해서 하는 일일까. 그리하여 그들의 삶은 행복할까? 대답처럼, 다정한 그녀의 얼굴이 떠올랐다. 천둥을 부르던 천둥 같은 목소리가 들려왔다. 제인과 마주 보며 웃던 소리도. 아,하,하,하…….

생경한 감정이 서늘하게 몸을 휘감았다. 부럽다, 혹은 쓸쓸하다 같은 기분에 기반한 감정이 아니었다. 낯선 도시에서, 낯모르는 이의 집 창문 불빛을 바라볼 때의 스산한 심정과도 달랐다. 굳이 이름을 붙이자면 '아하!'에 가까웠다. 자판기 아저씨가 '갈 곳이 없을 때 갈 곳' 뒤에 생략한 '다음으로 갈 곳'이 바로 여기였구나.

짐작이지만, 나는 아저씨와 같은 코스를 밟아 이곳까지 내려왔을 것이다. 아저씨가 그랬듯, 나도 갈 곳을 찾지 못한 자가 필연적으로 도착하는 곳에 이른 것이었다. 내가 앉아 있는 곳은 골짜기 밑바닥이 아니라 삶의 밑바닥이었다. 흔히들 종착역이라 부르는 벼랑 끝이었다. 발을 떼버릴 것인지, 발길을 돌릴 것인지 결정해야 하는 지점이었다.

나는 배낭을 내리고 침낭을 꺼내 정자 바닥에 폈다. 모자와 야상과 신발을 벗고 드러누웠다. 이전에 없던 일이었다. 어디를 가든, 아무리 피곤해도 먼지투성이로 잠든 적은 없었다. 어떻게든 물을 찾아 씻고, 양치하고, 면도하는 일을 빼먹지 않았다. 바리캉으로 반삭을 유지하는 것도 잊지 않았다. 부랑 생활을 시작한 이후부터 지켜온 규칙이자 내 삶의 마지막 품위 같은 것이었다.

오늘로써 그마저 놔버린 셈이었다. 차라리 홀가분했다. 밑바닥에 누웠으니 사람 '꼴'에 연연할 필요가 없었다. 사는 데 필요한 일을 할 필요도 없었다. 이 사실을 몸만 아직 모르는 것 같았다. 위장 속에선 늑대가 하울링을 하고, 방광은 수도꼭지를 열라고 아우성이었다. 나는 후자를 해결하러 정자 밖으로 나갔다.

밤공기가 싸늘해서였을까, 사방에서 뻗쳐오는 골짜기의 음산한 기운 때문이었을까, 아니면 정자 앞으로 흐르는 물소리가 스산해서였을까. 침낭으로 돌아와 눈을 감았으나 잠이 오지 않았다. 얼굴 뒤편에 붙은 동그란 통. 조금 전 '내 삶이 종점에 도착했다'고 선언해버린 인간이 사는 거처. 흔히들 머리통이라고 부르는 그곳은 부글부글 끓어오르는 사념으로 뜨거웠다.

내게도 가족이 있었다. 화곡동 귀퉁이에 위치한 방 세 개짜리 낡은 빌라에서 다섯 식구가 복작대며 살았다. 아버지와 어머니, 여동생 민지, 남동생 은호, 장남인 나 김민주. 아버지는 나를 두고 '개처럼 놀고먹으며 부모 등골을 뽑는 자식'이라 불렀다. 기분이 좋지 않을 땐 간략하게 한 단어로 줄여 부르기도 했다. 개자식이라고.

상스럽기는 하나 억울한 호칭은 아니었다. 자라는 동안, 나는 내 의지로 뭘 해본 적이 없었다. '이리 와' 하면 이리 오고, '저리 가' 하면 저리 갔다. 초, 중학교는 교육청에서 지정해준 대로, 고등학교는 중학교 성적표가 정해준 곳으로, 대학은 수능 점수에 맞춰 행정구역상으로만 '인 서울'인 대학에 들어갔다.

내 의지로 돈을 벌어본 적도 없었다. 넓은 세상으로 나가 호연지기를 길러 오라는 아버지 등쌀에 호주로 워킹홀리데이를 갈 뻔한 적은 있었다. 대학 1학년 겨울이었는데 출국을 며칠 앞두고 사고가 났다. 가해 차량이 뺑소니치는 바람에 보상도 못 받았다. 하필 십자인대가 파열돼 군대마저 공익으로 빠졌다.

대학을 졸업한 후부터는 인생이 시험으로 도배됐다. 아버지가 원하던 언론사를 시작으로, 어머니가 바라던 대기업, 양친이 차선책으로 합의한 공기업……. 줄줄이 떨어진 다음 21세기 최고의 인기 직업이라는 공무원 시험 준비에 돌입했다. 결과는 3년째 같았다. 아버지는 공부를 포기하라고 했다. 이유는 이랬다.

"간장 종지에는 라면도 못 끓이는 법이다."

나는 머리털 나고 처음으로 반기를 들었다.

"내가 알아서 할게요."

간장 종지라 불려서 발끈한 건 아니다. 다음엔 기어코 붙고야 말겠다는 승부 근성이 발동한 것도 아니었다. 달리 할 일이 없었다. 공부하는 동안만큼은 먹여주고 재워주겠지, 하는 계산속도 작용했다. 당신들이 좋아서 낳은 자식, 먹이고 재우는 게 뭐 그리 대단해서 쩨쩨하게 구나, 싶기도 했다.

"네 꼴을 1년씩 더 보란 말이냐?"

아버지는 내 뒤통수만 봐도 화가 치민다고 했다. 대가리에 멸치 똥이라도 들었다면 그따위로 빈둥대며 살지는 않을 것이라 했다. 나는 그따위로 살지 않았다. 시험에 떨어졌다는 건 결과일 뿐, 아무것도 하지 않았다는 근거는 아니었다. 빈둥대는 걸로 보여도 묵묵히 내 할 일을 하고 있었다. '뭘 해야 할까'에 대한 고민이 할 일의 대부분을 차지하긴 했지만.

고민의 핵심은 하고 싶은 일이 없다는 것이었다. 되고 싶은 것도 없었다. 하다못해 넋 나갈 만큼 좋아하는 것조차 없었다. 대신 어떻게 해야 아버지가 좋아할지에 대해선 잘 알고 있었다. 간장 종지에 맞는 자리를 찾아 돈을 버는 것이었다. 간장 종지만 한 무역 회사에 다니다 퇴직해서 물류 창고 야간 경비원이 된 아버지를 보면 그럴 마음이 안 났다. 젊어선 황소처럼, 은퇴 후엔 늙은 소처럼 일하는 인생은 생각만 해도 끔찍스러웠다.

어머니는 한술 더 떴다. 그냥 간장 종지도 아닌, 성실한 간장 종지가 되기를 바랐다. 친구와 술이라도 마시고 들어오는 날이면 온종일 노래를 불렀다. 술 먹을 거 다 먹고, 만날 사람 다 만나는 놈치고 성공하는 놈 못 봤다. 사람은 성실해야 성공하는 거다. 성실하기로 온 동네가 알아주는 어머니는 환갑을 앞둔 나이에 동네 마트 점원이었다.

민지는 전공을 살려 목사가 되는 게 어떠냐고 조언을 해왔다. 나는 '내 전공은 신학이 아니라 종교학'이라고 대답해주었다. 어쩌면 신의 아들이 될 재목은 나와 같은 방을 쓰는 막내 은호일지도 몰랐다. 녀석은 매일 밤, 신을 향해 신심 어린 기도를 바치는 어린양이었다. 기도의 특성상 이런저런 수사가 많았으나 요지는 초지일관 같았다. 하루빨리 내 방을 갖게 해주십사.

쓸데없이 예리한 모차르트의 귀에는 이런 얘기로 들렸다. 형이 하루빨리 이 집에서 꺼지게 해주세요.

아버지는 당신의 요구를 거부하자 용돈을 끊었다. 공부를 더 하려면 직접 벌어서 하라 했다. 나는 그러고 싶지 않았다. 돈 같은 건 소가 벌어다 줬으면 했다. 입에 담기도 치사하지만, 어머니는 식탁 서열을 바꿨다. 먹을 만한 반찬은 돈을 벌어오는 민지와 미래의 구원투수로 등판한 은호 앞에 몰려 있었다. 몇 년 전만 해도 내 앞에 와 있던 것들인데. 양친이 소매를 걷어붙이고 나를 맏이의 권좌에서 끌어내린 셈이었다.

내가 마음에 안 들기는 나도 마찬가지였다. 세상에 많고 많은 부부 중 하필 옹졸한 부부의 아들로 태어났다는 점이 '특히' 마음에 안 들었다. 나는 양친에게 태어나게 해달라고 조른 적이 없었다. 당신들끼리 물고 빨다 만든 우연찮은 열매에 불과했다. 그렇다면 그에 존재하는 사소한 하자는 복숭아 속 벌레 정도로 여겨야 마땅한 게 아닐까.

서른 번째 생일을 하루 앞둔 작년 1월 어느 날 아침이었다. 나는 10시가 되도록 눈을 뜨지 못했다. 전날 대학 동기를 만나 밤늦도록 술을 마신 탓이었다. 알람이 잠을 깨웠으나 꿈결에 집어 던져버렸다. 술을 마셔본 자라면 알겠지만, 만취해 잠든 새벽에는 간이 변기 뚜껑만 하게 붓는다. 아버지가 곧 퇴근하리라는 사실도, 그 전에 도서관으로 도망쳐야 한다는 머릿속 경고도, 패기만만하게 코를 고는 나를 깨우지 못했다. 그 결과, 술 냄새와 벗은 모양대로 늘어놓은 옷가지와 마시고 내던진 생수병의 한복판에서 아버지의 부름을 받았다.

"김민주."

분노를 억누르고 있을 때 나오는 냉정한 목소리였다. 나는 잠을 깨고도 망설였다. 눈을 떠야 하나 말아야 하나.

"눈 떠라. 뜨게 해주기 전에."

더 망설일 여지가 없었다. 맥락상 '눈을 뜨게 해준다'와 '이비인후과적 손상'은 동의어였다. 운이 좋으면 코피, 재수 없으면 고막이 나가는 대참사가 일어난다. 나는 재깍 갈등을 접고 눈을 떴다.

"넌 아직도 사람 구실을 할 생각이 없냐?"

아버지는 침대 옆에 서서 물었다. 나를 내려다보는 눈자위에서 새빨간 핏줄이 발딱발딱 일어서고 있었다. 날카롭게 튀어나온 목뼈는 신경질적으로 움찔거렸다. 대동맥의 압력이 빨간 선 위로 올라가고 있다는 징후였다. 나는 몸을 일으키고 앉았다.

"있어요."

입증할 수는 없으나, 있는 것만큼은 확실하다는 어조로 대답했다.

"그래, 어떻게 할 거냐?"

아버지는 입술을 거의 벌리지 않고 물었다. 목소리엔 기대감이 묻어 있지 않았다. 그저 꼬투리 잡기용 질문이었다. 나는 슬그머니 눈을 내리떴다. 피할 수 없는 상황을 피하게 해줄 말을 필사적으로 찾았다.

"김민주."

아버지가 답을 재촉했다. 다급했던 나머지, 나는 썩 바람직하지 못한 대답을 내놨다.

"생각 중이에요."

아버지는 더 말이 없었다. 불같은 성미를 폭발시키지도 않았다. 그저 몸을 돌려 방에서 나갔다. 그날 저녁, 모처럼 다섯 식구가 식탁 앞에 다 모였다. 어찌된 일인지 내가 좋아하는 것들이 내 앞에 놓여 있었다. 고추 잡채, 연근부침, 갈치조림…….

식욕 대신 압박이 몰려왔다. 생일상을 미리 차린 건 아닐 것이다. 이렇게 사랑받을 상황도 아니었다. 아버지의 침묵은 압박에 불안을 보탰다. 민지와 은호는 깨작깨작 젓가락을 놀리며 틈틈이 시선을 주고받았다. 타는 듯한 초조함이 목구멍을 막았다. 나만 모르는 무언가가 있었다.

나는 젓가락을 내려놓았다. 아버지는 의자를 엉덩이로 밀고 일어났다.

"김민주. 다 먹었으면 나 좀 보자."

아버지가 거실로 나가자, 은호도 슬쩍 일어나 방으로 들어갔다. 어머니는 식탁을 치웠다. 민지는 냉장고에서 과일을 꺼내 깎기 시작했다. 어느 누구도 내게 눈길 한 번 주지 않았다. 나는 확실한 공모의 냄새를 맡았다. 그들의 행동은 일사불란하게 같은 말을 하고 있었다. 아버지가 무슨 말을 하든, 우린 무조건 동의한다.

"안 나올 거냐?"

아버지가 재촉하는 바람에 나는 벌떡 일어났다.

"내일 아침에 집에서 나가거라."

거실로 나가자마자 아버지가 말했다. 나는 앉으려던 자세로 엉거주춤하게 굳어버렸다. 불시에 목젖을 얻어맞은 기분이었다. 머릿속엔 물음표 두 개가 찍혔다. 이것은 아침 일에 대한 징벌일까, 아니면 오래전에 결정해두고 꼬투리가 잡히기를 기다린 것일까. 전자라면 상황을 바꿀 여지가 있었다. 창피함을 무릅쓰고 빌 수도 있을 것이다. 생활 태도를 개선하겠다는 강력한 의지를 보여줄 수도 있겠고. 후자라면 가망이 없었다.

"나이 서른이면 독립할 때가 지났다. 염치가 있는 놈이라면 말하기 전에 알아서 나갔을 거다."

후자였다. 서른 살 생일만 기다린 것이었다. 그런데도 미련이 남았다. '네'라는 답변이 나오지 않았다. 지금 당장 집에서 불이 난다 해도 나가기 싫었다. 월세 원룸이라도 얻어준다면 얘기가 달라지겠지만.

"나는 네놈 젖소가 아니다."

그러니 당신 젖꼭지에 주둥이를 더 들이대지 말라고 했다. '쎄빠지게' 빨아봐야 아무것도 나오지 않을 거라 했다. 독립 자금 같은 건 기대하지 말라는 말이었다. 대신 독립을 기념하여 당신의 배낭을 주겠노라 했다.

보지 않아도 알 만한 배낭이었다. 잊을 만하면 한 번씩 아버지의 손에 들려 나타나는 핼리혜성 같은 배낭이었다. 전라도 촌 동네 소작농의 아들이었다는 아버지가, 할아버지에게 받은 독립자금 만육천 원을 들고 서울로 상경하던 스무 살 시절에 장만한 배낭이었다. 자수성가를 증명하는 기념비적 물건이기도 했다. 그날 내가 배낭에서 얻은 건, 감동이 아니라 자식을 쫓아내는 게 집안 내력이라는 사실이었다.

"앞으로도 30년은 족히 쓸 수 있을 거다."

나는 30년 수명이 보장된 배낭을 잠자코 받았다. 하고 싶은 말이야 많았다. 예고도, 유예기간도 없이 이럴 수 있는지. 영하 10도를 오르내리는 한겨울에 아들을 무일푼으로 쫓아내면 당신 인생이 좀 나아지는지. 이런 일을 하고도, 먼 훗날 당신 제사를 나한테 지내라고 할 것인지.

"경고해두는데, 어영부영 집으로 기어들 생각은 꿈에도 품지 마라."

내 생각은 거기까지 가지도 않았건만, 아버지는 혼자 진도를 뺐다. 집 근처를 기웃대다 걸리면 불알을 묶어서 동네 밖으로 끌고 나갈 것이라고 했다. 냉정한 표정에선 결단을 내린 자의 평정심이 읽혔다.

"나는 네 할아버지보다 10년이나 더 봐준 거다."

아버지가 내게 남긴 마지막 말이었다. 아버지가 출근한 후로도 어머니는 부엌에서 나오지 않았다. 달그락대는 그릇 소리가 평화로웠다. 민지는 과일 접시를 들고 제 방으로 들어갔고, 은호는 거실로 나와 텔레비전을 켰다. 이 추방령은 내게만 갑작스러운 사건인 모양이었다. 그들의 행동에서 동의를 넘어 환영하는 듯한 느낌마저 받았다.

나는 배낭을 끌고 내 방으로 들어왔다. 막막한 나머지 짐 쌀 엄두가 나지 않았다. 꼭 필요한 물건이 뭔지도 알 수 없었다. 넋 놓고 앉아 있는 꼴이 딱했는지, 민지가 침낭을 가져와 내 앞에 내려놨다. 한창 캠핑에 미쳐 있던 시절에 쓰던 것이라 했다. 아주 비싼 것이라고 생색을 냈다.

"이거만 있으면 빙하기가 와도 얼어 죽지 않을 거야. 내한 온도가 영하 40도나 되거든."

은호는 제 SNS에 초대해줬다.

"아무 때나 들어와, 형. 식구들 사진이랑 소식이랑 자주 업데이트 할게."

이튿날 아침, 나는 아버지가 퇴근하기 전에 집을 떠났다. 어머니는 내가 현관문을 나설 때까지 방에서 나오지 않았다. 아들로서의 유효기간이 종료됐음을 알리는 행동이었다. 모자 관계와 영원한 사랑은 등호로 성립하지 않는다는 사실을 몸소 보여준 셈이다.

차라리 잘된 일이었다. 어색한 작별 인사를 나눌 필요가 없다는 점에서 그랬다. 평소처럼 '다녀올게요'라고 하자니 상황에 맞지 않고, '안녕히 계세요'라고 하자니 처량 맞고, '행복하세요'라고 빌어주면 위선자가 될 것이므로.

어깨를 웅크리고 걷기 시작했다. 눈보라가 얼굴을 덮치자 비로소 실감이 났다. 나는 정말로 쫓겨났구나. 정처 없이 거리를 헤매다 정신을 차리고 보니 당산동의 한 원룸 앞에 서 있었다. 이틀 전 함께 술을 마셨던 대학 동기의 자취방이었다. 녀석은 얼떨떨한 표정으로 문을 열었다. 쫓겨났다고 하자 들어오라고 말했다.

그곳에서 겨울을 났다. 이전까지 내가 가지고 살아온 감정의 기본값이 무기력이었다면, 당시 나를 지배한 건 분노였다. 분노의 힘으로 버틴 시절이기도 했다. 욕실 거울 앞에 설 때마다 아버지를 상대로 섀도복싱을 했다. 죽기 살기로 공부해 시험에 합격하겠노라, 발톱과 부리를 갈았다. 그땐 내가 양친을 버릴 참이었다. 아예 호적에서 파달라고 할 작정이었다. 후회하고 매달릴 양친을 떠올리면 기분이 좀 나아졌다.

늘 느끼는 것이지만, 세상만사 완벽한 조건이 갖춰지는 때는 없다. 공부에 대한 필사적 의지가 타오르자, 이번엔 시간이 없었다. 나는 너무너무 바빴다. 낮에는 이런저런 아르바이트를 하느라, 밤에는 피곤에 절어 코를 고느라. 친구의 여자 친구가 오는 날엔 책상 앞에 앉아볼 기회조차 없었다. 막 사랑에 빠진 두 남녀가 단둘이서 하고 싶은 일을 마음껏 하도록 자리를 비켜줘야 했다.

와중에도 틈틈이 휴대전화를 확인하곤 했다. 양친의 마음이 변해 '집으로 돌아오라'고 연락하지 않을까 해서. 만약 그런 일이 일어나면 어떻게 거절할지 진지하게 고민하기도 했다. 무안하게도, 누구 하나 나를 찾지 않았다. 문자 한 통 보내지 않았다. 양친은 물론 민지까지도. 은호의 SNS에는 맛집 순례와 여행 사진만 잔뜩 올라와 있었다.

당산동 원룸을 나온 후엔 종로에 자리를 잡았다. 두 개 층에 방이 오십 개쯤 되는 고시원이었다. 그중 가장 싼 방을 얻었다. 창문 하나 없는, 이른바 '먹방'이었다. 다리조차 다 뻗을 수 없는 비좁은 공간에서 나는 곰팡이와 함께 8개월을 보냈다.

내 인생에서 가장 치열했던 시절일 것이다. 어렴풋하게나마 미래에 대한 희망이 남아 있던 때이기도 했다. 월세를 내고, 밥을 먹고, 학원비를 만들고자 닥치는 대로 뛰어다녔으니까. 식당, 편의점, 커피숍, 주유소, 공사장 노동판, 택배, 야식 배달……. 그 사건이 일어나지 않았다면 아직껏 거기 살고 있었을지도 모르겠다.

11월 첫날, 당산동 친구의 결혼식이 있었다. 카카오톡으로 받은 청첩장 사진에 따르면, 상대는 녀석의 원룸에 올 때마다 나를 흘겨보던 여자가 아니었다. 나는 기꺼운 마음으로 가려 했으나 입고 갈 만한 옷이 없었다. 신세 진 걸 생각하면 가지 않을 수도 없는 노릇이고. 고민 끝에 자판기 아저씨를 찾아갔다.

자판기 아저씨는 한 달에 한 번 멀끔한 슈트 차림으로 외출을 하곤 했다. 어디를 다녀오는지는 몰라도, 돌아올 땐 늘 기분이 좋아 보였다. 오늘 의상이 멋지다고 인사하면 아저씨는 이렇게 화답하고는 했다.

"필요할 때 말해. 빌려줄게."

설마 저 옷을 빌려 입을 날이 오겠나, 싶었는데 정말로 온 거였다. 나와 체구도 비슷해서 내 옷처럼 딱 맞았다. 셔츠와 구두까지 맞춤했다. 나는 방문을 나서며 말했다.

"조심히 입고 드라이해서 돌려드릴게요."

자판기 아저씨는 손을 저었다.

"마음에 들면 가져도 돼. 난 이제 필요 없어."

어조나 표정이 좀 이상했다. 평소보다 울적해 보이는 것도 같았다. 이에 대해 나는 깊이 생각하지 않았다. 걱정할 만큼 친한 사이가 아닌 데다가 마음이 바쁘기도 했다. 목욕하고 이발을 한 후 머나먼 강남까지 가야 했으므로.

결혼식장에서 그간 잊고 살았던 대학 동기들을 만났다. 그중 한 놈은 고양이가 혀로 핥기만 해도 흠집이 난다는 예민한 시계를 내게 보여주었다. 삼천만 원짜리라 했다. 대학 시절 '만인의 딜도'라고 불리던 놈이었는데 타고난 재능을 활용해 결혼으로 인생을 바꾼 모양이었다.

4년 내내 학점이 오승환 방어율이었던 다른 놈은 그냥 '아무 데나' 취직했다고 말했다. '아무 데나'가 어디냐고 묻자, '아버지 회사'라는 답이 돌아왔다.

나는 갈 곳이 있는 척 서둘러 결혼식장을 나왔다. 누군가가 가진 것에 맥 빠진 적이야 많았지만 실제로 타격을 느낀 건 처음이었다. 연달아 귀뺨을 얻어맞은 기분이었다. '예민한 시계'가 오른뺨을, '아무 데나'가 왼뺨을. 얼빠진 얼굴로 고시원으로 돌아갔다. 갈 곳이 거기밖에 없었다.

양복을 들고 자판기 아저씨의 방문을 두들긴 건 밤이 꽤 깊었을 때였다. 아저씨는 대답이 없었다. 두어 번 더 두들겨봤으나 마찬가지였다. 자나 보다, 하고 돌아서려다 나는 멈칫했다. 아저씨는 중증 불면증 환자였다. 화장실에 갔겠지 싶어 내다보니 화장실 불이 꺼져 있었다. 불현듯 "난 이제 필요 없어" 하던 울적한 목소리가 떠올랐다.

나는 손잡이를 슬쩍 돌려봤다. 잠겨 있지 않았다. 잠깐 망설이다 문을 밀치고 안으로 들어갔다. 어둠 속에서 번개탄 냄새가 훅 덮쳐왔다. 불을 켜자 침대에 모로 누운 자판기 아저씨가 눈에 들어왔다. 이미 숨을 쉬지 않았다. 침대 밑에는 양동이가 하나 놓여 있고, 그 안에 다 타버린 번개탄 다섯 개가 들어 있었다.

유서는 없었다. 연고자도 없었다. 장례식을 치러줄 지인도 없었다. 구청에서 지원하는 몇 시간짜리 약식 장례로 아저씨는 세상과 작별 인사를 했다. 내가 빌렸던 옷은 유품 처리를 하러 온 업자가 가져갔다. 방은 말끔하게 청소됐다. 어디에도 아저씨가 살았던 흔적은 남아 있지 않았다.

아저씨의 죽음에 대한 고시원 사람들의 반응은 각양각색이었다. 왜 하필 자기가 사는 데서 죽었느냐고 성을 내는 사람, 죽을 용기로 살았어야지 하고 혀를 차는 사람, 자살하는 자는 불지옥으로 간다고 저주하는 사람, 모르는 척 외면하는 사람, 자신도 그렇게 죽을까봐 두려워하는 사람, 자기가 죽은 것처럼 슬퍼하는 사람, 재수 없다고 짐을 싸 들고 거처를 옮기는 사람…….

나로 말하자면, 삶이 시시해지는 병에 걸렸다. 사는 게 적성에 맞지 않는 것도 같았다. 미래는 개꿈보다 허망한 단어로 들렸다. 목적도 없고, 욕망도 없는 이 삶을 왜 살아야 하는지 알 수 없었다. 죽지 않으려고 사는 게 무슨 의미가 있을까 싶었다. 어차피 언젠가는 죽게 돼 있는 삶인데. 꾸역꾸역 버텨봐야 일생을 고시원에서 살다 고시원에서 죽을 게 빤해 보이는데. 자판기 아저씨처럼.

나는 먹지도, 잠들지도, 생각하지도 않았다. 방 안에 나를 가두고 멀겋게 눈을 뜨고 앉아 하루를 보냈다. 그러고 싶어 그런 게 아니었다. 자동으로 그렇게 됐다. '먹방'은 그런 일을 하기에 적절한 장소였다. 당연히 밤낮도 알 수가 없었다. 가끔 꿈을 꾼 적은 있었다. 유령처럼 복도를 걸어가 자판기 아저씨의 방을 들여다보는 꿈. 그곳에서 그 방의 어둠만큼이나 어두운 내 미래를 봤다.

어느 날 새벽, 나는 한 달간의 목적 없는 '폐관 수련'을 깼다. 동도 트지 않은 시각에 외투도 없이 고시원을 나섰다. 함박눈이 내리는 어두운 거리를 휘적휘적 걸었다. 도착한 곳은 4년 전에 졸업한 대학교였다. 왜 하필 그 시각이었는지, 왜 하필 거기였는지는 잘 모르겠다. 걷다 보니 닿았을 뿐.

나는 스탠드에 몸을 움츠리고 앉아 눈이 쌓여가는 운동장을 내려다봤다. 졸업식 날의 풍경이 기억 속에서 불려나왔다. 꽃다발을 건네는 민지와 셀카봉을 든 은호, 내 학사모를 쓰고 어색한 표정으로 카메라를 향해 웃는 아버지와 어머니, 찰칵찰칵 울리는 카메라 셔터 소리……

그날 이곳을 나서며 무엇을 꿈꾸었던가. 기억이 나지 않았다. 아니, 나는 아무것도 꿈꾸지 않았다. 꿈을 꾸기엔 미래에 대한 욕망이 너무 약했고, 꿈 없이 살 만큼 삶에 대한 욕망이 강하지도 않았다. 4년이 지난 그날에도, 나는 달라진 것이 없었다. 이 운동장을 나선 이후의 4년은 내게 존재하지 않는 시간이었던 셈이다. 어쩌면 내 삶 전체가 존재하지 않는 시간이었을지도 몰랐다. 더 충격적인 건, 존재하지 않는 시간이 내 앞에 수십 년이나 남아 있다는 점이었다.

나는 다시 아버지의 기념비적인 배낭을 꺼냈다. 몇 가지 질문들이 짐을 싸게 만들었다. 세상 어딘가에 고시원 밖의 삶이 있지 않을까. 적어도 '나로 존재하는 시간'이 있지 않을까. 한 발짝 떨어져 세상을 바라보면 그 삶을 찾을 수도 있지 않을까.

다음 날 새벽, 미련 없이 고시원을 떠났다. 여기저기 떠돌다 돈이 떨어지면 마을로 들어갔다. '사지 멀쩡한 청년'인지라 막일거리 정도는 늘 구할 수 있었다. 돼지 목장 축사 청소부터 살인 사건이 난 집 안 청소까지. 한동안 버틸 돈이 모이면 다시 떠났다. 지붕이 있으면 어디서나 잤다. 비닐하우스, 폐가, 들판 거푸집, 산막, 터미널이나 병원 대기석 등등. 일회용 음식이나 통조림으로 허기를 채웠다. 발길이 닿는 대로 걸었다. 어디에도 내가 찾는 것은 없었다.

지난 5개월은 온전히 나 자신과 살았던 시간이었다. 그마저 끝낼 때가 온 모양이었다. 인생에서 최악의 사건은 죽음이 아니었다. 살아야 할 이유가 없는 것이었다. 나는 지쳤고, 피곤했다. 삶에 대한 미련도 없었다. 이렇게 떠돌다 아무도 모르는 곳에서 죽으면 어떡하나, 하는 두려움도 사라졌다. 어둠의 바닥에 잠든 채, 살았으나 존재하지 않았던 내 삶을 끝내도 좋을 것 같았다.

나는 몸을 돌려 모로 누웠다. 언제부턴가 비가 내리고 있었다. 사선으로 들이친 빗방울이 이마를 때렸다. 정자 지붕으로 떨어지는 빗소리가 쿵, 쿵, 쿵 귀를 쳤다. 빗줄기가 아니라 통나무가 떨어지는 것 같았다. 통나무에 얻어맞은 지붕이 내 몸을 덮치며 와르르 무너지는 장면이 자동으로 상상됐다. 정자는 고스란히 관이 될 터였다. 가성비로 봐선 그리 나쁘지 않은 관이었다.

다시 몸을 돌리고 반듯하게 누웠다. 난데없이 양친의 얼굴이 나란하게 떠올랐다. 그들은 자신들에게 아들이 하나 더 있었다는 걸 기억할까. 나가라던 그 입에서, 과연 후회하는 말이 나올까?

질문이 하도 구질구질해서 몸서리가 났다. 나는 침낭 지퍼를 머리끝까지 올리고 눈을 감았다. 빗소리가 1센티 정도 멀어진 것 같았다. 눈꺼풀 속에서 형상화되지 않는 기이한 광채들이 입면환각처럼 번득거렸다. 머릿속에선 꿈인지 기억인지 망상인지 모를 것들이 기승전결 없이 뒤엉켰다.

시간이 감각 없이 흘러갔다. 징검다리를 딛듯 훌떡훌떡 건너뛴 것도 같다. 의식도 무의식도 아닌 모호한 각성 상태에서, 나는 웽 하고 울리는 꽝음을 들었다. 주의를 끄는 소리였다. 위태롭고 불길한 소리였다. 모차르트의 의견은 이랬다.

엔진 소리야. 어떤 미치광이가 모는 자동차 엔진 소리.

2장
진이

나는 곁눈질로 스승을 살폈다. 차를 출발시킨 이후부터 스승은 말이 없었다. 핸들을 움켜쥐고 눈싸움을 하듯, 빗줄기가 쏟아지는 도로만 노려보고 있었다. 정수리에선 고양이 수염 같은 흰머리 몇 가닥이 깨춤을 추었다. 영장류센터 고물 밴은 악명 높은 망아산 굽잇길을 람보르기니처럼 질주하는 중이었다.

도무지 마음이 편치 않았다. 핸들을 잡았다 하면 모든 길을 F1 트랙으로 만드는 스승의 운전 습관 때문만은 아니었다. 말할 것을 말하지 않는 것이 더 신경 쓰였다. 평소에도 말이 많은 사람은 아니었다. 어떤 사안에 대해 두 문장 이상 설명하는 것도 싫어했다. 그렇기는 하나, 일방적인 동행 요구에 대한 해명 정도는 있어야 마땅했다. 하다못해 "피곤하지?" 같은 겉치레 인사라도.

스승의 전화를 받은 건 밤 9시가 좀 넘어서였다. 나는 방 청소를 끝내고 막 셔츠를 벗으려던 참이었다.

"자나?"

스승이 물었다. 나는 셔츠 단추를 풀며 책상 모서리에 엉덩이를 걸쳤다.

"아뇨."

피곤하긴 했지만 뻗어버리기엔 이른 시간이었다. 오히려 묻는 스승의 목소리가 나른하게 잠겨 있었다.

"그럼 잠깐 내려오지."

나는 왜냐고 묻지 않았다. 어디로 내려오라는 건지도 묻지 않았다. 목적이 분명한 호출이었다. 침팬지관의 유일한 성체 암컷인 팬이 드디어 출산 진통을 시작했다는 뜻이었고 조만간 침팬지 쉼터에 새 생명이 등장한다는 의미였다. 영장류센터가 개관한 이래 처음 맞이하는 침팬지 아기였다. 온 동네에 경사가 나기 직전인 셈이다.

내게는 보다 사적인 의미가 있었다. 나는 팬의 담당 사육사이자 양어미였다. 우리는 15년 전, 경기도의 한 테마파크 동물원에서 처음 만났다. 팬은 태어나자마자 어미에게 버림받은 갓난쟁이 침팬지였다. 나는 팬의 유모 임무를 맡은 사육사 보조 아르바이트생이었고 팬은 세 살이 될 때까지 내 손에서 자랐다.

그로부터 5년 후, 우리는 영장류센터에서 재회했다. 한쪽은 갓 이주해온 여덟 살짜리 침팬지로, 한쪽은 정식 사육사로. 팬이 나를 알아보는 데는 1초도 걸리지 않았다. 손가락 총을 쏘는 인사법도 기억하고 있었다. 바로 전날 헤어진 것처럼.

스승이 나를 부른 건 사적인 의미의 배려였다. 곧 '양할미'가 될 듯하니 어서 와서 기쁨을 누리라는 뜻이었다. 알면서도 마냥 고맙진 않았다. 곧장 달려가지도 않았다. 애먼 입술을 송곳니로 잘근잘근 물어뜯으면서 방 안을 오십 바퀴쯤 돌았다. 머릿속에선 두 목소리가 박 터지게 싸웠다.

한 목소리는 지금부터 영장류센터 일에 신경을 끄라고 말했다. 킨샤사에서 돌아온 후 이쪽 세계를 떠나기로 결심하고 실행하는 데 7개월이 걸렸다는 사실을 상기시켰다. 오늘로써 근무가 끝났다는 점도 짚어주었다. 내 업무와 책임은 후임자인 홍유미에게 넘어갔다는 점도.

다른 목소리는, 어쨌거나 오늘 자정까지는 영장류센터 직원이라고 주장했다. 당장 팬을 향해 달려가라 부추겼다. 팬이 제 어미처럼 아기를 팽개쳐버리면 어쩔 것인지 물었다. 그럴 경우 팬의 임시 거처인 격리실로 들어가 아기를 데려올 수 있는 사람은 나뿐이라고 자답했다. 홍유미에게 갓난쟁이를 맡기느니 지나가는 방아깨비한테 맡기는 게 낫다고 단언했다.

나는 풀었던 셔츠 단추를 잠갔다. 신분증을 목에 걸고 휴대전화만 손에 쥔 채 방을 나왔다. 밖에는 비가 쏟아지고 있었다. 내리기 시작한 지 꽤 된 것 같았다. 통행로 옆 수로로 빗물이 내처럼 흐르고 있었다. 우산을 가지러 갈까 하다가 그냥 뛰었다. 일단 가겠다고 결정하고 나자 마음이 급했다.

킨샤사의 기념품 가게를 탈출하던 밤 이래, 나는 달리기 최고 기록을 경신했다. 단 1분 만에 실내 쉼터 출입문에 신분증을 찍고 복도로 들어섰다. 의무실 앞에서 턱 끝까지 차오른 숨을 고른 후 문을 두 번 두들겼다. 답을 기다리지 않고 안으로 들어갔다. 왔다는 신호일 뿐 들어오라는 허락이 필요한 상황이 아니었으므로.

CCTV 모니터 앞에 다섯 사람이 모여 앉아 있었다. 스승과 수의사 박선생, '침팬지 집중력'에 관한 연구를 수행 중인 미래의 박사, 수습 3개월 차인 애송이, 사육사 홍유미. 팬의 출산이 온 동네 화젯거리이긴 한 모양이었다. 엔간해선 시간외근무를 하지 않는 홍유미까지 나와 앉은 걸 보면.

스승이 고개를 돌려 비어 있는 옆자리를 눈짓으로 가리켰다. 나는 뒷손질로 의무실 문을 닫았다. 도둑 걸음으로 의자에 가서 앉았다. 격리실과 연결된 창은 블라인드가 가리고 있고, 내 발소리가 이중 강화유리를 뚫고 넘어갈 리도 없지만 조심해서 나쁠 건 없었다. 위급상황이 아니라면 출산 과정에 끼어들거나 엿보는 걸 들켜서는 안 되었다. 외부 자극으로 인한 돌연한 긴장이 출산에 문제를 일으킬 수도 있었다. 아기를 빼앗길 거라 생각할 수도 있고. 최악은 놀란 나머지 제 아기를 해치는 일이었다.

임신 기간 내내, 나는 팬에게 몇 가지 동영상을 수시로 보여줬다. 암컷 침팬지의 출산과 산후 처리, 아기 다루기, 수유 등에 관한 영상이었다. 제 몸에서 나올 존재와 해야 할 일을 미리 눈에 익혀주는 일종의 사전 학습이었다. 팬이 출산 과정을 자연스레 받아들이고 제 아기를 거부하지 않도록.

의무실에 모인 이들의 공통 관심사도 거기에 있었다. 동물원에서 나고 자란 데다 제 어미에게 거부당했던 팬이 과연 학습한 과제를 성공적으로 해낼 것인가.

출산 기미가 나타난 건 지난 주말부터였다. 팬은 야외 쉼터에 나가지 않았다. 무리와 어울리지도 않았다. 신경이 예민해져서 아무한테나 사납게 굴었다. 나는 격리실에 짚으로 둥지를 만들고 팬을 이주시켰다. 팬은 둥지에 누워 거의 움직이지 않고 지냈다. 몇 시간 전, 내가 작별 인사를 하고 퇴근할 때까지도 그랬다. 끝내 아기를 못 보고 가는구나, 했다가 기어코 보고 가게 된 꼴이었다.

"왜 이렇게 진행이 늦는지 모르겠네."

박 선생이 손목에 찬 고무줄로 머리를 묶어 올리며 중얼거렸다. 딱히 누구한테 하는 말은 아니었다. 모두에게 들리는 혼잣말이었다. 초소한 어조로 미루어 난산 기미가 있는 모양이었다. 팬은 다리를 굽히고 엉덩이를 낮춘 자세로 둥지 옆에 서 있었다. 확실하게 보이진 않았지만 발밑이 젖어 있는 듯했다. 양수가 너무 일찍 터진 게 아닌가 싶었다.

나는 턱만 틀어 옆자리 스승을 살폈다. 눈을 화면에 둔 채 앞머리에 손가락을 넣어 마구 쓸어 넘기고 있었다. 염색이 빠져 적갈색이 된 머리칼이 거친 손가락 빗질에 부스스 일어났다. 스승이 좋아할 만한 비유인지는 모르겠으나, 막 잠자리에서 일어난 오랑우탄처럼 보였다. 어쩌면 정말로 조금 전에 잠을 깼는지도 몰랐다. 그러니까 내게 전화를 걸던 그때에.

스승은 팬을 격리실로 옮긴 날부터 비상근무를 시작했다. 시간이 날 때 짬짬이 자고 야간엔 의무실에서 대기했다. 혹여 있을지도 모를 위기의 순간을 놓치지 않으려면, 더하여 적절한 도움을 주려면, 무엇보다 침팬지관 최초의 신생아 탄생을 실시간으로 보려면 그리할 수밖에 없었다. 이십대 청춘도 버티기 힘든 일정이건만 스승은 팀원들의 만류를 무시했다. 그 바람에 한 사람씩 교대로 스승과 함께 밤을 새워야 했다. 스승의 수행비서, 조수, 제자 역할을 보조 업무로 하면서, 본업이 사육사인 나야 더 말할 필요도 없고.

나는 모니터로 눈을 돌렸다. 팬이 사타구니 사이로 손을 밀어넣고 있었다. 마침내 아기가 나오나 싶었던 그때, 갑자기 책상 위 전화기가 울기 시작했다. 갑자기 울리지 않는 전화가 세상에 어디 있겠는가마는, 이 경우는 진정한 '갑자기'였다. 이 시각에, 이곳으로 전화를 걸 사람이 없었으니까.

다들 움찔해서 전화기를 봤다. 나는 받지 않을 수 없었다. 전화기가 내 앞에 있는 데다 아무도 받으려는 시늉조차 하지 않았다.

"영장류센터 침팬지관입니까?"

수화기를 들자마자 우렁우렁한 남자의 목소리가 튀어나왔다. 목소리 너머는 온갖 소음으로 시끄러웠다. 사람들의 고함 소리, 호루라기 소리, 금속성 기계음, 무언가 와르르 무너지는 소리…….

나는 그렇다고 대답했다. 상대는 관등성명을 댔다.

"정주소방서 119 구조대 한기준입니다. 사육사 선생과 통화하고 싶은 데요."

그때 홍유미를 바꿔줬다면 상황이 달라졌을까. 나는 아무 생각 없이 '말씀하시라'고 대답했다. 상대는 이런 말을 들려주었다.

'인동호 주변 한 별장에서 불이 났고, 동물 여섯 마리가 별채에 갇혀 있었으며, 그중 침팬지 한 놈이 호숫가 미루나무 꼭대기로 도망가 한 시간째 내려오지 않는다. 꼭대기 쪽 나뭇가지가 가늘어서 사람이 올라갈 수 없고, 나무가 높은 데다 비바람이 불어 마취 총도 쏠 수 없으며, 동물 구조대가 출동하긴 했으나 침팬지 전문가가 없어 손을 못 쓰고 있으니 전문가인 당신이 와서 이 문제를 해결해줘야겠다.'

내가 해결할 사안이 아니었다. 영장류센터는 구조 기관이 아니라 연구 기관이었다. 밀반입 과정에서 발각된 영장류를 받아들인 적은 종종 있었지만 직접 구조에 나서는 일은 거의 없었다. 나선다 해도 필요한 인원이 최소 둘이었다. 구조를 맡을 자, 구조 후 처치를 맡을 자. 다른 말로 바꾸면 사육사와 수의사가 필요했다. 나는 송화 차단 버튼을 누르고 다섯 사람에게 통화 내용을 중계했다. 그들이 결정할 일이었다. 갈 것인가, 말 것인가. 간다면, 누가 갈 것인가.

"어떡할까요."

침묵이 흘렀다. 거절하라는 자도, 가겠다고 손들고 나서는 자도 없었다. 서로 눈빛만 주고받다가 슬금슬금 모니터로 시선을 돌려버렸다. 팬의 아기는 아직 산도 밖으로 나오지 않았다.

"자네랑 나랑 가지."

스승이 입을 열었다. 나는 놀란 나머지 그만 말문이 막혀버렸다. 상상도 하지 못한 결정이었다. 기다리던 순간을 앞두고 스승이 직접 나섰다는 점에서 놀라웠다. 수의대 출신이긴 했으나 임상 경험이 없는 연구자라는 점에서도 의외의 결정이었다. 구조 담당자로 나를 지목했다는 점에선, 화가 났다.

나는 어젯밤을 스승 곁에서 새웠다. 오늘은 종일 일벌처럼 날아다녔다. 남은 업무를 정리하고, 짐을 챙기고, 방 청소를 하느라. 내일은 새벽같이 일어나 인천공항으로 가는 기차를 탈 예정이었다. 이후 최소 열세 시간 동안 비행기에 구겨 박혀 있어야 했다. 프랑크푸르트까지 열두 시간, 그곳에서 베를린까지 한 시간여. 무엇보다 나는 자정 이후부터 직원이 아니었다. 그런데 같이 가자니. 이 무슨 경우 없는 처사일까.

나는 혀끝까지 밀려나온 볼멘소리를 눌러 삼켰다. 송화 차단을 풀고 한기준에게 말했다.

"지금 가겠습니다."

스승은 밴의 키를 찾아들고 의무실을 나갔다. 네 사람은 하던 일로 돌아갔다. 모니터 화면에 눈을 붙이고, 소리 없이 숨을 쉬는 어려운 일로. 그들 사이에 흐르는 기류가 기상청 일기도처럼 읽혔다. 총이 가면 총알도 따라가는 게 당연한 이치라는 빨간 기류, 비 오는 야밤에 침팬지 체포조로 차출되는 재수 없는 자가 자신이 아니라는 데 안도하는 파란 기류,

그런 심사를 노골적으로는 보여주지 않겠다는 검은 기류.

나는 의무실을 나갔다. 식품 보관실로 들어가 파인애플 조각들을 닥치는 대로 비닐봉지에 담았다. 창고에선 낚싯대와 망원경과 주머니칼을 챙겼다. 뭔가에 삐쳐서 나무 꼭대기나 높은 구조물 위로 올라가 시위하는 녀석들을 꼬드길 때 쓰는 도구들이었다. 그 밖의 것들은 밴 짐칸에 실려 있었다. 이동 장 겸 포획 틀, 마취 총, 네트건, 담요, 응급처치 상자……

스승은 침팬지관 앞에 밴을 세우고 대기 중이었다. 내가 조수석에 타자 바로 차를 출발시켰다. 이후 쭉 말이 없었다. '명령에 따른다'와 '명령의 의도를 이해했다'가 동의어라고 여기는 것처럼. 나는 스승에게 묻는 대신 혼자 이해를 해보려 애썼다.

박 선생은 출산 현장에 있어야 하는 사람이고, 연구원은 반드시 출산 장면을 봐야 하는 사람이며, 수습은 아직도 제인과 아치를 헷갈리는 얼뜨기인 데다, 홍유미는 스승의 천적이었다. 홍유미가 세상만사에 지랄하는 성격이라면 스승은 '지랄'에 대한 면역력이 없는 사람이었다. 꼴사납게 혼자 핏대를 세우다 뒷덜미를 잡고 쓰러지기 일쑤였다. 최근에는 홍유미와 독대할 기미만 보여도 허둥지둥 도망쳐버리고는 했다. 그러니 나밖에 더 있었겠는가.

인동호는 정주시 동쪽 끝에 있었다. 서쪽 끝인 영장류센터와는 정반대편이었다. 무곡 골짜기의 물길이 도착하는 종점이기도 했다. 때문에 그곳으로 가려면 도심을 횡으로 관통해야 했다. 스승의 운전으로도 30분 이상 걸리는 거리였다. 도착 시각을 어림하면 10시 이쪽저쪽쯤 될 것 같았다. 도망친 침팬지는 두 시간가량 비를 맞는 셈이었다.

내가 알기로 침팬지는 고양이만큼이나 비를 싫어한다. 어쩌다 소나기라도 맞으면 빗물이 아니라 똥물을 뒤집어쓴 얼굴이 된다. 그걸 이쪽 업계에선 '비 표정'이라고 부른다. 예외야 있을 테지만 대부분은 그렇다. 설령 도망친 녀석이 봄비를 좋아하는 감성적인 침팬지라 해도 오랜 시간 비를 맞는 일 자체가 위험했다. 저체온증에 빠지거나 폐렴에 걸리기 십상이었다. 도주 과정에서 상처를 입었다면 생명이 위험할 수도 있었다. 스승은 그 점을 우려하는 듯했다. 그것을 명분 삼아, 곡예 운전과 폭주 사이를 당당하게 오갔다.

문제의 별장은 호숫가 별장 지대 맨 끝에 있었다. 널찍널찍한 별장들 중에서도 가장 넓은 집이었다. 옆집과의 사이에는 너른 숲이 우거져 외딴집에 가까웠다. 대문이 활짝 열려 있어 벨을 누르는 수고는 할 필요가 없었다. 스승은 진회색 잿물로 뒤덮인 마당으로 밴을 진입시켰다.

불은 진화된 상태였으나 별장은 폐허에 가까웠다. 흡사 숯덩이를 깎아 만든 집 같았다. 외벽, 창문, 발코니, 기둥, 현관 포치, 무엇 하나 빠질 것 없이 새카맸다. 무너진 지붕 밑에선 암회색 잔연이 바글바글 피어오르고 있었다.

동물들이 갇혀 있었다는 별채는 비교적 멀쩡해 보였다. 파란 차양이 덮인 옥외 주차장도 무사했다. 널찍한 마당은 온갖 차량으로 북적거렸다. 소방차 다섯 대, 지휘 차량 팻말을 단 밴, 119 구급차…….

소방관들은 빗줄기와 포연 같은 연기 속을 바쁘게 오가며 뒷정리를 하는 중이었다. 야생동물 구조대 차나 소속 직원으로 보이는 이는 없었다. 내가 구조 요청을 받아들이자마자 철수해버린 모양새였다. 하기야 그들이 침팬지 체포 조를 기다릴 이유는 없겠지 싶었다. 그보다는 구조한 다른 동물의 처리가 우선이었을 테니까.

나는 머리를 옆으로 기울여 사이드미러를 봤다. 우리를 맞아주는 사람이 있나 해서. 호숫가 쪽에서 한 남자가 달려오고 있었다. 번쩍 들어올린 손은 옥외 주차장 쪽을 가리키고 있었다. 스승은 남자가 보내는 수신호에 따라 주차장에 밴을 세웠다. 나는 글로브 박스에서 비닐 우비 한 장을 꺼내 스승에게 건넸다. 남은 하나는 내 몸에 걸친 후 차에서 뛰어내렸다. 매운 연기 냄새와 뜨거운 화기가 공습하듯 덮쳐왔다.

"좀 전에 전화드린 한기준입니다."

남자는 스승 앞에 도착해 인사를 건넸다. 나는 밴의 짐칸 문을 열고 가져온 준비물을 끌어내렸다. 구급 키트는 스승이 챙겼다. 바퀴가 달린 포획용 이동 장은 한기준이 맡았다. 담요는 현장에 준비돼 있다기에 차에 그냥 두었다.

"이쪽으로 오시죠."

한기준은 자신이 나타났던 곳으로 방향을 잡았다. 키도, 체구도 위압적으로 큰 남자였다. 한쪽 다리가 약간 불편해 보였으나 움직임은 절도 있고 민첩했다. 가장 인상적인 것은 간결하고 논리적인 말투였다. 스승이 좋아할 만한 타입이었다. 어쩌면 이미 그런 듯도 했다. 축구장만 한 마당을 가로질러서 야외 수영장 옆을 지나고 통나무를 박아 만든 계단을 내려가는 내내 한기준과 보속을 맞추면서 한기준의 말에 주의를 집중하고 있었다.

소방차가 이곳에 도착했을 땐 본채 1, 2층 모두 활활 타고 있었다. 안에는 사람이 없었으나 본채와 기역 자 방향으로 놓인 별채 쪽이 시끄러웠다. 철문 같은 것을 두들기고 흔드는 소리, 높고 날카로운 새소리가 이중주로 들려왔다고 했다. 구조팀은 도어록이 설치된 별채 문을 '빠루'로 따고 진입했다. 그사이 구조팀을 불러들인 이중주는 딱 그쳤다.

별채엔 아직 불이 옮겨붙지 않았다. 유독성 연기만 부옇게 스며든 상태였다. 실내는 정전이 돼 어두웠고, 칸막이로 분리된 유리장 안엔 희한

한 동물들이 갇혀 있었다. 악어, 거북이, 천산갑 한 쌍, 몸통이 소나무 둥치만 한 비단구렁이……. 맨 끝 대형 철창에는 침팬지 한 마리가 쓰러져 있었다고 한다.

"우리는 놈이 새소리를 냈을 거라고 판단했습니다."

한기준이 말했다. 나는 고개를 갸우뚱했다. 침팬지가 새소리를 낸다고?

"달리 그럴 만한 놈이 없으니까요."

일리가 있는 말이었다. 나머지는 입이 있으나 소리를 낼 수 없고, 손이 있으되 철창을 흔들 수 없었을 테니.

"댓 살짜리 아이만 한 놈이었는데, 의식이 전혀 없어 보였습니다."

확인차 놈의 손을 건드려봤다고 했다. 놈은 눈을 뜨지 않았다. 어깨를 흔들어봤으나 마찬가지였다. 한기준은 놈이 구조를 요청하다 탈진했거나 연기에 질식돼 기절했다는 판단을 내렸다. 야생동물에 대한 경계심도 잠깐 내려놓았다.

"속았다면 믿으시겠습니까?"

한기준이 철창 자물쇠를 부수고 문을 여는 순간, 시커먼 것이 얼굴로 날아왔다고 했다. 정신이 들고 보니 자신은 턱을 감싸 쥔 채 바닥에 나자빠져 있었다고 했다. 말해봐야 입만 아프지만 놈은 이미 도망쳐버린 후였다.

정리하면 이런 얘기였다. 기절한 줄 알았던 놈이 훌떡 날아올라 한기준의 턱을 무릎으로 들이받은 후 홀연히 사라졌다. 곰이 너구리한테 들이받혀 뻗어버린 꼴이었다. 한기준은 이 점에 대해 야생동물 구조대에게 물어봤다고 했다. 어떻게 그런 일이 가능한가.

그들은 이런 답변을 들려주었다. 침팬지의 육체적 능력은 인간보다 네 배쯤 뛰어나다. 성인 남자 하나쯤 해치우는 건 일 축에도 못 낀다. 아직 어린 놈이라 그 정도에서 끝났을 거다. 다 자란 놈이었다면 팔을 잡아 뜯어났을 거다. 외국에선 반려 침팬지가 주인의 얼굴을 물어뜯어 없애버린 사건도 있었다. 그러니 침팬지를 만날 땐 맹수 대하듯 하시라.

한기준은 말을 멈추고 나와 스승을 번갈아 바라봤다. 정말 그런지 묻는 표정이었다. 지나치게 겁을 준 게 아닌가 싶었지만 터무니없는 말은 아니었다. 힘도 힘이지만 잔머리가 끝내주는 종족이었다. 한기준이 바로 그 증거 아니겠는가.

119 구조대는 온갖 난리법석을 피우면서 놈을 호숫가 부교로 몰고 갔다. 긴 대치가 시작된 건 놈이 부교 앞 미루나무로 올라간 후부터였다. 그 바람에 팀원들은 퇴근도 하지 못하고 빗속에서 벌을 서고 있다고 했다.

"그 정도 규모였다면 사육사가 따로 있었을 텐데요."

스승이 처음으로 입을 열었다. 한기준은 고개를 저었다.

"없었습니다. 수차례 확인한 사안입니다. 둘 중 하나겠죠. 애초에 사육사가 없었거나, 있었는데 내뺐거나."

후자일 거라고 나는 생각했다. 사육사 혼자 감당하기엔 동물이 너무 많았다. 거북이를 머리에 이고, 소나무 등치만 한 구렁이를 목에 걸고, 악어를 등에 업고, 천산갑 한 쌍과 침팬지를 양손에 움켜쥔 채 내달릴 능력이 있다면 또 모를까. 그렇다고 동물사를 열어 방사해버릴 수도 없었을 것이다. 자기가 도망치는 쪽이 가장 간단했겠지. 내가 킨샤사에서 그리했듯이.

우리는 계단을 내려가 호숫가 산책로로 들어섰다. MMA수지가 깔린 붉은 길을 따라 키 큰 미루나무들이 가로수처럼 촘촘하게 이어졌다. 그 한중간에 약 10여 미터가량 이가 빠진 부분이 있었다. 통나무 부교가 호수를 향해 길게 뻗어나간 곳이었다.

문제의 미루나무는 부교 입구에 홀로 덩그러니 서 있었다. 구조대가 손을 쓰지 못하는 이유를 알 것도 같았다. 키는 30미터쯤 돼 보였으나 둥치가 그리 굵지 않았다. 4~5미터 높이에서 첫 가장귀가 졌고, 중간 가지들이 호수 쪽을 향해 넓게 펼쳐진 데다 우듬지는 잔가지와 무성한 이파리로 뒤덮여 있었다.

나무 주변에는 119 공작차가 상향등을 켠 채 대기 중이었다. 서치라이트 두 대는 우듬지를 향해 눈부신 백광을 쏘고 있었다. 환한 대기 속에선 빗줄기가 쇠막대처럼 번득번득거렸다. 나무 밑에 깔린 매트리스는 나뭇잎과 잔가지들로 뒤덮여 있고, 10단짜리 알루미늄 사다리가 가장귀 밑에 걸쳐져 있었다. 검은 우비 차림의 구조대원들은 사다리 옆에 멀뚱하게 선 채로 우리를 맞았다.

나는 이 풍경을 다음과 같이 해석했다. 사다리는 대원들이 나무에 올라가보려고 시도한 흔적, 매트리스를 뒤덮은 나뭇잎과 잔가지들은 놈이 저항한 흔적.

"금방 저쪽으로 옮겨갔습니다."

한 구조대원이 호수 쪽으로 쏠려 있는 중간 가지를 가리켰다. 부채꼴로 뻗쳐올라간 나뭇가지들 뒤편에 거무레한 그림자가 걸려 있었다. 발은 아래쪽 가지에 걸치고 양손으로 머리 위쪽 가지를 붙든 채 반듯하게 서 있는 자세였다.

나는 목에 건 망원경을 눈에 대고 거리를 조절했다. 거무레한 형상이 좀 더 확실한 형체를 가지고 시야로 들어왔다. 들은 대로 어린 침팬지 같았다. 키가 제인과 비슷해 보였으나 체형이 좀 달랐다. 몸통이 가늘고 팔보다 다리가 더 긴 느낌이었다. 등도 훨씬 곧아 보였다. 인간의 기준으로 보자면 시대의 요구에 부합하는 체형이라고나 할까.

망원경을 근접 초점으로 조절하자 표적의 얼굴이 성큼 다가왔다. 놈은 나뭇잎 사이로 눈만 내놓고 있었다. 좀 더 앞으로 당기자 동굴처럼 깊고 검은 눈이 시야를 꽉 채웠다. 나를 향해 말을 걸어오는 듯한 눈이었다. 넌 또 누구냐.

나도 안다. 지나친 상상이며 근거 없는 직감이라는 걸. 스승이 늘 지적하는 '문제적 관점'이기도 했다. 수십 미터 상공의 나뭇가지 뒤에 숨어서 망원렌즈 속 눈을 향해 말을 걸 수 있다면 그건 침팬지의 눈이 아닐 것이다. 전지적 시점을 가진 신의 눈이겠지. 알면서도 나는 소리 없는 눈동자의 말에 정신을 빼앗겼다.

'눈동자의 말'은 주로 배가 고프거나, 상처가 났거나, 위험에 처했거나, 곤경에 빠진 동물들이 보내오는 신호였다. 때로는 평화로운 침팬지관에서도 들린다. 그들은 인간이 생각하는 것 이상으로 인간을 잘 안다고 말한다. 자신들의 생사여탈권을 쥔 자가 인간이라는 점도 안다고 말한다. 싫고 무서워도, 자신이 살려면 인간으로 하여금 손을 내밀게 만들어야 한다는 걸 이해하고 있다고 말한다. 이 서늘하고 처연한 말이 나를 사육사로 만들었고, 사육사를 그만두게도 만들었다.

"이쯤에다 둘까?"

스승이 이동 장을 매트리스 끝에 위치시키며 물었다. 대답 대신 나는 한기준을 돌아봤다.

"모두 산책로 밖으로 나가주세요."

한기준과 팀원들, 스승까지 산책로 끝으로 물러섰다. 나는 '놈'을 위한 꽃길을 깔기 시작했다. 이동 장에서 나무 둥치까지, 장기알만 한 파인애플 조각을 한 발짝에 하나꼴로 늘어놨다. 낚싯대 끝에도 한 조각을 끼웠다. 남은 여남은 조각은 비닐봉지에 담아서 손목에 찼다. 지원사격을 할 참인지 한기준이 팀원으로부터 마취 총을 건네받고 있었다. 한마디 해두지 않을 수 없었다.

"제 허락 없이 그걸 쓰면 안 됩니다."

한기준은 대꾸하지 않았다. 나를 향해 뻗어오는 무표정한 시선은 이렇게 되묻고 있었다.

허락?

나는 낚싯대를 쥐고 사다리 첫 칸에 올라섰다. 놈은 조용했다. 두 칸, 세 칸…… 여섯 칸까지가 심리적 안전거리였다. 일곱째 칸에 발을 디디자마자 머리 위가 시끄러워졌다. 가늘고 날카로운 새소리가 빗줄기 속으로 솟구쳤다. 숨이 넘어갈 만큼 길게 이어지는 고음의 비명이었다. 잠시 움직임을 멈추고 위를 봤다. 진즉에 던져봤어야 할 질문이 머리를 스쳤다. 저놈이 침팬지라고?

새소리의 옥타브는 가파른 상승 곡선을 타기 시작했다. 나뭇가지들은 태풍에 얻어맞은 것처럼 뒤흔들렸다. 비에 젖은 나뭇잎들이 낙석처럼 쏟아졌다. 그로 인해 나는 사다리에서 떨어질 뻔했다. 물론 나뭇잎에 얻어맞아 머리가 깨진 건 아니었다. 나뭇잎이 눈두덩에 들러붙으면서 순간적으로 시야를 가렸고, 그 바람에 몸의 균형을 잃었다. 한기준이 몸을 날리듯 달려와 잡아주지 않았다면 사다리와 함께 넘어갔을지도 모른다.

짜증이 났다. 명색이 '전문가'로 초대됐는데 초장에 모양새가 빠진 꼴이었다. 이 경우, 발언의 권위부터 떨어지게 마련이었다. 이를 증명하듯 한기준은 통행로 밖으로 되돌아가지 않았다. 어째 좀 불안한데, 하는 표정으로 마취 총을 깐닥깐닥 흔들면서 사다리 밑에 서 있었다.

나는 머리를 흔들어 나뭇잎들을 떨어내고 위를 봤다. 어느새 놈은 더 위쪽 나뭇가지로 올라가 있었다. 여전히 육안으로는 세부 사항을 볼 수 없었다. 아래쪽보다 나뭇잎이 무성해 망원경으로도 보이지 않았다. 스스로 던진 질문의 답을 알려면 더 가까이 가야 했다. 저놈이 침팬지인가, 아닌가.

사다리의 남은 칸을 성큼성큼 올라갔다. 놈이 비명을 지르든지 말든지, 나뭇잎 폭격을 퍼붓든지 말든지. 가장귀에 도착한 후 한쪽 둥치에 몸을 기댔다. 비에 젖어 부풀어오른 나무 표피가 말캉말캉 밟혔다. 가장귀에 디딘 발이 물러진 표피를 긁어내며 자꾸 미끄러졌다. 나는 반대편 둥치에 한쪽 발을 올려놓고 힘주어 버텼다. 위태롭기 짝이 없는 균형이었다.

다시 망원경을 들어올렸다. 놈은 까마득한 상공에서 밑을 굽어보고 있었다. 우듬지의 나무줄기 서너 가닥을 한 손에 움켜쥐고 어린애 팔뚝만한 나뭇가지를 두 발로 붙잡고 선 상태였다. 나는 렌즈를 좀 더 당겨 놈의 몸을 세부적으로 살피기 시작했다. 비에 젖어 들러붙은 5대 5 단발머리, 다홍빛 입술, 가냘픈 어깨, 작은 유방, 가랑이 사이에 나붙은 계란만한 1차 성징까지.

현기증이 덮쳐왔다. 귀가 먹먹해지면서 힘이 빠졌다. 망원경은 손아귀를 빠져나가 가슴팍에 내리찍혔다. 누군가 손날로 오금을 친 것처럼 무릎이 툭 접혔다. 입 밖으로 헛, 하는 소리가 튀어나간 것도 같다. 한기준이 "괜찮아요?"라고 물은 걸로 미루어. 추가로 권위를 잃는 순간이자 괜찮다고 답할 수 없는 상황이었다. 나는 단숨에 7개월을 거슬러 작년 10월로 소환당한 참이었다.

내가 서 있는 곳은 미루나무 가장귀가 아니었다. 킨샤사 기념품 가게 안이었다. 잊으려 애썼던 철장 속 아이가 정면에서 나를 바라보고 있었다. '너는 누구야?'라고 눈으로 물어왔다. 내 검지를 구원처럼 틀어쥐고 있던 뜨겁고 까칠한 손의 감촉이 되살아났다. 살갗 밑에서 꿈틀대는 근육처럼 생생하고도 현재적인 감각이었다. 낚싯대를 쥔 손이 경련하듯 움찔거리기 시작했다.

"괜찮나?"

이번엔 스승이 물어왔다. 나는 눈을 껌벅거려 환영을 쫓아냈다. 시선을 내려보니 두 남자가 사다리 앞에 나란히 서 있었다.

"침팬지가 아니에요."

다음 말은 할 필요가 없었다. 스승이 알아서 답을 제시해왔다.

"보노보인가?"

놀란 목소리가 아니었다. 답을 알고 있었던 양 차분한 어조였다. 비명소리로 알아차렸겠지 싶으면서도 왈칵 화가 치밀었다. 뒷덜미의 힘줄이 빳빳하게 섰다. 턱 밑에선 피가 급발진하듯 윙, 하고 돌았다. 스승과 저 아이가 공모해 나를 이 일로 끌어들였다는 턱도 없는 의심이 머리를 들었다. 스승이 킨샤사의 일을 알 리 없고, 저 아이가 킨샤사의 그 아이일 리 없건만.

"암컷이에요."

나는 가까스로 대답을 내놨다. 킨샤사의 그 아이 또래가 아닐까 싶었다. 열 살 혹은 그 아래.

"아직 어린 개체고요."

스승이 한숨 같은 혼잣말을 내뱉었다.

"아이고, 어쩌다가……."

내가 하고 싶은 말이 바로 그 말이었다. 어쩌다가, 도대체 어쩌다가 저 아이는 여기까지 왔을까. 어쩌다가, 저 머나먼 적도의 밀림에서 극동의

66

어느 호숫가 별장까지 끌려와 악어와 구렁이가 사는 동물사에 갇혔을까.

나는 낚싯대를 펴서 아이 쪽으로 올려보내기 시작했다. 여섯 칸을 다 폈는데도 길이가 한참 모자랐다. 아이가 중간 가지까지 내려와 손을 뻗어야만 닿을 거리였다. 설상가상으로 사방에서 불어닥치는 바람이 낚싯대를 마구잡이로 끌고 다녔다. 아래쪽 손잡이를 쥐고 있는 내 몸도 함께 휘청거릴 수밖에 없었다. 아이는 낚싯대가 나뭇가지를 스칠 때마다 비명을 질러댔다. 낚싯대가 아니라 구렁이가 올라오기라도 한 것처럼.

"괜찮아, 아가. 겁내지 마."

나는 필사적으로 다리를 버티면서 말을 걸었다. 다급했던 나머지 다시는 입에 담지 않으리라 결심한 말이 뒤따라 튀어나왔다.

"나는 네 친구야. 진이, 이진이."

아이가 돌연 비명을 그쳤다. 내 말에 귀를 기울이는 느낌이었다. 적어도 나는 그렇게 느꼈다. 아주 신빙성 없는 느낌은 아니라고 생각했다.

왐바의 류는 보노보가 인간과 가장 비슷한 동물이라고 했다. 감성적으로도, 공감 능력 면에서도, 기억력 면에서도. 인간 내면의 감정을 침팬지보다 훨씬 더 잘 읽는다고 했다. 인간의 말을 알아들을 수는 없지만 말에 내포된 감정을 읽고, 반응하고, 기억한다고도 했다. 나아가 사건적 기억을 한다고 했다. 누가, 언제, 어디서, 무엇을, 어떻게, 왜.

추측을 해보자면 별장 사육사는 여자였을 것이다. 아이에게 먹이를 줄 때마다 자기 이름을 말해줬을 것이다. 어쩌면 사육사의 이름이 나와 비슷했을지도 모른다. 이진희라든가, 이진아라든가, 이지니라든가. 나는 한 번 더 이름을 말해줬다. 호숫가에서 울어대는 개구리도 알아들을 수 있을 만큼, 또박또박, 큰 소리로.

"나는 진이야. 네 친구 이진이."

낚싯대가 아이 발아래 어디쯤에 도착했다. 이번에는 비명이 터지지 않았다. 위치를 옮겨가지도 않았다. 잠자코 나를 지켜보는 기색이었다. 나는 손톱 끝으로 톡톡 소리 나게 낚싯대를 쳤다.

"그거 한번 먹어볼래?"

아이가 움직이는 기척은 없었다. 나는 내 머릿속 거울로 아이의 머릿속을 비춰봤다. 먹고 싶다는 욕망과 잡힐지도 모른다는 공포가 시끄러운 충돌을 일으키고 있었다. 내 해결법은 기다리는 것이었다. 먹고 싶다는 욕망이 공포를 이길 때까지 잠자코. 서로 숨소리조차 내지 않는 정적의 시간이 흘러갔다.

나로 말하자면, 기다리는 데 도가 튼 사람이었다. 아무 짓도 하지 않고 목표만 바라보면서 버티는 일을 나보다 더 잘하는 생명체는 지금껏 본 바가 없다. 나는 아이가 먼저 움직일 것이라 자신했다. 얼마 후, 자신한 대로 되었다.

아이가 움직이기 시작했다. 낚싯대가 손에 닿는 가지까지 미끄러지듯 내려와 잽싸게 파인애플을 뽑아갔다. 나쁘지 않은 출발이었다. 아니, 나쁘지 않은 정도가 아니었다. 이만하면 초고속으로 진도를 뺀 셈이었다. 다음 단계는 나와 아이의 거리를 낚싯대 한 칸만큼 더 좁히는 것이었다. 나는 낚싯대를 접어 내린 후 파인애플 조각을 끝에 꽂았다.

"여기 또 있어."

나는 낚싯대를 다섯 칸만 펴서 올려보냈다.

"가까이 와. 나는 널 해치지 않아."

이전보다 더 긴 정적이 지나갔다. 당연한 일이었다. 가까워지는 거리만큼 위험도 증가한다는 걸, 아이는 잘 알고 있을 테니까. 나는 기다리고, 기다리고, 기다렸다. 아이가 두려움을 이겨내고 이겨낸 만큼의 거리로 다가올 때까지 꿈쩍하지 않았다. 결국 아이가 다시 다가왔다. 비록 파인애플을 손에 넣자마자 원래 자리로 돌아가버리긴 했지만.

나는 세 번째 파인애플을 꽂고 낚싯대를 네 칸으로 줄였다. 아이는 파인애플을 뽑아 들고 두 번째 내려왔던 자리로 돌아갔다. 나는 네 번째 파인애플을 꽂았다. 아이는 세 번째 자리로 내려왔다. 시간이 걸리긴 했으나 우리 사이는 차차 좁혀들었다. 여섯 번째 파인애플을 꽂았을 땐 나와 직접 눈을 맞출 수 있는 거리까지 와 있었다.

아이는 두 발로 나뭇가지를 움켜쥐고 거꾸로 매달린 채 눈썹 뼈 아래로 나를 내려다보았다. 시선의 날이 내 눈동자 가장자리를 따라 움직이는 느낌이었다. 용접기로 무쇠 벽을 따는 용접공처럼 느릿느릿 내 눈을 열고 있었다. 또다시 킨샤사의 아이가 기억 속에서 소환됐다. 창살 앞에 다가앉아 턱을 치켜들고 시선을 미끄러뜨려 나를 읽던 그 눈과 똑같았다.

나는 숨을 삼켰다. 각막이 불에 탄 것처럼 뜨겁고 쓰라렸다. 불쑥불쑥 눈을 돌려버리고 싶은 충동이 치밀었다. 충동을 제어하느라 아이가 아닌 내 마음부터 달래야 했다. 생각하지 마. 아무 생각도 하지 마. 아이를 불러 내리는 데만 집중하라고.

"이리 와. 괜찮아."

내 목소리는 점점 낮아져서 속삭임에 가까워졌다. 낚싯대도 지팡이 길이로 줄어들었다. 팔만 뻗으면 아이를 잡을 수 있는 거리였으나, 나는 그리하지 않았다. 대신 마지막 파인애플을 낚싯대 끝에 꽂았다. 안전거리를 지켜야 했다. 아이를 나무 아래로 유도하는 게 최선이었다.

나는 아이와 눈을 맞춘 채, 나무둥치에 걸쳤던 발을 사다리에 내려놓았다. 순간, 가장귀의 표피가 벗겨지면서 디디고 있던 오른발이 주룩 미끄러졌다. 그 바람에 사다리에 내려놓은 발까지 허공으로 들렸다.

1초. 아니 1초의 반도 되지 않았을 것이다. 그 짧은 시간에 두 가지 일이 한꺼번에 일어났다. 아이가 팔을 쭉 뻗어 내 손목을 틀어잡았고 나는 무언가 대기를 가르고 날아오는 소리를 들었다. 이어 날카롭고 짧은 아이의 비명 소리도 들었다. 무슨 일인지 알아차리기도 전에 아이의 다리가 나뭇가지에서 떨어졌다. 나와 아이는 손을 맞잡은 채 매트리스로 추락해버렸다.

"괜찮습니까?"

한기준의 목소리가 머리 위에서 들려왔다. 나는 발딱 일어났으나 아무것도 볼 수 없었다. 머리 위에서 세상이 흔들, 돌았다. 검은 점들이 파리 떼처럼 시야를 점령했다. 다리가 풀리고 몸이 한쪽으로 무너졌다. 와중에 어깨를 붙잡아주는 누군가의 손을 느꼈다. 나는 몸을 맡긴 채 눈을 끔벅거렸다.

잠시 후 파리 떼가 사라졌다. 그 자리에 두 남자가 나타났다. 정면에 한기준이 마취 총을 쥐고 서 있었다. 내 옆에 서서 어깨를 붙잡고 있는 사람은 스승이었다. 나는 고개를 돌려 주변을 두리번거렸다. 두어 발짝 떨어진 곳에 아이가 널브러져 있었다. 허벅지에 박힌 것은 마취 총 주사기가 분명했다. 머리가 다시 핑 도는 것 같았다. 목 밑에선 천불이 일었다. 그러니까 지금 마취 총을 쐈단 말이지. 내 허락도 받지 않고.

"무슨 짓이에요?"

나는 고개를 돌려 한기준을 쏘아봤다. 한기준의 눈이 무표정하게 굳어졌다.

"나는 선생 팔이 저 놈 손에 찢어지는 줄 알았소만."

'나는 아무 때나 총을 쏘는 골빈당 행동대원이 아니다'라는 항변이었다. 나무 위의 상황을 거꾸로 읽은 것에 대한 해명이기도 했다. 야생동물 구조대에게 받은 과잉 교육이 과잉 대응을 불러온 셈이었다.

치미는 울화통을 참느라 뱃속이 다 울렁거렸다. 성질대로 하자면 한기준의 센터를 걷어차버리고도 남았다. 합리적으로 따지자면 인간 구조 전문가인 한기준에겐 가장 적절한 행위였을 것이다. 화를 내려면 상황을 제어하지 못한 스승에게 내야 했다. 당황한 표정으로 봐선 스승도 한기준과 같은 판단을 한 것 같지만.

나는 쏘아보는 상대를 스승으로 바꿨다. 스승은 눈을 내리뜨고 아이 쪽을 돌아봤다. '계속 화만 내고 있을 거냐'는 얘기였다. 적절한 지적이기는 했다. 몇 시간씩 비를 맞고 덤으로 마취 총에 맞아 널브러진 아이보다 더 급한 게 뭐가 있겠는가. 몸을 돌려 아이에게 다가갔다. 스승이 진료 상자를 들고 곁에 와서 앉았다.

돌팔이 수의사가 진단한바, 아이의 호흡은 정상이었다. 반사 반응도, 맥박도. 체온이 낮았으나 전반적 상태가 아주 나쁘지는 않았다. 아주 나빠지기 전에 안정된 환경으로 옮기는 게 우선이었다. 스승은 한기준에게 담요와 들것을 요청했다. 일단 영장류센터로 후송할 것이며 차후 주인이 나타나면 센터로 연락하라 덧붙였다. 한기준은 동의했다.

아이는 담요에 싸인 채 들것에 실려 영장류센터 밴으로 운반됐다. 나는 들것을 밴 짐칸으로 끌고 올라가서 이동 장 바닥에 담요를 깔고 아이를 눕혔다. 우비를 벗고 비에 젖은 아이의 몸부터 마른 수건으로 닦았다. 짐작했던 것보다 훨씬 더 몸이 가냘팠다. 키도 더 작았다. 갈비뼈가 훤히 드러나 보일 정도로 살집도 없었다. 더하여 몸 여기저기에 나았거나 나아가는 상처들이 있었다. 상해의 흔적인지, 자해의 흔적인지, 부상의 흔적인지는 몰라도.

도무지 믿기지 않는 일이었다. 이런 몸으로 러시아 불곰처럼 생긴 한기준을 날려버리고, 네 명의 구조대원들을 상대로 도주극을 벌이고, 나무 꼭대기에서 비를 맞아가며 몇 시간을 버텼다니. 아니, 악어와 구렁이가 사는 소굴에서 제정신으로 살아남았다는 사실 자체부터 기적이었다.

"그럼 수고들 하시오."

스승은 운전석 문을 열다가 뒤늦게 생각난 듯 한기준에게 손을 내밀었다. 한기준은 스승의 손을 맞잡았다.

"도와주셔서 고맙습니다. 덕택에 저희도 퇴근할 수 있게 됐습니다."

진심으로 고마워하는 표정이었다. 꼭 생색을 내고 싶은 건 아니나, 실제로 자기들을 퇴근시킨 사람에겐 눈인사조차 없었다. 스승은 시동을 걸고 칸막이 틈새로 나를 내다봤다.

"그만 앞으로 오지."

그럴 수 없었다. 적어도 혼자서는 앞으로 갈 수 없었다. 아이의 체온이 35도로 떨어져 있었다. 맥박과 호흡수도 감소했고 입술은 청보라색을 띠고 있었다. 물기 제거나 담요로 해결할 문제가 아니었다. 마취가 깨기 시작하면 저체온증이 훨씬 심해질 테니까. 히터를 튼다 해도 짐칸 칸막이 때문에 체온 상승 효과를 기대하긴 어려웠다. 직접 체온을 올릴 수 있는 물건이 필요했다. 핫팩이나 그와 비슷한 효능을 가진 것.

"저체온증이 온 것 같아요. 히터 좀 틀어주세요. 앞으로 데려갈게요."

나는 아이를 담요로 감싸 안고 짐칸에서 뛰어내렸다. 조수석에 올라타자 스승이 놀란 얼굴로 나를 맞았다. 이유를 모르는 바 아니었다. 아직 관계가 형성되지 않은 개체라는 점에서 내 행동은 무모하고 위험했다. 의식이 없다는 점은 불안한 안전장치였다. 언제 마취에서 깨어날지, 깨어나면 무슨 일이 일어날지, 누구도 알 수 없었다.

"뒤에 놔두면 죽을지도 몰라요."

스승은 별말 없이 차를 출발시켰다. 나는 빈틈없이 밀착해서 아이를 끌어안았다. 담요 안으로 손을 밀어넣고 아이의 등을 가만가만 문질렀다. 들릴 리 없는 말을 아이의 귀에 대고 속삭였다. 곧 도착할 거야. 조금만 더 버티면 돼.

아이가 안정을 찾기 시작한 건 시가지를 벗어나 외곽 도로로 접어들었을 때였다. 의식은 깨지 않았으나 몸에 온기가 도는 걸로 미루어 체온은 정상을 되찾은 것 같았다. 호흡과 맥박도 정상 범위로 들어왔다. 푸릇하던 입술도 발그레한 핏기를 되찾았다.

"좀 어떤가?"

스승이 물었다. 나는 시선만 돌려 스승을 봤다. 땀으로 번들거리는 얼굴이 먼저 눈에 들어왔다. 젖은 이마에는 오랑우탄 머리털이 가닥가닥 들러붙어 있었다. 요컨대, 히터를 꺼도 좋겠느냐는 물음이었다. 마취 총을 쓰도록 놔둔 걸 생각하면 히터 지옥에서 구제해주고 싶지 않았다. 내 몸도 땀에 젖어 있지 않았다면 그리했을 것이다.

"아까보단 나아요."

"의식은?"

"아직요."

히터가 꺼졌다. 차의 속도는 확연히 빨라졌다. 나는 아이의 뒷덜미를 가만가만 쓸어내렸다. 내 가슴 위에 얹힌 작은 머리의 무게에서 기이한 평온을 느꼈다. 규칙적으로 뛰는 아이의 심장박동이 안도감을 주었다. 축축하면서도 비릿한 아이의 몸 냄새는 왐바의 기억들을 끌고 왔다. 매일 아침, 숲으로 들어서면 햇살과 함께 밀려들던 냄새. 나를 꿈꾸게 한 냄새의 기억을.

나는 고개를 돌려 옆 차창을 바라봤다. 어둠 속에서 인가 불빛 몇 개가 점멸하듯 나타나고 사라졌다. 내 머릿속에선 걱정과 안도가 교대로 생겨나고 가라앉았다. 아이는 자신의 둥지를 찾을 수 있을까. 영장류센터에서 영구적으로 수용하기는 어려울 것이다. 침팬지 무리에 합사시킬 수도 없고, 홀로 수용하는 것도 문제였다. 시설도 마땅치 않지만 아이 자신에게 문제가 될 공산이 컸다.

괜찮은 선택지가 없는 건 아니었다. 한국대와 교류 관계를 맺고 있는 구마모토의 보노보 생추어리로 보내든가, 보노보를 수용하고 있는 해외 동물원을 찾든가. 최선은 왐바 캠프로 보내는 것이었다. 자라난 숲과 비슷한 환경에서 재활하면서 함께 지낼 무리를 찾을 수 있도록. 왐바의 류와 스승은 오랜 지기였으므로 아주 불가능하지는 않을 것이다. 그러니까, 스승이 마음만 먹는다면.

확실한 건 아이를 별장 주인에게 돌려보내지는 않으리라는 점이었다. 보노보를 개인이 소유하는 것 자체가 불법이었으므로 소유권 주장도 하기 어려울 테고. 나로서는 조금이나마 빚을 갚은 심정이었다. 물론 이 아이가 킨샤사의 아이는 아니지만, 그 아이로 인해 바뀐 내 삶의 행로가 원점으로 회귀되지도 않겠지만.

"졸린가?"

스승이 물었다. 나는 곁눈질로 스승을 봤다. 눈이 면도칼 자국처럼 가느다랗게 길어져 있었다. 가장 근접한 표현을 찾자면 눈웃음 정도가 될까. 본래의 눈 모양도 딱히 다르지 않아 확신할 수는 없지만 기분이 꽤 좋아 보였다.

"심심하면 아이 이름이나 지어보지 그래."

이런 제의는 업계에 입문한 이래 처음이었다. 팬을 기를 때에도 그럴 권리는 주어지지 않았다. 팬은 인터넷으로 공모를 해서 뽑은 이름이었다. 나는 눈을 내리뜨고 새근새근 숨 쉬는 아이를 봤다. 혼잣말 같은 물음이 튀어나왔다.

"제가 왜……"

"자네가 구조했으니까."

스승이 대답했다.

"본래 이름이 있지 않겠어요? 갇혀 있던 철장에 표식이 있었을 텐데요."

"한기준 대장 말로는 없었다던데."

이름표가 없다고 이름이 없는 건 아니다. 주인이 붙여준 이름이 있겠지. 하다못해 사육사가 부르던 애칭이라도. 나는 한 번 더 사양을 해봤다.

"아이가 새 이름을 혼란스러워할 수도 있어요."

"그럼, 자네가 간직할 이름이라면 어떤가."

상상을 해봤다. 오늘 밤을 떠올릴 미래의 어떤 순간을. 그때 나만 아는 이름이 있다면 어떨까. '아이'라는 보통명사로 기억하는 것보다는 낫지 않을까. 나는 다시 옆 차창으로 시선을 돌렸다. 이름을 붙인다는 건 감정적 대상이 된다는 의미였다. 어떤 식으로든 내 삶에 영향을 미치리라는 예고와도 같았다. 원치 않는 일이었다. 킨샤사의 아이만으로도 내 삶은 이미 충분하게 요동쳤다.

"지니는 어떤가. 영문으로 JINNY."

스승이 자기 생각을 내놓았다. 이상하고 수상쩍은 호의였다. 영문 이름까지 들먹이며 끈질기게 권유하는 의도가 뭔지 궁금했다. 그것도 나 혼자 간직할 이름이라니. 어떤 식으로든 내 발목에 끄나풀 하나를 묶어놓고 싶은 걸까. 궁금한 것과 별개로 '싫습니다'라는 말은 나오지 않았다. 고백하자면, 싫지 않았다. 이미 두 이름을 연결 지어 입속말로 불러

보고 있었다. 진이, 지니. 진이, 지니…….

"잠, 내일 몇 시 비행기라고 했나?"

스승이 물었다. 이름 얘기는 끝났다는 뜻이었다. 나는 손목시계를 봤다. 새벽 12시 51분.

"오늘 오후 1시 25분 비행깁니다."

"인천까지 기차로 가나?"

"네."

지니는 새근새근 자고 있었다. 마쳐 총이 아니라 엄마 젖을 먹고 잠든 갓난아기처럼 도롱도롱 코까지 골았다. 아마도 영장류센터에 도착하는 즉시 검역실에 수용될 터였다. 스승이 연락을 해두었으니 박 선생이 대기 중일 테고. 기초적인 검사와 필요한 진료부터 받게 되겠지. 아무래도 2시가 넘어야 내 방으로 돌아갈 수 있을 듯했다. 8시 기차를 타려면 늦어도 6시에는 일어나야 할 텐데.

"혹시, 아주 안 올 생각인가?"

스승이 물었다. 나는 차창 밖으로 스쳐가는 무곡 마을 불빛들을 바라봤다.

"이유를 물어도 되겠나."

스승이 재차 물었다. 나도 묻고 싶었다. 그것이 왜 이제야 궁금하신지.

작년 겨울, 스승은 내게 휴직을 하고 왐바에 가는 게 어떠냐고 제의했다. 석사 논문의 주제를 보노보와의 비교 영역으로 넓혀보라고 했다. 나는 박사과정을 포기하겠다고 대답했다. 이유는 그때 물었어야 했다. 그때 못했다면, 휴직서 대신 사직서를 냈을 때라도.

스승은 묻지 않았다. 그 무반응이 어디서 비롯된 것인지 짐작 못할 바는 아니었다. 배신감을 느꼈을 것이다. 사전 의논이나 한마디 언질도 없이 어느 날 갑자기 통보를 받은 꼴이었으니. 그것도 오랜 세월 자신의 그림자였던 제자로부터.

나와 스승은 새내기 생물학도와 담당 교수로 만났다. 스스로 학비와 생활비를 벌어야 하는 내게 사육사 보조 자리를 알아봐주고 장학금을 받도록 도와준 이가 스승이었다. 졸업 후 한 동물원의 사육사가 된 나를 영장류센터로 부른 이도 스승이었다. 영장류 연구자의 꿈을 심어주고 길을 터준 사람 역시 스승이었다. 상사 겸 스승으로 15년을 함께 지내온 셈이었다.

스승과의 관계를 두고 주변에선 말이 많았다. 단순한 사제 관계가 아니라는 소문이 끈질기게 따라다녔다. 어떤 이는(콕 집어서 홍유미라고 말하지는 않겠지만) 내가 괴팍한 스승 곁에 붙어 있는 건 출세에 대한 야심 때문이라고 떠들고 다녔다.

사육사에서 연구자로 진로를 바꾸는 게 출세의 범주에 들어가는 일인지 나는 잘 모르겠다. 다만 한 가지만은 맞는 얘기였다. 나는 스승처럼 되고 싶었다. 내가 가고 싶은 길이 바로 스승이 가는 길이었다. 내가 하고 싶은 일이 바로 스승이 하는 일이었다. 이 간절한 욕망을 단칼에 잘라버린 것이 킨샤사의 아이였다.

내가 무엇을 꿈꾸었느냐는 중요하지 않았다. 뭘 할 수 있느냐도 중요하지 않았다. 중요한 것은, 생명을 다루고 연구할 자격이 내게는 없다는 점이었다. 그것을 그날 밤에야 알아차렸다. 길 건너 골목에 숨어 그 아이가 철창에 갇힌 채 삼륜차에 실리는 걸 보던 순간에, 삼륜차가 비바람 속으로 사라져버리던 그 순간에.

나는 NGO에 신고하지 않았다. 신고한들 이미 떠나버린 아이를 무슨 수로 찾겠나 싶었다. 스승에게도 말하지 않았다. 말할 기운도 없고, 기분도 아니었다. 나 자신에게 얼마나 실망했는지 고백하기 싫었다. 어쩔 수 없었다고 생각하려 애썼으나 스스로 입힌 상처는 회복되지 않았다. 회복은커녕 나날이 덧났다. 침팬지관에 드나들 때마다, 침팬지들과 만날 때마다, 팬을 볼 때마다 킨샤사의 아이가 불려왔다. 시도 때도 없이 불쑥불쑥 내 목소리가 들리곤 했다.

"나는 진이야. 네 친구 진이. 이진이."

목소리가 들릴 때마다 새파란 칼날이 갈비뼈 밑을 긋고 갔다. 온몸이 얼어붙고, 진땀이 돋고, 시야가 까맣게 흐려지는 그 순간엔 사고마저 완전히 정지됐다. 멀쩡게 눈을 뜬 채로 정신을 놓고 우두커니 서 있기 일쑤였다. 이는 횡단보도 한중간에서 공황에 빠진 것이나 다름없는 위험한 상황이었다. 나는 영장류센터에서 일하는 한, 앞으로도 그러리라는 걸 깨달았다. 그로 인해 조만간 돌이킬 수 없는 사고를 일으키리라는 것도 예측할 수 있었다.

기수를 돌려야 할 시점이었다. 나 자신에게든, 침팬지들에게든 치명타를 안길 위험 요소를 숨기고 일을 계속할 수는 없었다. 내 목소리가 따라붙지 않을 곳, 지금껏 달려온 길과 전혀 다른 곳, 새로운 달리기를 시작할 곳이 필요했다. 베를린으로 가겠다고 마음먹었다. 낯선 도시, 낯선 사람들 속에서 낯선 일을 해볼 참이었다. 이를테면 철학 공부 같은 것. 물론 그 전에 어학연수부터 해야 할 테고, 그러기엔 나이가 너무 많았지만 나는 망설이지 않았다. 사표를 내고 계획을 밝히자 스승은 물끄러미 바라보다 되물었다. 혹시 금방, 철학이라고 했나?

"절대로 말 못할 이야긴가?"

스승이 대답을 재촉했다. 나는 진실도, 거짓말도 아닌 답을 찾아냈다.

"제 길이 아닌 것 같아서요."

"자네한텐 동물의 감정을 파악하는 천부적인 자질이 있어. 알고 있을 텐데."

무덤덤한 어조였지만 스승의 목소리엔 실망이 어려 있었다. 나로서는 대꾸할 말이 없었다. 스승이 말한 자질은 '의인화'라 딱지 붙인 '문제적 관점'이었다. 뒤늦게 말을 바꾼다 해서 상황을 바꾸지는 못한다. 약을 올릴 수야 있겠지만.

밴은 무곡 누리길 입구로 이어지는 긴 곡선주로를 미끄러지듯 돌았다. 스승이 좋아하는 드리프트 지점이었다. 평소라면 미리 준비 태세를 갖췄겠으나 정신이 딴 데 가 있는 참이었다. 더하여 안전벨트도 매지 않았다. 나는 지니를 안은 채 옆 차창으로 무너졌다. 차창에 머리를 찧는 순간 축 늘어져 있던 지니의 몸이 움찔하는 것 같았다. 나 역시 흠칫해서 뱃가죽이 뻣뻣해졌다. 벌써 정신이 드는 건가.

"괜찮나?"

스승이 물어왔다. '미안하다'를 대신하는 물음이었다. 나는 몸을 일으키고 지니를 들여다봤다. 차 안이 어두웠지만 감겨 있는 다갈색 눈꺼풀 속을 느릿하게 오가는 눈동자의 움직임을 볼 수 있었다. 깨어난 건 아닌 듯했다. 편안한 표정으로 보아 기분 좋은 꿈을 꾸는 것도 같았다.

좀 천천히 가요, 하려다 나는 입을 다물었다. 천천히 올라갈 수 없는 급경사 오르막이 눈앞에 있었다. 밴은 윙, 소리를 지르며 첫 번째 고갯마루까지 단숨에 올라갔다. 순간 앞 차창으로 무언가 쏜살같이 뛰어들었다. 동체 시력이 좋은 편은 아닌데도 무언가가 무언지 또렷하게 내다보였다. 고라니였다. 둘이었다. 하나는 작고 하나는 컸다.

스승은 다급한 숨을 토하며 핸들을 반대편으로 꺾었다. 급브레이크를 잡는 소리가 어둠을 뒤흔들었다. 노면을 긁어 파는 바퀴의 마찰음과 함께, 밴은 빙그르 회전하며 골짜기를 향해 미끄러졌다. 귀를 찢는 소음 속에서 스승의 목소리가 희미하게 들려왔다.

"꽉 잡아."

이미 늦었다. 차는 미끄러지는 속도 그대로 가드레일을 후려갈기듯 들이박는 중이었다. 쿵, 하는 충돌음과 함께 시야가 뒤흔들리고 몸이 붕 떠올랐다. 산 채로 머리가 박살 나는 듯한 충격이 덮쳐왔다. 불길처럼 활활 타는 어둠이 몰밀어왔다. 그것이 나를 완전히 삼켜버리기 직전, 나는 커다랗게 벌어진 지니의 검은 눈을 보았다.

3장
민주

소리들이 잠을 깨웠다. 쿵, 하는 충돌음. 무언가 박살 나는 듯한 파열음과 딱 한 번 울리고 사라진 비명. 여자의 비명 같았으나 명확하진 않았다. 실제로 들었는지, 들었다고 착각한 것인지. 확신할 수 있는 건 소리의 진원지가 고갯마루 도로라는 것이었다. 모차르트의 판단으로, 교통사고였다. 맥주 배달 트럭이 어딘가를 들이받고 전복되면 그런 소리가 날 것 같았다.

소리가 사라지자 골짜기엔 정적이 내려앉았다. 답답하고 무거운 정적이었다. 침낭 속이 아니라 고래 뱃속에 드러누운 기분이었다. 다시 눈을 감았으나 잠은 빚쟁이처럼 도망쳐버렸다. 대신 확인해보고 싶은 마음이 슬그머니 머리를 들이밀었다. 정말로 교통사고가 났을까.

그렇다고 대답하듯 자동차 클랙슨 소리가 울렸다. 주먹으로 내리친 것처럼 짤막하게 터지는 소리였다. 이어 웅, 하는 긴 메아리가 골짜기 비탈을 타고 흘렀다. 나는 침낭 지퍼를 내리고 일어나 앉았다. 머리 위 아득한 어둠 속에 비눗방울 같은 불빛이 떠 있었다. 의심할 여지 없는 차량의 불빛이었다. 차량 불빛 너머에선 영장류센터 불빛들이 하얗게 빛나고 있었다.

바람의 찬 손이 뒷덜미를 쓱 만지고 지나갔다. 오돌오돌 소름이 돋았다. 머릿속에선 모차르트가 클랙슨에 대한 해석을 시도하고 있었다. 클랙슨은 저절로 울리지 않는다. 살아 있는 자의 손이 힘주어 눌러야 울리는 물건이었다. 사람이 다쳤다면, 생사가 오락가락할 중상을 입었다면, 휴대전화조차 쓸 수 없는 상황이라면, 저 짧은 클랙슨 소리는 사력을 다한 구조 요청일 가능성이 컸다. 자동차 버전의 비명인 셈이다.

그게 어쨌다는 건데. 달려가 구조 활동이라도 벌이시게? 머릿속에서 이죽대는 목소리가 울렸다. 한 쌍의 젖꼭지처럼 모차르트와 나란히 붙어 사는 '간장 종지'의 목소리였다. 종종 그래왔듯 아버지 목소리를 흉내 내 한마디 덧붙였다. 그냥 거기 가만있어. 뭘 하려 들지 말고.

나는 들썩이는 엉덩이를 눌러 붙였다. 뭘 할 마음 같은 건 없었다. 진심으로 아무것도 하고 싶지 않았다. 우선 사고 현장으로 가는 수고를 감내하기 싫었다. 어둠도 싫었지만, 어둠 속에서 움직이기가 더 싫었다. 나무뿌리와 바위가 부비트랩처럼 뒤엉킨 누리길을 떠올리자 몸이 절로 움츠러들었다.

어찌어찌 간다 해도 도와줄 게 없었다. 할 수 있는 거라고는 119 구조대나 경찰 같은 전문가를 불러주는 것 정도겠지. 경험에 따르면 신고를 받은 상황실 근무자는 다음과 같은 요구를 해올 가능성이 컸다.

출동 팀이 현장에 도착할 때까지 저와 통화를 하면서 그 자리에서 기다리셔야 합니다.

출동 팀이 경찰이라면 '고맙다'로 끝내지 않을 공산이 컸다. 이 야심한 시각에 이 외진 골짜기에서 사고 현장을 목격하게 된 경위를 알고 싶어

할 것이다. 이의 없이 수긍시킬 만한 답은 하나뿐이었다.

정자에서 자고 있었습니다.

다음 수순은 굳이 머리 써서 상상할 필요도 없었다. 누리길을 폐쇄조치 한다고 안내문에 쓰여 있지 않았던가. 불법 출입 시 벌금이 무려 삼백만 원이었다. 재수 없게 이 근방에서 범죄 사건이라도 일어났다면, 아직 범인이 잡히지 않았다면, 경찰이 이 일대를 주시하고 있었다면…….

간장 종지가 촉새처럼 답을 달았다. 30분 내에 경찰서 조사실 의자에 앉아 있게 되겠지.

두 번째 클랙슨 소리가 울렸다. 이번에도 단발이었으나 좀 전보다 더 길게 울렸다. 추측에 확신을 얹어주는 소리였다. 때를 기다린 양 모차르트가 속닥거렸다. 반복해서는 안 될 일이 있어. 기억하지?

나는 시계를 확인했다. 1시 8분. 어둠 속으로 손을 뻗어 배낭을 찾았다. 더듬더듬 손전등을 꺼내 켜고, 야상을 걸치고, 운동화를 발에 꿰었다. 간장 종지가 초 치고 나서기 전에 정자를 튀어나갔다. 어둠보다 더 어두운 안개가 기다리고 있었다. 어찌나 밀도가 높은지 속눈썹에 부연 포말이 들러붙는 게 느껴질 지경이었다. 손전등 빛에 드러나는 건 비에 젖어 거뭇하게 보이는 나무들의 형체뿐이었다.

나는 나무둥치를 붙들고 움직이기 시작했다. 엉덩이를 낮추고 갓난쟁이가 걸음마를 하듯 한 발짝씩. 물가에 닿자 시야가 완전히 봉쇄됐다. 물길은 말할 것도 없고 수면 위로 솟아 있어야 할 징검돌마저 보이지 않았다. 소리로 가늠했을 때, 안개 밑에는 급류가 흐르고 있었다. 시험 삼아 기다란 나뭇가지를 꺾어 물속으로 밀어넣어봤다.

아니나 다를까 급류가 나뭇가지를 홱 잡아챘다. 예상하고 있었는데도 몸이 앞으로 쏠리고 발이 물길 속으로 미끄러졌다. 나뭇가지가 어느 바위의 밑둥치에 걸리지 않았다면 그대로 급류에 끌려가버렸을지도 모르겠다. 나는 그것이 징검돌일 거라고 생각했다. 위치로도 그렇고, 크기로 봐도 그랬다.

몸의 균형을 다시 잡고 바위로 발을 디뎠다. 나머지 두 개도 같은 방식으로 찾아냈다. 나뭇가지를 눈 삼아서 더듬더듬 건너갔다. 덕택에 물길을 건너는 데만 5분을 썼다. 건너간 다음엔 발 디딘 곳에 나뭇가지를 표지 삼아 꽂아두었다.

누리길도 절반 가까이 물에 잠겨 있었다. 나머지 절반은 미끄러운 진창이었다. 비가 그친 게 그나마 다행이라면 다행이었다. 나는 누리길 대신 숲의 가장자리를 이루는 나무 뒤편으로 달렸다. 한 발짝 뗄 때마다 신발 밑에서 젖은 낙엽들이 철떡거렸다. 몇 발짝에 한 번씩 나뭇가지가 목을 걸어왔다. 가시거리가 짧아 나무와 정면충돌할 뻔한 적도 여러 번이었다. 먼 시공간 저편에서는 기억이 손을 뻗어왔다.

10년 전, 나는 종로구청 사회복지과에 복무하는 공익 요원이었다. 이름 대신 '돼지 코'라 불리던 시절이었다. 어디든 갖다 꽂기만 하면 즉각 작동해야 하는 '멸사봉공의 공공재'라는 의미에서. 직책은 쪽방촌 독거노인 관리자였다. 말이 좋아 관리자지, 동네 늙은 개한테도 인사를 해야 하는 호구 그 이상도 이하도 아니었다.

직무 분야는 요일별로 달랐다. 월요일은 청소 도우미, 화요일은 배달의 기수, 수요일은 세신 총각, 목요일은 요양보호사, 금요일은 주인과 나이가 비슷한 라디오나 텔레비전 수리 기사. 틈틈이 '닥터K'라 불리는 노인네의 제자 노릇도 했다.

닥터K 역시 쪽방촌 주민이었다. 구청에서 보조금을 받아 연고 없는 주검의 장례를 치러주는 장의사기도 했다. 풍문에 따르면, 한때 죽은 사람도 벌떡 일으켜 세운다고 소문난 한의사였으나 한순간의 실수로 멀쩡한 생명을 죽음으로 몰아넣은 후 사죄 차원에서 전 재산을 사회에 환원하고 '실존적 허무와 우주만물의 필멸성'에 대한 깊은 고뇌를 끌어안은 채 쪽방촌에서 장의사 노릇을 시작했다는 대서사시적 인물이었다.

닥터K의 방을 처음 방문한 날, 나는 문턱 앞에서 난데없는 미술 시험을 치러야 했다. 닥터K는 방 문짝에 붙여둔 그림을 가리키며 물었다.

"이 그림에 대해 아는 게 좀 있나?"

나 비록 미술에 대한 안목이라곤 쥐뿔만큼도 없었으나, 그 그림조차 모를 만큼 무식하지는 않았다.

"신윤복의 〈월하정인〉 아닌가요?"

닥터K는 곧바로 다음 질문을 던졌다.

"그럼 얘네들이 몇 시쯤에나 만났겠나?"

입이 딱 벌어졌다. 수백 년 전에 그려진 그림 속 연인의 데이트 시각을 맞춰보라니. 나는 그저 청소를 도와주러 왔을 뿐인데.

"1793년. 그러니까 정조 17년, 8월 21일 자정 무렵이지. 음력으로는 7월 15일이고."

닥터K는 누구도 믿지 못할 답을 알려줬다. 내가 고개를 갸웃거리자 칼 세이건도 한 수 접어줄 만한 천문학 강의를 시작했다.

"단서는 달이야. 초승달의 볼록한 면이 위로 향한 건 부분월식 때문이지. 문서를 좀 조사해봤더니 1793년 8월 21일 밤 서울에 부분월식이 있었더란 말이지. 이 무렵 달의 고도는 약 40도로 북극성 고도와 비슷한데……"

나는 예술과 우주 섭리에 대한 닥터K의 혜안에 깊은 감명을 받았다. "가끔 내 조수가 되어줄 수 있겠느냐"는 물음에 "네"라고 답하는 걸로 존경심을 표했다. 얼마 후, 닥터K의 강연이 위키백과에 실린 한 천문학자의 글이라는 걸 알게 됐으나, 때가 늦었다. 이미 표명해버린 존경심을 취소할 길이 없었다. 필연적으로 존경심을 행동으로 증명해야 하는 때가 왔다. 아주 오랜 후도 아닌 겨우 두어 달 후에. 기억이 맞다면 5월 첫 번째 화요일이었을 것이다.

그날의 내 직무는 배달의 기수였다. 배달 종목은 복지관 자원봉사자들이 만든 밑반찬과 국, 배달 수단은 짐바리 자전거였다. 배달이라는 행위의 특성상 어떻게 해도 속도에 대한 불평은 있게 마련이었다. 신문을 배달하듯 반찬을 내던지고 오는 게 불가능했기 때문이다. 각 방 노인들은 온갖 구실을 대서 나를 붙잡아두려 했다. 자식 이야기를 꺼내거나, 전기밥솥을 고쳐달라거나, 뒤통수 쪽에 염색약을 발라달라거나, 파자마 고무줄을 꿰어달라거나. '신속'이 생명인 반찬 배달은 두어 시간을 넘기기 일쑤였다.

깨진 욕조에다 제비꽃을 키우는 맨 끝 집 할머니는 자신만 항상 식은 국을 받는다고 화를 냈다. 제비꽃 할머니네부터 배달을 시작하면 첫 집에 사는 해병대 노인이 분통을 터뜨렸다. 벌겋게 달아오른 눈 밑을 바르르 떨며 목청을 돋우고 '네 탓'을 해댔다. 나물이 쉰 것도 늦게 온 네 탓, 그걸 먹고 배탈이 난 것도 네 탓, 설사를 해서 '똥꼬'가 헌 것도 네 탓, 그로 인해 치질이 생긴 것도 네 탓. 오만 가지 네 탓의 끝은 늘 같았다. 대가리 박아, 이놈아.

궁리 끝에 매주 배달 순서를 바꿨다. 한 주는 제비꽃 할머니가 1번, 한 주는 해병대 노인이 1번. 물론 두 노인은 이에 동의하지 않았다. 제비꽃 할머니는 자신이 내내 꼴찌였으므로 보상 차원에서 쭉 1번이라야 옳다는 입장이었다. 해병대 노인은 자신이 내내 1번이었으므로 일관성의 원칙에 따라 앞으로도 쭉 1번이어야 한다고 주장했다. 자신이 꼴찌인 날엔 길목을 지키고 있다가 반찬을 빼앗아 가기도 했다. 내게 인류 평등의 실현이 얼마나 험난한 일인지 가르친 노인들이었다.

사건이 일어난 그날, 배달 1순위는 제비꽃 할머니였다. 쪽방촌 골목은 기이할 정도로 조용했다. 평소라면 문 밖에서 나를 기다렸을 해병대 노인도 보이지 않았다. 노인의 방문도 닫혀 있었다. 나는 이상하게 여기면서도 방문 앞을 잽싸게 통과해버렸다. 방 안에서 노인의 목소리가 들려온 것 같았으나 돌아보지 않았다. 고백하자면, 필사적으로 페달을 밟아 달아났다. 잡히는 순간 고달픈 일이 벌어질 게 빤했으므로.

내가 해병대 노인에게 돌아온 건 두 시간 후였다. 그때까지도 방문이 닫혀 있었다. 문을 두들겨도 응답이 없었다. 문은 잠겨 있지 않았다. 나는 반찬통을 꺼내 들고 방문을 열었다.

"할아버지."

안녕하세요,라는 말이 목구멍 밑으로 뚝 떨어져 내렸다. 아니, 목이 통째 뱃속으로 떨어져 내리는 기분이었다. 문턱에 해병대 노인이 얼굴을 모로 뉘고 엎어져 있었다. 문을 향해 눈을 부릅뜨고 소리를 지르다 숨이 넘어간 것처럼 입을 크게 벌린 채로. 관자놀이 밑에는 거무죽죽한 핏물이 고여 있었다. 손에서 반찬통이 쑥 빠져나갔다.

"할아버지."

나는 노인의 어깨를 흔들어봤다. 고무 인형을 흔드는 것 같았다. 사람이 아니라 무겁고, 맥없고, 이질적인 물체를 만지는 기분이었다. 코 밑에 손을 대어봤으나 숨결이 느껴지지 않았다. 가슴 한복판으로 서늘한 기운이 내려앉았다. 두 시간 전, 문 앞을 지나치며 들었던 노인의 목소리가 귓가에 되살아났다. '아이'였던가, '어이'였던가. 어느 쪽이든 달라질 건 없었다. 평소 나를 부르는 호칭이 '아이' 혹은 '어이'였다.

경찰을 불러야 할까, 119 구조대를 불러야 할까. 나는 바지 주머니에서 휴대전화를 꺼냈다. 119를 눌렀다고 생각했는데 닥터K가 전화를 받았다. "무슨 일이냐"는 말에 어린애 같은 대답이 튀어나왔다.

"해병대 할아버지가 숨을 안 쉬어요."

나는 밖으로 나와 문 앞에 쪼그려 앉았다. 따뜻한 봄볕 속에서 '아이' 혹은 '어이'를 생각했다. 심장발작이라도 일어났을까. 그래서 도와달라고 나를 부른 것일까. 아니면 나를 불러 세우려고 다급히 뛰어나오다가 넘어져서 저리된 것일까.

119 구조대와 경찰차와 닥터K가 거의 동시에 도착했다. 해병대 노인은 근처 병원으로 실려갔다. 응급실 의사가 정식으로 죽음을 확인해줬다. 명확한 사인은 알 수 없다고 했다. 나는 경찰 조사를 받았다. 요식행위라고 했지만, 반드시 그렇지만도 않았다. 형사들은 같은 말을 반복해서 물었다.

"그래서 그 방 앞을 지나갈 때 정확히 뭔 소리를 들었다는 거야? '아이'야, '어이'야?"

언제나 구멍이 문제였다. 나는 '아이'인지 '어이'인지를 들은 귓구멍과 들었다고 실토한 입을 꿰매버리고 싶었다. 따라서 '아이' 혹은 '어이'가 나를 향한 부름이라는 말은 하지 않았다. 했다가는 온종일 잡아두고 달달 볶을 것 같아서.

나는 한 시간 만에 풀려났다. 경찰서 정문을 벗어나자마자 이번엔 닥터K가 내 팔을 낚아챘다.

"드디어 존경심을 증명할 기회가 온 것 같네만."

해병대 노인은 혈혈단신이었다. 조카가 있었으나 시신 인수를 거부했다. 때문에 애도하는 화환도, 장례를 주도할 상주도, 조문객을 맞을 빈소도 없었다. 닥터K는 장례를 치르려고 병원 장례식장을 잠시 빌렸다고 했다.

"빨리 따라와. 세 시간 안에 끝내야 하니까."

나는 해병대 노인의 시신 앞으로 되돌아갔다.

"사후강직이 오기 전에 자세를 잡아두는 게 중요해. 안 그러면 입관이 어렵거든. 전문용어로 수시라고 하지."

닥터K는 해병대 노인의 오른팔과 손가락을 주물러 반듯하게 폈다.

"지금 같은 경우는 해당이 안 되지만 어쨌거나 자세는 중요하니까."

내게 맡겨진 '수시 영역'은 시신의 왼쪽 부분이었다.

"무서워할 것 없어. 기분 나빠 할 것도 없고. 시체가 예쁘지는 않지만 그렇다고 무슨 해를 끼치는 건 아니야. 그건 산 사람들이나 하는 짓이지. 정 께름칙하면 이건 우체통이다,라고 생각하면 돼."

나는 시신이 무섭지 않았다. 불쾌하지 않았다. 알코올 솜으로 핏자국과 시신의 엉덩이에 묻은 배설물을 닦으면서도 더럽다고 느끼지 않았다. 시신을 우체통으로 여겨서가 아니었다. 그런 걸 느끼거나 생각할 수 있을 만큼 심신이 멀쩡하지가 않았다. 감정과 감각은 의식 밖으로 떠밀린 상태였다. 정신은 노인의 마지막 목소리를 반복 재생시키느라 바빴다. 아이, 어이, 아이, 어이……

"이제 염습을 하세."

닥터K가 말했다. 나는 닥터K의 지도 편달 아래 시신의 귀와 코를 솜으로 틀어막고 수의를 입혔다.

"장의사는 이승의 문지기야. 고운 모습으로 세상 문을 나서도록 도와주는 게 우리 임무지."

우리라니. 설마 나를 포함한 우리? 나는 칠성판에 누운 해병대 노인을 내려다봤다. 과연, 닥터K의 손을 거친 시신은 발견 당시와는 완벽하게 달라져 있었다. 고통 어린 표정은 사라지고 자다가 숨을 거둔 것처럼 평화로워 보였다. 심지어 죽어서 행복하다고 말하는 듯한 표정이었다.

"가만 보니 자네 이쪽으로 타고났구먼."

닥터K는 해병대 노인의 얼굴에 복건을 씌우며 말했다. 듣고 보니 그런 듯도 했다. 염습을 하는 내내, 나는 단 한 번도 닥터K로 하여금 같은 말을 두 번 하게 하지 않았다. 주어진 일을 민첩하고 정확하게 해치웠다. 어떻게 그럴 수 있었는지는 나도 잘 모른다.

"나를 정식 사부로 모시는 게 어떤가."

결관을 마친 후, 닥터K는 이런 제안을 해왔다.

"이쪽 업계 최고로 키워줄 수 있네만."

나는 픽업 뒷자리로 운구되는 해병대 노인의 관을 잠자코 바라봤다. 그때에도 내겐 인류 역사상 가장 위대한 인물이 되겠다는 야망 따윈 없었다. 그렇다고 최고의 이승 문지기가 되고 싶지도 않았다. 어쨌거나 그때는 바다처럼 파랗게 반짝이는 미래가 있다고 믿는 청춘이었으니까.

장례를 도운 건 닥터K에 대한 존경심 때문이 아니었다. 시신을 좋아해서도 아니었다. 망할 놈의 '어이'인지 '아이'인지 때문이었다. 발화한 소리가 무엇이었든 거기엔 부인할 수 없는 사실이 있었다. 해병대 노인이 누군가에게 도움을 요청했다는 것, 요청을 들은 누군가가 그걸 외면했다는 것, 누군가의 외면으로 목숨, 혹은 살아날 기회를 잃었다는 것, 그 누군가가 바로 나라는 것.

우리는 화장터로 향했다. 서너 시간 기다린 끝에 해병대 노인은 화구로 들어갔다. 불길 속으로 서서히 전진하는 관을 보자 어찌할 수 없는 후회가 밀려왔다. 그때 달아나지 않았더라면. 자전거를 멈추고 문을 열어 봤더라면…….

화구가 닫힌 후, 나는 아주 단순한 진실을 깨달았다. 죽은 다음에는 아무것도 할 수 없다는 진실. 무슨 짓을 하든, 얼마나 후회를 하든, 해병대 노인의 부름을 듣던 순간으로는 돌아갈 수 없었다. 뭔가를 하려면 그때 했어야 했다. 뭔가를 할 수 있었던 그때 그 순간에.

물론 저 도로 위에서 울린 클랙슨은 나를 향한 신호는 아니었다. 나와 관련이 있는 사람도 아니었다. 내가 무슨 일을 했다거나, 하지 않아서 일어난 일은 더더욱 아니었다. 그런데도 클랙슨 소리에 귀를 막지 못한 건 그때의 기억 때문이었다. 클랙슨이라는 신호로 일깨워진 기억이 나를 어두운 누리길로 끌어낸 것이었다. 그것 말고는, 내 삶을 포기해버린 밤에, 누군가의 삶을 위해 달려가는 내 오지랖을 설명할 길이 없다.

누리길 입구에서 세 번째 클랙슨 소리를 들었다. 빨리 오라는 재촉으로 들렸다. 나는 불빛이 있는 곳까지 한달음에 뛰어 올라갔다. 저녁나절 내가 서 있던 곳. 영장류센터가 올려다보이고 정자가 내려다보이던 고갯마루 그 지점이었다. 나는 어깻숨을 몰아쉬며 눈앞에 서 있는 차량을 살폈다.

구급차처럼 하얀 밴이었다. 뒷문에 '한국과학대학교 영장류연구센터'라 쓰인 밴. 밴의 주둥이는 가드레일을 뚫고 나간 채로 멈춰 있었다. 추측과 달리 전복이 되지는 않았다. 오른쪽 앞바퀴는 골짜기 위에 붕 떠 있고 바퀴 끝만 도로 가장자리에 걸쳐져 있었다. 아슬아슬한 형상이었다. 콧김만 세게 내뿜어도 비탈로 굴러떨어져버릴 것처럼 위태로웠다. 운전석 쪽 앞바퀴는 그나마 도로 안쪽에 멈춰 있었으나, 차 뒤꽁무니가 내리막을 향해 비스듬히 놓여 있었다.

나는 야상 주머니에 손전등을 쑤셔넣고 운전석으로 다가섰다. 실내등이 켜져 있어 차 안 상황이 한눈에 파악됐다. 앞 차장이 완전히 박살 닌 상태였다. 운전자는 온몸에 자잘한 유리 조각들을 뒤집어쓴 채 핸들에 엎어져 있었다. 오른팔은 어깨 아래로 축 늘어져 있고 왼팔은 핸들 위에, 왼쪽 손목은 이상한 각도로 꺾인 채 핸들 너머에서 흔들거렸다. 왼쪽 팔꿈치로 클랙슨을 누르다 의식을 잃은 게 아닐까 싶었다.

차 안에 다른 사람은 없었다. 짐칸에 큼직한 동물용 케이지와 정체 모를 상자 같은 것들이 나뒹굴고 있을 뿐. 일순 궁금했다. 오르막 단차선 도로에서 이런 사고를 내려면 어떤 상황이 선행됐어야 할까. 올라가던 길일까, 내려오던 길일까. 졸음운전일까, 음주운전일까. 아니면 뭔가를 피하려다 이렇게 된 것일까.

운전자도, 교통사고 전문가도 아닌 나로서는 답이 나오지 않았다. 나온다 한들 딱히 쓸 데도 없었다. 지금 해야 할 일은 사고 조사가 아니라 남자의 휴대전화를 찾는 것이었다.

운전석 문은 잠겨 있었다. 나는 깨진 창으로 팔을 넣어 도어 잠금장치를 풀었다. 문이 열리는 순간 돌연하게 몸이 뒤로 쏠렸다. 나는 반사적으로 문을 틀어잡았다. 한 박자 늦게 차가 뒤로 밀리고 있다는 걸 알아차렸다. 문을 붙들고 다리에 힘을 주었으나 두 발은 비에 젖은 도로 위로 주르르 밀려 내려갔다.

사이드브레이크를 떠올린 건 1미터 가까이 미끄러진 후였다. 브레이크를 당기려면 차체를 놓고 몸을 차 안으로 밀어넣어야 했다. 그랬다가 차에 가속도가 붙어 길 아래로 구르기 시작하면 나까지 깔려버릴 터였다. 그렇다고 계속해서 몸으로 버티고 서 있을 수도 없었다.

나는 시선만 움직여서 남자의 등 너머를 살폈다. 눈대중으로 사이드브레이크까지의 거리를 쟀다. 그리 길지 않은 내 팔이 닿을 수 있을지 가늠해봤다. 손을 더듬지 않고 브레이크를 올릴 수 있겠는지 가능성도 타진해봤다. 할 수 있을 것도 같았다.

먼저 한쪽 손으로 밀리는 차를 받쳤다. 뒤로 미끄러지는 발을 힘주어 버티면서 잽싸게 남자의 등 너머로 팔을 뻗었다. 순간적으로 차의 하중이 어깨를 덮쳤으나 내 쪽이 더 빨랐다. 나는 사이드브레이크를 한숨에 찾아 쥐고 잡아채듯 당겨 올렸다. 와중에 가슴팍으로 남자의 등을 뭉개버린 모양이었다. 겨드랑이 밑에서 고통에 찬 신음이 울렸다.

"정신 들어요?"

나는 허둥지둥 몸을 일으키며 물었다. 남자는 머리를 움직여 턱을 옆으로 젖혔다. 피범벅이 된 얼굴이 반쯤 드러났다. 눈꺼풀이 경련하듯 파들파들 떨리고 있었다. 일그러진 입 안에선 천식 환자 같은 숨소리가 연방 새어나왔다. 혹시 갈비뼈나 흉곽을 다친 것일까. 그렇다면 좀 전 내가 가한 압력으로 아예 짜부라들어버렸을지도 몰랐다. 본의는 아니었으나 고문으로 의식을 깨운 셈이었다.

"죄송합니다. 제가 좀 짧아서요."

나는 열과 성을 다한 변명을 늘어놨다. 지금 해야 할 말은 그게 아닌데.

"휴대전화 어디 있어요?"

남자의 눈이 반쯤 열렸다. 움직임이 거의 없는 입 속에서 쉿소리가 흘러나왔다. 호흡이 점점 나빠지는 것인지 말을 하려는 것인지 분명치 않았다. 나는 거의 들리지 않는 소리와 움직이지 않는 입 모양으로 추측을 해봐야 했다. 이이…… 히이이…… 씨이이이…….

뭐든 간에 휴대전화의 소재를 알려주는 말 같지는 않았다. 재차 물었다.

"휴대전화 없어요?"

남자의 반쯤 열린 눈이 내 얼굴 주변을 더듬었다. 정신을 차려보려고 애쓰는 눈이었다. 무언가를 알리려는 눈이었다. 그 이상은 읽을 재주가 없었다. 나는 팔을 밑으로 내려 남자의 바지 주머니를 만졌다. 아무것도 없었다. 남자의 등 너머로 머리를 넣고 글로브 박스를 살폈으나 거기에도 없었다. 의자 등받이를 잡고 몸까지 밀어넣어 조수석을 살폈다. 공교롭게도 조수석 의자 밑에 굴러떨어져 있었다. 하나 마나 한 소리가 튀어나왔다.

"여기 가만 계세요."

나는 조수석으로 돌아가 남자의 휴대전화를 꺼냈다. 다행히 내가 쓰던 휴대전화와 기종이 같았다. 아직 배터리도 남아 있었다. 비밀번호 입력 화면에서 긴급전화 버튼을 찾아 119를 눌렀다. 곧바로 어떤 남자가 전화를 받았다.

"119 상황실입니다. 무엇을 도와드릴까요?"

나는 남자에게 되돌아가며 사고 현장을 설명했다. 차에는 중년 남자한 사람뿐이고, 발견 당시 의식을 잃은 채 핸들에 엎어져 있었으며, 현재 의식이 약간 돌아온 것 같으나 몸을 움직이지 못한다고. 영장류센터 차량이라는 것과 사고 위치도 알려주었다. 상황실 직원이 물었다.

"지금 운전자 근처에 계신 거죠?"

"네, 뭐. 그렇죠."

직원은 내게 네 가지 요구를 해왔다. 운전자를 만지지 말 것, 자세를 바꾸지 말 것, 위치를 옮기지 말 것, 구조대가 도착할 때까지 통화를 계속하면서 운전자의 상태를 실시간으로 알려줄 것. 나는 대답했다.

"저는 지금 가봐야 합니다. 제 와이프가 애를 낳는다고 해서……"

"10분 거리입니다."

상황실 직원은 내 거짓말을 싹둑 잘라버렸다.

"구조팀이 2분 전에 출발했으니까 1시 45분이면 그곳에 도착할……"

나는 전화를 끊어버렸다. 끊자마자 다시 울리는 바람에 하마터면 심장발작을 일으킬 뻔했다. 순간적으로 욕이 튀어나왔다. 휴대전화가 폭탄이라도 되는 양, 손바닥에 올려놓고 우왕좌왕하다 음소거 버튼을 누르고 원래 있던 자리로 내던졌다. 내가 할 수 있는 일은 여기까지였다. 이제 퇴장할 시점이었다. 상황실 직원의 말이 사실이라면 8분 안에 구급차가 도착할 테니까. 설마, 그새 뭔 일이 생기겠는가.

확인차 남자를 돌아봤다. 눈이 감겨 있었다. '그새' 의식을 놔버린 모양이었다.

"저기요. 눈 떠보세요."

나는 남자를 흔들어 깨우려다 어깨 위에서 손을 멈췄다. 운전자를 만져서도, 움직여서도 안 된다는 상황실 직원의 경고가 기억났다. 이미 한번 남자를 가슴으로 눌러 뭉갠 바 있다는 사실도 기억해냈다. 그러고 싶진 않았지만 어쩔 수 없이 남자의 귀에 입을 가져다 댔다. 목청껏 고함을 질렀다.

"눈 떠요."

남자의 눈은 열리지 않았다. 소리에 대한 반사 반응조차 없었다. 나는 손바닥을 클랙슨에 올려놓았다. 남자가 나를 부른 것과 같은 방식으로 불러볼 요량이었다. 그래도 듣지 못한다면 이미 산 자의 귀가 아닐 것이다. 나는 클랙슨을 누르기 시작했다. 숨이 꼴딱 넘어가도록 길게 한 번, 이어 짧게 한 번, 길게 또 한 번.

살아 있었다. 남자의 속눈썹이 새 꽁지처럼 깐닥거리기 시작했다. 이윽고 힘겹게 벌어지나 싶더니 동공이 반쯤 보이는 상태에서 멈췄다. 나는 도로 바닥에 한쪽 무릎을 대고 앉아 남자와 눈높이를 맞췄다.

"지금 구급차가 오고 있내요. 자면 안 돼요."

언뜻 남자의 동공이 흔들리는 것 같았다. 숨소리는 좀 전보다 훨씬 거칠어져 있었다. 폐에 구멍이 뚫린 것처럼 숨 쉴 때마다 바람 새는 소리가 났다. 어찌해야 할지 판단할 수가 없었다. 남자를 두고 떠나는 것도, 남자 곁에 남는 것도 내키지 않았다. 손목시계는 1시 41분을 가리켰다. 구급차가 오려면 4분 정도 남았다. 어떻게든, 그때까지 남자의 정신을 붙잡아둬야 했다.

"선생님, 저 위 영장류센터에서 근무하시죠?"

나는 아무 말이나 지껄이기 시작했다. 온종일 영장류센터를 구경했다는 둥, 다른 동물원에 비해 동물들 쉼터가 좋아 보이더라는 둥, 우리나라에도 영장류 자체를 연구하는 곳이 있다는 게 신기했다는 둥, 껑다리 여자 사육사가 침팬지들을 아기처럼 다정하게 다루더라는 둥, 정작 사람인 나한테는 꺼지라고 손가락 총을 쐈다는 둥…….

내 목소리는 점점 커지고 빨라졌다. 그 바람에 남자가 뭔가를 말하고 있다는 걸 빨리 알아채지 못했다. 가끔씩 토해내는 쇳소리는 거친 숨소리이겠거니 했다. 소리의 결과 리듬이 다르다는 걸 깨달은 건 다정한 그녀에 대한 험담을 끝낸 후였다. 나는 남자의 입술에 귀를 갖다 댔다.

"뭐라고요?"

사력을 다한 목소리가 귓속으로 흘러들었다. 두 음절짜리 말이었다. 지니, 혹은 진이.

"진이요?"

남자는 눈꺼풀을 움찔거렸다. 그렇다는 의미인 것 같았다.

"따님이에요? 지금 연락해달라는 말씀이세요?"

나는 시선만 돌려 조수석 쪽을 흘끔 넘겨다봤다. 앵앵거리는 소리가 귀에 걸려든 건 바로 그때였다. 먼 곳에서 빠른 속도로 가까워지는 소리였다. 제각각 다른 리듬과 제각각 다른 높이로 울리는 사이렌 소리였다. 드디어 선수들이 등장하는 모양이었다. 무려 다섯 대의 차량이 떼거리로, 떼창을 울리면서.

"구급차가 왔어요. 저 소리 들리시죠?"

남자는 반응하지 않았다. 동공에 조금 남아 있던 초점마저 완전히 풀려 있었다. 죽은 물고기의 눈을 보는 것 같았다. 나는 경고를 어기고 손가락을 남자의 턱 밑에 댔다. 이리저리 눌러봐도 맥박이 잘 잡히지 않았다. 거칠게 내뿜던 숨소리도 거의 들리지 않았다. 싸늘한 기운이 한기처럼 몰려왔다. 해병대 노인의 시신 앞에서 느꼈던 것과 같은 종류의 한기였다. 이 사람, 죽었을까.

경광등 빛은 아직 내 가시거리에 들어오지 않았다. 시야 경계선 밖에서 전투기 서너 대가 한꺼번에 이륙하는 듯한 소음이 들려올 뿐. 도로가 누리길 입구부터 산기슭을 장벽처럼 끼고 도는 곡선주로이기 때문일 것이다. 그러므로 가려면 지금 가야 했다. 지금부터 죽자고 내달려야 그들이 나타나기 전에 누리길 입구에 도착할 테니까.

나는 몸을 일으켰으나 다리가 말을 듣지 않았다. 선두차가 곡선주로를 돌아 모습을 드러낼 때까지 하릴없이 남자 곁에 붙어 있었다.

"왔어요."

나는 남자에게 반가운 소식을 전했다. 어둡던 도로는 일시에 환해졌다.

"이제 정말로 가야겠어요."

작별 인사를 하고도 발이 떨어지지 않아 한마디 덧붙였다.

"따님한텐 저 사람들이 연락해줄 거예요."

불빛이 코앞까지 뻗어오고 있었다. 나는 가드레일 쪽으로 위치를 옮겼다. 들키지 않고 정자로 돌아가려면 일단 몸을 숨겨야 했다. 그럴 만한 곳은 팽나무 숲이 우거진 골짜기 비탈밖에 없었다.

나는 손전등을 켜서 가드레일 아래 비탈을 살폈다. 예상외로 지표면이 높았다. 장담할 순 없지만 뛰어내릴 수 있을 만한 높이였다. 둥치가 굵은 나무들이 가드레일을 따라 죽 이어져 있기도 했다. 나무 뒤를 따라 움직이면 들키지 않고 누리길 입구에 닿을 수 있을 것 같았다.

이제 도로는 책도 읽을 수 있을 만큼 환해졌다. 나는 손전등을 끄고 가드레일을 넘어가 비탈에 내려섰다. 가장 가까이에 있는 나무 뒤로 들어가자 딱딱한 것이 얼굴을 탁 쳤다. 반사적으로 낚아채고 보니 긴 줄이 달린 플라스틱 카드였다. 나뭇가지에 걸려 있었던 것 같았으나 카드의 정체를 확인할 겨를은 없었다. 선두에 선 차가 가시거리 안으로 들어오고 있었다.

일순 뒷골이 띵했다. 경광등을 번쩍이고 사이렌을 울리면서 가장 먼저 등장한 차는 구급차가 아니었다. 경찰차도 아니었다. 레커차였다. 음지에 있던 진짜 실력자가 등판한 느낌이었다. 경이로운 느낌마저 들었다. 대체 어떤 레이더를 가졌기에 사고 현장에 경찰차나 구급차보다 빨리 도착할 수 있을까. 119나 112 상황실을 상시로 도청이라도 하는 걸까?

나는 게걸음으로 한 발짝 움직여 옆에 있는 나무 뒤로 위치를 옮겼다. 레커차는 사고 현장 건너편에 정차했다. 내가 세 번째 나무 뒤로 움직였을 때 '119 구조대'라 쓰인 공작차가 나타났다. 실질적인 선발투수가 등장한 셈이었다. 그 뒤를 구급차가 따라왔다. 다음으로 소방차 한 대. 119 상황실 직원과의 대화를 되짚어보지 않을 수 없었다. 혹시 내가 상황을 과장해서 말했던가. 차에 불이 났다거나, 엔진이 폭발할 것 같다거나.

열 번째 나무 뒤를 통과할 무렵, 경찰차가 나타났다. 다섯 번째 투수까지 모두 등장한 셈이었다. 이 현장학습으로 나는 본의 아닌 지식을 습득했다.

웨에에에앵, 하고 길게 이어지는 유서 깊은 사이렌 소리는 구조대 공작차.

'도'와 '파' 사이의 삐뽀삐뽀를 초당 한 번꼴로 반복하는 건 119 구급차.

삐용삐용과 뚜뚜거리는 경적음의 웅장한 이중창은 소방차.

레와 솔 사이의 삐뽀삐뽀를 초당 다섯 번 반복하는 건 경찰차.

온갖 종류의 사이렌을 총동원해 범접할 수 없는 위용을 과시하는 차량은 레커차.

이 모든 사이렌이 충돌하며 일으키는 폭음은 이 세상의 소리가 아니었다. 지옥에나 가야 들을 법한 소리였다. 다섯 대의 차량이 일제히 내뿜는 경광등 빛은 낙뢰처럼 골짜기 곳곳으로 내리꽂혔다. 그들이 사고 차량 근처에 집합한 후부터는 고함 소리와 무전기 소리와 확성기 소리까지 세를 보탰다. 나로서는 고마운 난리법석이었다. 자기들 일에 열중하느라 나무 뒤에서 움직이는 인간에 대해 전혀 신경 쓰지 않았으므로.

나는 경광등 빛의 도움으로 누리길 입구까지 무사히 내려갔다. 도착한 후엔 기다리기 시작했다. 무엇을 기다리는지도 모르면서 나무 뒤에 선 채 마냥 기다렸다. 구급차가 사이렌을 울리며 누리길 입구를 지나던 순간에야 내가 뭘 기다렸는지 알아차렸다. 구급차가 남자를 싣고 내려오길 기다리고 있었다. 남자가 누군지도 모르면서, 남자가 죽었는지 살았는지 상태를 확인할 수도 없으면서, 나와는 아무 관련도 없는 남자인데도.

잠시 후, 구급차는 곡주로 끝으로 사라졌다. 나는 누리길로 들어섰다.

숲이 빛을 가려주기를 바라며 손전등을 켰다. 불빛이 진탕길을 비추자 갑자기 피로가 몰려왔다. 허기와 허무도 함께 왔다. 대체 저 위에서 무슨 짓을 하다 왔던가. 적어도 나비를 잡으러 다니지는 않았다. 그 점으로 자족하려 했으나 허탈한 기분이 가시지 않았다. 생각은 아직도 남의 생사에 붙들려 있었다. 남자는 살았을까, 죽었을까. 진이에게 연락하라는 메시지라도 차에 남겨뒀어야 했을까.

나는 몇 발짝 걷다가 걸음을 멈췄다. 다시 사이렌 소리가 울리고 있었다. 구급차의 사이렌이었다. 멀어지는 소리가 아니라 가까워지는 소리였다. 좀 전에 지나갔던 차가 되돌아올 리는 없을 것이다. 새로 호출을 받고 달려온 제2의 구급차라 보는 게 논리적으로 맞았다. 2호 구급차가 의미하는 바는 단순하고도 명료했다. 누군가 거기에 있었다. 내가 보지 못한 다른 누군가.

차 안 풍경을 되짚어봤다. 운전석부터 좌석이 없는 짐칸까지 하나하나. 무엇이 있었던가. 큰 철장, 연장통처럼 생긴 상자, 타월…… 번뜩, 어떤 생각이 머리를 스치고 지나갔다. 나는 손전등으로 손에 쥐고 있던 플라스틱 카드를 비췄다. 사원증이었다.

상단의 사진이 먼저 눈에 들어왔다. 크기가 작고 전등 빛도 어두웠지만, 나는 단번에 사진 속 인물을 알아봤다. 설마, 하면서 손전등을 사진에 바짝 들이댔다. 눈을 껌벅거려서 초점 조절을 하고 세 번째로 확인해봤다. 볼 때마다 기억은 같은 말을 하고 있었다. 사진 속 여자는 '다정한 그녀'였다. 사진 밑엔 그녀의 신상이 적혀 있었다.

한국과학대학교 영장류연구센터
대형 유인원관 책임사육사 이진이

나는 머리털이 부스스 일어나는 느낌을 받았다. 꿈결처럼 들려온 여자의 비명 소리, 박살 나버린 밴의 앞 차창, 나뭇가지에 걸려 있던 사원증. 이러한 정황들로 만들어낼 수 있는 가설은 하나뿐이었다.

다정한 그녀는 조수석에 앉아 있었고, 안전벨트를 하지 않았으며, 충돌의 충격으로 앞 차창을 뚫고 튕겨나갔다.

어디로 튕겨나갔을까. 사원증이 걸려 있던 나무 근방으로? 나는 골짜기 위쪽을 돌아봤다. 숲에 가려 아무것도 보이지 않았다. 구급차의 사이렌이 딱 그쳤다는 것만 알아차렸다. 사이렌이 그치자 골짜기 위의 와자지껄한 소음이 되살아났다. 귀를 기울여봤으나 알아들을 수 있는 소리는 거의 없었다. 그러기엔 내가 너무 먼 거리에 있었다.

나는 꽂아둔 나뭇가지 표지 앞에 다다랐다. 손전등을 들어 물길 건너편을 비춰봤다. 부연 안개 속에 정자가 유령선처럼 떠 있었다. 나뭇가지를 뽑아 징검돌을 더듬어 찾으며 생각했다. 지금 내게 필요한 건 골짜기 위쪽 상황을 파악하는 것이 아니었다. 이 상황을 잊어버리는 것이었다. 내가 발견하지 못한 다정한 그녀는 경찰이나 119 구조대가 찾아낼 테니.

징검돌 두 개를 건너갔다. 필요 이상으로 발밑을 살피고, 거리를 재고, 시간을 끌며 건넜다. 그사이 2호 구급차 사이렌은 다시 울리지 않았다. 아직 현장을 떠나지 않았다는 의미였다. 두 가지 해석이 가능한 상황이었다. 그녀를 발견해 구급차에 싣는 중이거나, 아직도 발견하지 못했거나.

나는 마지막 징검돌 위에서 아예 멈춰 섰다. 누리길 입구에서 그랬듯 하염없이 기다리기 시작했다. 머릿속에서는 같은 이름이 계속 맴돌았다.

진이. 이진이…….

4장
진이, 지니

나는 난파선처럼 표류하고 있었다. 때로 먹구름 같은 무쇳빛 대기를 지나갔고, 때로 번개처럼 번뜩이는 불빛 속을 통과했다. 어둠의 밑바닥으로 하염없이 추락하다 환한 빛 속으로 솟구치기도 했다. 늘어진 나뭇가지와 뒤엉킨 덩굴 틈새를 새처럼 날아다닌 적도 있었다. 빽빽한 거목들 사이로 파랗게 흐르는 하늘을 올려다보고 있기도 했다.

언제부턴가는 어떤 순간 속에 서 있었다. 섬광 같은 영상들이 껌껌한 시야로 떠올랐다가 꺼지듯 사라졌다. 초점을 잃고 흔들리는 검은 눈동자, 비명을 터트리며 벌어지는 입술, 출렁이고 흩어지는 검고 짧은 머리칼, 물보라가 일듯 하얗게 부서지는 차창, 지퍼가 열리듯 살이 갈라지는 이마, 스프링클러처럼 터져나와 얼굴을 뒤덮는 선혈, 셔터처럼 내리닫히는 눈꺼풀.

이것은 기억일까, 꿈일까. 기억이라기엔 시점이 맞지 않고 꿈이라기엔 지나치게 구체적이었다. 어쩌면 무의식이 빚어내는 만화경일지도 몰랐다. 무의식의 만화경 속에서 인간 정신이 뭘 하는지 아는 바 없지만 뭔가를 한다면 바로 이런 짓을 하지 않겠는가. 태어나 죽을 때까지, 직접 볼 수 없는 내 얼굴을 대면하는 일.

내 얼굴은 곧 사라졌다. 시야에는 우주 공간처럼 깊고 광막한 어둠만 남았다. 나는 손가락 하나를 들어올려봤다. 되지 않았다. 단 1밀리도 움직이지 않았다. 손가락이 말을 듣지 않는 게 아니었다. 가위눌린 것도 아니었다. 들어올릴 손가락이 없었다. 몸 전체가 물리적으로 인식되지 않았다. 몸이 알아서 알고 있어야 할 현재의 자세마저 자각되지 않았다. 누워 있는지, 앉아 있는지, 엎어져 있는지. 하다못해 숨을 쉬는 느낌조차 없었다. 몸은 사라져버리고 의식만 남아 있는 것처럼.

시선 역시 움직일 수 없었다. 옆으로도, 위로도, 아래로도. 시야각 안에서 움직이는 '무언가'에 딱 붙박인 상태였다. 처음에 무언가는 수억 광년 거리에서 가물거리는 별처럼 보였다. 잠시 후엔 행성처럼 크고 검은 구체로 보였다. 내 정면으로 미끄러져 와서 멈춘 후에야 그것이 눈이라는 걸 알아차렸다.

검은 눈동자, 암갈색 눈자위, 유순해 보이는 둥근 눈매. 사고의 마지막 순간에 봤던 그 눈이었다. 동공이 활짝 열린 지니의 눈이었다. 나는 초질량 블랙홀에 걸려든 소행성처럼 지니의 동공 속으로 순식간에 끌려들어갔다. 빨아들이는 힘이 너무도 무지막지해서 현기증이 일고 멀미가 났다. 의식마저 납작하게 뭉개졌다. 어둠이 몰밀어왔다.

정신이 들었을 때 나는 여전히 어둠 속에 머물러 있었다. 몸을 당기던 힘은 사라졌다. 대신 몸에 대한 자각이 돌아와 있었다. 갈비뼈 밑을 파고드는 장대 같은 물체, 반으로 접힌 채 아래로 축 늘어진 몸과 머리, 바람에 쏠리는 머리털의 간지러운 움직임, 허공에 떠 있는 듯한 위치 감각. 내가 어떤 처지에 처해 있는지 저절로 그림이 그려졌다. 눈을 멀뚱멀뚱하게 뜬 채로 단단한 장대 같은 것에 빨래처럼 걸려 있었다.

그 외 불편한 자각 몇 가지가 더 있었다. 피가 밑으로 쏠려 머리통이 밥통만큼 무겁다든가, 몽둥이에 얻어맞고 기절했다가 깨어난 것처럼 온몸이 욱신거린다든가, 너무나 추운 나머지 숨소리까지 덜덜 떨린다든가.

그렇기는 해도 혼돈의 시간은 끝난 것 같았다. 무사히 살아 태어난 세계로 돌아온 듯했다. 생환을 자축하는 만세라도 부르고 싶었으나 아직 때가 일렀다. 머리 한구석에 자리 잡은 의심이 좀처럼 사라지지 않았다. 혹시 이마저 꿈이 아닐까. 자각 없는 꿈에서 자각하는 꿈으로 노선만 바꿔 탄 게 아닐까.

확인 도구로 이번에도 손가락을 택했다. 허공을 건반 삼아 유일하게 음계를 외우고 있는 노래 연주에 들어갔다. 오른손으로 도레미도 미도미, 왼손으로 레미파파 미레파……

연주가 성공적으로 끝났다. 손가락 움직임이 어색했으나 신경 쓸 문제는 아니었다. 오랜 시간 기절해 있었다면 감각이 아직 덜 돌아왔을 테니까. 나는 주먹을 꽉 틀어쥐었다. 봄 햇살 같은 안도감이 떨리는 몸을 데웠다. 환호성 같은 한숨이 터져나왔다. 아아, 하느님 사랑해요.

나는 시선만 움직여서 주변을 둘러봤다. 아무것도 보이지 않았다. 어둠이 너무 짙어 뭔가를 보고 있다는 자각마저 들지 않았다. 왼손을 들어 올려 눈앞에 대봤으나 마찬가지였다. 손목시계의 야광 문자판조차 보이지 않았다. 잠시 생각을 해봤다. 방에 시계를 풀어놓고 나왔던가.

아니었다. 시계를 확인한 기억이 남아 있었다. 사고가 나기 얼마 전이었다. 아마 12시 51분이었을 것이다. 시계를 만져보려고 오른손을 움직이자 갈비뼈 밑에서 툭, 하는 소리가 났다. 몸통이 밑으로 출렁 가라앉았다. 장대가 꺾이고 있는 게 아닌가 싶었다.

상황을 살피고자 손을 위로 뻗어올려 장대를 만져봤다. 표면이 우둘투둘하고 축축하게 젖은 데다 기분 나쁘게 미끄덩거렸다. 어떤 식으로 해석해도 이것은 나뭇가지였다. 엄지와 검지 사이에 착 감기는 걸로 미루어 내 무게를 감당할 만한 가지는 아니었다. 지금껏 버텨준 것만으로도 기특한 굵기였다. 손을 옆으로 더 뻗자 눅신하게 젖은 잔가지와 나뭇잎들이 만져졌다. 대충 감이 잡혔다. 내 몸이 빨래처럼 걸려 있는 장소가 구체적으로 어디인지.

작년 봄, 영장류센터를 무단가출한 긴꼬리원숭이가 있었다. 놈을 잡느라 센터 직원들이 총동원돼 일대를 샅샅이 뒤졌다. 그 바람에 골짜기 지형을 강제로 익혔다. 구석구석 빠삭하게 꿴다고는 못하겠으나 큰 그림은 지도처럼 저장됐다.

지도에 따르면 골짜기 비탈의 표면 거칠기는 고개마다 달랐다. 어느 고개는 도로 아래부터 골짜기 바닥까지 큰 굴곡 없이 매끈하고 완만한 경사를 이루고, 어느 고개는 표면 굴곡의 낙차가 벼랑 수준으로 크기도 했다. 급경사와 완만한 표면 굴곡이 반복되는 고개도 있었다. 사고가 난 고갯마루는 세 번째에 속했다. 비탈 전체에 걸쳐 팽나무 숲이 우거져 있었는데 키가 20미터에 달하는 거목들이 대부분이었다. 군데군데 잡목이 섞여 있긴 했지만 대체로 키가 작고 군집 수도 적었다.

추측건대, 나는 차에서 튕겨나와 급경사 지점으로 날아갔을 것이다. 운 좋게 어느 팽나무 가지에 몸이 걸리면서 여착륙했을 테고. 중력가속도가 붙은 인간의 몸뚱어리를 사뿐하게 받아서 지금껏 지탱해주고 있다면 잡목이 아닐 테니까. 따라서 내 몸이 20미터 상공에 걸려 있을 최악의 상황을 배제할 수 없었다. 이는 깨어나자마자 중대한 선택과 맞닥뜨렸다는 걸 의미했다. 어둠 속에서 나무 타기를 하든가, 구조 신호를 보내면서 하염없이 기다리든가.

첫 번째 해결법은 목숨을 걸어야 한다는 문제가 있었다. 나는 침팬지 사육사지 침팬지가 아니었다. 발 한번 삐끗하면 이번에야말로 뼈도 못 추릴 공산이 컸다.

두 번째 해결법은 가능성 면에서 문제가 있었다. 내가 가진 구조 요청 도구는 목청뿐이었다. 목청이라면 이 동네 최강자라 자부하는 바지만, 이는 누군가 나를 수색하고 있다는 조건이 전제돼야 쓸모가 있었다. 수색을 하려면 고갯길에서 사고가 났다는 걸 세상이 알고 있어야 할 것이다. 세상이 알려면 누군가 신고를 해야 하며, 그 누군가가 지나가던 차량일 확률은 거의 없었다. 고갯마루 도로는 영장류센터 전용 도로나 다름없었다. 대낮에도 일반인의 통행이 많지 않은 곳이었다. 신고를 할 수 있는 사람은 오로지 스승뿐이었다. 그러려면 스승이 무사해야 했다.

무사할 가능성이 얼마나 될까. 최소한 신고를 할 수 있을 만큼이라도. 생각하자마자 식도 부근이 후끈해졌다. 걱정에 앞서 울화통이 치밀었다. 이런 식으로 운전하다 큰 사고 치지, 싶어 속을 태운 게 몇 번이었던가. 목숨을 애지중지하는 나는 어지간하면 스승 차에 타지 않았다. 본인이야 30년 무사고 운전자라 주장하고는 했지만. 주장이 사실이라면 이번이 첫 사고인 셈이었다. 그 첫 사고의 동반자가 하필 나와 지니라니. 그것도 출국을 코앞에 두고.

생각은 스승에서 지니로 옮겨갔다. 울화증이 사라지고 다급증이 몰려왔다. 그 아이는 어떻게 됐을까. 나보다 더 멀리 날아갔을까. 설마, 설마…… 죽지는 않았겠지? 끼익, 하고 나뭇가지 벌어지는 소리가 울렸다. 벌어지는 가지를 따라 내 몸도 툭 내려앉았다. 머릿속에선 코웃음 소리가 들렸다. 네 앞가림이나 하시지.

더 망설일 틈이 없었다. 앞가림을 하려면 지금 당장 나무에서 내려가야 했다. 나는 양손을 뻗어 나뭇가지를 움켜쥐었다. 철봉에서 내려가듯 머리와 상체를 세우면서 몸을 밑으로 늘어뜨렸다. 굳이 찾을 것도 없이 아래쪽 가지가 발끝에 닿았다. 스스로 놀랄 만큼 민첩하고 안정적인 동작이었다.

가지의 강도를 시험코자 나는 발끝을 슬쩍 굴러봤다. 흔들리긴 했지만 가지 자체는 꽤 단단한 느낌이었다. 발을 디디고 서도 되겠다는 판단이 섰다. 윗가지를 잡은 손과 발을 디딜 아랫가지의 무게만 적절히 분산시킨다면 나무둥치에 무사히 도착할 수도 있을 것 같았다.

좋아. 부지중에 혼잣말이 튀어나왔다. 실제로 목을 울리고 나온 말은 끙도 아니고 웅도 아닌, 야릇한 쇳소리였다. 일순 흠칫했고 이내 이유를 찾아냈다. 사고 당시 성대를 약간 다쳤겠지. 아니면 너무 오래 기절해 있었던 탓에 목이 잠겼거나.

나는 아래쪽 가지에 발을 완전히 내려놓았다. 순간 발로부터 이해 불가능한 정보 두 가지가 전달됐다. 하나는 나뭇가지의 축축하고 미끄덩한 표피가 살갗에 직접 닿는다는 것이었다. 이는 내가 맨발이라는 걸 의미했다. 사고가 나기 직전까지 분명 양말과 운동화를 신고 있었는데. 추락하는 와중에 신발이 벗겨졌을까? 그렇다고 양말까지 벗겨진단 말인가. 그것도 공평하게 양쪽 다.

다른 하나는 발 자체의 이상 기능이었다. 나뭇가지를 발바닥이 아니라 발가락으로 움켜쥐고 있었다. 발가락 다섯 개가 일제히 전면을 보는 인간의 골격 구조상 불가능한 동작이었다. 그런 일이 가능하려면 발도 손처럼 엄지발가락과 두 번째 발가락이 마주 봐야 한다. 내 발은 그렇게 생기지 않았다. 정보가 잘못됐을 것이다.

이는 발을 만져보면 곧바로 확인될 사안이었다. 나는 그러지 않기로 했다. 확인하려면 확인할 손이 하나 필요했다. 서커스적 기술도 필요했다. 양손을 다 쓰고도 똑바로 서기 힘든 마당에 허리를 굽히고 한 손을 밑으로 뻗어 발을 만지면서 균형을 잡으려면.

대안으로, 생각을 바꿨다. 사고의 충격으로 뇌 신경회로나 말단감각에 일시적 장애가 생겼으며 똥인지 된장인지 구분 못하는 상태가 된 거라고. '손 같은 발로 서 있다'는 정보를 납득하기에 가장 적절한 설명이었다.

나는 움직이기 시작했다. 어느 쪽으로 움직여야 하는지는 알고 있었다. 왼손이 붙잡고 있는 쪽 가지가 더 가늘었다. 당연히 나무둥치는 더 굵어지는 오른쪽에 있을 것이다. 어떤 식으로 움직여야 할지도 계산해두었다. 사지를 한 번에 하나씩 움직여야 할 것이다. 먼저 오른손을 오른쪽으로 옮기고, 이어 오른발을 그만큼, 다음엔 왼발을, 마무리로 왼손을. 손발이 엇박자를 내지 않도록 속으로 수를 세며 움직였다. 하나, 둘, 하나, 둘……

나뭇가지가 미끄러웠으나 용케도 발을 헛디디지 않았다. 인동호에서와 달리 몸을 휘청거리지도 않았다. 되레 머리에 앞서 움직이는 손발을 제어하느라 애를 먹었다. 발에 대한 왜곡된 감각은 사라지지 않았으나 그에 대해서는 신경을 껐다. 차후에 확인할 문제였다. 살아서 지상으로 내려간 다음에.

나무둥치에 이르면서 내 몸은 자유를 얻었다. 클라이머가 줄을 잡고 암벽에서 하강하듯, 둥치를 손끝으로 붙들고 표피에 발끝을 찍으면서 일사천리로 내려갔다. 그리하겠다 마음먹은 게 아니었다. 몸이 저 알아서 움직였다. 20미터 상공에서 하강한 것도 아닌 듯했다. 대여섯 번의 발동작으로 땅에 내려선 걸 보면. 중간 가지나 맨 아래쪽 가지에 걸려 있었을 공산이 컸다.

비탈 경사는 꽤 가팔랐다. 내 몸은 '안녕하세요' 자세가 돼 있었다. 내리막을 향해 서 있는 모양이었다. 가드레일 바로 아래는 아닐 거라 생각했다. 비탈 위쪽은 경사가 완만하고 지표면도 판판한 편이었다. 골짜기에 가깝지도 않을 것이다. 골짜기까지 날아가 나무에 걸리려면, 그 나무가 나를 버텨내려면, 나는 인간이 아니라 가오리연이어야 했다. 이곳은 지표 각도가 불규칙하게 깎인 비탈 허리 어디쯤일 것이다.

나는 선 자리에서 몸을 반 바퀴 돌렸다. 그사이 눈이 어둠에 익어 있었다. 그래봐야 안개가 숲을 꽉 채우고 있다는 걸 짐작하는 정도였지만. 나무들은 거뭇한 형체로 뭉뚱그려진 채 안개 뒤편에 서 있었다. 주변은 요사할 정도로 고요했다. 뒤늦게야 어두운 숲에 홀로 버려졌다는 사실이 실감 났다. 어깨가 저절로 움츠러들었다. 사방에서 무언가 튀어나올 것 같아 더럭 겁이 났다. 무턱대고 내달아버리고 싶은 충동이 불쑥 치밀었다.

하나, 둘…… 다시 속으로 수를 세기 시작했다. 눈을 감고 축축한 밤공기를 길게 들이마셨다. 내 앞에 놓인 과제에만 집중하려고 애를 썼다. 이제 어떻게 할 것인가. 골짜기까지 내려간 후 누리길을 걸어서 도로로 나가는 방법이 있었다. 비탈을 타고 곧장 위로 올라가는 방법도 있고. 어느 쪽이든 미끄럽고, 가파르고, 어두운 비탈을 통과해야 했다. 미끄러져 내려가느냐와 기어서 올라가느냐의 차이가 있을 뿐.

나는 후자를 택했다. 미끄러지는 쪽보단 기는 쪽이 안전성 면에서 나았다. 구조대가 수색 중이라면 수색 범위 안에서 움직이는 게 좋을 것이고. 숲이 고요한 걸로 보아 그럴 가능성은 없어 보였지만. 어쩌면 내가 올라가서 구조대를 불러야 할지도 몰랐다. 만약 스승이 크게 다쳤거나 의식조차 없다면, 혹시, 그러니까 혹시……

머리를 흔들어 생각을 내쫓았다. 더 나쁜 일은 상상도 하지 말아야 했다. 미리 불안해하며 시간을 보내서도 안 되었다. 지금은 세상의 신들을 다 불러 모아 행운을 간구해야 할 때였다. 내가 무사히 도로 위에 도착할 수 있도록.

나는 한 발을 들어 위쪽으로 내디뎠다. 축축하고 맨질맨질한 덩굴줄기가 발바닥에 닿았다. 이번엔 한 손을 내밀어 어둠 속을 휘저었다. 나무 그루터기 같은 것이 손아귀에 잡히자 힘주어 몸을 들어올렸다. 순간 뿌리가 흔들리나 싶더니 허망하게 뽑혀버렸다. 그 반동으로 내 몸은 뒤로 넘어갔다. 신기하게도 굴러떨어지지는 않았다. 허공에 떠 있던 한쪽 발이 무언가를 잽싸게 붙잡아서 균형을 되찾았다. 느낌상 키 작은 잡목이었다. 다른 발은 어느새 덩굴줄기를 밧줄처럼 움켜쥔 상태였다.

내 안의 눈은 내가 어떤 자세로 비탈에 붙어 있는지 구체적으로 보여주었다. 왼발은 키 작은 나무를, 오른발은 덩굴줄기를, 한 손은 뿌리 뽑힌 나무 그루터기를, 다른 손은 잡목 밑동을 움켜쥔 채 납죽 엎드려 있었다. 혼란스러웠다. 당혹스러웠다. 이게 인간으로서 가능한 자세일까?

불가능한 자세였다. 그렇기는 하나 '어떻게 가능한가'에 대한 답을 찾을 상황은 아니었다. 찾을 방법도, 의사도 없었다. 대신 신경회로가 초고속으로 망가지는 중이며 그로 인해 나타난 환각이려니 했다. 그러니 서둘러야 할 것이다. 완전히 먹통이 되면 새가 되어 도로 위로 날아가려 들지도 모르니까. 기왕지사 이리된 거 쭉 '불가능한 자세'로 가자고 마음먹었다. 거부감만 없다면 높은 비탈을 오르는 데 이보다 더 적절한 자세는 없었다.

110

'모든 건 마음먹기에 달렸다'는 말은 언제나 옳다. 나는 불가능한 자세로 펄펄 날았다. 무르고 미끄러운 땅을 디디면서도 발 한 번 미끄러지지 않았다. 헛손질 한 번 없었다. 나무와 넝쿨과 암흑 속을 누비며 살아온 원시인처럼 거침없이 어두운 비탈을 타고 올랐다. 동작을 멈춘 건, 최초로 외부의 소리를 들었을 때였다.

자동차 엔진 소리였다. 꽤 가까운 거리였다. 안개 속에서 소리의 전달 거리가 줄어든다는 걸 감안하면 예상보다 더 근처일 수도 있었다. 나는 정면의 나무 꼭대기를 올려다봤다. 안개와 어둠 너머에서 빛이 비쳐들고 있었다. 구름 뒤에 숨은 달처럼 어렴풋한 형태였지만 틀림없는 불빛이었다. 움직이는 빛이 아니라 정지한 빛이었다. 뱃속이 요동치기 시작했다. 고함이 튀어나왔다.

'여기요. 여기 사람이……'

목이 턱 막혔다. 안개 속에서 믿을 수 없는 소리가 메아리치고 있었다. 내 목소리가 아니었다. 높고 날카롭게 째지는 비명이었다. 어딘가에서 지니가 울부짖고 있는 것 같았다. 그 '어딘가'가 내 입 안인 것 같아서 속이 울렁거렸다. 아무래도 나는 심각하게 고장이 나고 있는 모양이었다.

메아리는 곧 사라졌다. 배턴터치를 하듯 금속성 기계음이 들려오기 시작했다. 불도저가 버킷을 조작할 때나 날 법한 소리였다. 불빛이 비쳐드는 바로 그 방향이었다. 나는 당장 해야 할 일이 뭔지 가까스로 기억해냈다. 달려야 했다. 구원처럼 들려온 저 소리가 사라져버리기 전에.

나는 불빛을 표지 삼아 뛰기 시작했다. 비탈은 점점 완만해졌다. 도로 근처에 다다르고 있다는 증거였다. 완만해질수록 내 움직임엔 폭발적인 가속이 붙었다. 시야는 조금씩 밝아지다 불빛이 환하게 쏟아지는 지점에 이르렀다. 종이테이프처럼 찢겨서 허공으로 튀어오른 가드레일이 먼저 눈에 들어왔다. 영장류센터 밴은 보이지 않았다. 119 구급차나 경찰차도 없었다. 불빛 뒤에서 부릉부릉 떠는 자량 엔진 소리만 들려왔나.

불빛은 명확한 초점 없이 허공으로 산개하고 있었다. 정체 모를 차량은 보이지 않는 도로 저편에 멈춰 있는 모양이었다. 차량 수습이 끝난 게 아닌가 싶었다. 나는 어깻숨을 몰아쉬며 불빛을 노려봤다. 설마 사고 수습까지도 끝난 것일까? 스승은 어찌 됐을까. 괜찮을까.

아니라는 답이 나왔다. 괜찮다면, 적어도 말을 할 수 있는 상태였다면 조수석에 탔던 사육사와 보노보가 세트로 날아갔다는 걸 가장 먼저 알렸을 것이다. 숲에서는 구조대의 수색이 대대적으로 벌어지고 있어야 했다. 그런 기미조차 없다는 건 스승이 괜찮지 않다는 걸 의미했다.

어깨가 천근만근으로 무거워지는 순간이었다. 사이렌 소리가 울리기 시작한 것도 바로 그때였다. 어느새 불빛의 형태도 바뀌었다. 나를 여기까지 끌고 온 흰 빛은 사라지고 빨갛고 파란 경광등 빛이 점멸하고 있었다. 더하여 서서히 움직이는 중이었다. 머리 위 오른쪽에서 왼쪽으로. 이는 경광등을 단 차가 고갯마루를 떠나고 있다는 말과 같았다. 지금 스승 걱정을 할 때가 아니라는 뜻이기도 했다.

나는 무거운 어깨를 흔들어 털었다. 땅을 박차고 몸을 솟구쳤다. 무의식적으로 팔을 뻗어 앞쪽 나뭇가지를 붙잡고, 반동의 힘을 빌려 다음 나무로 날아갔다. 공중그네를 타듯 그다음 나무로 옮겨간 후 허공으로 몸을 날려 가드레일을 뛰어넘었다. 두 손과 두 발을 노면에 착 붙이고 고양이처럼 사뿐하게 도로 위로 착지했다.

차량은 고갯길을 느릿느릿 내려가고 있었다. 구급차도, 경찰차도 아니었다. 레커차였다. 차 꼬리에는 험악하게 구겨진 영장류센터 밴이 매달려 있었다. 도로 위에는 아무도 남아 있지 않았다. 두려움이 엄습해왔다.

추측한 대로 스승은 말을 할 수 없는 상태였던 것이다. 경찰이나 119 구조대는 동승자의 존재를 모른 채 현장을 떠났으리라. 이제 마지막 레커차마저 고갯길 아래로 내리닫는 중이었다.

나는 뒤따라 달리기 시작했다. 레커차를 따라잡으면 병원이나 경찰서로 데려다달라고 할 참이었다. 따라잡지 못하더라도 세울 수는 있겠지 싶었다. 차량통행이 거의 없는 도로라 하더라도 한 번쯤은 사이드미러를 보지 않겠는가. 그렇다면 머리를 펄럭대며 미치광이처럼 쫓아오는 여자를 발견하겠지.

거리가 10리쯤은 빗나간 계산이었다. 스승의 밴만 람보르기니로 변신할 수 있는 게 아니었다. 내가 한 발짝 떼면 레커차는 10미터씩 멀어졌다. 열 발짝쯤 뗐을 땐 아득한 어둠 속으로 멀어져 있었다. 누리길 입구에 다다랐을 땐 사이렌의 여운만 남기고 꺼지듯 사라져버렸다. 나는 어둠 속에 홀로 남았다. 원점이었다. 숲속에서 도로 위로 공간만 바뀌었을 뿐.

머릿속이 휑했다. 마취에서 막 깨어난 사람처럼 턱이 덜덜 떨렸다. 몸을 지탱하던 뼈마디들이 수건처럼 착착 접혀 도로 위로 내려앉는 기분이었다. 그대로 엎어져 땅이라도 치고 싶었다. 밴의 글로브 박스에 세워둔 내 휴대전화가 떠올랐다. 전화 한 통이면 될 텐데. 119 구조대, 경찰, 택시, 뭐든 부를 수 있는데. 지나가는 두꺼비라도 붙들고 하소연하고 싶은 심정이었다. 지금껏 내가 무슨 짓을 한 것이냐고.

죽기 살기로 뛰었지. 그래서 살았잖니. 두꺼비 대신 어머니의 목소리가 들려왔다.

한때 연인이었던 남자의 평가에 따르면 나는 끝까지 버티는 질긴 부류였다. 안 질긴 부류로 환승하며 내세운 이별 사유이기도 했다. 치졸하지만 정곡을 찌른 말이었다. 어릴 때부터, 거의 모든 면에서 나는 버티기

선수였다. 반은 천성일 것이다. 나머지 반은 만들어진 것이고. 마흔네 살에 남편을 잃은 여자가, 남편이 떠난 후에야 임신한 걸 알았다는 여자가, 자신마저 떠난 후 홀로 살아갈 딸을 위해 만들어준 무기이기도 했다.

그 여자는 딸이 한 대 얻어맞고 돌아오면, 가서 두 대를 때리고 오라고 내보냈다. 강아지처럼 깽깽거리지 말라고 가르쳤다. 죽기 전까진 뻗어버리지 말라고 등을 떼밀었다. 지금도 머릿속에서 강철 같은 목소리로 묻고 있었다.

이진이. 다음에 할 일이 뭐니?

나는 돌아섰다. 죽기 살기로 내리닫던 길을 타박타박 걸어 올라갔다. 119 상황실에 연락해 스승의 행방을 알아내는 게 우선 과제였다. 그다음엔 지니를 찾아야 할 것이다. 전 직원이 나서서 수색을 하든가, 119 구조대나 경찰의 도움을 받든가. 만약 지니가 살아남았다면 가까운 곳에 숨어 있을 공산이 컸다. 내가 떨어졌던 팽나무 숲이나 근처 골짜기에.

이 모든 일을 해결하려면 먼저 기숙사로 돌아가야 했다. 고갯길을 떠올리자 까마득한 기분이 되었다. 걸으면 족히 한 시간은 걸릴 거리였다. 달리면 시간이 단축되겠지만, 그것이 가능할까. 거리는 3킬로미터에 불과했으나 줄기차게 오르막이요, 굽이굽이 고갯길이었다. 가로등 하나 없는 도로였다.

나는 하늘을 올려다봤다. 두툼한 뗏장구름이 암청색 하늘을 뒤덮고 있었다. 안개는 가뜩이나 어두운 시야를 이중으로 차단했다. 달리기엔 최악의 조건이었다. 길은커녕, 여전히 내 손조차 볼 수가 없었다.

보일 리가 있을까. 땅바닥에 착 붙어 있는데. 고장 난 신경회로가 새로운 정보를 전달해왔다. 나는 '동작 그만' 상태로 굳어버렸다. 내면의 감각이 뒤늦게 알려온바, 나는 손가락을 갈고리처럼 구부려서 중간 마디의 배면으로 도로를 짚고 서 있었다. 등과 도로의 각도는 45도에 가까웠다.

언제부터 이런 자세였을까. 레커차를 쫓아갈 때로 기억을 돌려봤다. 그때 어떻게 달렸던가. 네 발이었는가, 두 발이었는가. 기억나지 않았다. 당연한 일이었다. 세상에 어떤 할 일 없는 인간이 달리는 차량을 쫓아가는 와중에 자신의 보행 방식까지 자각한단 말인가.

동물학 전공자이자 유인원 전문 사육사로서 나는 단언할 수 있었다. 이런 방식으로 손을 써서 걷는 인간은 없다. 걷기 이전의 아기도 이런 식으로 기지 않는다. 손가락 중간 마디가 아닌 손바닥으로 바닥을 짚고 체중을 싣는다. 지금의 이 자세는 비탈을 올라올 때의 '불가능한 자세'와도 달랐다. 굳이 이름을 붙이자면 '이치에 맞지 않는 자세'였다. 인간의 손으로서 마땅하고 기본적인 속성이 아니었다. 인간을 제외한 사람상과 종 특유의 너클 보행이었다. 오랑우탄, 고릴라, 침팬지 그리고……

플래시가 터지듯 지니의 얼굴이 시야에서 번득거렸다. 예상치 못한 손에 호되게 뺨을 맞은 기분이었다. 지니라니. 스스로 묻지 않을 수 없었다. 이것도 신경회로의 이상 징후라 우길 수 있을까. 확인을 해봐야 할 시점이 아닐까. '나'라고 믿고 있는 내가 진짜 나인지, 아닌지.

나는 도로에서 손을 떼고 반듯하게 등을 세웠다. 런웨이 위의 모델처럼 엉덩이를 바짝 치켜들며 다리를 벌리고 섰다. 적어도 그랬다고 생각했다. 내면 감각은 전혀 다른 평가를 들려주었다. 거북목에, 어깨는 구부정하고 팔은 허벅지 아래로 늘어졌으며, 엉덩이가 오리처럼 뒤로 빠져 있다고.

태생적 오리 궁둥이였노라 우기고 싶었으나 이는 사실이 아니었다. 달갑지 않게도 잊고 있던 기억까지 되살아났다. 사라진 손목시계, 나무에서 내려올 때 느꼈던 맨발의 감촉, 침팬지보다 뛰어난 고도의 발가락 기능, 마술에 가까운 나무 타기 기술, 내 목을 뚫고 터져나온 지니의 비명 소리.

시야가 새카맣게 암전됐다. 허리가 휘청 기울어졌다. 나는 주저앉지 않으려고 안간힘을 썼다. 꼿꼿한 자세로 서서 버텼다. 나 자신을 향해 주문을 걸듯 속삭였다. 배선이 꼬이던 머리통이 끝내 맛이 가버린 거라고. 그렇지 않고서야 이런 일이 일어날 수 없다고. 그러니 이제 해법을 생각해보라고. 현혹되지 않고, 속단하지 않고, 포기하지 않고, 기숙사까지 가려면 뭘 어찌해야 하는지.

몸을 만지지 마. 머릿속 목소리가 대답을 해왔다. 몸을 보지도 마.

그렇다. 만지고 본다는 건 '확인한다'와 동의어였다. 이는 지금껏 외면해온 수상쩍은 단서들을 '정황증거'로 격상시킬 터였다. 멋대로 내달리려는 생각 또한 꽉 붙들어놔야 했다. 누군가 망가진 머리통을 수리해줄 때까지 집중할 것이 필요했다. 나는 방정식 하나를 머릿속에 세웠다.

$$(x^2-2x)^2-5(x^2-2x)-24=0$$

x^2-2x를 X로 놓으면……

암산을 시작하면서 걸음을 뗐다. 한 손을 옆으로 뻗고 도로변 가로수를 확인해가면서 오르막을 걸어 올라갔다. 언제부턴가는 세 발 달리기로 뒤뚱대며 오르막을 오르고 있었다. 세 발을 의식하면 즉각 허리를 들었으나 직립보행은 오래 지속되지 않았다. 머리가 방정식으로 돌아가면 몸도 세 발 달리기로 돌아갔다. 그렇다고 줄곧 보행 방식을 의식하며 걷기도 어려웠다. 줄곧 의식하면서 숨을 쉬는 게 불가능한 것처럼.

얼마 후, 나는 두 발보다 세 발이 편하다는 걸 받아들이기에 이르렀다.

훨씬 빠르고, 훨씬 안정적이었다. 보행 방식이 뭐 그리 중요할까, 싶기도 했다. 제정신이 아니라는 점에서 두 발이나 네 발이나 다를 바 없는 것을. 중요한 건 한시라도 빨리 기숙사에 도착하는 일이었다.

영장류센터로 가는 길은 두 개였다. 하나는 고갯길, 다른 하나는 산등성이를 타고 영장류센터 후문까지 올라가는 지름길. 나는 지름길을 택했다. 새벽마다 운동 삼아 달리는 길인지라 지형이 익숙했다. 거리도 고갯길보다 훨씬 짧았다. 평소의 속도로 뛴다면 30분 안에 기숙사에 도착할 터였다.

지름길 진입로는 금세 찾을 수 있었다. 일정 간격으로 이어지던 가로수가 한 코 빠지는 지점이었다. 다만 새벽 운동을 할 때처럼 달릴 수가 없었다. 수도 없이 오갔던 길이 어둠 속에선 한없이 낯설었다. 가시거리가 아예 없었기에 팽나무 숲에서 올라올 때와 비슷한 방식으로 전진해야 했다. 한 발 걸러 한 번씩, 나무 그루터기나 구덩이, 바위 같은 장애물과 부딪혔다. 길을 구분하기는 더더욱 어려웠다. 집중력이 조금만 흐트러져도 곧장 길을 이탈하거나 무언가에 부딪히고는 했다. 어둠과 산길의 조합이 주는 음산함은 좀체 누그러지지 않았다. 영장류센터의 불빛을 볼 수 있다는 게 그나마 작은 위안이었다.

아마도 3분의 2쯤이나 갔을 거라고 생각한다. 왼쪽 옆구리 쪽에서 무언가가 후다닥 튀어나왔다. 그것이 발부리를 치고 난 후에야 나는 기겁해서 주저앉아버렸다는 걸 깨달았다. 아주 괴상한 표정을 짓고 있다는 것도. 내면의 눈이 포착한 내 표정은 이랬다. 위아래 입술로 이빨을 덮은 채로 '악' 하고 고함치는 모양새를 하고 있었다.

겁먹은 유인원의 전형적인 표정이야. 잘 알지? 내내 억누르고 있던 '생각'이 튀어나와 조잘거렸다. 나는 즉시 적절한 대꾸를 찾아냈다. 누구나 놀라면 그래. 턱이 빠개지도록 입을 벌려서 악, 소리를 지른다고. 입술로 이빨을 가린 건 내가 침팬시 표정을 너무 사주 흉내 낸 탓이겠시.

얼마 후 길이 끝났다. 마침내 영장류센터 철망 담장이 손에 닿았다. 샛문이 잠겨 있었으나 입장에 문제는 없었다. 나는 별 힘을 들이지 않고 담을 뛰어넘었다. 평소보다 담이 높다는 느낌이 들었으나 길게 생각하지는 않았다.

담장을 뛰어내린 뒤 기숙사 후문 쪽으로 걸었다. 1층 창문들은 껌껌했다. 외부 인사나 방문객들의 게스트 하우스로 쓰는 2층 역시 마찬가지였다. 센터 내 가로등에 불이 들어와 있었으나, 빛은 물풍선처럼 안개 속에 갇혀 있었다. 불빛이 내비치는 곳은 연구동 창문들뿐이었다. 나로선 이 어둠이 나쁘지 않았다. 보지 않기로 작정한 것들을 보지 않을 수 있었으므로.

후문은 정문과 달리 센서 등이 없었다. 문의 잠금장치마저 있어야 할 자리에 없었다. 내 키를 기준으로 명치 밑에 있어야 마땅하건만 엉뚱하게도 정수리 위에 있었다. 조금 전, 철망 담장이 평소보다 높다고 느꼈던 기억이 떠올랐다. 그것은 고장 난 머리가 만들어낸 무수한 오류 중 가장 사소한 범주에 속했다. 그러니 이것도 사소한 망상일 것이다.

나는 목에 걸어둔 사원증 겸 카드키를 찾느라 가슴 쪽을 더듬다가, 흠칫해서 동작을 멈췄다. 거기에 기이한 '무언가'가 달려 있었다. 벌에 쏘여 부은 듯한 자국 위에 콩알만 한 꼭지가 달리고, 털이 부숭부숭 돋아난 한 쌍의 무언가. 어린아이들이 '찌찌'라고 부르는 무언가. 흔히들 '가슴' 혹은 '유방'이라 부르는 무언가.

허구한 날 자기 몸을 보고, 만지고, 수정하는 종족의 일원으로서 장담하는데, 그 무언가는 내 것이 아니었다. 그러니 이 또한 망상이었다.

나는 카드키를 포기하고 도어록 뚜껑을 들어올렸다. 검지를 뻗어 비밀번호를 찍었다. 지문 쪽이 아닌 손톱이 있는 배면의 끝마디 뼈로 툭툭 쳐서. 익숙하고도 습관적인 동작이었다. 머리의 명령 없이 몸이 수행하는 움직임이었다. 센터 유인원들이 연구자의 과제를 수행할 때 터치스크린을 찍는 방식이기도 했다.

삐, 소리와 함께 잠금장치가 풀렸다. 나는 허둥지둥 버튼에서 손을 떼어내 등 뒤로 감췄다. 목 안에선 헛바람과 거친 숨소리가 뒤엉키고 있었다. 이것도 망상이야. 스위스 시계처럼 정교하고, 바이러스만큼 악질적인 망상.

이번에는 망상론이 통하지 않았다. 아무리 부정해도 버튼을 누른 검지의 감각은 사라지지 않았다. 끝마디 뼈가 얼어붙는 느낌이었다. 손바닥을 지나 손목을 거쳐서 팔뚝으로, 어깨로, 목으로 뻗어간 냉기는 급기야 머릿속까지 얼려버렸다. 몸이 덜덜 떨려왔다. 무서웠다. 도대체 내게 무슨 일이 일어난 것일까.

나는 문짝에 이마를 대고 눈을 감았다. 떨리는 몸을 추슬러보려고 심호흡을 거듭했다. 밀어닥치는 두려움에 휩쓸리지 않으려고 기를 썼다. 떨어서 좋을 건 하나도 없었다. 문제 해결을 위해서도, 나 자신을 위해서도. 아무 생각도 하지 말아야 했다. 나를 이 망상 지옥에서 건져줄 구세주와 만나기 전까지는. 나는 마법의 주문을 재소환했다.

$(x^2-2x)^2-5(x^2-2x)-24=0$

x^2-2x를 X로 놓으면……

$X^2-5X-24=0$……

문 안으로 들어서자 센서 등 빛이 와르르 쏟아졌다. 나는 눈을 알따랗게 떠서 시야를 최대한 좁혔다. 내 앞에 놓인 길고 긴 일사형 복도를 바라봤다. 복도 끝에 있는 내 방을 향해 발을 뗐다. 샛노란 빛의 호위를 받으며 소리 죽여 걸었다. 수의사 박 선생의 방, 미래의 박사 방, 애송이 수습의 방을 지나 2층으로 통하는 계단 앞에 다다랐을 때였다. 댓 발짝 앞쪽의 복도 창문으로 환한 불빛이 비쳐들었다.

주차장 쪽이었다. 창밖에선 차량이 출발하는 소리가 들려왔다. 차바퀴가 돌면서 주차장 바닥의 자갈을 튕겨내는 달각달각 소리가 울렸다. 뭘 생각해보기도 전에 몸이 먼저 창문 앞으로 날아갔다. 발꿈치를 세우고 창턱 위로 고개를 쭉 빼서 밖을 내다봤다. 차는 이미 어둠 속으로 멀어지는 중이었다. 곧 꽁무니의 붉은 미등마저 사라져버렸다.

누구일까. 이 야심한 밤에 어딜 가는 것일까. 혹시 사고 소식을 전해 듣고 나가는 차가 아닐까? 그렇다면 침팬지 팀일 공산이 컸다. 팀원 중 차를 가진 사람은 홍유미뿐이었다. 나는 계단 맞은편에 있는 홍유미의 방문을 돌아봤다. 불쑥, 문을 두들겨 확인하고 싶은 충동이 치밀었다. 실제로 해버리기 전에 얼른 몸을 돌렸다.

좋은 생각이 아니었다. 내 짐작이 틀렸다면 홍유미에게 '고장 난 나'를 보여주게 될 테니. 일생을 두고 씹을 대왕오징어를 안겨주는 꼴이었다. 궁금증은 119에 전화하면 곧장 풀릴 터였다. 머리 회로의 고장 문제는 아무도 모르게, 나 홀로 고쳐줄 사람을 찾아가는 게 나았다. 나는 다시 걷기 시작했다.

복도 양편의 방들은 고요하기 이를 데 없었다. 세면장도 불이 꺼져 있었다. 깨어 있는 사람은 없는 것 같았다. 걷다 돌아보면 흙탕물이 묻은 한 쌍의 발자국과 한 쌍의 주먹 자국이 나를 따라오고 있었다. 복도 센서 등은 꺼지고 켜지기를 반복하며 길을 비췄다. 나는 눈을 감았다 떴다 하면서 내 방 앞에 도착했다.

뭐든 두 번째는 쉽다. 늘 그래온 양, 나는 머리 위로 손을 뻗어 도어록 뚜껑을 들어올렸다. 문자판 숫자에 불이 들어오자, 검지 끝마디로 비밀번호를 찍었다. 생년월일 여덟 자리, 19850504.

방으로 들어서자 사소한 일이 하나 기억났다. 이틀 후, 내가 서른다섯 번째 생일을 맞는다는 것.

생일 아침이면 어머니는 자르지 않은 긴 미역으로 국을 끓여 내놓곤 했다. 그걸 먹으면 당신 딸이 미역 줄기만큼이나 길고 질기게 살 거라고 믿는 것처럼. 너무나 길어 씹다가 목이 메는 생일 미역국을 마지막으로 먹은 게 벌써 5년 전이었다.

머리 위를 더듬어 실내등 스위치를 켰다. 침대 위에 던져놓은 티셔츠가 가장 먼저 눈에 들어왔다. 등판에 구멍이 숭숭 나고, 겨드랑이 솔기가 반쯤 뜯겨나가고, 목 언저리가 길게 찢어진 걸레 같은 옷이었다. 스무 살 시절부터 어린아이 애착 담요처럼 어디를 가든 끌고 다니는 잠옷이었다. 내 이십대와 삼십대 절반이 '체취'라는 형태로 존재하는 물건이기도 했다.

그 밖에 내가 여기에 살았다고 볼 만한 흔적은 없었다. 전신 거울이 문짝에 붙어 있는 붙박이장, 유선 전화기만 덜렁 놓여 있는 책상과 의자, 복사기만큼이나 사무적으로 생긴 창문 블라인드. 창문 밑에는 여행용 캐리어가 하나 놓여 있었다. 내 삶이 최소한의 부피로 정리된 가방이었다. 몇 시간 후 나와 함께 비행기에 오를 물건이었다. 그러니까, 스승이 부르지 않았다면. 인동호에만 가지 않았더라도.

달라진 건 없어. 머릿속에서 '끝까지 버티는' 목소리가 속삭여왔다. 일단 119에 전화를 걸어 스승이 어디 있는지 알아내고, 병원으로 가서 고장 난 회로를 손본 다음 저 가방을 끌고 나가면 돼. 물론 그 전에 샤워를 하고 옷을 갈아입어야겠지. 아무래도 비행기표는 다음 편으로 바꿔야 할 테지만.

그럴지도 몰랐다. 아니 그럴 수 있을 듯했다. 119에 전화만 걸면 나머지 문제가 일사천리로 해결될 것 같았다. 이 기나긴 악몽을 '큰일 날 뻔했던 사고' 정도로 끝낼 수 있을 것 같았다. 나는 책상 앞으로 다가갔다. 시야 가장자리에 내 모습이 걸리지 않도록 초점을 핀 포인트로 맞추고 움직였다. 책상 앞에 도착한 후엔 눈을 감고 수화기를 집었다. 손끝으로 버튼을 더듬어서 119를 눌렀다. 삐, 소리가 울린 후 남자의 목소리가 튀어나왔다.

"119 상황실입니다. 무엇을 도와드릴까요."

'119 구급차로 후송된 사람을 찾고 있어요. 몇 시간 전에 영장류센터 고갯길에서……'

나는 말을 끝내지 못했다. 끝낼 수가 없었다. 내 입에서 흘러나온 건 어김없이 내 목소리가 아니었다. 고막을 베는 날카로운 소리였다. 새떼가 지저귀듯 높고 시끄러운 소리였다. 비탈 숲에서 내질렀던 그 비명 소리였다. 지니의 목소리였다.

배신당한 기분으로 귀에서 수화기를 떼어냈다. 믿을 수 없는 심정으로 손을 눈앞으로 들어올렸다. 보지 않으려고 애썼던 내 손을 정면으로 들여다봤다. 짧은 엄지, 긴 검지, 새 부리처럼 두껍고 검은 손톱, 손등과 팔뚝을 뒤덮은 길고 까만 털. 똑딱똑딱, 귓속에서 맥박이 울기 시작했다.

"여보세요. 무슨 일이십니까?"

수화기 너머에서 '말을 하라'고 재촉해왔다.

"무엇을 도와드릴까요?"

나는 수화기를 내려놓았다. 어금니를 물고, 잇새로 숨을 마셨다. 왜 이러는 걸까. 왜 이런 환각들을 겪는 것일까. 의식을 잃고 있던 어느 순간에 팽나무 숲을 나돌아다니며 독버섯이라도 따 먹은 것일까. 아니면 아직도 팽나무 가지에 걸린 채로 일일 연속극처럼 계속되는 악몽을 꾸고 있는 중일까.

다시 수화기를 집어 들었다. 몇 번씩 헛손질을 해가며 홍유미의 방 번호를 눌렀다. 고장 난 라디오의 주파수를 찾는 심정이었다. 119와의 통화에선 안 되어도 홍유미와의 통화에선 내 목소리가 나올지 몰랐다. '대왕오징어' 같은 건 이제 문젯거리도 되지 않았다. 현실로 나올 수 있는 통로만 발견할 수 있다면 외계 문어라도 잡아다 바칠 수 있었다.

홍유미는 전화를 받지 않았다. 신호가 열 번째 울리자 끊었다가 다시 걸어봤다. 혹시 잘못 걸었나 해서. 마찬가지였다. 다음엔 박 선생 방 번호를 눌렀다. 똑같았다. 애송이도, 미래의 박사도. 그들의 휴대전화 번호는 아무리 애를 써도 기억나지 않았다. 나는 턱을 뒤로 젖히고 천장을 노려봤다. 이를 악물었으나 폭발하는 성미를 막을 수가 없었다. 너네 왜 이래? 다들 짰어?

날카로운 새소리가 내 안에서 터져나왔다. 목이 아니라 온몸을 뚫고 튀어나오는 칼날 같은 소리였다. 수백 가닥의 칼날들은 윙윙 굉음을 울리며 소용돌이치듯 방 안을 휘돌았다.

나는 수화기를 던져버렸다. 바닥에 주저앉아 무릎 사이에 얼굴을 처박았다. 피가 거꾸로 치솟고, 눈자위가 뜨겁게 달아올랐다. 시야가 부글부글 끓듯이 뒤흔들렸다. 눈동자까지 펄떡펄떡 뛰는 것 같았다. 죽은 어머니를 향해 소리라도 지르고 싶었다. 내가 어떻게 해야 되겠느냐고. 강아지처럼 깽깽거리지 않고 해결할 방법을 좀 알려달라고.

너를 똑바로 봐야지. 강철 목소리가 답을 해왔다.

흐릿해진 시야로 낯선 허벅지가 파고 들어왔다. 털로 뒤덮인 종아리와 시커멓고 쭈글쭈글한 발, 엄지와 검지가 손처럼 마주 보는 발가락과 검은 발톱까지 차례로. 나는 부들부들 떨리는 손을 들어 얼굴을 더듬었다. 생경한 것들이 만져졌다. 거친 살갗, 불거진 눈썹 뼈, 주름 골이 만져지는 뺨, 납작하게 꺼진 코와 큰 콧구멍. 툭 튀어나온 입.

나는 발작하듯 몸을 일으켰다. 붙박이장 앞으로 훅, 튀어나갔다. 전신 거울이 나를 맞았다. 머리부터 발끝까지, 가감 없이, 가차 없이 나를 보여줬다. 내가 아니었다. 지니였다. 주먹을 틀어쥐고 거울 속 나를 노려보며 넌 누구냐고 묻는 성난 지니였다. 나는 대답할 수 없었다. 나도 간절하게 알고 싶었다. 내가 있어야 할 곳에 왜 네가 있는지. 나는 어디로 갔는지.

심장에서 굉음을 울리기 시작했다. 불덩이 같은 피가 온몸을 쿵쿵 들이받았다. 시뻘건 화염이 한숨에 온몸을 휘감았다. 숨결에서 불기운이 쏟아졌다. 스승은 왜 나를 끌어내 골짜기에다 처박아버린 것인가. 왜 나는 다른 무언가의 모습을 하고 여기에 서 있는 것인가. 왜 하필 내가 구조한 유인원의 모습인가. 나는 이미 죽은 것인가……

나는 질끈 눈을 감았다. 머리가 폭발하지 않도록 양손으로 꽉 붙들고, 선 자리에서 움직이지 않았다. 파도처럼 들이닥치는 감정들과 필사적으로 싸웠다. 느릿느릿, 정적과 혼돈의 시간이 흘러갔다. 바뀐 건 아무것도 없었으나 시간에는 고통을 가라앉히는 힘이 있었다. 온몸을 두들겨 패던 맥박이 강도를 죽이기 시작했다. 거칠게 울리던 숨소리가 갈비뼈 안으로 잦아들었다. 가까스로 눈을 뜰 용기가 생겼다.

거울 안에서 지니가 눈을 마주쳐왔다. 총명하게 빛나는 그 눈은 이렇게 묻는 것 같았다. 지금 해결해야 할 문제가 백 가지도 넘지 않아?

그랬다. 첩첩산중이었다. 나는 '어떻게'라는 해법으로 가는 최단거리를 찾아야 했다. 그러려면 지금부터 보는 걸 거부해서는 안 될 것이다. 보이는 걸 부정해서도 안 되었다. 꿈이나 망상 같은 도피처의 문을 닫아 걸어야 했다. 거울 속 생명체가 지니이자 진이라는 상황을 받아들여야 했다. 초현실이 아니라 현실이라는 걸 믿어야 했다. 그로 인해 파생되는 다른 모든 현상까지도. 혼란을 정리할 수 있는 길은 그뿐이었다. 정리하면 해법에 대한 단서를 얻을 수 있을지도 몰랐다.

나는 책상 앞으로 돌아갔다. 책상 밑에 몸을 구겨 넣고 쪼그려 앉았다. 기억을 사고 당시로 되감았다. 차가 가드레일을 들이받는 순간, 나는 지니를 끌어안은 채 앞 차창을 뚫고 튕겨나갔다. 머리가 박살 나는 듯한 충격을 느꼈다. 지니의 크고 검은 눈을 봤다. 어둠 속으로 추락했고, 꿈속에 불시착했다.

초점을 잃고 흔들리는 눈, 일그러지는 입술, 짧은 머리칼, 부서지는 차창, 갈라지는 이마, 얼굴을 뒤덮은 선혈. 꿈속의 나는 주체자가 아니었다. 피사체였다. 이치에 맞지 않는 일이었다. 사고의 순간, 내가 뭔가를 볼 수 있었다면 그건 지니였을 것이다. 그런데 왜 꿈에서는 본 적도, 볼 수도 없었던 내 얼굴이 나타났을까.

물론 어떤 상황에서도 자기가 주인공이어야 하는 사람이 있긴 하다. 나 역시 내가 주인공인 상황을 좋아했다. 그렇다고 시점을 바꿀 만큼 주인공 선망증을 앓고 있지는 않았다. 오컴의 면도날 법칙에 따르면 가장 단순한 것이 진실일 가능성이 높았다. 그것은 내 꿈이 아니었다. 지니의 꿈이었다. 나는 지니의 머릿속에서 지니의 꿈을 관람한 것이었다. 가능하거나 말거나, 그게 정답이었다.

필연적인 질문이 뒤따라왔다. '진이의 몸'은 어디에 있는가. '지니의 정신'은 어디에 있는가. 여기에 앉아 질문을 던지고 있는 존재가 지니의 몸에 깃든 진이의 정신이라면, 나는 지니인가, 진이인가. 질문은 원점으로 돌아왔다. 이런 일이 현실적으로 일어날 수 있는가. 아니라면 이것은 꿈인가? 망상인가?

넌덜머리가 났다. 끝없이 도는 질문의 순환 열차에 승차한 기분이었다. 차라리 복도로 뛰쳐나가 아무 방문이나 열어젖히고 애걸복걸하는 게 나을 것 같았다. 혹시 지난밤 사고에 대해 들은 게 있느냐고. 들었다면, 내가 어디에 있는지 알려달라고. 내가 죽지 않았다고 말해달라고. 나를 내게로 데려가달라고.

나는 두 팔로 무릎을 감싸 안고 등을 움츠렸다. 무릎에 코를 붙이고 냄새를 들이마셨다. 익숙한 냄새였으나 내 것은 아니었다. 볼에 닿는 까슬한 털의 감촉 역시 내 것이 아니었다. 물리적으로 감지되는 모든 것이 지니의 몸이었다. 그렇다고 해도 감지하는 주체는 나였다. 내 정신은 살아 있었다. 정신이 살아 있다면 몸도 살아 있을 터였다. 어딘가에, 아주 가까운 어딘가에 분명히.

확신을 갖고자 애썼으나 나는 자꾸만 무너졌다. 확신은 애쓴다 해서 생기는 것이 아니었다. 확신의 필수 조건은 근거였다. 근거 없는 확신은 바람에 불과했다. 머릿속에선 답할 수 없는 질문만 빙빙 돌고 있었다.

나는 아직 발견되지 않은 채로 골짜기에 남아 있을까. 지금 당장 찾으러 나서야 할까? 아니면 누군가를 설득해 찾아 나서게 해야 할까? 누구를, 무슨 수로 설득할까. 만약 발견돼서 병원으로 실려갔다면…….

다시 혼돈의 시간이 갔다. 나는 눈을 뜬 채 자는 것도, 깨어 있는 것도 아닌 상태로 움직이지 않았다. 그러던 어느 순간 문이 열리는 소리를 들었다. 두런대는 말소리와 자박자박 울리는 발소리도 들었다. 잠시 후, 그것이 복도에서 울리는 소리라는 걸 알아차렸다. 내 방문 앞을 지나가는 발소리였다. 여러 사람이었다. 둘, 혹은 셋. 아니 네 사람이었다.

"박 선생님, 이따 병원에 또 가실 거예요?"

묻는 목소리의 주인은 뜻밖에도 홍유미였다.

"가봐야죠."

박 선생의 목소리가 대답했다. "수술 끝날 때쯤 제가 연락드릴게요."

나는 책상 밑에서 기어나왔다. 블라인드 틈새로 파란 하늘이 내다보였다. 마침내 아침이 온 모양이었다. 두 손을 나란히 눈높이로 들어올렸다. 여전히 지니의 손이었다. 아무것도 달라지지 않았다. 털이 부숭부숭한 몸통도, 시커먼 다리도, 손 같은 발도. 밤이 끝났건만 악몽은 아직도 현재진행형이었다.

"두 사람 수술이 언제 끝날지도 모른다고, 의사가 그러지 않았어요?"

홍유미가 되물었다. 나는 턱 밑 핏줄이 꿈틀하는 걸 느꼈다. 두 사람이라고. 수술이라고…….

"끝나면 연락해달라고 원무과에 부탁해놨어요."

박 선생이 대답했다. 덧붙여 물었다.

"가실 거죠?"

아아, 하더니 홍유미는 반 박자 늦게 덧붙였다.

"저는 오늘 근무라서 안 될 거 같은데요. 자다가 불려갔더니 좀 피곤하기도 하고요."

홍유미의 목소리는 느린 속도로 멀어졌다. 불현듯 기숙사에 들어올 때 봤던 자동차가 떠올랐다. 나는 숨소리까지 죽이고 박 선생의 다음 말을 기다렸다.

"그래노 홍 선생이 가봐야 하시 않겠어요? 그 사람 보호사도 없는네."

나는 쿵쾅대는 가슴을 손바닥으로 꽉 눌렀다. 심장 소리가 시끄러워 그들의 목소리가 제대로 들리지 않았다.

"제가 왜요?"

홍유미가 되물었다. 심기가 불편할 때 나오는 특유의 뾰족한 목소리였다.

"제가 이진이 씨 가족인가요?"

마침내 기다리던 이름이 튀어나왔다. 목구멍이 확 조여드는 것 같았다. 시야에선 검은 점들이 뱅글뱅글 돌았다. 병원에 실려갔단 말이지. 언제 끝날지도 모르는 수술을 받고 있단 말이지. 그러니까 나는 아직 죽지 않았다는 말이지.

"물론 아니죠."

박 선생은 한 발짝 물러나는 기색이었다.

"좋을 대로 하세요. 꼭 가자고 강요하는 건 아니니까."

발소리들이 멀어졌다. 나는 선 자리에서 움직이지 않았다. 모든 것이 선명해지는 순간이었다. 의문이 한꺼번에 풀리는 순간이었다. 한 인간이 자기 의지와 무관한 상황에 내던져지면 어떤 식으로 운명의 장난감이 될 수 있는지 실감한 순간이기도 했다.

사고의 순간, 지니를 안고 앞 차창을 깨고 튕겨나가던 그때, 나는 머리에 1차적 손상을 입었을 것이다. 내가 지니 안으로 들어온 것도 그때였을 테다. 의식을 잃기 직전, 지니와 눈을 마주치던 바로 그때. 내 몸은 비탈로 추락하며 2차적 치명상을 입었겠지. 지니는 나무로 날아가 걸렸을 것이고. 사고 신고를 받고 출동한 119 구조대는 스승과 내 몸을 병원으로 후송했으리라.

이제 의문의 여지 없이 확신할 수 있었다. 지니가 내 물리적 존재이며, 나는 지니의 심리적 존재라는 사실을. 이 물리적이고 심리적인 결합이 어떤 대사를 통해 일어났는가 하는 생물학적 질문은 접어두기로 했다. 그보다 중요하고 급한 일이 있었다. 내 몸이 어디에 있는지 그것부터 알아야 했다. 그래야 본래 자리로 돌아갈 수 있을 테니까. 돌아갈 방법은 몸을 만난 다음에 생각할 참이었다. 빠져나왔다면 당연히 들어갈 수도 있을 것이다. 그래야 이치에 맞았다. 어쩌면 만나는 순간 저절로 들어가게 될지도 몰랐다.

나는 복도로 튀어나갔다. 박 선생과 나머지 두 사람은 보이지 않았다. 벌써 방으로 들어가버린 모양이었다. 홍유미는 막 문을 열고 방으로 들어가는 참인 듯했다. 눈에 익은 파란 아노락 자락이 문 안으로 펄럭대며 사라지고 있었다. 조급증이 앞섰다. 평소의 조심성이 뒤로 쑥 물러났다.

변명은 아니지만 이런 참사를 겪게 되면 누구라도 그럴 것이다. 자기 행동으로 촉발될 사태는 안중에 없다. 자신이 뭘 할 수 있는지, 할 수 없는지마저 까먹는다. 이를테면 보노보의 언어로는 인간을 설득시킬 수 없다는 사실 같은 것. 그리하여 두고두고 후회할 어리석은 짓을 저지른다.

내 방으로부터 10여 미터 떨어진 그 방 앞까지, 나는 한 방에 날아갔다. 홍유미의 엉덩이 앞에 착지하자마자 아노락 뒷자락을 잡아챘다. 온 힘을 다해 내 쪽으로 홍유미를 돌려세웠다. 그 바람에 아노락 밑단이 종잇장처럼 찢겨나갔다. 악, 하는 짤막한 비명을 토하며 홍유미는 뒤를 돌아봤다. 입과 눈이 똑같은 모양으로 벌어져 있었다. 달려오는 기차와 정면으로 마주친 듯한 표정이었다. 나는 곧장 용건으로 들어갔다.

'나 어느 병원에 있어?'

고음의 새소리가 산탄처럼 흩어졌다. 천장으로, 기나긴 복도로, 2층 계단으로. 홍유미의 입에서는 신음 같은 혼잣말이 흘러나왔다.

"엄마야⋯⋯"

내가 알기로, 홍유미의 '엄마야'는 곧 머리 뚜껑이 열린다는 신호였다. 목청만큼은 동네 일인자라 자부하는 나조차 한 수 접어준 바 있는, 발작성 비명이 터지리라는 사전 경고였다. 잘 알면서도 나는 내 입에서 터져 나오는 말을 멈출 수가 없었다.

'내가 어디 있냐고. 알려주면 눈감아줄게. 네 대학 선배이자 널 가르친 사수이며 어제까지 직속 상사였던 사람을 '이진이 씨'라고 싸가지 없이 부른 거.'

악, 하는 비명을 시작으로 홍유미의 목청이 열렸다. 이어진 고음의 '악지르기'는 내 새소리를 가뿐하게 집어삼켰다. 일순간에 얼이 빠졌다. 정신마저 알딸딸해졌다. 그렇기는 하나, 멈칫했던 순간은 불과 3초도 되지 않았을 것이다. 그사이 홍유미는 실로 많은 일을 해치웠다. 악 지르기의 수위를 폭발적으로 점증시키면서 내 손에서 아노락 자락을 잡아 빼고, 팔을 야구 배트처럼 휘둘러 내 머리통을 후려갈긴 다음, 다리를 들어 내 턱 밑에다 무릎을 박아넣었다.

뼈아픈 시간이었다. 뚜껑 열린 인간의 무릎이 상대의 턱뼈에 어떤 영향을 미칠 수 있는가에 대한 경험학습의 시간이기도 했다. 턱이 반으로 쪼개지는 느낌이었다. 목젖이 정수리까지 튀어오르고 혀가 수십 토막으로 잘리는 환각마저 몰려왔다.

나는 본능적으로 손을 뻗어 홍유미의 허리를 끌어안았다. 턱을 들이박거나 몸을 밀치지 못하도록 홍유미의 배에 뺨을 붙이고 악착같이 들러붙었다. 일종의 크런치 작전이었다. 결론적으로는 패착이었다. 홍유미는 양손으로 내 머리채를 움켜쥐더니 냅다 흔들어대기 시작했다.

"놔. 저리 가, 개새끼야."

이 정신 나간 '악 지르기'를 뚫고 박 선생의 목소리가 날아왔다.

"홍 선생, 조용히 해요. 손 놓고, 그냥 가만히 있어요."

차라리 오리한테 충고하는 게 나았을 것이다. 홍유미는 손을 놓지도, 가만있지도 않았다. 입을 닥치지도 않았다. 빙글빙글 돌고 펄쩍펄쩍 뛰면서 자신에게 들러붙은 '개새끼'를 눈물이 쏙 빠지도록 손봤다.

나는 머리채를 잡힌 채 천지사방으로 끌려다녔다. 머리 가죽이 통째로 뜯겨나가는 것 같았다. 눈알이 뒤룩뒤룩 흔들렸다. 입은 뒤통수까지 찢어지기 일보 직전이었다. 머리털을 잡힌 게 머리털 나고 처음이었으므로 빠져나오는 요령도 알 길이 없었다. 발길질을 해봤으나 허공만 수도 없이 걷어찼다. 내가 홍유미의 뱃살을 물어버린 이유다.

지옥 나찰이 분노하면 그런 소리를 지를까? 홍유미는 사자후를 내뿜으며 나를 패대기치듯 집어 던졌다. 나는 맞은편 2층 계단으로 날아가 난간동자에 뒤통수를 찧고 나자빠졌다. 등 뒤에서는 퍽 하는 소리가 울렸다. 텐트만 한 그물이 나를 향해 날아왔다. 그 순간 내게 주어진 행운이 있었다면 내 물리적 존재가 지니라는 점이었다.

나는 난간동자 사이로 몸을 미끄러뜨렸다. 네트 건을 쏜 똑똑한 놈이 누군지는 알아볼 새가 없었다. 복도 바닥에 발을 딛자마자 왼편에서 날아든 슬리퍼 짝이 귀뺨을 후려쳤다. 움칫하는 사이 두 번째 슬리퍼 짝이 머리통을 치고 갔다. 곁눈질로 확인한 결과, 슬리퍼가 날아온 방향엔 고릴라 사육사인 윤성태가 맨발로 서 있었다.

경황없는 와중에도 기가 찼다. 윤성태는 홍유미와 함께 내게서 일을 배웠다. 기억이 맞다면, 나는 다짜고짜 슬리퍼 짝을 날려서 유인원의 싸

대기나 머리통을 갈기라고 가르치지 않았다. 아마 재교육할 기회는 없을 것이다. 만약 있다면 슬리퍼를 어떻게 써야 하는지 화끈하게 가르쳐줄 텐데.

그나마 이성적인 듯하던 박 선생마저 마취 총을 조준하고 있었다. 나는 더 버텨볼 여지가 없다는 걸 깨달았다. 박 선생은 센터 제일의 명사수였고, 지니의 몸은 마취에서 깨어난 지 얼마 되지 않았다. 또 맞는다면 영원히 깨어나지 않을 공산이 컸다. 문제를 해결할 기회도 영영 사라지는 셈이었다.

바닥을 박차면서 나는 계단 난간으로 뛰어올랐다. 2층 복도에 도달하는 데 두 번의 도약이면 충분했다. 계단을 오르는 발소리들이 곧바로 따라왔다. 나는 화장실로 들어갔다. 밖으로 통하는 미닫이창을 열고 창턱으로 올라섰다. 동시에 화장실 문이 열렸다. 사람들이 쏟아져 들어왔다.

나는 눈부신 아침 햇살 속으로 몸을 날렸다.

2부

램프

5장
민주

"이봐요."

남자의 목소리가 반복해서 들려왔다. 여봐요. 이것 봐요. 이봐…….

혹시 나를 부르나, 하면서도 나는 대답하지 않았다. 가위에 눌린 것도 아니건만 몸을 움직일 수가 없었다. 뼈와 근육이 납작하게 뭉개져 침낭에 눌어붙어버린 느낌이었다.

"이것 봐."

보고 싶어요, 나도. 근데 눈이 안 떠진다고요. 나는 머릿속으로 대꾸했다. 다사다난했던 밤이었다. 쓸데없는 짓으로 지샌 밤이기도 했다. 2호 구급차의 퇴장 사이렌을 들은 후에야 정자로 돌아왔고, 경찰차의 퇴장 사이렌을 들으며 침낭에 드러누웠다. 드러누운 후엔 이리저리 뒤척대는 걸로 시간을 보냈다. 속이 시끄러웠다. '다정한 그녀'가 등장하는 기억과 상상들이 꼬리를 물고 무한정 되풀이됐다.

제인을 끌어안고 '아하하하' 웃던 다정한 그녀, "어디 불편하세요?"라고 묻던 다정한 그녀, 손가락 총으로 정문 쪽을 조준하던 다정한 그녀,

차가 가드레일을 들이박는 순간의 그녀, 차창을 뚫고 나가 팽나무 숲으로 날아가는 순간의 그녀, 어딘가에 머리를 박치고 추락하며 의식을 잃은 순간의 그녀. 비명과 선혈이 낭자하는 상상 끝엔 답을 알 길 없는 질문이 기다렸다. 그녀는 살았을까.

2호 구급차의 퇴장은 이에 대한 명확한 답이 아니었다. '그녀를 발견해 병원으로 후송했다'의 정황적 단서일 뿐. 따지고 보면 내가 잠을 설쳐가며 궁금해할 이유는 없었다. 나는 할 수 있는 일을 다 했고, 그녀는 내 삶을 스쳐간 '누군가' 중 하나였다. 군이 특별한 의미를 찾자면 누군가의 불운한 뒷일을 알게 됐다는 정도겠지.

나는 침낭 지퍼를 머리끝까지 끌어올렸다. 상상을 멈추려 별짓을 다 해봤다. 양을 세고, 수면제 없이 1분 안에 잠든다는 호흡법을 해보고, 발가락을 구부렸다 폈다 해보기도 하고, 모로 누워보기도 했다. 그러는 사이, 종종 경험하는 입면환각으로 진입했다.

눈꺼풀 안에서 이상한 광채와 사람 얼굴 같은 것들이 휙휙 스쳐갔다. 알아들을 수 없는 대화 소리가 두런두런 들려왔다. 119 구급차와 경찰차의 사이렌이 한꺼번에 들려오기도 했다. 나는 신경 쓰지 않았다. 이것도 수면 중에 겪는 환각의 일종이려니 했다. 남자의 목소리가 부르지 않았다면 끝까지 신경 쓰지 않았을 것이다.

"이봐요."

남자의 손이 침낭을 흔들었다. 대답하지 않자 침낭을 흔드는 손이 점점 불손해졌다. 끝내 반응하지 않자 급기야는 지퍼를 끌어내렸다.

"일어나요."

나는 발딱 일어나 앉았다. 제대로 눈을 뜨지 못해 눈에 뵈는 게 없었던 나머지 '나 좀 내버려둬요'의 줄임말이 튀어나왔다. 아, 씨발…….

"그거 지금 나한테 한 말이오?"

남자가 물었다. 굵고 나직한 음성이었다. 차분하면서도 힘 있게 울리는 목소리였다. 남다른 흉통을 가져야 나올 수 있는 소리였다. 이를테면 곰이나 고릴라처럼. 나는 제정신이 빠른 속도로 돌아오는 걸 느꼈다. 들러붙었던 눈이 거짓말처럼 뜨였다. 무표정하게 내려다보는 눈과 자동으로 시선이 마주쳤다. 본능적으로 답변이 나왔다.

"아뇨."

오렌지색 셔츠를 입은 남자가 침낭 옆에 서 있었다. 예상보다 훨씬 큰 남자였다. '올려다본다'는 시각적 위치 때문인지는 모르겠으나, 러시아 곰보다 클 것 같았다.

"꿈속에서 본 어떤 놈한테……"

변명처럼 웅얼대면서 나는 오렌지색 셔츠의 뒤를 살폈다. 같은 셔츠를 입은 남자 하나가 열중쉬어 자세로 서 있었다. 그제야 기억이 났다. 저 오렌지색 셔츠는 119 구조대 복장이었다.

"무슨 일인데요."

나는 뭉그적뭉그적 침낭을 빠져나왔다. 오렌지색 셔츠와 마주 서자 셔츠 가슴팍에 오버로크 된 이름표가 내 눈높이에서 읽혔다. 한기준.

"여기서 노숙한 거요?"

한기준이 질문으로 답을 해왔다. 나는 등을 쭉 펴고 한기준과 시선을 맞댔다. 그래서 뭐 어쩔 건데, 하는 심정이었다 경찰이라면 모를까 구조대원에게 주눅 들 이유는 없었다.

"무슨 문제 있습니까?"

"먼저 이름이나 압시다. 난 정주 동부소방서 구조대장, 한기준이오."

내키지 않았지만 나도 이름을 댔다. 상대가 관등성명을 댄 이상 응대

하지 않을 도리가 없었다.

"김민주 씨. 글씨 읽을 줄 알죠?"

한기준은 시선을 정자 입구의 기둥으로 이동시켰다. 나는 시선을 따라갔다. 기둥에 빨간 글씨로 쓴 경고문이 붙어 있었다.

노숙금지

"아…… 미처 못 봤습니다."

답변에 신빙성을 보태고자 나는 몹시 놀란 표정을 지었다. 한기준은 코웃음을 치는 표정으로 대응을 해왔다. 아, 물론 그러시겠지.

"산행 중에 길을 잃고 헤맸거든요. 비를 많이 맞아 정신도 없고 주변이 너무 깜깜해서."

추가로 '미처 못 본 이유'를 대봤다. 어쩐지 상대를 납득시켜야 할 것 같은 분위기였다.

"그때가 몇 시쯤이오?"

한기준은 물었다. 나는 손목시계를 들여다봤다. 9시 31분. 이 골짜기로 들어온 지 열네 시간째였다. 잠은 14분쯤이나 잔 것 같은데.

"새벽 4시경 같은데요."

한기준은 묘한 표정으로 나를 응시하다가 물었다.

"혹시 여기서 보노보 본 적 있어요?"

참으로 뜬금없는 질문이었다. 그런 걸 왜 나한테 와서 찾을까. 나는 고개를 갸우뚱하게 기울였다.

"침팬지처럼 생긴 놈인데 덩치가 더 작아요. 엉덩이 쪽에 이만한……
그러니까……"

한기준은 주먹을 들어올렸다가 툭 떨어뜨리듯 내렸다. 뭔가 민망한 말을 삼킨 표정이었다.

"뭐, 그냥 침팬지 사촌쯤으로 해둡시다."

한기준은 엄지를 어깨 너머로 젖혀 골짜기 위 산등성이를 가리켰다.

"저 위 영장류센터에서 사육사를 물어뜯고 도망쳤어요. 어리고 덩치는 작은데 성미가 꽤 사나운 놈이오."

영장류센터에 보노보관이 있었던가. 나는 기억을 더듬어봤다. 단언컨대 없었다.

"봤어요?"

한기준이 재차 물었다. 나는 고개를 저었다.

"못 봤습니다."

보노보에 대해 아는 바는 별로 없지만 침팬지와 종이 다르다는 것 정도는 주워들었다. 인간만큼이나 시끄러운 종이라고 했다. 인간이 도심 한복판에서 난리법석이라면, 그들은 깊숙한 밀림에서 북새통을 떤다는 점만 다를 뿐. 따라서 놈이 근처에 왔다면 모차르트가 몰랐을 리 없었다.

"보시다시피 정신없이 자고 있던 참이라."

부연설명까지 듣고도 한기준은 물러날 기미가 없었다. 물끄러미 들여다보는 시선으로 나를 잠자코 응시했다. 나는 물었다.

"더 하실 말씀 있습니까?"

한기준은 경고문을 재차 가리켜 보였다.

"가능한 빨리 여기서 나가는 게 좋을 거요. 골짜기 전체가 생태 보호구역이라 적발되면 벌금이 꽤 세거든."

나는 순순하게 "네" 했다. 그래야 1절만 하고 끝날 것 같아서. 한기준은 몸을 돌려 멀리 올려다보이는 영장류센터 산등성이를 가리켜 보였다.

2절이 이어졌다.

"밤에는 저 위에서 고라니도 내려오고 멧돼지도 내려와요."

이번에도 순순하게 고개를 끄덕였다. 2절에서 끝나기를 간절히 바라면서.

"소문을 듣자 하니 저 팽나무 숲에서 목매달고 죽은 지박령이 나돌아다닌다고도 하고."

3절에 와서야 비로소 알아차렸다. 내가 이 한적한 골짜기에서 아버지에 필적하는 잔소리꾼과 만났다는 걸. 한기준은 과묵해 보이는 표정과 과묵해야 마땅한 목소리와 과묵한 자 특유의 감정 없는 어법으로 잔소리를 10절까지 끌고 갔다.

몇 년 전, 저 숲에서 팽나무 고목에 목을 매달고 죽은 남자가 발견된 적이 있다고 했다. 이후 정체 모를 누리꾼이 인터넷 자살 사이트에 포토샵으로 미화한 시신 사진을 올렸으며, 사이트 회원 사이에 무곡의 '푸른 안개가 피어오르는 팽나무 숲'이 꿈을 이룰 최적의 장소라는 소문이 퍼지면서 자기 목을 달고자 하는 이들이 은밀하게 모여든다고 했다.

당연히 실행에 옮기는 자도 있었다. 그때마다 119 구조대가 불려 왔고, 경찰은 주기적으로 순찰을 돌기 시작했다. 얼마 전엔 열일곱 살짜리 남학생이 시신으로 발견됐다고 했다. 그 바람에 무곡은 전국민적인 '문제 장소'로 떠올랐다. 골짜기를 폐쇄 조처하라는 민원이 청와대까지 올라갔다고도 했다. 누리길과 팽나무 숲이 출입 금지 구역이 된 실질적인 이유였다. 안내문의 '골짜기 보호'는 단지 명분이었고.

잔소리를 듣는 내내, 나는 내가 예비 지박령으로 취급당한다는 느낌을 받았다. 해명이 필요한 시점이었다.

"저는 목매달 생각이 없는데요."

한기준은 그러기를 바란다고 응수했다. 참고 사항이라며, 저 위 도로와 영장류센터가 있는 산등성이에 보노보를 잡으러 온 경찰들이 깔려 있다고 알려주었다. 그들 눈에 띄지 않는 게 좋을 거라고 조언했다. 붕어 낚시를 왔다 해서 잡힌 메기를 놔주지는 않는다고 덧붙였다. 나는 대답했다.

"알겠습니다."

마침내 한기준은 부하를 데리고 물러났다. 그들이 물길을 건너간 후에야 발견한 건데, 누리길에 두 사람이 더 대기 중이었다. 같은 오렌지색 셔츠에 각각 다른 장비를 소지하고 있었다. 네 사람은 합류하자마자 팽나무 숲속으로 사라졌다.

배낭에서 세면도구를 꺼내 들고, 나는 물길로 내려갔다. 징검돌에 쪼그려 앉아 양치를 하고 얼굴을 씻었다. 진흙이 들러붙은 신발 밑창도 씻었다. 나무 냄새와 안개 냄새가 감도는 공기를 뱃속 깊이 들이마셨다. 바짝 말랐던 위장이 눅신하게 젖는 기분이었다. 돌연하게 허기가 되살아났다.

나는 하늘을 올려다봤다. 비 갠 아침 하늘 한복판으로 새털구름이 흐르고 있었다. 숲은 신록으로 창창하고 물길 위에선 은빛 햇살이 튀어올랐다. 만개한 봄이었다. 허기지고, 할 일 없고, 막막한 아침이었다. 이제 어디로 가야 할까.

일단 정자에서 나가야겠지. 이 골짜기가 자살을 꿈꾸는 자의 부지개다리인 줄 알았다면 애초에 내려오지 않았을 것이다. 더 살겠다는 마음은 없었지만 그렇다고 지박령 소굴에서 죽고 싶지는 않았다. 내려오지 않았다면 지난밤 교통사고를 목격하지도 않았으리라. 딱 한 번, 그것도 아주 잠깐 마주친 다정한 그녀 때문에 잠을 설치지도 않았을 테고.

나는 정자로 올라왔다. 떠날 준비를 시작했다. 침낭을 개켜 배낭에 담으며 무곡 마을로 가자고 생각했다. 버스를 타고 시내로 나가서 뭐라도 좀 먹어야 할 것 같았다. 하다못해 컵라면이라도. 다음 일은 그다음에 궁리해도 늦지 않을 것이다. 남아도는 게 시간 아니던가.

다정한 그녀의 사원증을 꺼내 배낭 옆에 내려놨다. 정자에 두고 갈 참이었다. 돌려주기도 마땅찮고, 내가 지니고 있을 물건도 아니었으므로. 나는 흙물이 누렇게 밴 운동화 끈을 고쳐 맸다. 어떤 소리를 들은 건 바로 그때였다. 등 뒤쪽이었다. 모차르트의 판단에 따르면 소리 죽인 숨소리였다.

상대가 눈치채지 못하도록 턱만 슬쩍 틀어서 뒤를 봤다. 반사적으로 몸이 움찔했다. 정자 지붕 끝에 시커먼 머리통이 거꾸로 매달려 있었다. 마른 침이 저절로 넘어갔다. 저 머리통이 혹시 한기준이 말한 지박령인지 뭔지일까.

지박령 좋아하시네. 귓속에서 간장 종지가 재잘거렸다. 저건 한기준이 찾던 놈이야. 이빨로 성질 자랑을 하고 내뺐다는 그놈이라고.

놈은 정자 바닥으로 떨어져 내렸다. 매달린 자세 그대로 내리꽂히는 듯했는데, 어느 틈에 네 발로 바닥을 짚고 엎드려 나를 올려다봤다. 눈이 마주치자 묘한 각도로 고개를 틀어서 먹물 같은 눈으로 빤하게 쳐다봤다. 유명한 공포영화 〈링〉의 지박령, 우물에서 방금 기어 올라온 사다코와 마주친 심정이었다.

놈은 나를 향해 느릿느릿 다가왔다. 어깨를 낮추고 엉덩이를 든 자세로 바닥에 착 붙어서 기어왔다. 나는 눈을 찔린 것처럼 눈꺼풀을 빠르게 깜박거렸다. 심장박동도 눈꺼풀을 따라 빨라지고 있었다. 어린놈이라고 해도 사육사를 물어뜯고 도망칠 정도라면 체격이 어느 정도 있을 거라 여겼다. 적어도 침팬지관의 건달, '아치' 정도는 되려니 했다.

예상은 완전히 빗나갔다. 아치는 말할 것도 없고 제인보다도 작아 보였다. 제인보다 앳되고 귀여운 인상이었다. 상황이 달랐다면, 그러니까 영장류센터에서 관람객과 유인원으로 만났다면 그랬을 거란 얘기다. 나를 방어할 울타리도 없는 데다 놈의 전적을 전해 들은 현재 상황에선 전혀 귀엽지 않았다. 거리를 좁혀오는 느릿한 동작에선 무언의 협박마저 읽혔다. 세상의 강도들이 가장 좋아한다는 말.

'소리치면 죽는다.'

체격으로 봐서는 어린애였지만, 놈에겐 무시할 수 없는 것이 있었다. 고삐 풀린 동물이 풍기는 예측 불가의 위험성이었다. 나는 엉덩이를 뒤로 밀며 슬금슬금 물러났다. 곧 정자 모서리 기둥에 등이 닿았다. 놈은 배낭 옆까지 전진해 있었다. 한 번의 도약으로 나를 올라탈 수 있는 공격 거리 안이었다.

잠시 '싸우자'와 '튀자' 사이에서 갈등했다. 난간을 타고 넘어 뛰어내릴까. 몸을 일으키는 데 1초, 배낭을 집어 들고 정자 밖으로 튀는 데 2초, 물길 징검다리 세 개를 건너가는 데 3초. 소리를 지른다면 한기준이 숲에서 달려 나오는 데 몇 초가 걸릴까. 나온다 해도 6초 안에 나를 구하는 건 불가능할 것이다. 소리를 지르기도 전에 놈에게 목을 물어뜯길 가능성이 더 높았다.

선제공격으로 놈을 올라타고 눌러버릴까. 제아무리 잽싼 놈이라고 해도 체급 차이를 넘어서기는 어렵지 않을까. 못해도 두 배 이상 몸무게 차이가 날 것 같은데.

놈은 기어오던 자세 그대로 움직임을 멈췄다. 바닥에서 뭔가를 집어 들더니 홀린 듯 들여다봤다. 배낭 옆에 던져둔 다정한 그녀의 사원증이었다.

나는 정자 난간 쪽으로 손을 뻗었다. 도망칠 기회가 있다면 바로 지금이었다. 곧장 아래로 뛰어내리면 놈이 고개를 들기 전에 물길에 닿을 수 있을지도 몰랐다. 고맙게도, 신이 나를 위해 보낸 것처럼 한 남자가 휴대전화를 귀에 댄 채 숲에서 튀어나오고 있었다. 한기준은 아니었다. 물길 건너에서 대기하던 두 대원 중 하나 같았다.

"이제 들립니다. 말씀하세요, 과장님."

구조대원의 목소리에 놈은 퍼뜩 고개를 들었다. 나는 한 손으로 난간을 짚고 몸을 날렸다. 정자 아래로 뛰어내리며 놈이 여기 있다고 소리쳤다. 아니, 그런 줄로 알았다. 실제로는 끽 소리도 못 내보고 정자 바닥에 나자빠졌다.

놈은 내 등 밑에 깔려 있었다. 길고 억센 손으로 내 입을 틀어막고, 한쪽 팔로 목을 걸어 조르고, 두 다리로는 갈비뼈 밑을 감아 조이는 중이었다. 내가 몸을 날리는 순간 뒤에서 날아와 나를 휘감아버린 것이었다.

체급이 주는 이점 따윈 없었다. 오로지 힘의 논리만 있었을 뿐. 놈이 강자였다. 악력, 팔뚝 힘, 다리 힘, 그 모든 것에서. 버둥대면 버둥댈수록 숨통이 훅훅 조여들었다. 사지에서 매가리가 빠져나갔다. 정자 바닥이 아니라 옥타곤 팔각 링 위에 나자빠진 기분이었다. 보노보가 아니라 효도르에게 걸린 것 같았다.

나는 두 팔을 헤엄치듯 바르작거려 몸을 뒤집었다. 혹시 상황이 좀 나아질까 해서. 멍청한 짓이었다. 이번에는 턱이 마룻바닥에 처박히고 목이 뒤로 꺾인 상태에서, 놈에게 등을 깔린 채 엎어져 있게 됐다. 무시무시한 힘이었다. 목뼈가 똑 분질러지는 소리마저 들리는 것 같았다. 갈비뼈 밑을 조이는 다리의 압박은 두 배로 커졌다. 숨이 막히고 시야가 뒤흔들렸다.

"예, 지금 서부구조대와 합동 수색 중입니다."

물길 건너에선 통화가 계속되고 있었다.

"아뇨, 경찰 수색견이 오는 중이라고 들었습니다."

말귀를 알아듣기라도 한 것처럼 놈이 목 꺾기를 멈췄다. 숨통을 조이는 힘도 조금 헐거워졌다. 그 틈을 타서 목에 걸린 팔을 풀어보려다 나는 불벼락을 맞았다. 위로 들려 있던 내 콧잔등으로 놈의 머리통이 내리꽂혔다. 목 안에서 억, 하는 소리가 튀어나왔다. 우악스러운 통증이 얼굴을 번쩍 갈랐다. 나는 조각난 코뼈들이 별똥별처럼 산화하는 환상을 봤다.

아무래도 놈은 싸움 기술을 인간에게 배운 모양이었다. 가해오는 공격들이 너무나 인간적이었다. 상황에 따른 효율적인 타격 지점을 정확히 안다는 점에서 프로 싸움꾼이었다. 단순한 포악성이 아니라 제 능력을 십분 이용해 상대를 제압한다는 점에서 지능적인 싸움꾼이었다.

반면 나는 싸움꾼과는 거리가 멀었다. 싸움다운 싸움을 해본 적이 한 번도 없었다. 한판 붙는 일 자체를 좋아하지 않았다. 하다못해 말싸움에도 끼어보지 않았다. 어린 시절부터 그랬다. 성인이 된 후로는 더 말할 것도 없고. 게다가 만 하루를 쫄쫄 굶은 상태였다. 싸우면 싸울수록 나만 좆되는 싸움이었다.

"예, 다시 연락드리겠습니다."

구조대원은 통화를 끝냈다. 발소리는 숲속으로 사라졌다. 구원의 기회도 사라졌다. 나는 저항을 멈췄다. 몸에 들어간 힘을 빼고 몸을 늘어뜨렸다. 숨을 멈추고 중원 무림의 고수들이 절체절명의 순간에 썼다는 귀식대법 시전에 들어갔다. 죽은 척하면 잠시나마 몸을 놔줄까 해서. 두 번째 바보짓이었다.

놈은 내 입을 틀어막은 손을 활짝 펼치더니 콧구멍까지 틀어막아버렸다. 어디서 수작질이야, 하듯 손끝에 힘을 주어 눌러냈다. 박치기로 반쯤 부순 코를 누르기로 완전히 뭉개버리고 있는 것이었다. 나는 지옥행 열차를 탔다. 꽉 막힌 숨통 안에서 뜨거운 기운이 들끓었다. 기도에선 칙칙폭폭 소리가 울렸다. 양쪽 폐가 갈비뼈를 부러뜨리고 튀어나올 것처럼 부풀었다.

이쯤 되면 놈을 보노보라 불러선 안 되었다. 보노보로 위장한 닌자였다. 무슨 목적으로 인간 세상 잠행에 나섰는지는 짐작도 가지 않았지만. 나는 손바닥으로 마룻바닥을 치기 시작했다. 숨이라도 쉬게 해달라는 애원이었다. 일방적으로 난타당한 끝에 링 위로 내던진 흰 수건과도 같은 몸짓이었다.

신호가 통하리라 기대한 건 아니었다. 그저 본능이 내보낸 몸짓이었다. 믿기지 않게도 그것이 통했다. 눈알이 희번덕하게 뒤집히는 게 느껴질 무렵, 그러니까 숨이 꼴까닥 넘어가기 직전에 놈은 콧구멍에서 손가락을 치웠다.

콧구멍으로 들숨이 한꺼번에 휘몰아 들어왔다. 기침과 딸꾹질이 한꺼번에 터졌다. 머릿속에선 물음표가 돋아났다. 놈이 항복의 몸짓을 이해한 것인지, 우연히 그 시점에 놔준 것인지. 전자라면 인간화된 보노보가 분명했다. 영장류센터 연구실에서 인간과 함께 생활하며 그들 손에서 자랐다면 가능할 법한 일이었다.

나는 두 손을 머리 위로 번쩍 들어올렸다. 몸을 풀어주면 시키는 대로 다 할게,라는 의미였다. 일종의 실험적 제의였다. 놈은 내 입에서 손을 치웠다. 잠자코 기다리자 목을 조르던 팔뚝의 힘을 늦췄다. 더 기다리자 목을 완전히 풀어주었다. 이어 흉곽을 조이던 다리를 빼내갔다. 마지막으로, 깔고 앉았던 등에서 엉덩이를 들었다.

물음표에 대한 답이 나온 셈이었다. 놈의 행동은 우연이 아니었다. 내 몸짓을 이해한 후 의지적으로 선택한 행동이었다. 상황과 무관하게 놀랍고 신기했다. 영화 〈혹성 탈출〉 속 상황이 황당무계한 공상만은 아니겠구나, 싶었다.

그렇다고는 해도 상대의 능력을 구체적으로 알아보고 싶은 마음은 없었다. 항복할 의사 역시 애초부터 없었다. 신의를 지킬 마음은 더더욱 없었다. 뭔가 있었다면 기회가 왔다는 생각뿐이었다. 나는 벌떡 일어나면서 양 팔꿈치를 뒤로 휘둘러 놈의 가슴을 찍어버렸다. 놈은 꼬리를 밟힌 강아지처럼 비명을 토하면서 가슴을 싸안고 뒤로 넘어갔다. 나는 정자 입구로 몸을 날렸다.

이번 탈출 작전도 실패였다. 놈은 나자빠진 채로 다리를 쭉 뻗고 발가락을 집게처럼 벌려서 내 발목을 낚아챘다. 나는 마룻바닥을 이마로 들이받으면서 숟가락처럼 엎어졌다. 얼마나 된통 엎어졌는지 정자 지붕까지 뒤흔들렸다. 이어 다리가 번쩍 들렸고, 몸이 뒤로 발딱 뒤집혔다. 놈이 내 발목을 잡아챘던 두 발을 손으로 바꿔 잡은 후 붕어빵을 뒤집듯 내 몸을 돌려 눕힌 것이었다. 곧바로 놈의 시커먼 발이 사타구니 사이에 내리찍혔다.

눈앞에서 세상이 폭발했다. 검붉은 화염이 단숨에 몸을 살랐다. 저항의지를 완전히 꺾어버리는 일격이었다. 나는 양손으로 불알을 감싸 쥐고 헉헉대다 엎어져버렸다. 항복이었다. 심정이야 놈을 잡아먹어도 시원치 않았으나 그럴 능력이 없었다. 놈 앞에 무릎 꿇고 엉엉 울지 않은 것만도 다행이었다. 이 조막만 한 짐승의 신체 능력이 나보다 열 배쯤 뛰어나다는 것을 이제는 받아들이지 않을 수 없었다. 어쩌면 지적 능력까지도.

놈은 내 가슴에 엉덩이를 걸치고 올라앉았다. 두 발로 내 양쪽 손목을 들어쥐어 바닥에다 누르고, 한 손으로 입을 눌러서 소리를 틀어막았다. 까만 눈이 알전구처럼 샛노란 불을 켜고 있었다. 쩍 벌어진 입 안에선 으르렁대는 소리가 튀어나왔다. 입가에선 거품이 보글보글 끓어 넘쳤다. 얼굴을 통째 뜯어 먹어버릴 기세였다. 나는 눈을 감아버렸다. 내 얼굴이 뜯어 먹히는 걸 눈 뜨고 볼 배짱이 없었다.

잠시, 어쩌면 잠시보다는 좀 더 긴 시간이 지났다. 놈은 내 얼굴을 뜯어 먹지 않았다. 포효하지도 않았다. 덜덜 떠는 듯한 숨소리만 얕고 빠르게 울렸다. 나는 실눈을 떠서 놈을 올려다봤다. 무엇에 놀란 것처럼 눈을 크게 뜨고 있었다. 동공은 완전히 열렸고, 으르렁대던 입은 꽉 닫혀 있었다. 모종의 내부 브레이크가 걸린 모습이었다.

나도 움직이지 않았다. 뭔가를 하려다 아슬아슬하게 걸린 브레이크를 푸는 꼴이 될까봐. 대신 놈이 내게 이러는 이유를 추측해봤다. 나를 올라타고 싶어서는 아닐 것이다. 스스로 평가하건대, 나는 보노보까지 반해서 덮칠 만큼 잘생기지는 않았다. 혹시 사는 게 심심해서 이러는 것일까. 하필 그럴 때 내가 여기 있었던 걸까?

놈은 나를 내려다보더니 앙다문 입술 위에 검지를 똑바로 세웠다. 이어 내 눈앞에 종주먹을 들이댔다. 이는 누구라도 해독 가능한 인류 공통의 몸짓언어였다.

'입 닥쳐. 강냉이 털리기 전에.'

나는 얼이 반쯤 빠졌다. 금방 뭘 봤을까. 이해를 해보고자 한 가지 가설을 세워봤다.

'이놈은 인간의 몸짓언어를 읽고 답할 수 있도록 훈련받았다.'

둘 사이에서 대장이 누군지는 이미 판가름 난 상태였다. 나로서는 놈을 제압하는 것도, 도망치는 것도 불가능했다. 남은 길은 이 가차 없고 교활한 놈과 우호적 분위기를 구축하는 것뿐이었다. 경계심을 무너뜨릴 수 있다면 벗어날 기회도 오겠지. 임진왜란 난리 통에도 간신들은 유연하게 살아남지 않았던가. 이리 붙었다, 저리 붙었다 하면서.

나는 눈꺼풀을 한 번 깜박거렸다. 가설에 기초한 대응이었다. 이미 닥치고 있잖아.

놈은 무서울 만큼 진지한 시선으로 내 눈을 들여다봤다. 까만 동공이 커졌다 작아졌다 했다. 내 머릿속을 읽어보려 애쓰는 듯한 눈이었다. 나는 머릿속에서 은밀하게 돌아가던 생각을 재깍 멈췄다. 놈을 향해 다시 한번 눈을 깜박였다. 이런 의미였다.

나는 '너님'이 허락하기 전까지 손가락 하나 움직이지 않을 것을 맹세한다.

맹세가 고스란히 가닿은 것 같았다. 놈은 내 입에서 손을 뗐다. 발로 틀어쥐고 있던 양쪽 손목도 놔주었다. 이어 등을 세우고 앉더니 내 몸에서 물러났다. 나는 약속대로 꼼짝하지 않았다. 숨소리까지 죽이고 공손하게 누워 있었다. 놈은 내 허벅지 옆에 서서 손가락을 위쪽으로 깐닥거렸다.

'일어나.'

나는 그렇게 했다. 놈은 엄지와 새끼손가락을 펴서 제 귀에 대 보였다. 다른 손은 내 코앞으로 내뻗었다. 21세기 인류라면 누구나 해석 가능한 몸짓언어였다.

'휴대전화 내놔.'

황당한 요구였다. 문자로 짜장면 배달이라도 시키실 요량이신가. 나는 말로 대답했다.

"배낭."

놈은 뒷걸음질해서 제 키만 한 배낭을 움켜쥐고 내 가랑이 사이로 던졌다. 이 역시 어지간한 지능이면 해독 가능한 명령이었다.

'네가 찾아줘.'

찾지 못했다. 어디에 뒀는지 기억나지 않았다. 배낭 바닥까지 손을 넣어 뒤졌으나 찾지 못했다. 배낭을 뒤집어 물건들을 모조리 털어냈지만 보이지 않았다.

"없는데."

놈은 엄지를 위로 세우고 검지를 옆으로 펴더니 배낭 헤드를 향해 두 번 깐닥거렸다. 나는 얼떨떨한 심정으로 놈의 손가락을 쳐다봤다. 직각을 이룬 두 손가락의 모양새나 아래로 튕기듯 깐닥이는 움직임에서 다정한 그녀의 손가락 총질과 흡사했다. 해석하면 이런 뜻일 터였다.

'헤드 주머니 지퍼 열어봐.'

과연…… 거기 있었다. 놈은 휴대전화를 받아 들고 정확하게 파워 버튼을 눌렀다. 엄지로 버튼을 누른 게 아니라 버튼을 엄지에 대고 누른 것에 가까웠지만. 잠시 후, 껌껌한 휴대전화 화면을 내게 보여줬다. 이런 뜻이라 사료됐다.

'이거 왜 안 켜지는데?'

나는 함축적인 답을 해봤다.

"통신 끊은 지 몇 달 됐어."

놈으로선 이해 불가능할 문장이었다. 설령 이해하더라도 시간이 꽤 걸릴 거라 생각했다. 우선 첫 단계에서 '통신을 끊었다'와 '쓰지 않는 전화기'가 동의어임을 이해해야 하고, 다음 단계에서 '쓰지 않는 전화기라 충전을 하지 않았고, 충전이 안 돼 배터리가 없고, 배터리가 없어 기계 작동이 되지 않으며, 작동이 안 돼 화면에 불이 들어오지 않는다'는 걸 연쇄적으로 추론해내야 할 테니까.

놈의 반응은 즉각적이었다. '뭬야?' 하듯 눈을 크게 떴다. 못 믿겠다는 듯 휴대전화 버튼을 거푸 눌러댔다. 화면에 변화가 없자 KTX만큼이나 길고 시끄러운 한숨을 내뿜으며 휴대전화를 돌려주었다. 나는 휴대전화와 놈의 얼굴을 번갈아 쳐다봤다. 혼란스러웠다. 놈이 내 대답을 이해한 건지, 내가 놈의 몸짓을 자의적으로 해석한 건지.

놈은 뒷발질로 한 발짝 물러났다. 눈으로는 나를 감시하면서 손만 뻗어 내 물건들을 이리저리 뒤적이기 시작했다. 방풍 재킷, 경량 파카, 속옷, 셔츠, 청바지. 나중엔 침낭을 풀어 털어보기까지 했다. 이번에는 생략 어법을 써서 놈에게 물었다.

"뭐?"

놈은 허공에 대고 키보드 치는 시늉을 해 보였다. 입이 저절로 벌어졌다. 자의적 해석이 아니었다. 말은 물론, 말의 여백까지 추론하고 이해하는 듯했다. 마지막으로 머저리 화법을 써봤다.

"뭘 주무르라는 거야?"

놈은 얄따랗게 실눈을 뜨고 약 3초가량 나를 내려다봤다. 검지 끝으로 제 관자놀이를 톡톡 튕기면서. 그런 눈빛과 몸짓이 의미하는 단어는 많고도 많았다. 그중 가장 대표적인 걸 꼽으라면 '밥통' 정도가 될까. 나는 다시 물었다.

"노트북 말하는 거야?"

그제야 놈의 머리에서 손가락이 내려갔다. 나는 대답했다.

"보고도 몰라? 없잖아."

놈은 다시 엄지와 검지로 화면을 늘리는 시늉을 해 보였다. 태블릿PC

를 찾는 게 아닌가 싶었다.

"없어."

그런 걸 왜 찾느냐고 덧붙이려다 입을 다물었다. 놈이 다시 잡동사니를 뒤지고 있었다. 잠시 후, 네임펜을 찾아 어설프게 틀어쥐고 허공에다 뭔가를 쓰기 시작했다. 나는 네임펜 끝이 그리는 형체 없는 글씨를 눈으로 따라갔다. 지금 저놈이 '종이'라고 쓴 게 맞나?

"없어."

놈은 느닷없이 나를 향해 손을 쭉 뻗었다. 유도선수가 손목수를 펼치듯, 일순간에 손을 낚아채서 힘을 가해왔다. 아프기도 하고 짜증이 치밀기도 했다. 이건 또 무슨 짓인가 싶었다. 손을 잡고 싶다면 좋은 말로 손을 달라고 하든가.

"놔. 아파."

놈은 내 손목을 제 앞으로 잡아당겼다. 나는 엉덩이를 들고 엉거주춤하게 놈과 얼굴을 맞댄 자세가 됐다. 코가 맞닿을 정도로 아주 가까운 거리였다. 놈은 네임펜으로 내 손바닥에 뭔가를 쓰기 시작했다. 아니, 써보려 시도했다는 게 더 정확하겠다. 네임펜은 놈의 엄지와 검지 사이의 U자형 공간에서 헛돌았다. 번번이 틀어지고, 빠지고, 미끄러졌다.

나도 마냥 손바닥을 대주고 있을 수가 없었다. 네임펜 끝으로 긁어대는 바람에 참을 수 없이 간지러웠다. 손바닥엔 시커먼 펜 자국이 난무했다. 나는 주먹을 쥐고 손목을 비틀어 빼며 버럭 소리를 질렀다.

"그냥 허공에다 써."

놈은 입술을 댓 발 내밀고 나를 봤다. 제 손글씨 실력에 실망한 기색이었다. 시선은 내 눈동자 위를 느릿느릿 선회하고 있었다. 뭔가를 궁리하는 눈이었다. 잠시 후, 어떤 빛이 놈의 눈을 번뜩 스쳐갔다. 굳이 그 빛에 이름을 붙이자면 '좋은 생각' 정도가 될까.

어쩐지 으스스한 기분이었다. 놈의 '좋은 생각'이 내게 좋은 일인 것 같지 않았다. 나는 셔터를 내리듯 눈을 내리떴다. 놈은 내 손에 네임펜을 쥐여주었다. 돌려주는 게 아니었다. 내 손목을 놓고 손톱 끝으로 마룻바닥에 뭔가를 그리기 시작했다. 옆으로 긴 직사각형이었다. 추측 가능한 범위가 지나치게 큰 도형이었다. 상자일 수도 있고, 침대일 수도 있고, 버스일 수도 있었다.

"그게 뭔데?"

놈은 직사각형을 그린 자리에 손가락을 대고 키보드를 쳤다.

"키보드를 그리라고?"

놈이 고개를 끄덕였다. 나는 도리도리 고개를 저었다.

"나, 키 같은 거 못 외워."

누가 그런 걸 다 외우고 산단 말인가. 외우지 않아도 손이 알아서 알고 있는데. 놈은 네임펜을 쥔 내 손을 끌어다가 직사각형 안에 들여놓았다. 다른 손으로는 직사각형을 수십 개의 작은 정사각형으로 분할해 보였다. 이어 분할된 사각형 위에 손톱 끝으로 자음과 모음 키들을 써넣었다. 조금 벌어진 입술 안에선 색색 소리가 흘러나왔다. 숨소리가 아니었다. 말이었다. 모차르트의 촉수 너머에 있는 말. 순전한 추측에 따르면 이런 얘기가 아닌가 싶었다.

'내가 알아. 넌 받아쓰기만 하면 돼.'

추측을 사실이라 가정하자 놈의 요구사항이 분명해졌다. 의사소통 도구를 원하고 있었다. 휴대전화나 노트북을 찾은 건 펜을 이용한 필기 훈련이 되지 않은 탓이겠지. 키보드를 그려달라고 한 건 키를 짚어서 대화를 하겠다는 뜻일 테고. 이 말을 뒤집으면, 내가 머릿속 모니터로 문장을 출력해야 한다는 의미였다.

언젠가 유튜브에서 봤던 동영상들이 떠올랐다. 침팬지가 컴퓨터 앞에 앉아 이런저런 실험에 임하는 영상, 수화를 익혀 대화를 나누는 영상, 그들이 썼다는 S자로 가득 채워진 소설. 실험자는 '이 전위적인 작품을 이해하긴 어려우나 작가가 S자를 특별히 좋아한다는 건 분명해 보인다'고 말했다. 그렇다면 키보드로 채팅을 하자고 요구하는 보노보도 있지 않겠는가? 침팬지나 보노보나 지적 능력 면에선 엇비슷하다니까.

나는 이 해석을 받아들이고 싶었다. 그러려면 아까보다 더 나아간 가설이 필요했다.

'이놈은 인간의 몸짓언어, 대화언어, 문자언어를 모두 이해하고 구사할 수 있다.'

나도 다리를 세우고 마룻바닥에 쪼그려 앉았다. 무슨 말을 하는지 들어나 보자, 싶었다. 놈은 오리걸음으로 다가와 내 곁에 붙어 앉았다. 박자가 제법 잘 맞았다. 놈이 검지 손톱으로 밑그림을 그리면 내가 네임펜으로 색을 입혔다. 노트북용 한글 키보드가 완성되는 데는 그리 긴 시간이 걸리지 않았다. 시험 삼아 좋아하는 소설의 첫 문장을 쳐봤다.

"러시아에서의 주검은 아프리카에서의 주검과는 전혀 다른 냄새를 풍긴다."

문자키 위치가 정확히 맞아떨어졌다. 기능키와 기호키 위치도 얼추 맞는 듯했다. 놈은 내 손을 밀어내고 키보드를 두들겼다. 검지 끝마디를 써서 독수리 타법으로. 나는 머릿속으로 자음과 모음을 조합하며 놈의 손끝을 시선으로 따라갔다.

'사랑할 때와 죽을 때. 레마르크.'

나는 보노보의 포로가 된 내 처지를 잠시 잊었다. 틈을 봐서 도망쳐야 한다는 당면 과제도 잊어버렸다. 충격에 가까운 혼란이 그 자리로 밀고 들어왔다. 60여 년 전의 소설을 알고, 제목과 첫 문장과 작가를 기억하는 보노보라니. 분당 400타의 타자 속도로 친 문장을 읽어낸 동체 시력 또한 놀라웠다. 이 혼란을 정리하려면 논리를 재조정할 필요가 있었다.

'놈은 인간이 하는 일은 다 할 수 있다.'

놈은 새로운 문장을 쳐 보였다.

'네 눈엔 내가 어떻게 보여?'

연달아 뒤통수를 맞은 기분이었다. 이런 유의 질문을 하는 게 가능한가. 제아무리 머리가 좋다 해도 결국 보노보인 것을. 자기 이미지에 대한 궁금증은 인간이라는 종 특유의 호기심이 아니었나?

이번에도 혼란을 해결할 근거가 기억났다. 아마 내셔널 지오그래픽이었을 것이다. 침팬지는 자기 이미지에 관심이 많은 종이라고 했다. 자신의 실수를 누군가에게 들키면 아무 짓도 안 한 것처럼 딴청을 피우거나, 머리를 긁어 민망한 순간을 모면하거나, 공연히 다른 데다 화풀이를 한다고 했다. 그러니 그건 인간만의 특성은 아닐 것이다. 침팬지가 그렇다면 보노보도 마찬가지겠지.

나는 고개를 들어 놈을 봤다. 젖은 돌처럼 반들반들하고 까만 눈이 내 눈을 포박해왔다. 그 눈에는 상대의 숨을 죽이게 만드는 무언가가 있었다. 무언가의 존재가 너무도 명백해서 내가 정신 나간 놈처럼 느껴질 지경이었다.

그것은 동물의 눈이 아니었다. 서른한 해를 살아오며 수없이 마주쳐 온 눈, 감정이 담긴 '인간의 눈'이었다. 절박하게 답을 원하는 눈이었다. 자기 모습이 상대에게 어떻게 보이는가 하는 문제가 보노보에겐 목숨만큼이나 중차대한 문제인 모양이었다. 나는 성심성의껏 대답했다.

"보노보."

훅, 하고 숨 들이마시는 소리가 들렸다. 놈의 어깨가 흔들리는 깃 같았다. 이어 몸도 흔들리기 시작했다. 벌어진 입술 안에선 흐느낌 같은 숨소리가 빠져나왔다. 눈자위엔 물기가 불쑥 차올랐다. 당황스러웠다. 대체 어떤 답을 원했던 걸까.

나는 고개를 돌려 키보드에 눈을 고정시켰다. 놈은 다시 키보드를 치기 시작했다.

'너 어젯밤에 여기서 잤지?'

뜬금없는 질문이었다. 예상을 한참 빗나간 말이기도 했다. 반사적으로 거짓말 본능이 앞장섰다. 나는 엄지를 젖혀 내 가슴을 가리켰다. 내가?

'7시 안에 여기 도착했을 텐데?'

이놈은 모르는 게 뭘까. 혹시 어젯밤부터 이곳에 있었던 것일까? 한기준이 했던 말을 곰곰이 돌이켜봤다. 놈이 어제저녁에 도망쳤다고 했던가? 아닌 것 같았다. 좀 더 생각해보니 보노보를 상대로 거짓말을 할 필요는 없을 것 같았다. 그보다는 내 행적을 어떻게 알았는가, 하는 점이 더 궁금했다. 나는 슬그머니 엄지를 내렸다. 놈은 다음 질문으로 넘어갔다.

'교통사고 나는 걸 봤지?'

나는 고개를 끄덕였다.

'도로 위로 올라가 현장을 확인했지?'

"응."

'아마 두 사람이 있었을 거야.'

그렇다고 봐야 했다. 한 사람은 직접 보지 못했지만 본 거나 마찬가지였으므로.

'119에 신고한 것도 너고.'

놈은 배낭 쪽으로 팔을 뻗더니 뭔가를 집어 내 눈앞에 들이밀었다. 다정한 그녀의 사원증이었다.

'이거 사고 현장에서 주운 거잖아.'

놈은 사원증을 제 얼굴 옆으로 들어올렸다.

'두 사람 중 여자 쪽이 나야. 내가 이진이야.'

나는 표정이 굳어지는 걸 느꼈다. 입이 자동으로 닫혔다. 하하, 소리 내어 웃고 싶은 강렬하고 당황스러운 충동을 억누르느라 눈물이 찔끔 났다. 가설은 최종 수정됐다. 이놈은 닌자도, 인간화된 보노보도 아니었다. 미친 보노보였다. 인간 세상에 너무 깊이 발을 들여놓은 나머지 맛이 가버린 놈. 어쨌거나 대답은 해야 했다.

"둘이 별로 닮은 것 같지 않은데."

놈은 사원증을 바닥에 내려놨다. 손가락이 다시 키보드 위를 날았다.

'우리는 만난 적이 있어.'

나는 고개를 갸우뚱하게 기울였다. 언제?

'어제 오후 6시경, 영장류센터 침팬지 야외 사육장에서.'

목 안에 남은 웃음기가 한숨에 걷혔다. 눈은 빨라지는 놈의 손가락을 좇았다. 지난 오후가 키보드 위에서 고스란히 재현됐다. 다정한 그녀와 마주 선 시점, 그녀가 건넨 말 "어디 불편하세요?", 이에 대한 내 반응. 놈은 마지막으로 정문을 가리키던 다정한 그녀의 손가락 총질을 흉내 냈다. 이래도 안 믿을래?라고 묻는 것처럼.

나는 대답하지 않았다. 할 말이 없었다. 더 수정할 가설도 없었다. 대신 새로운 의문이 생겨났다.

"그럼 다정한 그녀는 어디 있는데?"

그녀는 물끄러미 나를 쳐다봤다. 보충 설명을 요구하는 눈이었다.

'다정한 그녀라니?'

"너 말고, 사람 이신이."

'몰라.'

대답하는 놈의 눈에 생기가 돌았다. 절박함으로 읽히는 생기였다. 나는 후회했다. 하지 말았어야 할 질문을 한 것 같았다. 직감상 길을 터준 게 아닌가 싶었다. 직감대로 길고 긴 이야기의 길이 깔렸다. 119 구조대의 호출을 받고 스승과 함께 인동호로 출장을 나간 시점부터 홍유미라는 사육사를 물어뜯고 기숙사에서 달아난 대목까지.

정신병자의 꿈속 같은 이야기였다. 논리적으로 정리하려 들면 들수록 개연성이 붕괴되는 이야기였다. 사고가 나는 순간 '지니'라는 보노보의 몸에 '진이'라는 인간의 의식이 들어갔다는 이야기를 누군들 믿을 수 있겠는가. 그렇다고 단칼에 정신 나간 헛소리라 단정해버릴 수는 없는 부분이 있었다. 당사자가 아니고선 결코 알 수 없는 부분들. 무엇보다 이놈은 인간이라 해도 믿을 만큼 인간적이었다. 행동방식도, 사고방식도, 지적 능력도.

나는 놈의 주장을 사실이라 가정해보기로 했다. 놈을 그녀라 상정했다. 그러자 많은 것들이 한 방에 이해됐다. 모순투성이로 보이던 이야기의 아귀가 딸깍 들어맞았다. 그녀가 지난밤의 내 행적을 알고 있는 이유도 설명됐다. 그녀가 나를 두들겨 패서 붙잡아놓은 이유를 알 것 같았다. 내게 자기 처지를 호소한 속내 역시 충분히 짐작됐다.

골짜기로 쫓겨 온 그녀는 단번에 나를 알아봤을 것이다. 사원증을 발견하고 홀린 듯 한눈을 팔았던 건 자기 것이기 때문이었다. 왜 그것이 이곳에 있는지 생각했겠지. 신분증 하나로 불과 몇 초 만에 내 행적을 추리해낸 것이었다.

나는 덜미를 잡혔다는 느낌을 떨칠 수가 없었다. 따라서 그녀에게 아무것도 묻지 않기로 했다. 그녀가 무슨 이야기를 하든 '싫다'고 말하기로 마음먹었다.

'정주시내엔 큰 병원이 두 개 있어. 국립 정주의료원, 정주병원.'

마침내 그녀는 올가미를 꺼냈다.

'그중 한 곳에 내 몸이 있을 거야.'

나는 눈을 들어 먼 산을 봤다. 순간, 단단한 손이 내 뒷덜미를 틀어쥐고 얼굴을 키보드 앞으로 원위치시켰다. 거부하는 의미에서 눈을 감아버렸다. 그러자 강철 같은 손톱 두 개가 감은 눈꺼풀을 집어올렸다. 음성지원이라도 되는 것처럼 손톱 끝에서 경고의 소리가 들렸다. 눈 뜨지 않으면 눈꺼풀을 잡아 뜯어서라도 보게 해줄 거야.

그래서 눈을 떴다. 키보드를 짚어가는 손가락이 시야로 쳐들어왔다.

'나를 나한테 데려다줘.'

잠시 멈췄던 딸꾹질이 다시 튀어나왔다. 텅 빈 뱃속이 거북하게 조여들었다. 예상이 맞아떨어진 게 이토록 기분 나쁜 적은 처음이었다. 왜 하필 나를 구원자로 간택했단 말인가. 이런 중대한 부탁을 하려면 두들겨 패지나 말든가. 나는 다소 냉정한 기분으로 대답했다.

"딴 데 가서 알아봐."

이 답변이 그녀의 귀엔 '오케이'로 들렸나 보았다. 그녀는 내 임무를 말하기 시작했다.

'쉽고 간단한 일이야. 네 배낭에 나를 넣고 이 숲에서 나간 다음, 119로 전화를 걸어서 어젯밤 교통사고 환자가 어디로 갔는지 알아내고, 그 병원으로 가서 '이진이 환자' 옆에다 나를 내려놓으면 돼.'

내가 물었다.

"왜 하필 나야? 네 부모님 불러."

'없어.'

잠깐 멍했다. 고아라는 말인가.

"친척이라도 있을 거 아냐. 고모, 이모, 삼촌, 사촌."

'없다니까.'

도와줄 친척 하나 없다니. 설령 그녀의 말이 모두 사실이라 해도, 그건 그녀의 일이었다. 나는 그저 사고가 난 골짜기에서 하룻밤 불법 노숙을 했을 뿐이었다. 그것이 진이에게 두들겨 맞고, 진이의 손아귀에 덜미를 잡혀 진이의 몸을 찾아 나서야 할 만큼 흉악한 죄는 아닐 터였다.

"미안해. 내가 좀 바빠서……."

'공짜로 해달라는 거 아냐. 보수는 치를게.'

나는 단호하게 고개를 저었다. 보수 따윈 그리 매력적이지 않았다. 살고자 하던 때에도 남의 일에 얽히는 건 질색이었다. 살지 않기로 마음먹은 마당에야 더 말할 것이 있을까. 게다가 상대는 사람도 아닌 보노보였다.

'백만 원.'

잘해야 2주 정도 한뎃잠을 피할 돈이었다. 허름한 여관방이나 게스트 하우스에서. 나는 반응하지 않았다. 아쉬운 쪽이 다음 카드를 꺼내게 마련이었다. 침묵의 몇 초가 몇 시간처럼 갔다.

'삼백.'

모텔, 2주, 세끼 국밥. 여전히 내키지 않았다. 돈 삼백에 보수를 바라고 도와줬다는 평판은 듣고 싶지 않았다. 차라리 그냥 해주면 생색이라도 내지. 널 구해줬으니, 좀 더 공손하게 고마워하라고.

'오백. 더는 안 돼.'

모텔, 한 달, 맛있는 밥과 맥주. 일단 내 처지를 돌아봤다. 당장 할 일도, 갈 곳도 없었다. 이곳에서 나가자마자 달리는 차 앞으로 뛰어들 작정도 아니었다. 별 볼 일 없는 인생이었으나 정리할 시간은 필요할 테다. 한 달이면 충분하겠지.

"계약금 오백, 완수금 오백."

그녀의 눈이 휘둥그레졌다. 빠끔 벌어진 입에선 쌕쌕대는 쇳소리가 빠져나왔다. 잠시 후, 키보드에 얹어둔 손가락이 움직이기 시작했다.

'나는 그 정도로 부자가……'

그녀는 돌연 키보드 치기를 멈췄다. 나도 숨을 죽였다. 숲속에서 발소리가 울리고 있었다. 한 사람이 아니라 여러 사람이 뛰는 소리였다. 아주 가까이 들렸다. 몇 발짝이면 누리길로 튀어나올 듯한 거리였다. 그녀는 눈을 들고 사방을 두리번거렸다. 숨을 곳을 찾는 눈치였으나 이내 마음을 바꾼 모양이었다. 고개를 홱 돌려 나를 쳐다본 걸로 미루어.

"왜?"

왜 쳐다보느냐고 물으려다 그녀에게 어깨를 틀어잡혔다. 내 몸은 정자 입구를 향해 반 바퀴 돌아갔다. 그녀의 손에서 놓여나고 보니 숲을 향해 양반다리를 하고 앉아 있었다. 그녀는 내 등 뒤에 바짝 달라붙었다. 한 손으론 내 바지춤을 움켜잡고, 한 손은 셔츠 등판을 틀어잡았다. 그와 동시에 숲에서 한기준 일행이 튀어나왔다.

'가만있어.'

등판에 그녀의 손가락 메시지가 전달됐다. 나는 가만있었다. 한기준은 누리길 입구 쪽으로 두어 발짝 떼다가 급정지했다. 뒤늦게 기억난 듯 고개를 돌려 내 쪽을 봤다.

"김민주 씨."

한기준은 내 쪽으로 몸을 돌리며 불렀다.

"여태 안 간 거요?"

"아, 예. 실은……"

그녀는 내 셔츠 등판을 쑥 잡아당겼다. 입 닥치라는 신호였다. 내겐 닥칠 의사가 전혀 없었다. 상황을 알릴 절호의 기회 아니겠는가. 다만 내 등 뒤에 자신이 사고로 병원에 실려간 여자의 '심리적 존재'라고 주장하는 보노보가 있다고 말할 생각은 아니었다. 그랬다간 나도 나사 빠진 사람이 될 테니까. 최악의 경우 정신이 이상한 노숙자로 취급받아 정신병원에 끌려갈 수도 있었다. 가장 간단하게 일러바치는 길은 손가락 하나를 들어서 뒤를 가리켜 보이는 것이었다. 그리하지 않은 건 등판에 느껴지는 손톱 때문이었다. 손톱은 새로운 메시지를 보내고 있었다.

'OK.'

이 오케이는 이전에 있었던 거래에 대한 대답일 테다. 나는 물었다.

"선금은 언제 줄 건데?"

한기준은 귀도 밝았다. 물길 옆으로 한 발짝 다가서면서 "뭘 달라고?"라고 물었다. 등판에는 세 번째 메시지가 도착했다.

'도와줘.'

이 무슨 동문서답이란 말인가. 나는 한기준의 질문에 대답했다.

"그 보노보 말입니다."

이번에는 메시지가 오지 않았다. 대신 강아지처럼 낑낑대는 소리가 났다. 다급함과 절박함에서 튀어나온 소리였다. 흔히들 '애원'이라고도 부르는 소리. 소리 뒤편에서 감지되는 애처로운 울림은 확실한 유화적 효능이 있었다. 나는 납죽하게 얻어맞은 것에 대한 분한 뒤끝이 약간 누그러지는 걸 느꼈다. 그러게, 두들겨 패기 전에 그 좋은 머리로 한 번만 더 생각하지 그랬어. 부탁을 할 때 필요한 건 주먹이 아니라 상대에 대한 예의라는 걸.

"보노보가 어쨌다는 거요?"

한기준이 징검다리로 발을 올려놓으며 되물었다. 나는 좀 더 갑의 위치를 즐기고 싶었으나, 그러기엔 낑낑대는 소리가 너무 컸다. 더 시간을 끌다가 한기준까지 들을까봐 겁이 날 정도로.

"보노보는 찾으셨는지 물었습니다."

나는 대답했다. 낑낑 소리가 얄미울 만큼 빠르게 잦아들었다.

"나는 여태 여기서 뭘 하느냐고 물은 것 같은데."

한기준은 징검돌 위에 두 발을 버티고 서서 본격적으로 나를 건너다봤다. 못마땅해하는 눈빛이 여름한 안개를 뚫고 소리처럼 전달돼 왔다.

"짐을 싸고 있었습니다."

"다 쌌으면 이리 나와요. 우리도 마침 돌아가는 중이니까 시내까지 모셔다드리지."

지니의 손이 셔츠 등판을 꽉 움켜쥐었다. 다시 낑낑 소리가 울리기 시작했다. 이번 '낑낑'은 거절하라는 말로 들렸다.

"먼저 가십쇼."

나는 침낭과 잡동사니들을 돌아보며 덧붙였다.

"다 정리하려면 10분은 걸릴 겁니다."

한기준은 손목시계를 들여다보더니 누리길로 물러났다.

"11시까지 누리길 입구로 와요. 거기서 기다릴 테니까."

이제 확신할 수 있었다. 한기준은 나를 예비 지박령으로 단정 짓고 있었다. 기어코 나를 시내로 모시겠다는 구조자의 의지도 느껴졌다. 내가 할 수 있는 최선의 대답은 '네'였다. 일단 한기준을 보내야 뭐든 할 수 있을 테니. 짐을 싸든, 진이 혹은 지니를 배낭에 담든.

한기준 일행은 누리길 입구를 향해 멀어졌다. 그들의 모습이 완전히 사라지자, 비로소 그녀는 내 셔츠를 놓았다. 나는 그녀를 향해 돌아앉았다.

"그래서, 선금은?"

내 재촉이 치사하다는 생각은 들지 않았다. 내가 아는 한, 살아 있는 모든 것들은 어떤 이유가 있어야 협력한다. 애정, 욕망, 자기만족, 생존, 그 밖에 다른 무엇이든 간에. 그렇지 않은 존재를 세상은 '호구'라고 부른다. 내게도 그녀와 한 팀이 될 이유가 필요했다. 그녀는 키보드를 치기 시작했다.

'현금카드가 기숙사 방에 있어. 카드만 있으면 한꺼번에 다 지불할 수 있는데, 그러려면 내 방으로 가야 하고. 내 방으로 가려면 먼저 네가 나를 내 몸에게 데려다줘야 해.'

도무지 돼먹지 않은 답변이었다. 길고도 긴 말을 늘어놓았으나, 요지는 간명했다.

'장부에 달아놔.'

"내가 호구야?"

그녀는 잠시 생각하는 기색이더니 사원증을 집어 들었다. 네임펜을 주먹 쥐듯 말아 쥐고 서툰 동작으로 뒷면에다 뭔가를 썼다. 곧 그것은 내 손으로 건너왔다.

₩10,000,000

L.J.I

나름 차용증인 모양이었다. 나는 묻지 않을 수 없었다.

"그러니까 몸만 찾으면 문제가 해결된다는 거지?"

물으면서도 확신이 없었다. 이 일이 현실인지, 꿈인지. 아직도 나는 자신을 진이이자 지니라 우기는 이 보노보의 주장을 온전히 받아들이지 못했다. 그녀는 입술을 헤벌리고 눈을 끔벅거리며 나를 바라봤다. 등 뒤에서 날아든 돌멩이에 뒤통수를 얻어맞은 듯한 표정이었다.

"해결되는 거 맞냐고."

그녀는 마지못한 표정으로 고개를 끄덕였다.

"네 몸으로 돌아가는 방법도 아는 거지?"

대답은 한참 후에야 나왔다.

'만나면 알게 되겠지.'

틀림없이 그렇다는 듯, 그녀는 고개를 끄덕였다. 나는 개소리 작작하라고 말해주고 싶었다. 가만 보니 확실한 게 없었다. 가야 한다는 본인의 주장만 확실했다. 참으로 갑갑한 심정이었다. 만약 다정한 그녀가 벌써 죽었다면 어쩔 것인지 캐묻고 싶었다. 시간이 조금만 더 있었다면 실제로 다그쳤을지도 모른다. 나는 빈 배낭을 그녀 앞에 끌어다 놓았다.

"들어가."

그녀의 얼굴에 미소가 번졌다. 입이 어찌나 크게 벌어지는지, 눈은 또 어찌나 반짝거리는지, 마치 나한테 홀딱 반한 것처럼 보였다. 나는 몸서리를 치며 모자를 눌러썼다. 차용증은 야상 주머니에 담았다. 휴대전화는 다른 쪽 주머니에 담았다. 나머지 잡동사니는 침낭 안에 모조리 쓸어 담아서 정자 밑으로 밀어넣었다. 그사이 그녀는 배낭에 들어가 무릎을 세우고 앉아 있었다.

"가만있어, 내가 꺼내줄 때까지."

지니는 고개를 끄덕거렸다. 나는 배낭의 상단 스트링을 당겨 묶고 헤드버클을 잠갔다. 그녀는 의외로 무거웠다. 배낭을 들쳐 메다가 허리가 나가는 줄 알았다. 움직이기 시작하자 어깨띠가 쇄골을 파고들었다. 배낭이 엉덩이 아래까지 처지고, 허리띠는 골반 밑으로 미끄러졌다. 다리가 후들후들 떨렸다. 잠시 잊고 있던 허기가 몰려왔다. 눈이 핑핑 돌았다. 뒤늦게 후회스러웠다. 외상은 사절이라고 말했어야 하는 건데.

길은 어젯밤보다 더 질척거렸다. 나는 서두르지 않았다. 서둘러 갈 힘이 없었다. 한기준이 기다리다 지쳐 가버리기를 바라는 마음도 있었다. 시내까지 차를 타고 가면 몸이야 편하겠지. 그 대가로 살얼음 같은 시간을 보낼 게 뻔했다. 한기준이 배낭을 보자고 하진 않을 것 같았지만.

나는 누리길 입구가 보이는 지점에서 우뚝 섰다. 15분이나 지각을 했는데도 구급차는 떠나지 않았다. 누리길 입구에 꽁무니를 댄 채 나를 기다리고 있었다. 고갯길에선 개 짖는 소리가 들려왔다. 누리길을 걷는 동안 한 번도 듣지 못한 소리였다. 그러므로 들려왔다기보다는 갑자기 튀어나왔다고 하는 게 정확하다. 또는 막 도착하는 길이거나. 구조대원이 전화로 말하던 경찰 수색견일 터였다. 모차르트는 한 마리라고 알려주었다.

당연한 얘기지만, 그녀도 개 짖는 소리를 들었을 것이다. 움찔하고 몸을 움츠리는 느낌이 곧바로 내 등에 전달됐다. 불안하게 흔들리는 숨소리가 감지됐다. 그녀의 머릿속 목소리가 들리는 것 같았다. 달려, 빨리.

나는 슬라이딩을 하듯 내달려 차에 도착했다. 앞좌석 문이 열리고 한기준이 내리더니 뒷좌석 문을 열어주었다.

"이쪽으로 타지."

6장
진이, 지니

차가 출발했다. 개 짖는 소리가 멀어졌다. 나는 참았던 숨을 한 번에 쏟아냈다. 차는 무곡 마을로 가는 첫 번째 곡주로를 도는 것 같았다. 반원에 가까운 긴 커브인데도 몸이 크게 쏠리거나 요동치지는 않았다. 누군가의 품에 폭 싸인 것처럼 안정적으로 고정돼 있었다.

두 번 생각할 것도 없이 그 누군가는 민주일 것이다. 엉덩이에 닿는 감촉으로 미루어, 민주의 허벅지에 올라앉은 것 같았다. 어깨 부근을 감싸주고 있는 것은 민주의 팔일 테고. 마땅한 태도였다. 천만 원짜리 배달이라면 이 정도 서비스는 기본 중의 기본이었다.

나는 사람들 대부분이 좋아한다는 '쿨'한 성격이 아니었다. 뒤끝이 천년만년 가는 사람이었다. 당연히 내 처지를 이용해 바가지요금을 요구한 민주에게 유감이 있었다. 오백 선에서 타협해줬다면 감지덕지했을 것을. 죽을 때까지 은인으로 기억했을 것을.

천만 원은 내가 가진 재산—어머니와 살던 낡은 빌라를 빼면—의 5분의 1이었다. 이마에 '흙수저' 표식을 새기고 세상에 나온 여자가 태생보다 더 나은 미래를 갖고자 모아온 돈이었다. 계약에 동의했으니 약속은 지키겠지만 고마워하지는 않을 작정이었다. 협상 과정의 물리적 충돌에 대한 미안함도 털어버렸다. 임무를 완수할 때까지, 그는 나를 모셔야 할 테다.

차 안은 고요했다. 누구 하나 입을 열지 않았다. 무전기나 사이렌 소리도 울리지 않았다. 출동이 있어 철수하는 모양새는 아니었다. 지원 요청을 받고 출동했다가 수색견이 파견되면서 돌아가는 것 같았다. 아니었다면 민주를 기다릴 여유 같은 건 없었겠지. 기다려주지 않았다면 경찰 수색견과 맞닥뜨렸을 공산이 컸다. 출입 금지 구역에서 걸어 나오는 사내를 경찰이 그냥 보낼 리 없으므로.

결과론적인 얘기지만, 망아의 골짜기를 무사히 빠져나오는 데는 한기준의 공이 컸다. 개를 피해 사냥꾼 등에 올라탄 경우였으므로 마냥 고마워할 수는 없었지만.

"배낭은 뒤에다 내려놓지."

정적을 깬 사람은 한기준이었다. 내 오른쪽에서 울리는 소리였다. 아무래도 민주와 나란히 뒷좌석에 앉은 듯했다. 앞좌석에 탔으려니 했던 나는 질겁한 심정이 됐다.

"괜찮습니다. 제가 안고……"

"우리가 안 괜찮아요."

한기준이 민주의 말을 잘랐다.

"배낭이 커서 운전에 방해가 되잖아."

아…… 하며 민주는 몸을 일으켰다. 배낭이 허공으로 뜨는 느낌이 들자 나도 모르게 몸을 움츠렸다. 등과 허벅지엔 힘이 들어갔다. 배낭은 끙, 소리와 함께 위로 올라가다 갑자기 멈췄다. 다급하게 배낭 밑을 받치는 그의 무릎을, 나는 꼬리뼈로 느꼈다. 거의 들이박는 수준이었다. 배낭 안에 계시는 분이 누군지 그새 잊어버린 모양이었다.

순간적으로 짜증이 치밀었으나 이내 아슬아슬한 심정이 됐다. 정수리로 쏟아지는 거친 숨소리로 미루어 고의는 아니었다. 배낭 무게를 감당 못해 손을 부들부들 떠는 게 온몸으로 느껴졌다. 생각 같아선 내가 빼앗아 들어주고 싶을 지경이었다. 허약 체질로 보이기는 했지만 이 정도 무게에 빌빌거릴 줄은 몰랐다.

"이리 줘봐요."

한기준의 목소리가 나더니 배낭을 움켜쥐는 손이 감지됐다. 보기보다 오지랖이 넓은 남자였다.

"괜찮습니다, 제가 할 수……"

민주는 또 대답을 끝맺지 못했다. 말이 끝나기도 전에 배낭이 허공으로 쑥 당겨져 올라갔다. 이윽고 내동댕이쳐지듯 바닥으로 내려앉았다. 나는 빽, 소리를 지를 뻔했다. 좀 전 민주의 무릎에 받혔던 꼬리뼈가 둥글고 단단한 무언가에 쿵 소리 나게 내리 찍혔다. 엉덩이에 화끈하게 불이 붙었다. 살이 부들부들 떨려왔다. 통증을 소리 없이 참느라 머리까지 와르르 뒤흔들렸다.

"가방에 코끼리라도 들었어요? 뭐가 이렇게 무거워?"

한기준이 물었다. 어조로 보아 불평이나 농담이 아니었다. 미심쩍어하는 기색이었다. 답을 요구하는 진지한 질문이었다. 하기는 산행용 배낭으로 보기엔 지나치게 무거웠을 것이다. 질감도 달랐을 것이고. 지니의 체구가 작다고는 해도 대여섯 살짜리 어린애 정도의 무게는 될 테니까.

민주는 대답하지 않았다. 추가 질문이 없는 걸로 미루어, 한기준은 답변을 기다리는 모양이었다. 나는 안달이 났다. 빨리 대답하지 않는 그의 속내가 뭔지 알 길이 없었다. 적절한 답을 찾지 못해 입을 닫치고 있는 건지, 고백할지 말지 갈등하는 중인지. 댁이 찾는 게 들어 있는데요, 라고.

차가 두 번째로 긴 커브를 돌았다. 배낭은 차가 쏠리는 방향으로 픽 쓰러진 후, 어딘가로 두어 바퀴 굴러가 멈췄다. 나는 이제 왼쪽 뺨을 바닥에 대고 모로 누운 자세가 되었다. 눈알이 빙글빙글 돌았다. 정신이 알딸딸했다. 등에는 단단한 벽이 느껴졌다. 차체나 뒷문에 걸린 게 아닌가 싶었다. 와중에도 앞쪽으로 귀를 세우고 있었다. 민주는 여전히 침묵 중이었다. 나는 천만 원의 효능을 믿기로 했다. 그게 어디 남의 집 개 이름인가.

"오다가 길이라도 잃었나 했는데."

한기준이 다시 입을 열었다. '뭘 하다 늦었느냐'의 서술문 버전이었다.

"예. 좀……"

민주는 두어 박자 쉬었다가 덧붙였다. 뒤늦게야 그런 말이 있다는 걸 기억해낸 것처럼.

"늦었습니다."

잠시 침묵이 흘러간 후 한기준이 물었다.

"근데 어디 아파요? 뭔 땀을 그리 흘려요?"

민주는 이번에도 대답하지 않았다. 이 남자에겐 대화가 뇌수술만큼이나 어려운 일인 모양이었다. 대답을 곧잘 건너뛰고, 대답하더라도 한 방에 알아듣기 힘들었다. 소리를 혀 밑으로 말아넣는 듯한 발성에다 목소리마저 작았다. 말 속도는 보통 사람보다 두 배쯤 느렸다. 적절한 단어를 찾느라 머릿속에서 사전이라도 넘기고 있는 본새였다.

정자에서 그와 대화하는 동안 나는 수십 번쯤 뒷목을 잡았다. 그를 설득하는 내내 손으로 그의 입을 벌리고 싶은 충동에 시달렸다. 혀 밑에 밀어넣은 말들을 속 시원하게 볼 수 있을 것 같아서. 흡사 젊은 날의 스승을 만난 기분이었다. 오랜 세월 스승에게 단련되지 않았다면 정말로 그랬을지도 모른다.

"얼굴도 창백하고, 땀도 심하게 흘리고."

한기준은 끈질기게 말을 붙였다. 차는 내리막 커브로 들어선 것 같았다. 미끄럼 방지선을 긁으며 내려가는지 연장들이 튕겨오르고 부딪는 소리를 냈다. 차체는 줄넘기라도 하는 것처럼 거칠게 튀어올랐다. 배낭과 나는 축구공처럼 굴러다녔다. 그 바람에 뱃속이 홀떡 뒤집혔다.

"좀 어지러워서요."

민주의 대답은 차가 정상 리듬을 되찾은 후에 나왔다.

"그러니까, 어디 아픈 게 아니냐고 물었잖아요."

한기준의 목소리는 점점 커지고 있었다. 어조에는 답답해하는 자 특유의 짜증이 묻어났다. 혈압이 적색선 위로 올라가는 중인 듯했다.

"아프면 병원으로 데려다줄 수도 있는데."

"아픈 게 아니라……"

민주는 말을 멈추고 한세월을 보낸 다음 답변을 마무리했다.

"길을 잃은 후로 뭘 먹지 못해서 그렇습니다."

마지못한 어조요, 무뚝뚝한 목소리였다. 적어도 절반은 진실로 들렸다. 전날 오후, 그를 처음 만난 순간을 돌이키자 그렇다는 확신이 왔다. 깡마른 몸, 창백한 낯빛, 아무 생각도 없어 보이는 눈. 그는 너무나 눈에 띄지 않아서 오히려 눈에 띄는 타입이었다. 어떤 자리에 가나 하나쯤 있는 사람. 아무것도 하지 않고, 아무 말도 하지 않고, 아무도 보지 않고, 그저 거기 앉아 있는 사람. 허기 때문에 퍼져 있으리라곤 생각조차 해보지 않았다. 망아의 골짜기에서 재회하게 될 줄은 더더욱 몰랐지만.

하기는 뭔들 알 수 있었겠는가. 사고 이후부터 알 만하게 돌아간 일이라곤 하나도 없는데. 홍유미를 물어뜯어버릴 줄도 몰랐고, 동료들에게 쫓겨 화장실 창문으로 몸을 날리게 될 줄도 몰랐다. 화장실 아래 이팝나무 가지를 붙들고 철망 담장 너머 산등성이로 몸을 날려 뛰어내린 건, 순전한 지니의 능력이었다. 이후 정자에 도착할 때까지 내 지적 능력은 간여한 바가 없다. 따라서 어떻게 내려왔는지도 잘 기억나지 않는다.

정신을 차렸을 때, 나는 정자 지붕에 엎드려 있었다. 정자 건너편에선 구조대원들이 물길을 건너오는 중이었다. 한눈에 한기준을 알아봤다. 순간적으로 기대를 품었다. 지난밤 인연에 기대 내 처지를 호소해보고 싶었다. 마취 총의 기억이 발목을 잡지 않았다면 동네 오빠를 만난 것처럼 지붕에서 뛰어 내려갔을지도 모른다.

잠깐의 만남이긴 했지만 내가 파악한 한기준은 호소에 움직이는 사람이 아니었다. 머리가 움직여야 행동하는 사람이었다. 내가 이진이라는 걸 믿게 만들고, 나를 병원으로 데려가도록 만드는 건 불가능에 가까웠다. 그것은 세계에 대한 자기 관점이 완결돼버린 성인에게 신화의 높은 너울을 뚫고 오라 요구하는 거나 진배없었다. 차라리 호랑이에게 채식주의를 설파하는 게 쉬울지도 몰랐다. 그런 기준에서 보자면 민주는 아직 소년이었다.

"차에 에너지 바밖에 없는데, 그거라도 드시겠소?"

한기준이 물었다. 민주는 모기 날갯짓 소리보다 작은 목소리로 대답했다.

"괜찮습니다."

부스럭거리는 소리가 나는 걸로 보아 그의 모기 소리는 무시된 것 같았다. 잠시 후 초콜릿 냄새가 배낭 안으로 솔솔 풍겨 들어왔다. 한번 뒤집힌 뱃속이 단 냄새에 다시 뒤집히는 느낌이었다. 멀미가 나기 직전처럼 혀뿌리에 미지근한 침이 돌았다. 뒤늦게 깨달은바, 나 역시 물 한 모금 먹지 않은 지 한나절이 넘었다. 심지어 화장실조차 가지 않았다. 아니다. 더 생각해보니 도망치는 와중에 지니의 방식으로 해결한 것도 같았다. 적당한 곳에서 '눈다'가 아니라 아무 데나 '갈긴다'로.

나는 나무와 나무 사이를 날며 용변을 해결하는 지니를 상상해봤다. 얼굴이 후끈 달아올랐다. 머리털까지 벌겋게 다는 듯했다. 불안이 뒤를 따라왔다. 의심이 고개를 들었다. 혹시 내가 지니의 몸을 통제하지 못하는 때가 있는 건 아닐까.

민주와 몸싸움을 벌일 때를 돌아보자 그런 것도 같았다. 가슴을 드세게 얻어맞는 순간 어떤 버튼이 건드려진 느낌이었다. 일순간에 의식과 몸이 분리되고 그 틈새에서 낯선 무언가가 튀어나왔다. 정신이 들었을 때, 나는 민주를 향해 맹수처럼 으르렁대고 있었다. 그때 머릿속에 생각 비슷한 게 있었다면 아마 이런 것이었을 것이다. 이걸 확, 죽여버려?

의심은 질문으로 일보 전진했다. 내가 지니의 온전한 심리적 존재라면 습성과 본성도 내 방식대로 발현돼야 맞았다. 비록 태생적 다혈질이기는 하나, 나는 21세기에 걸맞도록 사회화된 문명인이었다. 아무리 화가 치밀어도 그런 식의 포악질을 해본 적은 없었다. 그렇다면 낯선 무언가는 몸 안에서 잠자던 지니의 야성이 아닐까. 다급할 때, 위기에 처했을 때, 혹은 감정이 격발될 때 내 이성을 누르고 튀어나오는 것은 아닐까?

이 질문이 유효하려면 다음과 같은 조건이 전제돼야 했다. 나와 지니는 하나의 몸속에 혼재하는 두 개의 영혼이다.

만약 그렇다면, 아직 상대의 존재를 감지하지 못하는 상태라면…… 서로 존재를 알게 되는 순간 어떤 일이 일어날까? 지니가 알아차리기 전에 나는 '신이의 몸'으로 무사히 돌아갈 수 있을까? 문득 민주가 던진 질문이 기억났다.

"그러니까 몸만 찾으면 문제가 해결된다는 거지?"

듣는 순간 머리가 띵했던 질문이었다. 느닷없고 단도직입적이어서 피할 수도 얼버무릴 수도 없었다. 얼떨결에 고개를 끄덕였으나, 나는 답을 알고 있지 못했다. 내 몸을 찾는 데 골몰하느라 생각조차 해보지 않았던 문제였다. 목적지로 가고 있는 지금에야 떠올리게 된 이 물음은 거대한 벽이 되어 나를 막아섰다. 정말로 몸을 찾기만 하면 모든 문제가 해결될까.

박 선생에 따르면, 내 몸은 수술실로 들어갔다. 언제 끝날지 모르는 수술이라 했다. 이는 내 상태가 그리 낙관적이지 않다는 걸 의미했다. 팔이 부러졌거나, 살이 찢어졌거나, 코뼈가 나간 정도로 기약 없는 수술을 받지는 않을 테니까. 추락할 때 머리로 떨어졌다면 두개골이 박살 났을지도 몰랐다. 목이 꺾였다면 신경이 뭉개졌을 수도 있고, 몸통으로 떨어졌다면 장기들이 터져버렸을지도 모르지. 아니면 모두 다거나.

상상은 단계를 밟아 최악으로 나아갔다. 침대에 누워 눈만 껌벅이면서 코에 꽂은 위관으로 유동식을 받아먹는 내 모습이 떠올랐다. 뇌사 상태에 빠져 인공호흡기를 달고 있는 내가 보였다. 최종적으로, 흰 시트를 몸에 두르고 이동 침대에 실려 영안실로 내려가는 나를 봤다.

나는 머리를 흔들어 상상을 내쫓았으나 기분은 되돌릴 수 없었다. 오금이 찌릿찌릿하고 기운이 쭉 빠졌다. 미리 지옥을 들여다본 심정이었다. 겁에 질린 나머지 모든 것이 좌절로 귀결됐다. 뭔가를 해보기도 전에 절망에 압살당할 판이었다. 그러니 이쯤에서 소모적인 추측을 멈춰야 했다. '거기에 아직 내 삶이 남아 있을까'라는 질문은 하지 말아야 했다. 눈앞의 모퉁이만 바라봐야 했다. 내 몸이 있는 그 모퉁이까지만.

"어디를 찾아가다 길을 잃은 거요?"

한기준이 묻고 있었다. 차가 또 커브를 돌았다. 나는 차가 쏠리는 대로 굴러가서 다른 어딘가에 처박혔다. 이번엔 파이프처럼 긴 막대기들이 등뼈 밑에 깔렸다.

"그냥…… 하산하려다……"

민주의 목소리가 내 이마 위에서 울렸다. 뒷좌석 등받이 아래로 굴러온 모양이었다. 손 하나 까딱하지 말아야 할 위치였으나 그러기가 쉽지 않았다. 콧구멍이 간지럽고 움츠린 어깨는 쥐가 난 것처럼 결렸다. 단단한 막대들이 지렛대마냥 등뼈를 파고들었다. 접힌 다리와 무릎에 눌린 가슴이 욱신욱신 저렸다. 배낭 안에선 퀴퀴한 냄새가 났다. 그로 인해 울렁증은 점점 더 심해졌다.

"애초에 출발을 어디서 했는데."

한기준의 물음에 대한 민주의 답은 한참 후에야 나왔다.

"원주요."

"그럼 소금산에서 넘어왔나?"

민주는 또 한참 사이를 두었다가 "네"라고 대답했다. 한기준은 "아아" 했다. 내 입에선 '웩' 소리가 튀어나갈 뻔했다. 긴 손가락이 들어와 휘젓는 것처럼 식도가 꿀렁거렸다. 배꼽 근처 근육이 당구공만 하게 뭉치고 있었다. 입 안엔 미지근한 침이 가득 찼다.

"집은 어디요?"

한기준이 또 물었다. 나는 혀가 목구멍 쪽으로 말리는 걸 느꼈다. 식도는 본격적으로 경련을 일으키기 시작했다. 금방이라도 토할 것처럼 갈비뼈 밑이 움찔움찔 조여들었다. 입술을 맞물고 어금니에 힘을 주었으나 소리를 완전히 봉쇄하기엔 역부족이었다. 소리 내지 않으려고 용쓰는 소리가 새어나왔다. 욱, 욱, 욱. 어쩌면 배낭 밖까지 새어나갔는지도 모르겠다. 민주가 신병신고를 하는 군인처럼 얼토당토않게 큰 소리로 대답한 걸 보면.

"서울입니다."

곧바로 아무도 묻지 않은 이야기를 늘어놓기 시작했다. 구청 공익 요원으로 복무하던 시절에 '닥터K'라는 장의사를 쪽방촌에서 만났는데, 알고 보니 그분은 화타나 편작을 능가한다고 소문난 의성이었으나 모종의 의료사고로 깨달은 바가 있어 쪽방촌에 들어와 장의사를 시작한 분이었고, 우주 섭리와 천기에 대한 조예가 깊어 〈월하정인〉이라는 신윤복의 그림을……

민주의 목소리는 점점 커졌다. 속도는 약장수처럼 빨라졌다. 그사이 나는 파도처럼 밀어닥치는 멀미와 싸웠다. 목구멍을 쥐어짜며 넘어오는 소리를 막고자 필사적으로 입을 덮어 눌렀다. 그 바람에 숨통이 막히고, 머리가 어쩔어쩔하고, 정신이 나갔다 들어왔다 했다. 단단하게 뭉친 위장은 뱃속 여기저기를 주먹질하듯 치받았다. 식도경련이 온몸으로 번지면서 손가락, 발가락까지 비틀렸다. 배낭이 아니라 참기름을 짜는 기계 안에 들어앉은 것 같았다. 시간은 하염없이 느리게 흘렀다.

"어디서 내려드릴까. 여기서부터 시낸데."

한기준의 목소리가 흐릿해지는 의식을 뚫고 들어왔다. 기다리고 기다리던 말이었다. 민주는 대답했다.

"저 앞 버스정류장에서 내려주십쇼."

"이제 어디로 갈 거요?"

176

한기준이 물었다.

"서울로 가야죠."

그는 대답했다. 나는 카운트다운을 하고 있었다. 10, 9, 8……

차가 섰다. 배낭이 공중으로 붕 떴다. 빨리 출발하시라는 민주의 인사치레와 꼭 서울로 가라는 한기준의 대답이 들려왔다. 차 문이 닫히는 소리가 났다. ……3, 2, 1.

배낭 지퍼가 열렸다. 나는 저절로 턱이 벌어지는 걸 느꼈다. 목 밑에 꾹꾹 눌러둔 것이 폭발하듯 터져나왔다. 턱, 뺨, 콧구멍까지 펌프질을 해댔다. 눈꺼풀이 정신 못 차리게 떨렸다. 눈물이 줄줄 흘렀다.

언제부터인가 민주가 배낭 안으로 손을 밀어넣어 내 등을 문질러주고 있었다. 부드럽고 조심스러운 손길이었다. 배달 서비스의 일환인지, 순수한 호의인지는 구별되지 않았지만 정신을 차리게 해준 작은 친절이었다. 나는 고개를 들었다. 경련이 목 밑으로 조금씩 잦아들었다.

"다 끝났어?"

그가 내 머리 위로 고개를 숙이고 소곤소곤 물어왔다. 그의 눈은 내 눈에서 3센티 거리에 있었다. 서로 잘 모르는 사람들끼리 일반적으로 유지하는 거리는 아니었다. 내가 기억하는 한, 이 거리 안에 들어왔던 사람은 어머니와 예전 남자 친구뿐이었다. 나머지는 모두 인간 이외의 종이었다.

민주 역시 나를 인간 이외의 종으로 여기는 게 아닌가 싶었다. 접근 거리를 무람없이 좁혀도 물어뜯지 않을 동물 정도로. 어쩌면 당연한 일인지도 모른다. 인간은 시각에 지배되는 동물이고, 나는 지니의 몸을 하고 있으니. 덤으로 지나가는 사람들의 눈을 피할 수 있는 절묘한 자세이기도 했다. 사람들 눈엔 내가 보이지 않을 터였다. 대낮 거리 한복판에서 배낭을 붙들고 토하는 남자의 등만 보이겠지.

"아직 안 끝났어?"

민주가 재차 물었다. 나는 고개를 저었다.

'다 끝났어.'

"그럼 입 닦아."

그가 주머니에서 일회용 티슈 봉지를 꺼내 내밀었다. 딱 한 장이 남아 있었다. 나는 받아들고 입 주변을 닦았다.

"괜찮은 거지?"

하나도 괜찮지 않았다. 허리가 접질린 것처럼 욱신대고, 식도가 화상을 입은 듯 뜨겁고 쓰리고 목이 말랐지만, 나는 고개를 끄덕였다. 혓바닥에 들러붙은 찝찝한 뭔가는 그냥 삼켜버렸다. 물을 마시고 싶은 욕구도 삼켜버렸다. 물 사러 가는 시간이 아까웠다. 한시 바삐 내게로 돌아가고 싶었다.

"잠깐만."

그는 입고 있는 야상 밑단에서 품 조절용 줄을 잡아당겼다. 약 1.5미터쯤 돼 보이는 검은 나일론 줄이 뽑혀 나왔다.

"이걸로 신호를 정하자."

그는 줄 한쪽 끝을 내 손에 쥐어주었다. 다른 한쪽 끝은 자기 손에 쥐더니, 줄 당기기 게임을 하듯 가볍게 한 번 당겼다.

"한 번 당기면 YES, 두 번은 NO, 세 번은 SOS야."

내가 고개를 끄덕이자 이번엔 휴대전화를 주머니에서 꺼내 자기 귀에 댔다.

"내가 뭔가를 전달하고 싶을 땐 이걸로 할게. 누구랑 통화하는 것처럼."

재차 고개를 끄덕였다. 그는 배낭을 멨다. 헤드버클은 채우지 않고 허리띠와 가슴띠 버클만 채운 뒤 출발했다. 안정된 걸음으로 성큼성큼 걸었다. 한기준에게 얻어먹은 게 에너지 바가 아니라 마약이었나 싶었다. 아니면 자기 임무를 후딱 해치워버리고 싶어 엔진을 과잉 작동 중이거나. 후자라면 우리의 이해관계가 처음으로 일치한 셈이었다.

그의 걸음은 점점 빨라져 경보 속도가 됐다. 거침없이 방향을 바꾸고 길을 건넜다. 나는 걱정되기 시작했다. 길을 알고나 가는 것인지. 시내에 막 들어왔다면 터미널 근처일 텐데. 목을 좀 더 길게 빼서 정수리로 배낭 헤드를 밀어올렸다. 3센티 정도 벌어진 틈에 눈을 대고 바깥을 내다봤다.

정면에 차량이 오가는 4차선 도로가 내다보였다. 지지 하디드가 등장하는 백화점 광고판이 시야 왼편에, KFC 할아버지가 오른편에 있었다. 잠시 후엔 비둘기 떼가 점령한 야외 공연장과 물 없는 분수대가 나타났다. 민주는 터미널로 가고 있었다. 공중전화를 찾아가는 듯했다.

이유는 모르겠지만, 그는 지난밤 교통사고 신고자가 자신이라는 걸 숨기고 싶어 하는 눈치였다. 그렇지 않다면 공중전화를 찾을 필요도 없이 차 안에서 한기준에게 부탁했을 것이다. 사고 당사자들이 어디로 후송됐는지 조회해달라고. 아니, 애초에 거짓말을 하지 않았겠지. 산행 중에 길을 잃었다는 둥, 골짜기를 헤매다 새벽녘에 정자에 도착했다는 둥.

그는 공중전화 위치를 잘 알고 있었다. 터미널로 들어선 후 두리번대지 않고 한걸음에 전화 부스를 찾아갔다. 그가 119 상황실과 통화하는 사이, 나는 배낭 안으로 머리를 집어넣고 움직이지 않았다. 오만 가지 소리가 코앞을 오갔다. 지나가는 이들의 발소리, 대기석의 텔레비전 소리, 안내 방송 소리, 버스가 들어오고 나가는 소리, 그 밖에 정체 모를 소음.

통화 내용은 그가 터미널을 빠져나온 후에 알게 됐다. 약속한 대로 전화 통화용 말투를 써서 이렇게 전해주었다.

"이신아. 나 민주야. 새벽 2시 25분에 정주의료원 응급센터로 후송했대. 상태가 어땠는지 물어봤는데, 그건 잘 모르겠다네. 자세한 건 병원에 가서 직접 물어보래."

나는 조급증이 나서 줄을 세게 한 번 당겼다.

'알았으니까 빨리 가. 정주의료원이면 바로 근처야.'

"어딘지 알고 있으니 걱정 마. 119 상황실에서 가르쳐줬어."

말해놓고 그는 움직이지 않았다. 나는 더 세게 줄을 당겼다.

'뭐 해? 안 가고.'

"전화 끊는다."

해석하면, 지금 갈 테니 더 걸근대지 말라는 뜻이었다. 그는 배낭을 한 번 추스르더니 걷기 시작했다. 나는 배낭 헤드를 조금 들추고 열린 틈새에 눈을 댔다. 시선은 밖을 보고 있었지만 풍경 같은 건 눈에 들어오지 않았다. 머릿속이 거리보다 더 시끄러웠다. 심장이 로데오 경기에 나온 소처럼 날뛰고 있었다. 5분 거리가 50분 거리처럼 느껴졌다. 이 남자가 왜 더 빨리 걷지 않는지 불만스러웠다. 내 몸을 만나면 구체적으로 뭘 해야 할지 떠오르지 않아 막막했다. 병실이 아니라 영안실에서 나를 만날지도 모른다는 불안감으로 가슴이 터질 것 같았다.

나는 고개를 다시 배낭 안으로 집어넣었다. 덜덜 떨리는 숨을 소리 죽여 들이마셨다. 칭얼대는 내 안의 어린애를 감언이설로 달랬다. 나를 만나면, 그러니까 만나기만 하면, 아무 문제 없이 모든 것이 제자리로 돌아갈 거야. 그러니까 진정하고 기다려.

"이진아. 나, 병원 원무과 앞에 왔어. 이따 다시 전화할게."

그의 통화용 대사가 들려왔다. 나는 목을 길게 빼서 배낭 헤드를 들어

올리고, 바깥 소리에 귀를 기울였다. 직원인 듯한 여자의 목소리가 들려왔다.

"이진이 님은 2층 중앙수술실에 계시네요."

"아직 수술이 안 끝났나요?"

그가 물었다. 추가 질문이 못마땅한 듯 여자의 목소리가 퉁명스러워졌다.

"수술실 앞으로 가보세요. 전광판에 실시간으로 상황이 뜰 거예요."

그는 2층으로 가는 에스컬레이터에 올라서며 통화용 대사를 날렸다.

"도착하면 연락할 테니까 한숨 푹 자."

사람들 많은 데서 눈 내밀고 두리번대지 말라는 뜻이겠다. 나도 그럴 생각이었다. 에스컬레이터에서 마주 보이는 곳, 현관 회전문 위쪽에 시계처럼 걸려 있는 커다란 눈을 보지 않았다면 그리했을 것이다. 보려 해서 본 건 아니었다. 낚싯줄에 걸린 것처럼 눈이 휙 끌려가서 붙박여버렸다.

둥근 눈자위, 암갈색 공막, 까맣게 빛나는 눈동자, 열려 있는 동공. 지니의 눈이었다. 벌써 세 번째 나타나는 눈이었다. 사고의 순간, 나무 위에서 깨어나던 순간, 지금 이 순간. 동일한 과정이 되풀이됐다. 현기증이 일고 현실이 의식 밖으로 훌쩍 물러났다. 몸이 압착돼 실처럼 길어지는 느낌과 함께 열린 동공 속으로 빨려들어갔다. 어둠 속으로 속절없이 떨어져 내리며 의식을 잃었다.

눈을 떴을 때, 나는 나무 위에 있었다. 골짜기의 팽나무 위에서 깨어나기 전 꿈속으로 돌아온 느낌이었다. 내 얼굴을 3인칭 시점으로 봤던 그 이상한 꿈속으로. 그때와 같이 손가락 하나 내 뜻대로 움직여지지 않았다. 소리도 낼 수 없었다. 시선의 움직임도 제한돼 있었다. 지니의 시선이 닿는 곳, 지니의 눈에 보이는 것만 볼 수 있었다.

지니는 나뭇가지 두 개가 교차하는 곳에 엉덩이를 걸치고 앉아 있었다. 양손으로는 가지를 움켜쥐고, 다리는 밑으로 늘어뜨려서 발장난을 치듯 한닥한닥 흔들어댔다. 시야는 밝지도 어둡지도 않았다. 사방이 진회색 대기에 잠겨 있었으나 밤은 아니었다. 발아래, 사물을 분간할 정도의 빛이 있었다.

땅을 향해 일직선으로 뻗어내려간 거대한 나무둥치, 일정 거리를 두고 시야 밖으로 끝 간 데 없이 이어지는 거목들, 그 틈새에 뒤엉켜 자란 키 작은 나무들과 초록 덩굴, 숲을 뒤흔들며 내달리는 바람과 돌팔매처럼 날아드는 우악스러운 빗방울. 길도 없고, 사람도 없고, 사람의 흔적도 없었다. 움직이는 것조차 없었다. 먼지구름처럼 몰려다니는 잿빛 날벌레 떼 말고는.

이곳은 어디일까. 팽나무 숲은 분명 아니었다. 숲의 겉모습은 왐바와 비슷했으나, 왐바 역시 아니었다. 왐바보다 훨씬 더 깊은 원시림 같았다. 나무들은 거대할 뿐 아니라 사납고 공격적인 강기를 내뿜었다. 적의를 품은 태고의 존재들이 전방위에서 진을 이루며 자박자박 조여드는 형상이었다. 바람이 들이칠 때마다 나무들 사이에서는 웅, 하는 굉음이 되울렸다. 태초 이래 지속돼왔고, 영원히 지속될 듯한 풍경이었다. 제의적 위엄마저 풍기는 원시의 공간이었다. 어쩌면 수십만 년 동안 인류가 발을 디뎌보지 못한 밀림의 심장부일지도 몰랐다.

나는 원래의 질문으로 되돌아왔다. 그러니 이곳은 어디일까. 현실은 분명 아니었다. 지니의 머릿속 어느 차원이겠지. 좀 전에 던진 질문을 다음과 같이 바꿔봤다. 지니의 머릿속 층위에서 이 세계가 위치하는 곳은 어디인가. 꿈일까, 기억일까, 무의식의 심연일까. 아니면 상상 속 세계일까.

잿빛 새 한 마리가 적막을 깨뜨리며 시야 밖으로 빠져나갔다. 지니의 눈이 뒤를 따라갔다. 새가 사라진 지점, 아득히 높은 우듬지 너머에서 높고 날카로운 소리가 울리고 있었다. 새소리가 아니었다. 보노보의 소리였다. 여럿이었다. 대화를 나누듯 번갈아 내지르는 소리였다. 소리의 반향으로 추측할 때, 꽤 먼 곳에서 울리는 소리였다.

근처에 숲을 관통하는 보노보의 트랙이 있는 듯했다. 아니면 숲 가장자리를 에도는 경로가 있거나. 그들은 일생토록 일정한 궤도를 순환하며 살아가는 유목민이었다. 지니는 근처 트랙을 도는 무리 중 누군가의 딸일 것이다. 이곳은 지니가 나고 자란 고향이자 지니의 꿈, 혹은 기억이겠고. 이 세계의 시간대가 지니가 포획되기 직전이라면 열 살 이쪽저쪽이겠지.

보노보도 십대가 되면 인간처럼 질풍노도의 시기를 맞는다. 암컷 보노보는 이때부터 독립할 준비를 한다. 아들은 어미 곁에 평생토록 남지만, 딸은 입장이 다르다. 번식 가능한 시기가 되면 태어난 세상을 떠나 새로운 사회로 편입해야 한다.

왐바의 류는 어린 암컷에게 주어지는 이 과제가 근친상간을 막기 위한 관습일 거라 말했다. 다만 열 살이 되었다 해서 어느 날 갑자기 훌쩍 떠나는 건 아니었다. 무리에서 떨어져 홀로 시간을 보내다 집으로 돌아오는 오랜 '훈련기'를 거친다. 새로운 무리를 만나 정착하기도 하고, 정착에 실패해 본가로 되돌아오기도 하면서. 이 시기에 어미는 딸을 자못 냉정하게 대한다.

지니는 훈련기에 접어든 보노보였을 것이다. 그게 아니고는 이 외딴 숲의 드높은 나뭇가지에 홀로 앉아 있는 이유가 설명되지 않는다. 지금 들려오는 저 보노보들의 소리는 근처에 흩어져 있을 무리를 찾는 신호였다. 신호 안에는 지니를 부르는 어미의 목소리가 있을지도 몰랐다. 어디 있니. 폭풍우가 올 것 같으니 어서 집으로 돌아오너라.

나는 지니의 입에서 터져나오는 일성을 들었다. 부름에 답하는 소리였다. 나 여기 있어요. 혹은, 지금 갈게요.

지니의 몸이 나무둥치를 미끄러지기 시작했다. 이끼로 뒤덮인 나무뿌리에 내려서자 천둥이 우르릉 울었다. 번개는 대기 곳곳에 불을 놓았다. 빗줄기가 천지사방에서 눈보라처럼 휘몰아들었다. 전 방위에서 습격해온 바람이 난폭한 기세로 나무들을 들이받았다. 숲 전체가 몸을 세우고 팔을 뻗지르며 포효하는 형세였다.

지니는 달리기 시작했다. 대지는 이미 황톳빛 물막으로 뒤덮여 있었다. 한 발짝 내디딜 때마다 지니의 발밑에선 물보라가 일었다. 온몸으로 쇠꼬챙이 같은 빗줄기가 내리꽂혔다. 지니는 가속을 붙이고 있었다. 그러니까, 그렇다고 추측했다는 것이다.

나는 지니의 모습을 온전하게 볼 수 없었다. 사지나 몸통의 일부만 순간순간 시야로 뛰어들어왔다. 근육의 움직임도 인지하지 못했다. 귀뺨을 스쳐가는 풍경들의 속도감으로 점점 빨리 내닫고 있다는 걸 알아차렸을 뿐. 이 경우, 내 위치는 주인공 시점이라는 이름을 갖지 않을 것이다. 굳이 정의하자면 주인공의 머리 위에 올라앉은 파리의 시점이었다.

시점이 선명해지자 나머지도 선명해졌다. 의심했던 대로, 나는 지니의 유일한 심리적 존재가 아니었다. 지니의 자리를 대체한 것도 아니었다. 나와 지니는 하나의 몸에 혼재하는 두 개의 영혼이었다. 더 냉정하게 말하자면, 나는 침입자였다.

무엇이 지니를 깨웠는지는 모르겠으나 지니는 눈뜨는 순간 침입자를 감지했을 것이다. 침입자가 자기 몸을 무단으로 사용하고 있다는 것도 알았겠지. 지금의 이 세계는 차 안에서 던졌던 내 질문에 대한 지니의 답이었다. 지니가 내 존재를 알아차렸을 때 무슨 일이 일어날까,라는 질문.

지니는 잠들어 있던 마술 램프에서 뛰쳐나왔고 나는 지니의 램프에 갇혔다.

이제야 알아차린바, 내가 램프에 갇힌 건 처음이 아니었다. 이번이 두 번째였다. 팽나무 숲에서 깨어나기 전에 꾸었던 이상한 꿈이 첫 번째였을 것이다. 그땐 지니의 존재를 전혀 인식하지 못했다. 그러니 왜 내가 내 모습을 볼 수 있는지 몰랐겠지.

반면 이번엔 지니의 존재를 명확하게 인식하고 있었다. 이것을 발전이라고 해야 할지, 변화라고 해야 할지는 모르겠지만.

덤으로 이 세계의 규칙도 알아차렸다. 램프는 지니의 기억 속 세상이자, 지나간 시간의 세계였다. 이곳에서 지니는 온전히 지니 자신의 것이었다. 지금 보이는 것, 들리는 것 모두 일방적으로 입력되는 정보였다. 나는 지니의 머릿속 극장에서 상영되는 영화를 보고 있는 셈이었다. 당연히 지니에게 어떤 영향도 미칠 수 없었다. 시선조차 내 뜻대로 움직일 수 없다는 게 그 근거였다.

또한, 지니의 의식에 의해 편집된 세계이기도 할 것이다. 따라서 이 세계의 시계와 바깥 세계의 시계는 일치하지 않는다고 봐야 했다. 이곳의 1분이 바깥의 한 시간일 수도 있었다. 아니면 그 반대거나. 그렇다면 지금, 민주는 수술실 앞에 가 있을까. 나 대신 바깥세상으로 나간 지니는 뭘 하고 있을까.

발을 구르고 싶었다. 지니가 하면 뭘 하겠는가. 엉덩이를 걷어차인 고양이처럼 발톱을 세우고 펄펄 뛰고 있겠지. 내가 지니라면 나를 배낭에 가둔 민주부터 분이 풀릴 때까지 패줄 것이다. 행패를 부리는 곳이 수술실이라면 일은 걷잡을 수 없이 커지겠지. 대기하던 사람들과 직원들이 둘을 에워쌀 것이고, 지니를 잡으려고 경찰차와 119 구조대가 달려올 것이며……

혹시나 해서 귀를 기울여봤다. 민주의 비명이 들리는지, 지니의 분노에 찬 새소리가 들리는지, 사람들의 고함 소리나 경찰 혹은 119 구급차의 사이렌 소리가 들리는지. 어떤 소리도 들리지 않았다. 어떤 기미조차 포착되지 않았다. 들리는 거라곤 램프를 뒤흔드는 폭풍의 소음뿐이었다. 천둥소리, 질주하는 지니의 거친 숨소리, 젖은 땅을 박차고 뛰는 발소리. 나는 고함을 질러봤다.

'김민주, 내 말 들려?'

소리는 머릿속에서만 메아리쳤다. 외부 세계와의 교신이 완전히 차단된 것 같았다. 지니의 램프에서 자력으로 벗어날 길이 없어 보였다. 벗어나지 못한다면 내 몸으로 돌아갈 방법도 없었다. 이는 귀환 계획의 오차 범위를 넘어서는 중대한 사고였다.

그러니 어찌해야 할까. 생각보다 원망이 앞섰다. 지니에게 묻고 싶었다. 왜 지금인지, 왜 하필 수술실로 가는 길목에서 깨어나 나를 제 램프에다 가둬버렸는지. 조금만 늦게 왔어도 피차 좋았지 않겠는가. 수술이 끝나면, 나를 만나기만 하면, 모든 걸 원위치시킬 수 있는데. 내가 깨어난다면 지니를 떠나온 곳으로 돌려보낼 수 있도록 모든 힘을 다할 텐데.

지니는 나무들 사이를 빠져나가 수풀 지대로 들어섰다. 옥수수처럼 길게 자라난 풀잎들이 바람 속에서 일제히 드러눕고 있었다. 머리 위에선 천둥이 본격적으로 세상을 흔들고 있었다. 번개가 번득일 때마다 먹빛 하늘은 새파란 불을 켰다. 낙뢰의 섬광이 창끝처럼 대지에 내리찍혔다.

지니는 수풀 지대를 지나 키 작은 나무와 덩굴이 뒤엉킨 초목 군락지까지 한달음에 내달았다. 군락지 끝에선 다시 숲이 시작되고 있었다. 그 경계 지대로 벼락에 얻어맞은 거목이 검은 연기를 내뿜으며 쓰러졌다. 숲 너머의 존재는 끈질기게 지니를 부르고 있었다. 길을 잃었거들랑 이 부름을 붙들고 찾아오라는 것처럼.

지니는 쓰러져 불타는 나무 옆을 지나 숲으로 뛰어들었다. 촘촘하게 대오를 이룬 거대한 나무들 사이를 지그재그로 통과해 덩굴로 뒤덮인 비탈을 엉덩이로 미끄러져 내려갔다. 발이 멈춘 곳엔 물길이 버티고 있었다. 강처럼 큰 물길은 아니었으나 뛰어넘기엔 너무 너른 물길이었다. 지니가 이곳을 건너올 땐 크고 작은 바위들이 수면 위로 드러나 있을 것이다. 그걸 징검돌 삼아 뛰어넘었을 테고.

지금은 아무것도 없었다. 너울처럼 일어서고 엎드리는 물결 위로 가랑잎과 덩굴, 부러진 나뭇가지, 뿌리째 뽑힌 작은 나무들만 빠르게 떠내려가고 있었다. 휘도는 급류는 물길 가장자리의 흙과 바위를 파내고 쓸어버리며 맹렬하게 폭을 넓혀가는 중이었다.

내 경험인바, 열대우림에선 매일같이 비가 온다. 대개 아침나절이고 한 시간쯤 내리다 그치게 마련이었다. 지금의 폭우는 그런 일상성 비가 아니었다. 자연이 대지에 퍼붓는 대공습에 가까웠다. 빗줄기는 폭격하듯 쏟아지고, 주변은 밤처럼 어두워지고, 번개의 섬광이 하늘을 가르고, 천둥은 쉼 없이 울었다. 물길 너머에선 쿵쿵 소리가 울리고 있었다. 낙뢰에 얻어맞은 거목들이 쓰러지는 소리였다.

지니는 검은 흙더미가 무너져내리는 물가를 바쁘게 오갔다. 발을 구르고 소리를 질렀다. 무리의 부름에 애가 타고, 물길을 건널 수 없어 성이 난 기색이었다. 나는 그 소리가 내 머릿속에서 울리는 듯한 착각에 빠졌다. 지니의 몸을 두들기며 발칵발칵 뛰는 맥박 소리가 들리는 듯했다. 지니의 머릿속을 잿빛으로 마비시키는 두려움의 안개를 상상할 수 있었다. 눈자위로 차오르는 눈물의 뜨거운 질감까지 느껴지는 듯했다.

지니의 소리는 물길을 건너가서 어미의 귀에 닿은 것 같았다. 응답하는 소리와 함께 숲속에서 보노보 한 마리가 튀어나왔다. 아니, 둘이었다. 귀 위쪽 머리만 하얗게 센 보노보의 등에 축구공만 한 새끼가 매달려 있었다. 상대를 먼저 발견한 쪽은 지니였다. 나 여기 있어요, 하듯 지니는 비명을 터트렸다. 비명은 천둥소리를 가르고 물길을 넘어갔다. 숲에서 나온 보노보는 곧장 물가로 달려왔다.

모녀는 물길을 사이에 두고 만났다. 상대를 바라보며 물가를 위태롭게 오가고, 시끄러운 대화를 주고받고, 상대를 향해 손을 뻗었으나 만날 길이 없었다. 그들 사이로 두 배쯤 커지고 빨라진 물살이 백상아리처럼 돌진해오고 있었다. 지니가 발 디딘 곳은 급류의 이빨에 뭉텅이로 뜯겨나갔다. 지니는 소스라쳐서 튕겨오르듯 뒤로 물러섰다. 어미는 숲을 향해 돌아서서 소리치고 발을 굴렀다. 도움을 요청하는 몸짓이었다. 무리를 호출하는 신호였다.

무리는 나타나지 않았다. 빗줄기는 점점 거세어지고 있었다. 물길의 수위는 삽시에 높아졌다. 폭은 강처럼 넓어졌다. 모녀는 물가를 떠나지 않았다. 각자 물러서서 기다리면 될 것을 애면글면 발을 구르고 물가를 오락가락하며 고함을 질렀다.

결국 올 것이 왔다. 구릉처럼 보이는 높다란 상류로부터 거대한 너울이 납빛 물보라를 내뿜으며 쇄도해왔다. 그것이 지니에게 도달하는 데는 1초도 걸리지 않을 것 같았다. 나는 이곳의 시간대가 과거라는 걸 잠시 잊어버렸다. 내가 아무것도 할 수 없다는 사실마저 망각해버렸다. 지니의 덜미를 낚아채는 심정으로 고함을 질렀다.

'지니, 나무로 올라가. 당장.'

내 말이 가닿은 것처럼, 지니는 물가의 나무를 향해 몸을 솟구쳤다. 동시에 거대한 물 벽이 흙더미와 바위와 나무들을 휘둘러 쓸어버리면서 몸을 세우고 덮쳐왔다. 지니가 올라탄 나무도 사나운 물의 완력을 피해 가지 못했다. 표토에 들러붙은 풀뿌리 마냥 매가리 없이 뿌리가 뽑혀나갔다. 지니는 나뭇가지에 매달린 채 파도를 타고 둥실 떠올랐다가 수면 아래로 곤두박질쳤다. 어둠이 세상을 삼켰다.

전생에 무슨 죄를 지었는지 모를 일이었다. 몇 시간인지 몇 날인지 모를 어둠 속을 통과하고도, 나는 여전히 지니의 램프에 갇혀 있었다. 도착한 곳은 어느 강가였다. 지니는 나뭇가지 사이에 몸이 걸린 채 수풀로 뒤덮인 습지에 드러누워 있었다. 납작하게 꺼진 지니의 콧방울 위에선 드론만 한 모기들이 떼로 몰려 앵앵거렸다.

나무에서 빠져나와야 하건만, 지니는 눈만 껌벅이며 움직이지 않았다. 나는 지니가 불안해한다는 걸 알아차렸다. 어떻게 알았는지는 잘 모르겠다. 눈뜨기 전까지와 달리 감정이 메시지처럼 전달된다는 것만 느꼈을 뿐. 지니는 목 주머니를 공명시키며 긴 새소리를 토해냈다. 무리를 부르는 소리 같았다.

답신을 보내듯 정수리 너머에서 발소리가 울리고 있었다. 살금살금 다가오는 소리였다. 하나가 아니었다. 여럿이었다. 지니는 발소리에서 불길한 적의를 감지한 것 같았다. 벌떡 몸을 일으켜서 나뭇가지에서 빠져나왔다. 질퍽한 땅에 발을 딛고 서자 도도하게 흐르는 강물이 정면에 나타났다. 돌아서자 빽빽하게 엉킨 맹그로브 숲이 앞을 가로막았다. 눈에 보이지는 않았으나 분명 무언가 그곳에 있었다.

지니는 이제 불안과 두려움을 동시에 느끼고 있었다. 귀를 바짝 세우고 사방을 두리번거리기 시작했다. 오른쪽을 보면 왼쪽의 발소리들이 삽시에 가까워졌고, 왼편을 돌아보면 오른편 숲에서 발소리가 들려왔다. 뒷걸음질로 한 발짝 물러나자 미끄덩한 진흙 바닥으로 발이 빠져들어갔다. 강물은 단숨에 종아리 위까지 차올랐다.

지니는 움직임을 멈췄다. 더 물러설 곳이 없었다. 나아갈 곳도 없었다. 뒤에는 강물이 흐르고, 앞에서는 정체 모를 발소리들이 거리를 좁히며 다가들고 있었다. 자박자박, 자박자박⋯⋯.

7장
민주

"이진이, 지금 막 에스컬레이터에서 내렸어."

나는 휴대전화로 동선의 변화를 알려주었다.

"이제 수술실로 갈 거야."

진이는 반응이 없었다. 줄을 당기지도, 몸을 꿈틀거리지도 않았다. 배낭 헤드를 들었다 났다 하는 기색도 없었다. 에스컬레이터를 탈 때만 해도 밖을 내다보려고 안달복달이더니. 갑작스러운 변화가 신경 쓰여 한 번 더 말을 걸었다.

"전화가 잘 안 들리는 거야?"

여전히 반응이 없었다. 그제야 알아차린 건데, 배낭이 엉덩이 밑으로 처져 있었다. 어쩐지, 잠든 어린애를 등에 업은 것처럼 무겁더라니. 나는 손에 쥔 줄을 슬쩍 당겨봤다. 줄은 맥없이 빠져나와 바닥에 축 늘어졌다. 이상하다 싶었으나 확인할 마음은 없었다. 1초에 한 번꼴로 사람들이 오가는 길목에서 배낭을 내리고, 열고, 들여다봐야 할 만큼 심각하게 이상하진 않았으므로. 대신 스스로 대화의 빈칸을 채웠다. 다 들리니까 네 할 일이나 해.

"그러지, 뭐."

나는 휴대전화와 줄을 야상 주머니에 담았다. 내가 어디로 가고 있는지는 이미 알고 있을 것이다. 밤을 새우고 날이 밝아 정오가 되도록 다정한 그녀가 수술대에 누워 있다는 것도. 심란하겠지. 배달꾼인 나도 그런데, 하물며 당사자야…….

물론 뜻밖의 상황은 아니었다. 충분히 예상한 상황이었다. 차창을 뚫고 날아가 비탈에 추락했는데 멀쩡하다면 그게 더 이상할 일이겠지. 그런데도 사실로 확인되자 답답한 심정이 됐다. 물웅덩이에 발을 빠뜨린 기분이었다. 일이 성가시게 돼가네, 싶었다.

일단 수술이 끝날 때까지 기약 없이 기다려야 할 테다. 수술이 끝나더라도 다정한 그녀에게 접근하는 게 쉽지 않아 보였다. 이 정도로 긴 수술을 받았다면 일반 병실로 곧장 돌아가지는 않을 테니까. 중환자실이나 격리실로 갈 공산이 컸다. 면회 제한이 있을 것이고. 만약 면회를 하려다 직장 동료라도 마주친다면 그땐 어째야 하는 걸까. 그냥 물러나야 할까, 동료가 있든 말든 그녀를 꺼내줘야 할까.

머리가 지끈지끈했다. 내 꼴이 한심스러웠다. 사람도 아닌 보노보 말발에 휘둘려 여기까지 오다니. 머리 한구석에선 불길한 직감이 몽글몽글 피어올랐다. 성가신 걸 넘어 책임질 수 없는 일에 말려든 것 같았다. 그렇다고 이제 와 몸을 뺄 수도 없는 노릇이었다. 배낭을 쓰레기통에 버리고 튀는 방법도 있었으나 그건 외통수에 몰렸을 때나 쓸 만한 수였다.

나는 2층 로비의 안내데스크 앞에서 발을 멈췄다. 양옆으로 긴 복도가 있었다. 왼쪽 복도 입구에 중환자실 표지판이 붙어 있었다. 중앙수술실은 반대편이었다. 나는 우향우 해서 수술실 복도로 들어섰다.

중앙수술실 앞은 로비보다 더 소란스러웠다. '정숙'을 요구하는 안내
문 밑에서 싸움박질을 하듯 목청을 높이는 사람, 복도 양편 벤치에 앉아
옆 사람과 수다를 떠는 사람, 통제구역이라 쓰인 수술실 문 앞에서 휴대
전화로 조잘대는 사람, 복도를 가로막고 둥글게 모여 서서 떠드는 무리,
초록색 수술복 차림의 직원에게 귀까지 벌게져서 뭔가를 따지는 남자.
보이지 않는 어딘가에선 갓난아이가 자지러졌다.

그들 중 누구도 내게 관심을 갖지 않았다. 중국집 철가방만 한 배낭이
나 흙투성이 운동화를 눈여겨보는 이도 없었다. 나로서는 정숙하지 않은
이 분위기가 고마웠다. 임무 완수 이후를 계산하면 더욱 그랬다. 어느 누
구에게도 '지니를 업고 온 남자'로 기억되고 싶지 않았으니까.

나는 중년 남녀가 나란히 앉아 있는 벤치 옆으로 가서 섰다. 때마침 수
술실 문이 열리면서 초록색 수술복을 입은 간호사가 김 모 씨 보호자를
찾았다. 벤치의 중년 남녀가 네, 하고 일어나 달려갔다. 수술실 안에선
수술복 차림의 직원이 이동 침대를 끌고 나왔다. 침대에 젊은 남자가 누
워 있었다.

나는 중년 남녀가 있던 자리에 엉덩이를 내려놓았다. 배낭은 내려서
벤치 밑으로 밀어넣었다. 그녀는 여전히 축 늘어져 있었다. 보고하는 의
미에서, 엎드린 채로 휴대전화를 꺼내 귀에 댔다.

"나 민주야, 수술실 앞에 왔어."

고개를 들자 맞은편 벤치에 앉아 휴대전화를 들여다보는 여자가 눈에
들어왔다. 갈색 셔츠, 청바지, 검은 운동화 차림이었다. 침팬지관에서 봤
던 다정한 그녀의 옷차림새와 비슷했다. 긴 머리를 야무지게 틀어올리고
있다는 것만 다를 뿐. 나는 실눈을 떠서 갈색 셔츠의 가슴팍을 살폈다.
조그맣게 프린트된 문구를 읽을 수 있었다.

누구일까. 다정한 그녀의 동료 같은데. 그녀의 머리채를 잡아 뜯었다는 홍유미인가. 그러기엔 너무나 친절한 인상인데. 후배라기엔 나이도 들어 보이고.

시선을 느낀 듯 '친절한 동료'가 고개를 들었다. 나는 지레 움찔해서 친절한 동료의 머리 위로 시선을 옮겼다. 고맙게도 그곳에 전광판이 붙어 있었다. 막 화면이 바뀌는 중이었다. 이름 여섯 개가 동시에 떴다. 최 모 씨는 '대기 중', 황 모 씨는 '수술 중'.

화면이 한 번 더 바뀌었다. 원하는 이름이 등장했다.

이진이 / 여 / 35 / 신경외과 / 8R / 수술 후 회복 중

신경외과라면 뇌수술을 받았다는 의미인가. 아니면 목이나 허리 쪽을 다쳤다는 뜻인가. 수술 후 회복 중이라면 의식이 깨어났다는 얘기인가, 단순히 수술이 끝났다는 의미인가. 나는 스스로 답을 찾아냈다. 회복이란 본래의 상태를 되찾는다는 뜻 아니겠는가. 그렇다면 이동 침대에 실려 나올 다음 환자는 다정한 그녀가 아닐까.

나는 운동화 끈을 고쳐 매는 척하며 벤치 밑을 들여다봤다. 배낭은 놓아둔 형체 그대로 얌전하게 놓여 있었다. 움직이는 낌새도 없고, 소리도 나지 않았다. 그렇든 어떻든 실시간 보고를 해야 한다는 의무감으로 휴대전화를 꺼냈다.

"나 민준데, 수술 잘 끝났대. 지금 회복 중이라니까 조금만 더 기다리면……"

기다릴 필요가 없었다. 수술실 문이 열리더니 좀 전의 간호사가 얼굴을 내밀고 소리쳤다.

"이진이 씨 보호자분."

"네" 하며 친절한 동료가 몸을 일으켰다. 나는 고개를 숙인 채로 턱만 틀어서 성큼성큼 걸어가는 친절한 동료의 뒷모습을 지켜봤다. 그들은 수술실 문 앞에서 만났다. 간호사는 뭐라 말하더니 수술실 안으로 사라졌다. 친절한 동료는 수술실 문 앞에 우두커니 서 있었다. 누군가를 기다리는 기색이었다.

"가만있어. 곧 돌아올게."

나는 휴대전화를 쥔 채로 자리에서 일어났다. 접근을 알아차리지 못하도록 사람들 사이에 섞여 친절한 동료 뒤로 다가갔다. 수술실로부터 네댓 발짝 거리까지 접근했을 때, 다시 수술실 문이 열렸다. 나온 사람은 간호사가 아니었다. 다정한 그녀를 실은 이동 침대도 아니었다. 온몸으로 피곤한 기운을 발산하는 수술복 차림의 남자였다. 수술을 집도한 의사가 아닌가 싶었다. 친절한 동료가 '선생님'이라 부르며 다가선 걸로 봐서.

"이진이 씨 가족 되시죠?"

피곤한 선생님이 물었다. 친절한 동료가 대답했다.

"아뇨. 직장 동료예요."

"그럼 가족이 온 다음에 얘기합시다."

피곤한 선생님은 퉁을 주듯 대꾸하며 돌아섰다. 금방이라도 들어가버릴 기세였다.

"이진이 씨는 가족이 없어요."

친절한 동료가 다급하게 피곤한 선생님을 불러 세웠다.

"현재로썬 연락이 닿는 친척도 없고요."

나는 걸음을 멈추고 휴대선화를 들여다보는 척했다. 그늘과 나 사이에 한 남자가 끼어 있었으나, 엿듣는 데는 불편함이 없었다.

"제가 보호자나 다름없어요. 새벽에도 제가 왔고, 입원 수속도 제가 했으니까요."

친절한 동료는 덧붙여 물었다.

"이진이 씨 상태는 어떤가요? 깨어났나요?"

잠시 쓸데없는 생각을 해봤다. 만약 내가 피곤한 선생님을 만났다면 나를 뭐라고 소개했을까. 이진이 씨에게 중요한 것을 전달하러 온 택배 기사라고? 그러니 내게 이진이 씨의 상태를 알려달라고?

"상황이 좋지 않습니다."

마침내, 피곤한 선생님이 입을 열었다.

"응급센터에 도착할 당시, 다발성 두개골 골절과 급성 경막하출혈, 뇌실질 좌상과 파열 소견이 있었습니다. 바로 응급수술에 들어가 혈종을 제거하고 감압성 개두술을 시행했고요. 아홉 시간 동안 우리가 할 수 있는 일은 다 했습니다."

이 어려운 한국말을 친절한 동료는 척척 알아듣는 눈치였다. 심각한 표정으로 그렇군요, 하듯 고개를 끄덕이고 있었다.

"아직 버티고는 있습니다만, 기적을 기대할 상황은 아닙니다."

피곤한 선생님은 수술실 문 쪽으로 몸을 돌리면서 한마디 덧붙였다.

"준비해두시는 게 좋을 것 같습니다."

기적, 준비……. 두 개의 단어가 반향음처럼 귓속을 맴돌았다. '할 수 있는 일을 다 했다'는 대사와 조합하자 이런 해석이 나왔다.

수술은 잘되었으나 환자는 반송장입니다.

정자를 출발하기 전에 나는 진이에게 물었어야 했다. 만약 네 몸이 죽었다면, 그땐 어떡할 거냐고. 그때 묻지 않았으므로 대답은 내가 해야 했다. 나는 갈 곳 없는 보노보를 떠안게 될지도 몰랐다. 그것도 경찰과 119 구조대가 대대적으로 찾고 있는 문제적 보노보를. 만약 그들에게 넘겨주려면 납득 가능한 해명부터 궁리해둬야 할 것이다. '길에서 주웠다'고 할 수는 없을 테니까. 쓰레기통에 버리려면 지금이 적기였다. 소리도, 움직임도 없는 지금. 보채지 않고 얌전한 지금.

등 뒤에서 아이쿠, 하는 소리가 울렸다. 연달아서 높고 날카로운 비명이 들려왔다. 몸을 흠칫하게 만드는 비명이었다. 단언컨대 사람의 비명이 아니었다. 새소리 같기도 하고, 강아지가 울부짖는 소리 같기도 했다. 불길한 예감을 불러일으키는 소리였다. 설마…….

나는 뒤를 돌아봤다. 돌아본 자세 그대로 얼어붙어버렸다. 내가 앉아 있던 벤치에 진이가 올라서 있었다. 주먹을 틀어쥐고, 벤치 밑을 향해 혼신의 힘으로 비명을 내지르는 중이었다. 벤치 밑엔 지니만큼이나 자그마한 할머니가 벌렁 나자빠져 있었다. 장면만으로는 앞뒤 상황을 짐작하기 어려웠다. 할머니가 그녀의 등장에 지레 놀라 넘어진 것인지, 그녀에게 걷어차여서 나가떨어진 것인지. 근처에 있던 이들은 멀찌감치 물러나 있었다. 할머니를 보호하거나 일으켜 세우려는 용사는 없었다.

"할머니, 움직이지 마세요."

용사는 내 뒤에서 나타났다.

"그대로, 가만히 계세요."

친절한 동료가 나를 밀치고 앞으로 나섰다.

"저는 영장류센터 수의사예요. 모두 조용히 하세요. 움직이지도 말고요."

친절한 동료의 발언에 권위가 실리는 순간이었다. 사람들은 움직이지도 않고, 소리를 내지도 않았다. 술렁대던 수술실 복도는 일시에 고요해졌다. 할머니는 나자빠진 자세 그대로 친절한 동료가 다가오는 길 바라봤다. 나는 기억을 더듬어 친절한 동료의 정체를 추출해냈다. 그녀가 말해준 동료 중, 수의사는 박 선생밖에 없었다.

"괜찮아, 아가. 겁내지 마."

박 선생은 등을 굽혀 몸을 낮추고 진이 쪽으로 다가서며 말을 걸었다. 오리걸음으로 그녀 앞을 통과하며 워워, 하듯 양쪽 손바닥을 펴 보였다. 할머니 옆으로 다가서면서 그녀를 향해 친밀하게 속삭거렸다.

"가만있어, 아가. 착하지."

'아가'라는 호칭에 속이 거북했을까, 아니면 '착하지'라는 말에 비위가 틀어진 걸까. 진이는 꼭지가 돌아버렸다. 입술을 귀 밑까지 찢어 이빨을 모조리 드러내더니 창날 같은 소리를 내뿜으며 벤치를 박차고 날아올랐다. 나는 시간의 마술에 걸렸다. 1분 같은 1초가 지나갔다. 가시거리 안의 모든 움직임이 정지 화면처럼 하나하나 분리돼 시야에 잡혔다.

손처럼 기다란 그녀의 한쪽 발이 박 선생의 정수리에 착지하고, 박 선생의 목이 어깨뼈 속으로 말뚝처럼 들이박히면서 몸이 뒤로 넘어가고, 그녀는 박 선생의 머리통을 발가락으로 움켜쥐었다가 밀어뜨리듯 도약해서 사람들 너머로 뛰어내리고, 박 선생이 머리를 감싸 쥐며 복도 바닥으로 나뒹굴자 할머니는 바닥에 나자빠진 채로 팔을 들어 얼굴을 가리고, 뒤쪽에서 구경하던 사람들은 새떼처럼 흩어졌다.

나는 멍청이처럼 입을 벌리고 서 있었다. 로비를 향해 내달아버리는 그녀를 자책하며 바라봤다. 왜 몰랐을까. 아니, 왜 잊어버렸을까. 그렇게 두들겨 맞았으면 늘 기억하고 있었어야 했다. 저 보노보가 진이든 지니든 간에, 언제라도, 어디서라도, 개판 칠 천성을 갖고 있다는 것을.

그녀는 로비 한중간에서 사라져버렸다. 어디로 사라졌는지는 대충 짐작이 갔다. 1층 로비였다. 함성에 가까운 비명과 비상벨과 호루라기 소리가 급류를 타고 있었다. 그사이 박 선생은 정신을 차린 것 같았다. 몸을 일으키고 앉더니 할머니에게 안부를 물었다.

"괜찮으세요?"

할머니는 얼굴에서 손을 떼더니 귀엣말을 하듯 되물었다.

"그거 갔어요?"

수술실 문이 열린 건 바로 그때였다. 남자 직원이 이동 침대를 끌고 밖으로 나왔다. 앰부백을 쥔 젊은 선생이 덤으로 붙어 나왔다. 머리에 붕대를 감고, 목에 기관지 튜브를 꽂고, 링거 주머니를 주렁주렁 매단 다정한 그녀는 두 호위병과 함께 내 앞을 통과해 지나갔다.

나는 멀어지는 그녀를 마냥 바라보고 서 있었다. 퉁퉁 부어오른 데다 암청색 피멍으로 뒤덮인 다정한 그녀의 감은 눈이 잔상으로 남았다. 침팬지관에서 마주쳤던 다정한 그녀의 눈이 그 위로 겹쳐졌다.

이제 와 드는 생각이지만, 다정한 그녀의 눈은 35년이라는 생물학적 시간과 일치하지 않았다. 그보다 훨씬 어른스러운 눈이었다. 삶에 단련된 자 특유의 무덤덤한 눈이었다. 나로서는 일흔 살이 돼도 가질 수 없을 것 같은 단단한 눈이었다. 다정한 그녀 앞에서 주눅이 들었던 건 그 때문이었을지도 모르겠다. 강철처럼 검푸르던 그 눈을 다시 볼 수 있을까 생각하자 등허리 밑으로 이상한 한기가 퍼졌다. 해병대 할아버지를 발견했을 때 느낀 한기, 고갯길 위에서 그녀의 스승이 정신을 놔버렸을 때 느꼈던 바로 그 한기.

"중환자실로 옮기는 건가요?"

박 선생이 이동 침대 옆으로 다가서며 묻고 있었다. 젊은 선생은 앰부

백을 짜면서 "네" 했다.

"보호자가 따라가야 하나요?"

젊은 선생은 비로소 고개를 들어 박 선생을 봤다.

"설명할 게 있으니까 중환자실 앞에서 기다리세요."

이동 침대는 중환자실을 향해 멀어졌다. 박 선생은 휴대전화를 꺼냈다. 119나 경찰에 신고를 하는 모양새였다. 자기 신분을 밝히고, 정주의료원에 탈출한 보노보가 있다는 소식을 전하면서 복도를 빠져나갔다. 스스로 밝힌 이름이 가명이 아니라면 박 선생이 맞았다.

아래층은 점점 더 소란스러워지고 있었다. 무언가가 박살 나는 소리, 육중한 것이 엎어지는 소리, 사람들의 고함 소리…… 잠시 나가 있던 제정신이 돌아왔다. 나는 눈을 깜박거려 다정한 그녀의 잔상을 털어버렸다. 벤치로 가서 배낭을 끌어냈다. 매미 허물을 보는 것 같았다.

나는 복도를 빠져나갔다. 그때까지도 뭘 어쩌겠다는 생각은 없었다. 몸이 저 알아서 움직였을 뿐. 100미터 달리기를 하듯 데스크까지 질주한 후 에스컬레이터 위를 건중건중 뛰어 내려갔다. 1층에 도착하자 이번에도 몸이 저 알아서 멈춰 섰다.

검은 폭격기가 로비 안을 비행하고 있었다. 로비 중앙 안내 센터에서 원무과 카운터로, 환자 대기석으로, 자동판매기 위로, 커피숍 카운터로, 빵 가게 진열장 위로, 휴게실 테이블로. 그녀의 손과 발에 닿는 것마다 쓰러지고, 엎어지고, 박살이 났다. 청원경찰과 경비원들은 그녀의 뒤를 허깨비처럼 쫓아다녔다.

나는 사람들 틈에 끼어 그녀의 움직임을 지켜봤다. 복도를 뚫고 나가려다가 길목을 지키던 직원에게 내쫓겨 되돌아왔다. 로비 출입문으로 날아갔다가 청원경찰과 맞닥뜨리자 원무과 카운터로 회항했다. 빵 가게 쪽 창문을 열어보려다 경비원들이 다가서자 커피머신을 집어 들어 내던졌다. 사람들이 가까이 다가들면 주먹을 틀어쥐고 이빨을 드러내며 새소리를 내질렀다.

막무가내 난동이 아니었다. 패턴이 있었다. 목적이 또렷해 보이는 움직임이었다. 병원을 탈출하려는 시도로 보였다. 로비의 난장판은 원인이라기보다 상황에 대처한 결과일 것이다.

도무지 이해되지 않았다. 그토록 자기 몸이 있는 곳으로 오고 싶어 했으면서 왜 저럴까. 마침내 그곳에 다다른 마당에 이 무슨 변덕일까. 결승점을 눈앞에 두고 스스로 판을 깨는 이유가 뭘까. 답을 알 길이 없었으나 현상만큼은 분명하게 읽혔다. 그녀의 몸에서 '아드레날린 러시'라는 화학교향곡이 연주되고 있다는 것. 그것도 미친 속도감과 강렬한 불협화음이 대충돌을 일으키는 절정부였다.

나로서는 그녀의 폭주를 멈춰 세울 엄두가 나지 않았다. 멈춰 세우려면, 먼저 그녀를 진정시켜야 할 것이다. 진정을 시키려면 대화를 나눠야 하고, 대화를 하려면 그녀가 '제정신'이라는 조건이 전제돼야 했다. 지금의 그녀는 어떤 방식으로 해석해도 제정신으로 보기 어려웠다.

도망칠 수 있도록 도울 마음 역시 들지 않았다. 누가 저 폭격기를 끌고 왔는지 공공연하게 광고하는 꼴이 될 테니까. 가장 좋은 해법은 뛰는 것이었다. 나 홀로, 119 구조대가 도착하기 전에, 가능한 멀리.

사람들은 겹겹의 밀착 대오를 만들면서 그녀의 동선을 따라 움직였다. 하나의 유기체처럼 그녀를 중심으로 일제히 물러났다가 덮치듯 밀려들기를 반복했다. 와중에 데스크 오른편에서 시작해 왼편에서 끝나는 인간 띠가 만들어졌다. 띠가 만들어진 김에 이 재미난 구경거리를 좀 더 재미나게 즐기자는 공감대가 형성된 듯했다. 그녀의 난동을 부추기는 행위가 본격적으로 시작됐다.

그녀가 원무과 카운터로 날아가면 인간 띠도 카운터로 다가들고, 그녀가 대기석으로 옮겨가면 인간 띠도 대기석으로 몰려들고, 다시 데스크로 돌아가면 우, 하는 토끼몰이 소리를 질렀다. 어떤 이는 볼을 긁거나 폴짝폴짝 뛰며 원숭이 흉내를 냈다. 어떤 이는 침팬지 소리를 흉내 냈고, 어떤 이는 손가락 휘파람을 불었다. 대여섯 살로 보이는 한 사내아이는 주스 캔을 집어 던졌다. 이를 기점으로 오만 가지 물건이 그녀를 향해 날았다. 페트병, 종이컵, 과자 봉지, 머리띠, 신발짝까지.

그녀는 펑고볼을 잡는 내야수처럼 이리 뛰고 저리 날았다. 물론 온전히 피하지 못했다. 어떤 것은 머리에, 어떤 것은 어깨에, 어떤 것은 엉덩이에 맞았다. 그때마다 그녀의 입에선 성난 비명이 튀어나왔다. 관중석에선 명사수를 향한 박수갈채가 일었다. 그들이 동물에 대한 예의를 차리기에는 동물의 반응이 너무나 재미난 모양이었다. 아니면 그녀에게 인간의 쾌감중추를 간지럽히는 근원적인 무언가가 있든가.

나는 턱 밑에서 핏줄이 꿈틀대는 걸 느꼈다. 귓불은 뜨끈뜨끈하게 달아올랐다. 등에 진땀이 돋았다. 초등학교 시절, 조리돌림을 당하던 친구 놈을 보는 것 같았다. 그때나 지금이나 내 태도는 변한 게 없었다. 구경꾼 속에 숨어 얼굴을 붉히고 지켜본다는 점에서.

나는 무리의 흐름에 떠밀려 로비 출입문 쪽으로 이동했다. 문 근처에 이르자, 내부의 소음에 묻혀 있던 외부의 소리가 귀를 찔러왔다. 번갈아 울리는 119 구조대와 경찰차의 사이렌 소리였다. 여러 대였다. 가까워지는 소리였다. 박 선생의 신고를 받고 달려오는 진압군일 터였다.

때늦은 자각이 왔다. 아랫배가 딴딴하게 굳어졌다. 부끄러움이 삽시에 사라졌다. 시야로 한기준의 얼굴이 스쳐갔다. 왜 지금껏 여기 있었던가.

그 남자가 올지도 모른다는 생각을 왜 하지 못한 것일까. 도망쳐야 한다고 생각했으면서. 박 선생의 통화 내용을 들었으면서.

나는 사람들을 밀치며 출입문으로 몸을 날렸다. 스르르, 자동문이 열렸다. 그때 곧장 뛰었어야 했다. 머뭇대며 뒤를 돌아볼 것이 아니라. 대기석 쪽 커피 자판기 위에 그녀가 서 있었다. 비명이 딱 그쳤다. 비명을 토하던 입은 이빨을 다 드러낸 채로 굳어져 있었다. 눈이 통방울처럼 튀어나왔고, 온몸의 털이 천지사방으로 곤두선 데다 무엇에 얻어맞았는지 이마에선 피가 흐르고 있었다. 폭발하던 광기가 갑작스레 사라진 느낌이었다. 어디선가 완전히 다른 보노보가 등장한 것 같았다.

일순 사람들이 조용해졌다. 로비엔 갑작스러운 정적이 흘렀다. 그녀는 주변을 두리번거리기 시작했다. 누군가를 찾는 기색이었다. 누군가가 누군지 알아보려고 애쓸 필요는 없었다. 사방으로 뻗어가던 그녀의 시선이 출입문 앞에 서 있는 나를 정확하게 찾아냈으므로. 그녀의 입술이 세 번 움직였다. 뻐끔, 뻐끔, 뻐끔. 나는 세 번의 '뻐끔'을 이렇게 읽었다.

김, 민, 주.

대답하는 대신, 나는 등을 돌렸다. 닫히기 시작한 출입문 사이로 잽싸게 몸을 날렸다. 순간 가느다란 비명이 뒤통수로 날아와 박혔다. 좀 전까지 내지르던 그 소리가 아니었다. 물리적 색채는 같았으나 감정적 색채가 완벽하게 달랐다. 이것은 그녀가 내게 보내는 구조 신호였다.

도와줘.

나는 귀를 닫고 문밖으로 튀어나갔다. 이번에는 정문으로 들어서는 구조대 공작차와 마주쳤다. 구급차와 경찰차가 그 뒤를 따라오고 있었다. 숨을 곳도, 숨을 시간도 없었다. 정문에서 로비까지는 직선로로 연결돼 있고 거리는 50미터도 되지 않았다. 50미터 안에는 엄폐물로 삼을 구조물도 없었다. 시야각이 180도 이상 개방된 셈이었다. 그렇다고 다시 로비로 들어갈 수도 없었다. 한 번 더 그녀의 부름을 듣는다면, 그땐 귀를 닫지 못할 테니까.

나는 현관 기둥 옆에 몸을 붙이고 섰다. 거의 동시에 구조대 공작차가 현관 출입문 앞에 섰다. 차 앞문이 열리고, 마취 총을 쥔 한기준이 뛰어내렸다. 정체 모를 장비를 든 대원 셋이 뒤따라 내렸다. 그들은 기둥 옆을 스쳐 로비로 뛰어들어갔다. 이어 구급차와 경찰차가 그 뒤에 와서 섰다.

경찰들이 들어간 후, 로비는 다시 시끄러워졌다. 삑삑대는 호루라기 소리에 메가폰 소리가 힘을 보탰다. 정중하고 장황한 수사를 쓰고 있었으나, 내용은 아주 간단했다. 업무에 방해가 되니 다들 꺼져주시라.

쫓겨난 사람 중 일부가 출입문 밖으로 몰려나왔다. 한 무리는 문 근처에 서서 안쪽을 구경하고, 다른 무리는 앞마당에 조성된 공원으로 들어갔다. 나도 그들 사이에 끼어 공원으로 들어갔다. 말이 좋아 공원이지 소나무 몇 그루와 벤치 한 개, 재떨이 한 개가 놓여 있는 흡연 구역에 불과했다. 낮은 철제 펜스 끝엔 샛문이 있고 그 너머로 대로변이 훤히 내다보였다. 빨간불이 켜진 횡단보도, 버스 승강장, 편의점이 있는 5층 건물, 가로수…….

나는 샛문을 통해 대로변으로 나갔다. 횡단보도 앞에 서자 하얀 밴 한대가 쌩하니 앞을 지나갔다. 밴의 뒷문에 이젠 친밀감마저 느껴지는 문구가 쓰여 있었다.

한국과학대학교 영장류연구센터

밴은 병원 앞에서 좌회전해서 정문 안으로 사라졌다. 횡단보도 신호등은 파란불로 바뀌었다. 이제부터 뭘 해야 하는지, 나는 잘 알고 있었다. 횡단보도를 건널 것이 아니라 바로 옆에 있는 터미널로 가야 했다. 지금 가진 돈으로 가장 멀리 갈 수 있는 승차권을 사야 했다. 그녀에 대해서는 말끔하게 잊어버리고, 내 문제로 돌아가야 할 것이다.

철학자 대니얼 데닛은 이렇게 말했다. "우리가 영혼에게 바랄 수 없는 게 있다면, 그것은 바로 영혼이 바라는 대로 행동할 자유다."

나는 늘 그래왔듯 내 영혼이 바라는 대로 행동하지 못했다. 아무 생각 없이 길을 건너서 버스 승강장 부스 안으로 들어섰다. 넋 나간 사람처럼 어깨를 늘어뜨리고 서서 길 건너 병원 앞마당을 바라봤다. 보면 볼수록 내 문제는 사소하게 느껴졌다. 작아서 사소한 게 아니라 멀어져서 사소해진 경우였다.

지금 이 순간, 내게 가장 가까이 있는 건 겁에 질린 채 털을 곤두세우고 군중 앞에 서 있던 그녀였다. 그녀가 입술을 뻐끔거려 부르던 내 이름이었다. 내 뒤통수에 와서 박히던 그녀의 비명이었다. 비명의 끝에는 인공호흡기를 달고 중환자실로 가던 다정한 그녀가 꼬리연처럼 매달려 있었다.

나는 승강장 벤치에 앉았다. 실눈을 뜨고, 현관 앞에 일렬로 정차한 차량을 하나하나 살펴봤다. 구조대 공작차, 구급차, 경찰차, 영장류센터 밴. 상황은 5분 안에 종료될 가능성이 컸다. 곰 인형만 한 보노보 한 마리를 잡자고 연합군이 출격했으니. 그녀의 필사적 저항을 감안하더라도 10분은 넘기지 않을 거라 봤다. 그때까지 기다리기로 했다. 아무래도 끝을 봐야 내 문제로 돌아갈 수 있을 듯했다.

예상은 빗나갔다. 한 시간 후에도 나는 여전히 승강장에 앉아 병원을 지켜보고 있었다. 그사이 병원 정문으로 추가 병력이 진입했다. 야생동물구조대 밴과 시청 소속 밴이 각 한 대씩. 그들은 병원 로비로 들어가지 않았다. 잠시 이야기를 나누더니 야산이 있는 병원 뒤편으로 흩어졌다. 얼마 후엔 병원에서 나온 구조대원과 경찰들이 공원과 병원 부속 건물 주변을 수색하기 시작했다.

오후 3시 30분. 강원일보 취재 차량과 YTN 취재 차량이 합류했다.

오후 5시 10분. 한기준이 이끄는 구조팀이 병원 밖으로 나왔다. 그들은 정문 근처 건물과 도로변 구조물, 가로수 위를 수색하기 시작했다. 나는 피할 곳을 찾아 사방을 두리번거렸으나 마땅치가 않았다. 섣부르게 움직이다간 한기준의 눈에 잡히기 딱 알맞았다. 아무 버스나 오면 타버릴 텐데, 그마저 나타나지 않았다.

나는 배낭을 쥐고 일어났다. 승강장 뒤편에 있는 편의점으로 들어가서 건물 안으로 연결된 뒷문을 빠져나왔다. 복도 모퉁이를 하나 돌아서 1층에 머물러 있는 엘리베이터를 타고 5층까지 올라갔다. 문이 열리자 '리그 오브 레전드' 간판이 나를 맞았다. 유리문엔 요금 안내문이 붙어 있었다.

PC방 선불 정액 요금: 성인 천 원(40분) / 학생 천 원(50분)
프린트 요금: 흑백 문서 장당 이백 원

한기준이 여기까지 올라올 가능성이 얼마나 될까. 이내 걱정할 필요가 없다는 계산이 섰다. 설령 마주친다 해도, 내가 왜 여기 있는지 해명할 필요가 없었다. PC방이야말로 백수 건달 노숙자가 최고로 좋아할 놀이터니까.

나는 안으로 들어가 천 원을 냈다. 직원은 나를 구석 자리로 안내했다.

빈 배낭을 의자 밑에 내려놓고 포털을 열었다. 검색창에 '보노보, 정주의료원'을 쳐봤다. 그새 뉴스 네댓 꼭지가 올라와 있었다. YTN 뉴스를 먼저 열어봤다.

인동호 별장 지대 화재 현장에서 구조됐다가 탈출한 보노보, 정주의료원에 나타나 난동

지난 1일 밤, 화재가 난 인동호 별장에서 사육사 이 모 씨에 의해 구조된 보노보 한 마리가 한국과학대 영장류연구센터로 수송되던 중 탈출했다가 열두 시간 만인 2일 정오 정주의료원에 나타나 난동을 피운 끝에 달아났다. 정주 서부소방서 구조대에 따르면, 이 보노보는 수송 차량의 사고를 틈타 탈출했으며 2일 오전 9시경 영장류연구센터에 나타났다는 신고를 받고 경찰과 119 구조대가 망아산 일대를 수색하는 사이 정주의료원에 난입했다. 현재 경찰과 소방당국, 정주시청 공무원, 야생동물구조팀 등 관계자 50여 명이 병원 주변과 병원 뒤편 야산을 중심으로 수색 작업을 벌이고 있으나 행방이 묘연한 상태다.

콩고강 남쪽에 서식하는 영장목 성성이과 유인원인 보노보는 멸종위기 등급 중 '절멸위기'에 속하는 희귀동물로, 침팬지와 유사한 외모를 가졌으나 몸집이 더 작고 성격이 온화한 종으로 알려졌다. 전 세계에 사육되고 있는 개체수가 백 마리 안팎에 불과하고, 한국에는 수용된 적이 없는 이 유인원이 언제, 어떤 경로로 들어왔는지는 아직 파악되지 않았다.

영장류센터 관계자는 생포를 목표로 수색 중이며, "사살 계획은 현재로서는 없다"고 말했다.

지금껏 나는 그녀의 말을 전적으로 믿지 못하고 있었다. 논리적으로 맞지 않아서가 아니라 감정적으로 신뢰되지 않았다. 아귀가 들어맞는 정황이 있을 뿐, 객관적으로 입증할 수 있는 근거도 없었다. '설정이 사실이라 믿어야만 받아들일 수 있는 판타지 소설'과도 같은 이야기였다. 여기까지 온 것도 내 의지가 아니었다. 그녀의 눈동자 뒤편에서 소리 없이 울리는 한마디를 걸러버리지 못한 모차르트의 탓이었다. 김민주, 도와줘.

이제 근거가 등장했다. 기사의 내용은 그녀가 들려준 이야기와 완벽하게 일치했다. 적어도 내게는 '사실'이 된 셈이었다. 신뢰해야 할 진실이 된 것이었다. 비록 판타지 소설 같다 해도, 정신과 의사에게 들려주면 현실 검증력에 심각한 손상을 입었다고 진단 내릴 이야기라 해도.

다만 여전히 풀리지 않은 의문이 있었다. 중앙수술실 앞에서 그녀에게 무슨 일이 일어났을까. 그녀는 왜 배낭을 뛰쳐나왔을까. 혹시 보노보의 본성이 작동한 것일까? 어쩌면 그랬을지도 모른다. 로비에서 보여준 그녀의 폭주는 완전한 야성에 가까웠다. 움직임도, 표정도, 비명도.

병원 문을 나서기 직전에 마주친 그녀는 다시 인간이었다. 곰곰이 짚어보니 정자에서 있었던 몸싸움에서도 동물 특유의 야성이 거의 없었다. 그녀에게서 본 건 인간화된 동물의 절제된 힘과 움직임이었다. 순간적으로 경계를 넘어서려는 조짐이 있긴 했지만 스스로 그걸 억제할 줄도 알았다.

두 그녀, 진이와 지니 사이의 간극은 어디에서 비롯된 것일까. 혹시 두 영혼은 무작위로 교차하는 것일까? 그렇다면 로비에서의 난동이 설명된다. 진이의 시간이 끝나고 지니의 시간이 왔다면, 진이가 지니의 머릿속 어딘가로 유배되고 지니가 전면에 나섰다면, 지니가 동물원 태생이 아니라 밀림에서 온 야생 보노보라면······.

모든 게 지니에겐 적대적이고 위협적이었을 것이다. 어두운 숲을 뚫고 나와 이글거리는 태양 아래 갑자기 놓이게 된 꼴이었으니. 낯선 풍경, 낯선 사람들에게 겁을 먹었겠지. 내가 아는 한, 공포는 광기의 가장 강력한 엔진이었다.

나머지 부분은 자동으로 맞춰졌다. 내가 병원을 나서기 전에 봤던 그녀는 지니의 봉쇄를 뚫고 나온 진이였을 것이다. 혹시 그녀도 알고 있었을까. 보노보의 몸 안에 진이와 지니가 공존한다는 걸. 나는 마지막으로 본 그녀의 모습을 떠올려봤다. 낙하산도 없이 비행기에서 뛰어내린 승객 같은 모습이었다. 그때의 표정으로 미루어, 아닐 가능성이 컸다. 아마도 그녀는 자신이 지니의 머릿속 지휘부를 장악하고 있다고 철석같이 믿었을 것이다.

혼란스러웠던 상황이 정리 가능한 범주로 들어왔다. '지니와 진이가 교차한다'는 가설은 과학적 논리에는 맞지 않았으나 상황에는 딱 들어맞았다. 이 패턴에 따르면, 진이는 자신의 의지와 관계없이 언제든 다시 지니가 될 터였다. 반대로 지니 역시 언제든 진이가 될 테고.

나는 나머지 뉴스들을 열어봤다. 비슷비슷한 내용이었다. '보노보를 데려온 자'에 대한 언급은 없었다. 지니가 잡혔다는 소식도 없었다. 1분 전에 올라온 마지막 뉴스에 다음과 같은 내용이 추가됐을 뿐.

구조대가 다섯 시간에 걸쳐 병원 내부를 샅샅이 수색하고, 현재 인근 주택가를 수색 중이나 보노보의 행적은 여전히 오리무중이다.

그녀는 지금 어디에 있을까. 애써 회피해왔던 생각이 기어코 떠오르고 말았다. 그녀는 어딘가에 숨어 나를 기다리고 있을 것이라고. 나는 모니터 하단의 시각을 확인했다. 오후 5시 40분. 어두워지려면 두 시간 가까이 기다려야 했다. 그사이 알아볼 것이 있었다.

나는 검색창에 키워드를 쳤다.

몸과 정신 분리

'이인증'이라는 단어가 가장 먼저 튀어나왔다. 몸과 정신이 분리되는 느낌을 받는 증상이라고 했다. 그녀의 경우 '느낌'이 아니라 '현상'이었다. 나는 머릿속에 있던 다른 단어 하나를 쳐보았다.

유체이탈

유체이탈은 임사 체험자들이 흔히 보고하는 경험이다. 영혼이 신체를 빠져나온 상태를 자각하는 경험을 의미한다. 영혼이 빠져나온다는 점은 임사 체험과 유사하나 사후 세계와 관련된 장소에 다다르지 못한다는 점에서 다소 차이가 있다.

이 주제에 대한 자료들이 수십만 개도 넘었다. 그중 몇 개를 뒤져봤으나 그녀의 상황과 맞아떨어지지 않았다. 눈에 띄는 문장이 하나 있기는 했다.

육체적 죽음을 맞기 전에 제 몸으로 돌아가지 못하면 영원히 세상을 떠돌아다니게 된다.

그녀의 경우로 치환하면 '보노보 지박령'이 되는 셈이었다. 나는 머릿속에 남은 다른 단어를 찾아봤다.

빙의

다른 영혼이 옮겨 붙은 상태. 사람은 하나의 육체에 하나의 혼을 지니고 있는데, 어떠한 이유로 인해 다른 영혼이 몸 안에 자리하게 되는 것.

이 역시 그녀의 경우와 완벽하게 맞지 않았다. 빙의된 영혼이 그녀 자신이라는 점에서 그랬다. 빙의 역시 유체이탈만큼이나 자료가 많았다. 그중 어떤 문서는 빙의를 정신병이라 정의했다. 글쓴이가 제시한 치료법은 치악산에 기거하신다는 '화엄법사'를 찾아가는 것이었다. 의학적 진단에서 종교적 해법으로 도약한 셈이었다. 나는 입증되지 않은 수많은 표본들을 규합해 결론을 내렸다.

진이는 유체이탈을 해서 지니에게 빙의했다. 보노보 지박령이 되지 않으려면 다정한 그녀의 심장이 멈추기 전에 화엄법사를 찾아가거나 자기 몸으로 돌아가야 한다.

그녀도 자신이 유체이탈과 빙의의 조합물이라고 생각했을까. 자기 몸이 있는 곳으로 데려다달라고 한 건 그 때문일까. 돌아가면 부활할 수는 있는 걸까. 아니면 지박령이 되는 걸 막는 정도일까. 온갖 질문들이 낙진처럼 떨어진 끝에 최후의 질문만 남았다. 나는 뭘 해야 하나.

내동 조용하던 간장 종지가 톡 튀어나왔다. 내 인생을 지배해온 금언을 환기시켰다. 괜히 뭔가를 하려 들지 말고, 거기 그냥 가만있으라.

지금껏 나는 그렇게 해왔다. 덕택에 내 인생에서 홈런을 치는 일은 일어나지 않았다. 우연치 않게 바가지 안타를 두어 개 얻은 적은 있지만. 이젠 타석에 설 기회조차 사라졌다. 타석에 서겠다는 의지도 물론 없었다. 내 삶에서 은퇴할 것인지, 말 것인지에 대한 마지막 선택이 남았을 뿐. 아마도 이 PC방을 나가는 즉시 선택해야 할 것이다. 팽나무 숲으로 갈 것인지, 만천 원으로 갈 수 있는 곳까지 가볼 것인지.

나는 스스로 물었다. 선택하기 전에 한 번 더 그녀를 만나면 어떨까. 그녀를 찾아서 중환자실로 데려다주고, 그녀가 자기 몸으로 돌아가고 나면 지니를 경찰에 넘겨주고. 그런 다음 내 문제를 결정해도 되지 않을까. 어차피 크게 바쁜 일도 없는데.

어김없이 간장 종지님께서 한 소리를 던졌다. 어느 유명인이 이런 말씀을 하셨지. 기쁨과 보람은 돌아서면 꺼지는 불꽃과도 같다고. 그러니까, 불장난하지 마.

나는 약간 더 타당한 이유를 찾아냈다. 기왕 여기까지 온 거 외상값은 받아야 하지 않겠는가. 오늘 하루, 내 위장에 들어온 거라곤 한기준에게서 얻어먹은 에너지 바 두 개가 다였다. 남은 몇 푼으로 버스표를 사서 떠나면 완전한 무일푼이 될 터였다. 모양 빠지게도, 도착한 거리에 쓰러지는 수순만 남은 셈이었다. 그것은 결코 원하는 바가 아니었다. 차라리 팽나무 숲 지박령이 될지언정 낯선 거리에서 굶어 죽은 아귀는 되고 싶지 않았다.

나는 본격적으로 상상을 해보기 시작했다. 내가 그녀라면 어디로 갔을까. 정자로 돌아가지는 않았을 것이다. 그러기엔 거리가 너무 멀었다. 대중교통을 이용하는 것도 불가능했다. 이미 유명인사가 된 이상, 사람들 눈에 띄지 않고 움직이는 것 자체가 불가능했다. 무엇보다 자신의 몸 가까이에 있고 싶어 할 것이다. 그녀는 아직 병원 안에 있을 가능성이 컸다.

다시 시계를 확인했다. 6시 42분. 아직도 밖이 훤할 시각이었다. 나는 휴대전화를 꺼내 들고 카운터로 갔다. 뭘 묻기도 전에 직원은 '휴대전화 충전은 여기에'라고 쓰인 곳을 가리켜 보였다. 고맙게도 충전기 없이 무료 충전이 가능했다.

한 시간 더 PC를 사용하는 대가로 천 원을 내고 내 자리로 돌아왔다. 40분에 걸쳐 유체이탈과 빙의에 대한 쓸 만한 자료를 추린 다음 20페이지짜리 요약본을 만들었다. 충전된 휴대전화를 찾아와 요약본 화면을 카메라로 찍어두었다. 마지막으로 새로운 기사가 떴는지 확인했다. 없었다.

7시 30분. 모자를 눌러쓰고 PC방을 나섰다. 거리엔 밤이 찾아와 있었다. 경찰이나 한기준 일행은 보이지 않았다. 병원 현관 앞에 있던 차량들도 보이지 않았다. 날이 어두워지면서 수색을 중단한 게 아닌가 싶었다. 나는 횡단보도를 건너서 공원 샛문을 통과해 1층 로비로 들어갔다.

실내는 그새 말끔하게 정리돼 있었다. 관람객들은 모두 사라졌다. 가죽점퍼를 입은 남자가 대기석에 앉아 휴대전화를 들여다보고 있을 뿐. 빵 가게와 커피숍도 불이 꺼져 있었다. 주간 업무를 수행하는 원무과 카운터도 텅 비었다. 카운터 안쪽 벽에 붙은 전광판만 홀로 일을 하고 있었다. 검은 화면엔 환자 면회 시간 안내문이 한 줄로 느릿느릿 흘러가는 중이었다.

중환자실 면회 시간

오전 10시 30분 ~ 오전 11시 / 오후 7시 30분 ~ 오후 8시

나는 그녀가 서 있었던 커피 자판기로 걸어갔다. 휴대전화를 들여다보

던 가죽점퍼가 내게 흘끔 시선을 던졌다. 나는 자판기를 훔치려는 게 아니었으므로 당당하게 자판기 앞에 섰다. 가시거리 안쪽에 무엇이 있는지 빙 둘러 살폈다. 내가 도망친 직후의 상황을 상상으로 재현해봤다.

한기준과 연합군이 출입문으로 들어온다. 진이 모드로 돌아온 그녀는 자신을 에워싼 군중 너머로 도망칠 구멍을 찾는다. 방사형으로 뻗어간 여섯 개의 복도, 2층으로 가는 에스컬레이터, 그 옆으로 비상구. 그때 비상구 문이 닫혀 있었을까, 열려 있었을까. 어느 쪽이든 문을 빠져나가기 어려웠을 것이다. 문 앞을 군중이 막고 있는 데다 현관 출입문에서도 가까웠으니. 유인원 특유의 속도와 민첩성을 고려해도 문에 닿기 전에 연합군에게 잡힐 가능성이 컸다.

복도 역시 아닐 거라고 봤다. 가장 쉬운 길이지만 가장 위험했다. 어디로 통하는지 모른다는 점에서 그랬고, 구조를 잘 아는 추격자가 길목을 막아설 수 있다는 점에서도 그랬다. 나라면 에스컬레이터를 택했을 것이다. 비상구는 2층에도 있으니까. 에스컬레이터에서 가장 가까운 출구이기도 하고. 2층에도 사람들이 있었겠지만 상대적으로 빠져나가기 쉬웠을 테다. 적어도 1층처럼 인간 띠를 만들고 있지는 않았을 것이므로.

나는 에스컬레이터를 타고 2층으로 갔다. 비상구 문은 닫혀 있었다. 그렇다면 그때에도 닫혀 있었을 공산이 컸다. 그녀는 문을 열고 계단으로 나가서 문을 잠갔을지도 모른다. 2층까지 따라온 연합군을 단 몇 초라도 따돌리려면. 나는 비상구 문을 열고 나가 계단참에 섰다.

여기서 어디로 갔을까. 병원 밖으로 나가려 했다면 위로 올라가지는 않았겠지. 병원 안에 숨는 게 목적이었다고 해도 마찬가지였다. 가장 가능성이 큰 곳은 지하주차장이었다. 사람이 적고, 어둡고, 숨을 곳이 많다는 점에서. 추측을 더 밀고 나가자 이런 그림이 나왔다.

214

그녀는 난간대를 타고 주차장이 있는 지하 2층까지 단숨에 미끄러져 내려간다.

나는 지하 2층까지 계단으로 뛰어내렸다. 비상구 문을 나서자 주차장 출입문까지 직선으로 연결되는 긴 복도가 나타났다. 사람이 없었으므로 출입문까지 단걸음에 내달려 주차장으로 빠져나왔다. 정규 진료가 끝난 시각인데도 차가 꽤 많았다. 생각보다 넓은 데다 어둡기까지 해서, 주변을 시각적으로 적절하게 파악할 수 없었다. 이럴 땐 내 몸에 시각보다 예민한 센서가 달렸다는 게 보탬이 된다. 나는 휴대전화를 꺼내 '나 홀로 통화'를 시작했다.

"이진이, 나 민주야."

주차장을 한 바퀴 돌았다. 배수구나 환기통 같은 구조물은 물론, 차량 아래까지 일일이 살폈다. 유의미한 신호는 듣지 못했다. 두어 번, 자기 차를 찾는 운전자와 마주쳤을 뿐. 다시 출입문으로 돌아갔다. 좀 전에 통과했던 복도를 거슬러 갔다. 그때와 달리 느릿느릿 움직이며 나 홀로 통화를 계속했다.

"이진이, 지금 어디야?"

왼편으로 꺾이는 복도가 나타났다. 주차장으로 내달릴 때 그냥 지나친 복도였다. 입구에 '관계자 외 출입 금지'라는 팻말이 붙어 있었다. 그녀가 선호할 만한 복도였다. 출입 금지 구역에 사람이 북적거릴 일은 거의 없을 테니까.

"이진이, 자는 거야?"

나는 출입 금지 복도로 들어섰다. 귀를 바짝 세우고 복도 양편을 살피며 걸었다. 자료실, 교수 연구실, 의국 사무실 같은 팻말이 붙은 방들이 차례로 나타났다. 잠시 후 오른편으로 꺾이는 복도가 나타났다. 모퉁이를 돌자 비교적 짧은 복도가 나타났다. 막다른 복도였고, 복도 끝엔 장례식장 영안실로 통하는 철문이 있었나. 설마 서리로 들어갔을까, 하면서 그녀를 불러봤다.

"이진이, 너 지금 민주 기다리지?"

어떤 소리가 들려온 건 바로 그때였다. 언뜻 듣기엔 노크 소리 같았다. 누군가 지나온 어느 방문을 두들기는 것처럼 멀고 아득하게 들렸다. 나는 그 자리에 멈춰 섰다. 숨을 죽이고 귀를 기울였으나 소리는 다시 울리지 않았다. 문이 열리거나 닫히는 소리도 들리지 않았다. 복도는 고요하기 이를 데 없었다.

"이진이, 나 민주야. 지금 지하 2층에 와 있어."

나는 다시 걷기 시작했다. 두어 발짝이나 뗐을까. 똑같은 소리가 들려왔다. 확신할 수 있을 만큼 분명한 노크 소리였다. 나무나 벽을 때리는 소리가 아니었다. 쨍, 하는 금속성 소리였다. 복도가 아닌 벽 안쪽에서, 내 뒤쪽이 아닌 앞쪽에서.

앞쪽에 보이는 문은 두 개였다. 댓 발짝 앞에 있는 엘리베이터 문, 막다른 곳인 영안실 문. 사람의 기척은 느껴지지 않았다. 금방 통과해 온 복도는 물론, 저 앞에 보이는 영안실 쪽에서도. 나는 엘리베이터 앞으로 움직이며 통화를 재개했다.

"이진이, 금방 뭐라고 했어? 못 알아들었어."

영안실 쪽에서 응답이 왔다. 쨍, 쨍, 쨍. 세 번에 걸친 노크 소리였다. 순간 기억 속에서 내 목소리가 소환됐다. 줄을 한 번 당기면 YES, 두 번은 NO, 세 번은 SOS. 엘리베이터는 지하 2층에 머물러 있었다. 나는 그 앞을 지나가며 확인용 질문을 던져봤다.

"엘리베이터 탔어?"

응답이 왔다. 두 번. 영안실 문을 여남은 발짝 앞두고, 걸음을 멈췄다.

"영안실에 있는 거야?"

이번에도 두 번. 아주 가까웠다. 바로 왼쪽 귀 옆이었다. 고개를 돌리자 벽에 난 세 개의 문이 눈에 들어왔다. 소화전, 유수검지 장치실, 양수기 함. 그중 가장 큰 문인 유수검지 장치실에 귀를 댔다. 고양이가 골골대는 듯한 거친 숨소리가 들려왔다. 이제 더 확인할 필요가 없었다.

나는 막대 모양의 손잡이를 당겼다. 딸깍 하는 소리와 함께 문이 열렸다. 문짝에 기대고 있던 그녀가 내 발밑으로 쏟아지듯 나둥그러졌다. 무릎과 가슴을 맞댄 자세로, 몸을 공처럼 말고 두어 바퀴를 굴러갔다. 그대로 놔두면 영안실 앞까지 굴러가버릴 기세였다. 나는 배낭을 집어 던지듯 벗어버리고 그녀를 들어올렸다.

"이진이."

아기를 어르듯 그녀의 몸을 흔들어봤다. 반응이 없었다. 의식이 있는 것도 같고 없는 것도 같았다. 핏자국이 말라붙은 눈꺼풀을 반쯤 열고 있었으나 나를 보고 있지는 않았다. 초점을 맞추지 못하는 것 같았다. 어쩌면 내가 보이지 않는 것 같기도 했다. 턱 끝에 닿는 숨결은 히터 바람만큼이나 뜨거웠다. 입술 사이로 빠져나온 혀도 바싹 말라 있었다. 몸은 둥글게 말린 채로 딱딱하게 굳어져 있었다.

언젠가 인터넷에서 봤던 뉴스가 퍼뜩 머릿속을 지나갔다. 장시간 비행으로 생긴 혈전이 혈관을 틀어막아 죽었다는 어느 불운한 남자에 대한 이야기였다. 그녀도 그 불운한 남자처럼 혈행장애가 왔을지도 몰랐다. 최소 여섯 시간은 저 좁은 곳에 같은 자세로 웅크리고 있었을 테니까. 아니면 정신력의 한계를 넘어섰을 때 오는 육체적인 공황상태거나.

일단 그녀를 배낭에 밀어넣었다. 상태를 진단하는 건 차후에 할 일이었다. 지금 해야 할 일은 병원을 나가는 것이었다. 나는 배낭을 둘러메고 엘리베이터로 달렸다.

엘리베이터는 아직 지하 2층에 머물러 있었다.

8장
진이, 지니

하루 중 저녁이 되면
나는 말이 별로 없어져요.
뭘 해야 할지도 모르겠어요.

민주가 노래를 부르고 있었다. 현란하기 이를 데 없는 노래였다. 음정, 박자, 리듬, 무엇 하나 빠지는 것 없이 불협화음이었다. 그중에서도 따분하게 웅웅대는 음색이 가장 거슬렸다. 단언컨대, 노래를 부르기엔 부적절한 목소리였다. 감상자가 무슨 노래인지조차 모를 지경이라는 점에서.

이른 아침이 되면
예고도 없이 찾아오는 아주 이른 아침이면
내게 몰래 다가온 새로운 떨림을 느낄 수 있어요.

노래는 2절로 접어들었다. 그는 자기 노래에 취해 걷고, 내 몸은 그의 움직임에 맞춰 흔들렸다. 한 발짝에 눈두덩이 욱신대고, 다음 발짝에 목뼈가 덜걱댔다. 2차 영향으로 등허리가 결리고 종아리 경련이 일어났다. 더 큰 문제는 방광이 빠르게 팽창하고 있다는 점이었다. 아랫배에 힘을 주고 버텼으나 이내 한계에 다다랐다. 조만간, 지니의 방식으로 문제를 해결하는 시점이 올 것 같았다. 내가 배낭 안에 들어앉아 있는 한, 그가 나를 등에 메고 걷는 한, 재난을 피할 길은 없어 보였다.

햇살 속으로 당신이 오는 게 보여요.
당신이 돌아오고 있어요.

나는 고개를 들었다. 배낭 헤드가 완전히 열릴 때까지 목을 길게 뺐다. 어둡던 시야로 부연 빛이 내려앉았다. 배낭 너머에서 비치는 빛이었으나, 내 손목에 묶인 줄을 발견하기엔 부족함이 없었다. 신호용 줄이었다. 민주의 솜씨일 터였다. 곰곰이 짚어보니 제정신이 아닐 때 줄과 관련된 말을 들은 듯도 했다.

"이제 버스 탈 거야. 혹시 멀미 나면, 신호를 보내. 곧바로 내릴 테니까."

나는 망설이지 않고 손목을 세 번 당겼다. 그는 노래와 걸음을 한꺼번에 멈췄다. 질문도 두 가지를 동시에 던졌다.

"잠 깼어? 멀미해?"

줄을 한 번 당겼다. 급하다는 의미에서 세게 잡아챘다.

"기다려. 5초만."

그는 가슴띠와 허리띠를 풀고 배낭을 내렸다. 나는 그가 꺼내주기도 전에 배낭에서 튀어나가려다 발끝으로 손목 줄을 밟았다. 그 바람에 길바닥을 끌어안고 이마를 부딪치며 엎어져버렸다. 얼마나 호되게 부딪쳤는지 머릿속이 새까매졌다.

"아, 거 좀."

그는 버럭 소리를 지르며 내 허리를 붙잡아 일으켰다. 시야가 좀 전보다 두 배로 환해졌다. 휴대전화 플래시라는 걸 알아차리는 데는 1초도 걸리지 않았다. 도로 아래에 드넓게 펼쳐진 초원을 발견하는 데 추가로 1초. 나는 그의 손을 뿌리치고 목적지를 향해 기어갔다.

"어딜 가."

그가 내 발목을 잡았다.

"거긴 보리밭이라고."

내겐 그와 실랑이할 여유가 없었다. 보리밭으로 가야 하는 이유를 설명할 시간도 없었다. 심지어 손을 뿌리칠 틈도 없었다. 그런 짓을 하다간 기어코 일을 저지르고 말 것 같았다. 아직까지 내게 남은 문명인의 흔적이 있다면 그것은 수치심이었다. 제정신이 아니라면 모를까, 제정신으로 가장 사적인 장면을 공개할 마음은 없었다. 나는 그의 손을 질질 끌고 보리밭으로 전진했다.

"그냥 여기서 토해."

그는 끈질기게 따라오며 뒷다리를 당겼다. 그 물색없는 손을 놓으라는 의미에서, 잡힌 발로 뒷발질을 날렸다. 헛발질이었다. 그는 내 발을 내던지듯 놔버렸다. 내 몸은 갑작스러운 자유를 얻었다. 그 바람에 균형을 잃고 앞으로 거꾸러졌다. 덕택에 자동으로 목적지에 굴러떨어졌다. 나는 보리가 길게 자라난 밭 한복판에 철퍼덕 주저앉았다. 주저앉은 자리에서 볼일을 봤다. 그는 갓길 위에서 투덜거리고 있었다.

"그러게, 말처럼 마셔대더라니……."

그가 내 입에 물병을 물려주던 순간이 기억났다. 천천히 마시라며 물병을 입에서 빼버리던 것도. 끈끈한 물약을 내 입 안에 잽싸게 짜 넣던 순간도, 불병을 놀려달라고 흐릿한 시야로 손을 뻗어서 무언가를 움켜쥐던 내 모습도. 그때에도 그는 저런 목소리로 투덜거렸다.

"손 놔. 그건 내 불알이야."

더 과거로 거슬러 올라가자, 아득한 곳에서 울리던 그의 목소리가 생각났다. 이진이, 정신 차려. 눈 떠. 입 벌려. 독약이 아냐, 아스피린이야. 뱉지 말고 삼켜. 손가락 물지 마, 아파…….

대과거까지 올라가자 내 몸 위로 분주하게 오가던 그의 손길이 되살아났다. 이마를 짚어보고, 턱 밑을 눌러 맥박을 확인하고, 팔과 다리를 주물러 펴는 손이 혼미한 정신을 서서히 깨웠다. 눈을 제대로 뜬 건 구조된 이후 그때가 처음이었을 것이다. 사물이 제대로 보인 것도 그때가 처음이고.

별의별 것들이 나를 내려다보고 있었다. 검푸른 밤하늘과 유난히 반짝이는 별 하나, 양 갈래로 늘어진 소나무 가지, 병아리 솜털처럼 노란 가로등 불빛, 벌름거리는 민주의 콧구멍 한 쌍, 내 눈동자의 움직임을 읽는 민주의 눈. 아마도 그는 내가 이곳이 어딘지 궁금해한다고 여긴 것 같았다. 입술을 거의 벌리지 않고 이런 말을 건넸다.

"병원 앞 공원이야."

그렇다면 내가 누워 있는 곳은 공원 벤치겠구나, 생각했다. 등 밑을 받치는 바닥 감촉이 땅이나 시멘트보다 부드러웠으므로. 그는 검지를 펴서 내 눈앞에 들이대고 새 꽁지처럼 깐닥이며 물었다.

"이거 보여?"

고개를 끄덕였던가, 눈을 깜박였던가. 그의 입꼬리가 풀 씹는 염소처럼 움찔움찔 움직거렸다. 나는 그가 웃고 있는 거라 생각했다. 시야는 다시 흐릿해졌다. 그의 눈이 이상한 물결 모양으로 찌그러졌다. 사물들이 두 겹, 세 겹으로 겹쳐 보였다. 눈꺼풀이 파르르 떨리다 툭 떨어지듯 닫혔다.

이후에 대한 기억은 없다. 잠든 기억도 없이 깨어났다가 깨어난 기억도 없이 다시 잠들기를 되풀이했을 뿐. 그가 돼먹지도 않은 노래를 불러 완전히 깨울 때까지 그랬다. 당연히 이곳이 어디인지 몰랐다. 보리밭이라는 단서는 그리 유용하지 않았다. 대한민국 땅에서 쎄고 쎈 게 보리밭 아니겠는가.

"자는 거야?"

그가 플래시를 내 쪽으로 비추며 물었다. 엔간히 하고 나오라는 얘기겠다. 나는 몸을 일으켰다가 엉덩방아를 찧으며 다시 주저앉아버렸다. 다리가 저리고 오금이 풀려 순간적으로 몸이 무너진 탓이었다.

"또 왜 그래?"

그가 달려 내려와 나를 보리밭에서 끌어냈다. 나는 도로로 끌려 올라간 후 배낭을 걷어차버렸다. 유수검지 장치실에서 구조된 게 불과 몇 시간 전이었다. 그보다 더 좁은 배낭에 처박혀 그의 노래를 견디느니 차라리 길바닥을 굴러가는 게 나았다.

"자알한다……"

그는 뒷말을 입 속으로 밀어넣으며 야상을 벗었다. 입 모양으로 봐서 칭찬은 아닌 듯했으나 나는 잠자코 있었다. 야상으로 뭘 하려는 건지 그게 더 궁금했다.

"손목 이리 내."

나는 그렇게 했다. 그는 내 손목에서 줄을 풀어 야상 주머니에 담고, 야상을 내게 입혔다. 쓰고 있던 모자도 벗어서 챙이 뒤통수로 가도록 내 머리에 씌웠다. 이목을 피하기 위한 변장술이 아닌가 싶었다. 차량이나 행인이 없는 외진 도로 같았으나, 갑자기 뭐가 나타날지 어찌 알겠는가.

"여기 가만 서 있어."

그는 어딘가로 날아가버린 배낭을 찾으러 갔다. 가는 동안 몇 번이나 나를 돌아보고 불을 비췄다. 도무지 내 행실을 믿을 수 없는 모양이었다. 돌아온 그는 배낭을 아기띠처럼 가슴에 메고 있었다. 손에 쥐고 있던 휴대전화는 내게 건넸다. 엉겁결에 받아들자, 내 앞에 등을 들이대고 앉았다.

"불 잘 비춰."

사양할 이유가 없었다. 나는 그의 어깨에 한쪽 팔을 걸치고 업혔다. 남은 손 하나는 플래시를 잘 비추는 데 썼다. 그는 걷기 시작했다. 좀 전처럼 노래를 부르지는 않았다. 통통대는 걸음새로 미루어 짜증이 난 기색이었다. 어쩌면 돈 천만 원에 신세가 고달프게 됐다고 후회하고 있는지도 몰랐다. 내 엉덩이를 받친 손이 점점 밑으로 처지는 걸로 봐서 갈등하고 있는 것도 같았다. 이걸 봐, 말아.

불현듯 궁금했다. 그는 왜 돌아왔을까? 나는 '연민'이라는 인간의 낭만적 동기를 믿지 않는다. 그것이 얼마나 변덕스럽고 자기기만적인 감정인지 몸서리가 나도록 확인한 바 있었으므로. 킨샤사에서, 다른 누구도 아닌 나 자신에게서. 그는 계약을 이행하러 돌아왔을 것이다. 암, 그렇고말고. 고개를 끄덕이자 확신이 왔다. 그의 등에 업혀 마땅한 이유를 찾아낸 셈이었다.

"불 좀 똑바로 비춰봐."

그가 내 엉덩이를 추어올리며 말했다. 나는 양팔로 그의 목을 감고 불을 똑바로 비췄다. 순간 불빛이 발을 걸기라도 한 양 그의 다리가 휘청했다. 몸이 고꾸라지듯 앞으로 확 쏠렸다. 그는 무릎이 꺾인 채로 몇 발짝 앞으로 튕겨나가다 넘어지기 직전에 가까스로 움직임을 멈췄다. 노면 포트홀에 발이 걸린 게 아닌가 싶었다.

"숨 좀 쉬자."

반듯하게 선 후 그가 말했다. 목젖이 눌린 것처럼 나직하게 떨리는 목소리였다. 그제야 내가 어떤 자세로 그의 등에 들러붙어 있는지 깨달았다. 양다리로 그의 허리를 감아서 발 깍지를 끼고, 양팔로 헤드록을 걸듯 그의 목을 조이고, 머리를 그의 귀뺨으로 밀어붙이면서 있는 대로 힘을 주고 있었다. 오늘 아침 정자에서 그와 몸싸움을 벌일 때의 자세와 엇비슷했다.

나는 팔의 힘을 풀었다. 나머지 자세는 그대로 고수했다. 생각보다 안정적인 자세였다. 스스로 배낭이 된 기분이었다. 시험 삼아 그의 어깨에 턱을 받쳐봤다. 완전한 안정성이 확보됐다. 그는 한숨을 내지르며 걸음을 뗐다.

내게서도 한숨이 새어나왔다. 평생을 다 산 것처럼 긴 하루였다. 지옥에서 날뛰다 집으로 돌아가는 심정이었다. 혈관 속으로 따뜻한 기운이 퍼지는 기분이었다. 생소하고도 기이한 느낌이었다. 가장 가까운 단어를 찾자면 '편안하다' 정도가 될까.

아주 어릴 때 이후로, 나는 누군가에게 업혀본 적이 없다. 타인에게 기대본 경험 역시 없다. 육체적으로도, 심정적으로도. 기댄다는 행위 자체에 대한 거부감마저 있었다. 기댄다 하여 하늘이 무너지는 것도 아닌데, 기대는 일이 지식이나 기술을 필요로 하는 일도 아닌데. 그냥 이렇게 머리를 기울여 맞대면 되는 거였는데.

"이마 괜찮아?"

문득 생각났다는 듯 그가 물었다. 나는 이마를 만져봤다. 불거진 눈두 덩 위에 일회용 밴드가 몇 개 붙어 있었다. 어쩐지 눈두덩이 욱신대더라니.

"눈 위쪽이 좀 찢어졌는데 소독만 했어. 병원엔 못 갔고. 지니가 너무 유명해진 데다……"

그는 들릴락 말락 한 소리로 덧붙였다.

"내가 떠돌이 백수라."

나도 안다. 처음 봤을 때부터 짐작한 바였다. 산골짜기 영장류센터에 서, 휴일도 아닌 평일에, 자기 덩치만 한 배낭을 메고 침팬지 구경을 하는 남자가 직업을 갖고 있을 확률이 얼마나 되겠는가. 뒤에 생략된 말은 '돈이 없었어'겠지.

"둘이 교차하는 거 맞지?"

그가 맥락 없는 질문을 던졌다. 일순 멍했으나, 곧 뭘 묻는지 이해했다. 진이와 지니가 번갈아 튀어나오느냐는 질문이었다. 나는 엄지와 검지를 맞붙여 동그라미를 만들어 보였다.

"아까 낮엔 지니였지?"

동그라미.

"지금은 확실히 진이겠네. 아까 보리밭으로 날아갈 땐 또 지니인가 했는데."

나는 휴대전화를 양손에 쥐고 파워 버튼을 눌렀다. 비밀번호 입력 화면이 뜨자 그가 알아서 번호를 불렀다. 세계에서 가장 인기 있다는 비밀번호였다. 123456. 메모장을 띄우고 다음과 같이 입력했다.

'지니, 병원, 뭔 짓?'

메모장을 그의 눈앞에 들이댔다. 그는 되물었다.

226

"기억 안 나?"

동그라미 하나를 입력했다.

"나도 처음부터 본 게 아니라서. 중간에 못 본 부분도 있고."

본 것만 얘기하라는 뜻으로 이번에도 동그라미.

"내가 봤을 땐 이미 수술실 복도로 나와 있었어."

그는 이야기를 시작했다. 처음엔 그랬구나, 하며 듣다가 점점 이상하다는 생각이 들었다. 램프의 지니와 병원의 지니가 비슷한 행동을 하는 듯했다. 행동 순서도 비슷했다. 둘의 행동을 놓고 짝 맞추기를 해보자 얼추 들어맞았다.

민주가 에스컬레이터에서 피곤한 선생님을 만날 때까지의 고요와 지니가 나무에 우두커니 앉아 있던 시간. 어미의 부름에 대한 응답과 벤치에서 질러댔다는 새소리. 숲에서 물길까지의 달리기와 수술실 복도에서 1층까지의 달리기.

지니는 꿈속의 행동을 현실에서 똑같이 하는 것일까? 그렇다고 확신하기엔 이가 빠진 부분이 있었다. 급류에 휩쓸려 콩고 강변에 닿을 때까지, 의식을 잃고 있었던 공백기와 대응되는 부분이 없었다. 물론 그가 수술실 앞에서 1층 로비로 내려가기까지 얼마간의 공백이 있었다. 지니는 그때 그의 시야 밖에 있었고. 아니면, 공백기가 현실에선 '떵 하는 순간' 정도로 축소됐거나.

"커피 자판기 위에 있을 때 진이로 돌아온 거지?"

그가 물었다. 나는 알면서 왜 도망갔느냐고 물으려다 그만두었다. 물어서 뭘 하겠는가. 어쨌거나 돌아왔는데. 결론적으로는 나를 죽음 직전에 구해냈고.

"언제 교차하는 거야?"

진심으로 궁금해하는 어조였다. 나 역시 미치도록 궁금했다. 언제 교차하는지, 왜 교차하는지. 일회성인지, 주기성인지. 주기성이라면 교차 주기가 얼마나 되는지. 반드시 풀어야 할 수수께끼이기도 했다. 오늘 같은 일이 내일 또 벌어지지 않으리라는 보장이 없으므로.

"지니 모드일 때 넌 어디서 뭘 하는데?"

뭘 했던가. 지니에게 끌려다니는 것 말고는 딱히 한 게 없었다. 대답 대신, 나는 플래시를 들어 도로 주변을 살폈다. 그가 뒤늦게 생각났다는 듯 말했다.

"정자로 가는 중이야."

그러고 보니 단조로운 밤 풍경이 눈에 익었다. 가로등도, 차선도, 차량도 없는 한적한 도로, 포트홀이 벌집처럼 패이고 갓길 가장자리가 너덜너덜하게 찢겨나간 노면, 나무들의 어두운 그림자, 어둠 속에서 풍기는 풀냄새, 논바닥에서 피어오르는 습기 냄새. 그가 말했다.

"사진 폴더 열어봐. 아까 찍어둔 사진이 몇 장 있어."

몇 장이 아니라 무려 스무 장이었다. 빙의, 유체이탈, 다중인격 같은 현상들을 편집한 문서가 반 페이지씩 분할돼 찍혀 있었다. 내 처지를 새삼스레 상기시키는 이야기였다. 예전이라면 '어디서 약을 팔아'라고 했을 주제이기도 했다. 나는 한 줄 한 줄 찬찬하게 읽어내려갔다. 혹시 쓸 만한 약이 있을까 해서.

내 경우에 딱 들어맞는 얘기는 없었다. 그렇다고 완전히 딴 세계 이야기도 아니었다. 죽음의 궤도를 도는 이들의 이야기란 점에서, 같은 범주에 속한 이야기였다. '육체적 죽음을 맞기 전에 제 몸으로 돌아가야 한다'는 마지막 문장에서 퍼뜩 기억이 났다. 그는 아직 내게 중요한 말을 전하지 않았다. 나는 메모장을 열었다.

'난 어떻게 됐어?'

"좋은 소식은 없어."

그는 우디 앨런처럼 대답했다.

"대신 나쁜 소식 하나가 있는데."

나는 갑자기 그의 입을 틀어막아버리고 싶은 충동을 느꼈다. 그럼 말하지 마.

"다정한 그녀가 의식이 없어."

손가락에서 힘이 빠지는 바람에 휴대전화를 떨어뜨릴 뻔했다. 그러거나 말거나 그는 전해야 할 말을 계속해서 전했다. 의사의 말을 인용해서, 간단명료하게. 어느 부위에 손상을 입었는지, 어떤 수술을 받았는지.

"자기들이 할 수 있는 일은 다 했대."

언젠가, 의전에 진학한 동기가 히포크라테스의 3분의 1 법칙에 대해 말한 적이 있다. 3분의 1은 알아서 낫는 부류, 다른 3분의 1은 처치가 필요한 부류, 나머지 3분의 1은 어떤 개입에도 반응하지 않는 부류. 이는 의학사에서 가장 굳건한 명제라 했다. 그중 세 번째에 해당될 때, 의사들은 '할 수 있는 일은 다 했다'는 수사를 쓴다고 했다. 나는 물었다.

'나 봤어?'

민주의 눈에도 그래 보였는지 알고 싶었다. 그는 머뭇머뭇 대답했다.

"중환자실로 옮길 때…… 복도에서 잠깐……"

이어지는 말은 없었다. 나는 이어서 말하라 보채지 않았다. 침묵은 때로 거울과 비슷하다. 원치 않는 진실이 명백하게 보인다는 점에서. 나는 충분하게 알아들었다. 사실, 묻기 전에 이미 알고 있었던 것도 같다. 내 꼴이 어떨지, 어떤 소식을 듣게 될지, 계량 가능한 단서들이 수도 없이 많았으니까. 단서들의 총량을 구하지 않으려고 외면해왔을 뿐.

의식이 없다는 소식도 충격적이지는 않았다. 의식이 있을 리가 있겠는가. 내 의식은 지금 여기 있는데. 지니의 몸 안에, 평소처럼 멀쩡하게.

당면한 과제는 심장이 멈추기 전에 내게로 돌아가는 것이었다. 지니와의 '교차'라는 복병이 발을 걸지 않았다면 이미 돌아갔을 것이다. 복귀가 약간 미뤄지긴 했으나, 근본적으로 변한 건 없었다. 그 점만 생각하기로 했다. 지금껏 살아온 방식대로, 눈앞에 놓인 모퉁이만 바라볼 작정이었다. 모퉁이 너머는 도착하면 자동으로 보일 테니까.

나는 그의 등에 이마를 댔다. 눈을 감자 어떤 목소리가 다그치듯 물어왔다. 돌아간 후 죽어버리면 어떡할 건데. 죽지 않더라도 의식이 깨어나지 못하면 어쩔 건데. 깨어나더라도, 죽을 때까지 침대에 누워 주사기로 넣어주는 미음을 받아먹으며 살아야 한다면 또 어쩔 건데. 그때에도 다음 모퉁이를 바라보며 버틸 거야?

그는 정자에 도착할 때까지 입을 열지 않았다. 내 머릿속 목소리를 듣기라도 한 것처럼. 거기에 대한 자신의 입장은 없다는 듯이.

"플래시 이리 줘봐."

그는 정자 입구에 나를 내려놓으며 말했다. 나는 휴대전화를 건네고 입구 기둥에 기대앉았다. 그가 정자 밑에서 짐을 꺼내오고, 내 앞에 침낭을 펼치는 걸 막막한 심정으로 지켜보았다. 불길한 안개로 뒤덮인 황무지에 앉아 있는 기분이었다.

"이리로 와."

침낭을 탁탁 두들기며 그가 나를 봤다.

"아무 생각도 하지 말고 푹 자."

자고 싶지 않았다. 불안했다. 자는 사이에 내 몸이 죽어버릴까봐. 자는 동안 쥐도 새도 모르게 지니의 램프로 끌려갈까봐. 깨어 있으면 내 몸도 버틸 수 있을 것 같았다. 정신 바짝 차리고 있으면 지니의 눈동자를 피할 수도 있을 것 같았다. 그렇지? 동의해달라는 의미에서 그를 마주 봤다. 그는 슬쩍 시선을 비키며 말했다.

"아침 9시쯤 출발할 거야."

9시에 출발하는 이유를 덧붙여 설명했다. 무곡 마을까지 한 시간쯤 걸리고, 거기서 버스를 타면 10시 20분경에 병원 앞에 도착한다. 10시 30분부터 면회 시간이므로 딱 적절하다.

10시 30분. 아득하고도 먼 시각이었다. 내 몸이 그때까지 버텨줄지 걱정스러웠다. 당장 병원으로 돌아가자고 말하고 싶었다. 보채서 될 일이라면 그리했을 것이다. 간다 해도 나를 만나기는 어려울 터였다. 면회 절차를 밟지 않고는 중환자실로 들어갈 길이 없을 테니까.

나는 그에게 손을 내밀었다. 그는 휴대전화를 내게 건네주고 곁에 앉았다. 원한다면 위로 삼아 노래라도 불러주겠다는 표정이었다. 나는 메모장을 열고 사양 의사를 전했다.

'생각할 게 좀 있어.'

그는 바지 주머니에서 뭔가를 부스럭대며 꺼냈다. 받고 보니 주먹만 한 막대 사탕이었다. 껍질에 '파인애플 맛'이라고 적혀 있었다.

"나 필요하면 불러."

침낭으로 들어가며 그가 말했다. 나는 사탕을 입에 몰아넣고 정자 안으로 들어갔다. 기둥에 등을 기대고 앉아 휴대전화 메모장을 열었다. 지금부턴 다가올 일을 생각하지 말아야 했다. 생각한다 해서 상황이 조금이라도 나아지는 게 아니었기 때문이다. 지금 해야 할 일은 밤을 버티는 것이었다. 아침이 올 때까지 집중할 일을 찾는 거였다. 내 상황을 차근차근 돌아볼 수 있는 일이면 더 좋을 것이다. 상황 정리를 하다 보면 희망적인 실마리가 잡힐지도 몰랐다.

　나는 메모장 분자판을 누르기 시작했다. 지니와 처음 만난 어젯밤을 출발점으로 삼았다.

　나는 곁눈질로 스승을 살폈다. 차를 출발시킨 이후부터, 스승은 말이 없었다.

　예상보다 집중이 빨랐다. 시간도 빠르게 갔다. 콩고 강변에서 지니가 정체 모를 발소리에 포위된 장면까지 쓰고 나자 새벽 5시가 돼가고 있었다. 골짜기는 아직 어두웠고, 부연 안개가 정자 안을 꽉 메우고 있었다.

　뻑뻑한 눈을 껌벅이며 민주를 건너다봤다. 그도, 침낭도 안개에 묻혀 보이지 않았다. 있다는 기미조차 느껴지지 않았다. 숨소리를 들어보려고 귀를 기울였다. 차갑고 짙은 안개 밑에서 그의 노랫소리가 들리는 것 같았다.

　이른 아침이 되면
　예고도 없이 찾아오는 아주 이른 아침이면
　내게 몰래 다가온 새로운 떨림을 느낄 수 있어요.

　내게도 새로운 '이른 아침'이 올까. 나 자신으로 돌아가 새로운 삶의 떨림을 느낄 수 있을까. 그는 햇빛 속에서 내가 돌아오는 걸 볼 수 있을까. 가슴이 두근두근했다. 눈꺼풀이 뜨겁게 젖어왔다. 금방이라도 눈물을 흘릴 것 같은 기분이었다. 나는 허둥지둥 메모장으로 눈을 내렸다. 지니가 서 있던 콩고 강변으로 돌아갔다.

휘익, 휘파람 소리가 대기를 갈랐다. 맹그로브 숲 9시 방향에선 기이하고 도 소름 끼치는 소리가 터져나왔다. 나는 이제 확신할 수 있었다. 발소리의 주인은 인간이었다. 나무들 뒤편에서 울리는 저 천둥 같은 소리는 인간 무리만이 낼 수 있는 소리였다. 공격적이고 복합적이며, 전략적인 소리였다. 지니는 강변 펄에 박혀 있던 왼발을 빼냈다. 나는 지니가 뭘 하려는지 바로 알아차렸다. "안 돼"라고 소리쳤다. 물길에 휩쓸리기 전에 나무로 뛰어오르라고 소리친 것처럼. 숲으로 뛰느니 지금껏 타고 내려온 나무를 뗏목 삼아 강으로 흘러가는 게 나았다.

안타깝게도 그때와 같은 우연은 일어나지 않았다. 지니는 맹그로브 숲 3시 방향으로 몸을 날렸다. 첫 나무 앞에 발을 디디는 순간, 나무 뒤편에서 무시무시한 소리가 울렸다. 몽치로 나무둥치를 두들기는 소리, 시끄러운 뿔피리 소리, 둥둥거리는 북소리, 인간의 고함 소리가 맹수의 포효처럼 터져나왔다.

지니는 텀블링을 하듯 펄쩍 뛰어올라 강가로 되돌아왔다. 이전까지 느끼던 두려움의 수준이 3이었다면, 지금은 단숨에 10을 넘어섰다. 감정의 상승 속도가 너무나도 빠르고 생생해서, 마치 나 자신이 공황에 빠진 듯한 착각이 들었다. 공황에 빠진 자가 흔히 그렇듯, 지니는 직관에 의존해 움직였다. 11시 방향으로 몸을 날렸다가 소리에 막혀 강가로 돌아오고, 1시 방향으로 튀었다가 제자리로 돌아왔다. 보이지 않는 적들은 양편으로 나뉘어서 12시 방향을 향해 거리를 좁히고 있었다. 전형적인 토끼몰이였다.

지니는 비로소 강을 돌아봤다. 황톳빛 물길이 크고 작은 파랑을 만들며 빠르게 흘렀다. 지니를 태우고 온 나무는 그새 떠내려가버리고 없었다. 남은 출구는 정면의 12시 방향뿐이었다. 지니는 돌진했다. 전속력으로 도움닫기를 해서 키 작은 맹그로브 나무 위로 도약했다. 마침내 나뭇가지에 손이 닿나 했을 때, 지니의 몸이 결계에 걸린 것처럼 뒤로 나가떨어졌다. 동시에 목에 걸린 굵은 밧줄이 숨통을 확 조여왔다.

지니의 뒤편에서 밧줄을 움켜쥔 남자가 나타났다. 왼쪽과 오른쪽 나무 뒤에서도 사람들이 하나둘 모습을 드러냈다. 원주민으로 보이는 남자들이었다. 족히 여남은 명은 될 법했다. 그중 절반이 무기를 들고 있었다. 어떤 이는 창을, 어떤 이는 커다란 새총 같은 것을, 어떤 이는 마취 총으로 보이는 통 막대를.

그들이 무기를 쓰지 않은 이유는 하나뿐이었다. 조만간 닥쳐올 지니의 미래와 관련된 이유였다. 지니는 훈제해서 먹기에는 약간 작은 '고기'였다. 그렇다고 품을 들여 키워야 할 갓난쟁이도 아니었다. 지나가는 '트럭 운전사'에게 현금을 받고 넘길 수 있는 상품이었다. 트럭 운전사는 지니를 도시로 싣고 가서 밀매 중간상에게 넘길 터였다. 전해 듣기로, 지니 또래의 보노보는 도시 생활자 평균 소득의 네 배 이상을 받을 수 있는 고가의 상품이었다. 지니는 나무 그늘에 나자빠져 몸을 움츠렸다. 절망과 공포로 몸을 떨며 머리 위를 올려다봤다. 내 시선도 자동으로 그쪽을 향했다. 나무 우듬지에 눈이 하나 걸려 있었다. 수정체를 다 채울 만큼 동공이 크게 열린 눈이었다. 제법 익숙해진 압박감이 나를 조여왔다. 마침내 램프에서 체크아웃할 때가 온 모양이었다. 나는 기쁜 마음으로, 기꺼이, 동공 속으로 빨려들어갔다.

도착한 곳은 병원이었다. 정확히 말하자면, 로비 커피 자판기 위였다. 나는 지니가 벌여놓은 업적들을 멍하니 둘러봤다. 깨지고 널브러진 사무집기들, 두 겹 세 겹으로 반원을 만든 사람들, 자판기 부근에 나뒹구는 쓰레기, 바깥에서 들려오는 요란한 사이렌 소리. 얼이 쏙 빠졌다. 지니는 무슨 짓을 벌인 것일까. 민주는 어디로 갔을까.

고개를 들자, 정면에서 날아온 유리병이 눈두덩을 때렸다. 이어 빈 캔이 어깻죽지를 때렸다. 박수갈채가 터졌다. 웃음소리가 와르르 쏟아졌다. 나는 생생한 통증과 함께 온몸이 벌겋게 부푸는 느낌을 받았다. 모욕감과 수치심과 두려움이 한 덩어리가 돼서 머리를 태웠다. 와중에 사람들 사이에 끼어 있는 민주를 봤다. 로비 출입문 부근이었다. 자동으로 입이 열렸다.

김민주.

그는 출입문 쪽으로 몸을 돌려버렸다. 난 지금 바쁘니까 즐거운 하루를 보내도록 해, 라고 하는 것처럼. 더 큰 소리로 그를 불렀다.

돌아와.

그는 돌아봤으나, 돌아오지는 않았다. 출입문 밖으로 아예 사라져버렸다. 나는 자판기 위에 더 서 있을 수가 없었다. 그가 사라진 문으로 마취 총을 쥔 한기준이 뛰어들어오고 있었다. 네트 건과 라이브 트랩 같은 생포용 도구들을 짊어진 구조대원 셋이 뒤따라왔다. 앞이 열려 있는 곳은 에스컬레이터뿐이었다. 지니가 맹그로브 숲에서 그랬듯, 나는 남은 출구를 향해 몸을 날렸다. 본능이 지시하는 대로 뛰었다.

정신이 들었을 땐 막다른 곳에 도착해 있었다. 눈앞엔 영안실 문이 버티고 있고, 등 뒤에서 쫓아오는 사람들의 발소리가 울렸다. 옆을 돌아보자 흰 벽에 세 개의 작은 문이 있었다. 소화전, 유수검지 장치실, 양수기 함.

나는 유수검지 장치실로 들어갔다. 굵직한 파이프 밑에 몸을 구겨 넣을 만한 작은 공간이 있었다. 손톱 끝으로 문을 당겨 닫는 순간, 사람들의 발소리가 앞을 지나갔다. 무전기 소리가 덤으로 들려왔다. 영안실로 난입한 것 같다는 둥, 들어가 확인해보겠다는 둥, 주차장 통로를 막아달라는 둥.

몸이 벌벌 떨려왔다. 맥박 고동치는 소리가 문 앞을 지나가는 발소리보다 더 시끄러웠다. 근육이 딴딴하게 뭉치고, 온몸의 털이 철조망 가시처럼 섰다. 시야가 빙글빙글 돌았다. 목 안에선 비명이 휘돌았다. 금방이라도 누군가 벌컥 문을 열어버릴까봐. 긴장이 극에 달한 나머지 양손 번쩍 들고 스스로 뛰쳐나가버릴까봐.

나는 몸을 공처럼 말고 수를 셌다. 하나, 둘…… 백, 삼백…… 세다 잊어버리고 다시 하나로 돌아오기를 수십 번. 마침내 회항하는 발소리가 문 앞을 지나갔다. 차츰 멀어지다가 얼마 후 완전히 사라졌다. 고요가 찾아왔다. 그간 숨도 쉬지 않고 있었던 것처럼, 긴 한숨이 흘러나왔다.

이제 어떻게 할까. 나는 다음 일을 모색하기 시작했다. 떠오르는 무수한 생각 중 쓸 만한 것은 둘뿐이었다.

첫 번째, 사람들이 없을 때 이곳을 나가 다른 곳으로 도망치는 것이었다. 문제가 있다면 다른 곳이 어디인지 모르겠다는 점이었다. 들키지 않고 움직일 방법이 없었다. 로비에는 무수한 사람들이 오가고, CCTV가 복도마다 설치돼 있을 것이며, 한기준은 아직 병원을 나가지 않았을 터였다. 어쩌면 지금쯤 내 동선을 파악하려고 CCTV 모니터 앞에 앉아 있을지도 몰랐다. 정말로 그렇다면 한기준의 손바닥 위를 달리는 꼴이었다.

두 번째, 이대로 버티는 방법이 있었다. 밤이 되면 수색도 일단락되지 않겠는가. 이 해법의 문제는 운명을 운에 걸어야 한다는 거였다. 우선 내가 이곳으로 들어오는 걸 아무도 보지 못했어야 했다. 그러려면 영안실 앞에 CCTV가 없어야 할 것이다. 뒤늦게 유수검지 장치실을 떠올릴 똑똑한 놈도 없어야 할 것이다.

나는 후자를 택했다. 운도 따라주었다. 다만 몸이 따라주지 않았다. 팔 한짝 움쩍대기 힘든 밀폐 공간에서 몸이 석고 반죽보다 빠르게 굳어졌다. 목이 뻣뻣해지고, 등이 뻐근해오고, 묵직한 압박이 관절을 내리눌렀다. 급기야 종아리와 허벅지가 틀어지기 시작했다. 텁텁한 공기에 코와 입이 마르면서 기침이 터졌다. 감각은 사라져가는데 몸 곳곳이 가려웠다. 그것도 손이 닿지 않는 곳만 골라서. 등판, 허리, 엉덩이, 꼬리뼈, 오금, 발가락과 발바닥까지. 눈을 껌벅이고 숨을 쉬는 것 외에 내가 할 수 있는 건 하나뿐이었다. 생각을 하는 것.

생각해야 할 것은 많았다. 무엇보다 유인원과 인간으로 구성된 한 쌍의 호미노이드에 대해 생각해봐야 했다. 나와 지니는 왜 직접적인 소통을 하지 않는지. 우리는 어떤 경우에 '교차'하는지. 램프와 현실은 분절된 세계인지, 연동하는 세계인지. 연동한다면 어떤 방식으로 상호작용을 하는지.

문제는 생각에 집중할 수가 없다는 점이었다. 무슨 생각이든, 떠올리기가 무섭게 의식의 표면 밑으로 미끄러져버렸다. 마음만 점점 조급해졌다. 민주는 내빼버렸고, 바깥에는 한기준 일행과 경찰이 깔렸고, 나는 이 좁은 공간에 갇혀 옴짝달싹할 수 없었다. 또다시 지니의 램프로 강제 소환되기 전에 내 몸을 찾아야 하건만.

시간은 더디게 흘러갔다. 처음 얼마간은 잘 견디다가, 다음 얼마간은 그럭저럭 견뎠다. 이후부턴 끔찍한 시간이 지속됐다. 버림받았다는 배신감과 발각될지도 모른다는 두려움과 도움을 청할 사람이 없다는 자각과 세상 끝에 와 있는 듯한 좌절감이 교대로 정신을 짓이겼다.

근육 경련과 갈증은 육체적 탈진을 몰고 왔다. 숨 쉴 공기조차 희박했다. 가만히 앉아 익사하는 기분이었다. 숨이 차고, 힘이 빠지고, 의식이 몽롱해졌다. 조각난 기억들이 맥락 없이 떠올랐다 사라지기를 반복했다. 어머니의 얼굴, 킨샤사의 공예품 가게, 처음으로 나를 인정하던 스승의 목소리.

"자네한텐 다른 동물의 감정을 파악할 수 있는 천부적 자질이 있어."

스승은 어찌 됐을까. 내가 이곳에 있다면 스승도 여기에 있을 텐데. 죽었을까. 설마 자기만 멀쩡하게 살았을까. 나는 감기는 눈꺼풀을 들어올리려 안간힘을 썼다. 이리저리 빠져나가는 생각을 붙잡아놓으려 애면글면했다. 생각을 놓치면 삶도 놓쳐버릴 것 같았다. 내가 이곳에서 죽는다면 지니마저 죽이는 꼴이었다. 지니의 놈은 며칠, 어쩌면 몇 달 후, 설비 점검을 하러 나온 어느 소방관에 의해 미라로 발견될지도 몰랐다.

그러고 싶지 않았다. 주검으로 발견되고 싶지 않았다. 살고 싶었다. 그러려면 버텨야 했다. 내게로 돌아갈 때까지, 어떻게든.

나는 나 자신을 향해 물었다. 내 인생에서 가장 행복했던 때가 언제일까. 위안을 얻고 싶을 때 동원하는 수법 중 하나였다. 동원령을 내릴 때마다 소환되는 기억이, 이번에도 1등으로 도착했다.

15년 전, 함박눈이 내리던 겨울 어느 날이었다. 그때 나는 스무 살이었다. 돈이 필요한 대학 1학년생이었고, 한 국립동물원에 첫 출근을 한 아르바이트생이었다. 직책은 유인원 사육사 보조였다. 보수도 괜찮았지만 동물원에서 일하게 됐다는 사실에 한껏 들떠 있었다.

사수는 나를 침팬지 사육장으로 데려갔다. 앞이 보이지 않을 만큼 굵은 눈발이 쏟아지는데도 침팬지 세 마리가 야외 놀이터에 나와 있었다. 가스히터를 설치한 정자 밑에 옹기종기 모여 앉아 눈 구경을 하는 중이었다. 나도 모르게 그들에게 손가락 총을 겨누고 인사를 던졌던 기억이 난다.

"너넨 이제 내 포로야."

실내 쉼터로 들어가자 한 마리가 더 있었다. 한눈에도 정상은 아닌 걸로 보였다. 누가 오든 말든, 어둑한 방 한구석에 무릎을 끌어안고 앉아 꼼짝도 하지 않았으니까. 더러운 담요와 건초더미가 깔린 바닥 여기저기에는 손도 대지 않은 오렌지와 바나나 조각이 뒹굴고 있었다. 춥고 쓸쓸해 보이는 침팬지였다.

"마마야."

사수는 쓸쓸한 침팬지의 이름을 알려주었다. 사수에 따르면, 동물원 역사상 처음으로 공개 출산을 한 침팬지였다. 출산 전 과정을 언론과 일반인에게 관람시킨 이 이벤트는 신임 동물원장의 아이디어였다. 취임 일성으로 고질적 적자 운영을 흑자로 전환시키겠다고 선포한 후 맨 처음 벌인 행사였다고 했다. 자신의 치적 쌓기에 임신한 침팬지를 이용한 셈이었다.

원장의 노림수는 먹혀들었다. 그날 동물원은 관람객과 기자들로 모처럼 북적거렸다. 여기저기서 카메라 셔터가 터지고, 사람들은 고성을 지르고, 고적대는 나팔을 불며 축하 행진을 하는 괴상한 축제가 벌어졌다. 그로 인해 마마는 자기가 낳은 아기를 받아들이지 못했다. 제 몸에서 나온 괴상한 사물쯤으로 인식했다. 더하여 산후우울증에 시달렸다. 젖은커녕 새끼를 곁에 데려가기만 해도 이빨을 드러내고 으르렁거린다고 했다.

"마마가 제 새끼를 물어 죽이지 않은 것만으로도 기적이야."

사수가 말했다. 새끼는 사육사들이 번갈아가며 돌보는 중이라고 했다. 인력이 부족한 탓에 육아는 고사하고 때맞춰 젖병을 물리는 것도 힘든 상황이었다. 말하자면, 나는 98대 1이라는 경쟁을 뚫고 선택된 유모였다. 선택된 이유는 딱 하나였다. 생물학을 전공하는 학생이자 영아원 자원봉사 경력이 있는 지원자라는 것.

마마의 새끼가 있는 곳은 수의사들이 휴게실로 쓰는 작은 방이었다. 기다란 테이블 한쪽에 노란색 플라스틱 바구니가 놓여 있었다. 그 안에서 마마의 갓난쟁이가 울어대고 있었다. 개구리처럼 팔다리를 뻗지르고 살굿빛 얼굴을 일그러뜨리며 그악스럽게 악을 썼다.

"얘 좀 달래볼래?"

사수가 소독기에서 젖병을 꺼내며 말했다. 영아원에서 갈고 닦은 내 솜씨를 보고 싶어 하는 눈치였다. 망설임 같은 건 없었다. 그렇지 않아도 안고 싶어 손이 근질근질 했으니까. 나는 한 손으로 갓난쟁이의 목을 받치고, 한 손으론 몸을 감싸 쥔 후 조심스레 안아 올렸다. 녀석은 거짓말처럼 울음을 멈췄다. 내 가슴팍에 얼굴을 비비대면서 조그만 입을 오물거려 젖 빠는 시늉을 했다.

"피딩해봐."

사수는 내게 젖병을 건네주었다. 나는 녀석을 비스듬하게 세워서 안고 젖꼭지를 대주었다. 녀석은 젖꼭지를 허겁지겁 입 안으로 몰아넣으며 나를 올려다봤다. 나는 숨을 멈췄다. 가슴이 덜컥 내려앉는 소리를 들었다. 눈물로 반짝이는 눈동자가 내 눈을 찾아 들어오던 순간, 나와 팬이 처음으로 눈을 맞댄 그 순간을 나는 지금도 잊지 못한다. 마치 이렇게 묻는 듯한 눈이었다.

넌 누구야?

"난 진이야. 이진이. 네 친구야."

팬은 젖꼭지를 빠는 내내 내게서 눈을 떼지 않았다. 젖병은 순식간에 비었다. 젖꼭지를 빼내고, 등을 쓸어주고, 품에 끌어안자 사수는 고개를 끄덕였다. 잘했어, 하듯.

팬은 나를 엄마로 알고 자랐다. 불안정했던 정서도 차차 안정이 됐다. 사육사들이 번갈아 젖을 줄 때 보였던, 숨이 넘어갈 지경으로 '뻗지르며 울기' 신공도 시전하지 않았다. 나는 팬을 안거나 등에 업은 채로 사육사 보조 역할을 해냈다. 사육장 청소, 배설물 치우기, 먹이 조제, 구조물 설치 같은 막노동까지. 밤에는 내 숙소로 데려가 품에 안고 재웠다.

두 달이 순식간에 지나갔다. 학교로 돌아가야 했으나 그럴 마음이 나지 않았다. 팬이 아직도 제 엄마에게 돌아가지 못했기 때문이다. 마마는 팬만 보면 성미를 부리고 사납게 굴었다. 침팬지 무리에도 합류하지 못했다. 마마역할을 해줄 양어미가 없었다. 나머지 세 마리는 모조리 수컷이었고, 팬에게 관심조차 보이지 않았다. 동물원에선 계약 연장을 제의해왔다. 나는 기꺼이 휴학계를 냈다.

팬이 침팬지 무리에 받아들여지기까지는 3년이 걸렸다. 나는 스물세 살 봄에야 학교로 돌아갈 수 있었다. 동물원을 떠나던 아침, 때늦은 눈이 내렸다. 그곳에 도착하던 날처럼 나폴나폴 내리는 함박눈이었다. 팬은 눈 쌓인 야외 놀이터에서 홀로 그네를 타고 있었다. 까맣고 작은 머리 위로 눈송이들이 흰 나비처럼 날았다. 그 모습이 너무 쓸쓸하고 애처로워 하마터면 팬, 하고 불러버릴 뻔했다. 나는 손가락 총을 세우고 입속말로 인사를 보냈다. 잘 있어,라고 했던가. 아니 안녕,이라고 했던가. 나는 무릎 사이에 얼굴을 묻었다. 팬의 모습이 저만치 멀어졌다. 기억들이 함박눈처럼 흩어졌다. 이후 다시 맞춰지지 않았다. 어떤 생각에도 집중할 수가 없었다. 그저 의식이 흐르는 대로 끌려다녔다. 기억에서 꿈으로, 꿈에서 환각으로, 환각에서 다시 기억으로 무한궤도를 돌았다. 때문에 아득한 곳에서 들려오는 민주의 목소리도 환청인 줄로 알았다.

"이진이, 지금 어디야?"

그의 목소리보다 더 실제적인 소리가 울리고 있었다. 운동화 밑창이 규칙적으로 바닥을 디디는 사각사각 소리.

"이진이, 자는 거야?"

환청이 아니었다. 나직하고 작았지만 현실의 소리였다. 민주의 목소리였다. 그가 돌아온 거였다. 나는 온 힘을 다해 소리를 내질렀다.

김민주. 안 자. 나 안 자.

소리는 공회전하듯 목 밑을 헛돌았다. 문을 열고 싶어도 팔을 움직일 수가 없었다. 눈조차 제대로 뜰 수 없었다. 무기력한 공황감이 나를 발기발기 찢었다. 목 밑에선 나오지 못한 말들이 마그마처럼 들끓었다.

"이진아, 너 지금 민주 기다리지?

나는 사력을 다해 머리를 들었다. 이마로 문을 들이박듯 한 번 쳤다.

그래, 기다려. 기다린다고.

나는 글쓰기를 멈췄다. 아직도 안개가 짙었으나 날이 밝았다는 걸 알 수 있었다. 정자 주변이 환했다. 덕택에 안개 밑에 누운 민주의 모습이 건너다보였다. 침낭 지퍼를 머리끝까지 올리고 반듯하게 누워 있었다. 지금껏 한 번도 생각해보지 않았던 질문 하나가 떠올랐다. 저 남자는 어쩌다 떠돌이가 됐을까. 하는 짓을 보면 물정 모르고 평탄하게 살아온 철부지 같은데.

내 몸으로 돌아가면, 그리하여 온전한 내가 되면, 물어볼 것이 하나 더 있었다. 너 몇 살인데 나한테 반말해? 허락도 없이…….

휴대전화 시계가 6시 50분을 가리켰다. 나와 대면할 시각까지 3시간 40분이 남았다. 그사이 아무 일도 일어나지 않는다면. 그러니까 아무 일도…….

나는 부랴부랴 메모장으로 돌아왔다. 쓰던 걸 접어놓고 금방 생각난 것들을 아래 칸에 입력하기 시작했다. 민주를 통해 새로 알게 된 사실을 바탕으로 두 세계의 연동 방식에 대한 추측을 전개해봤다.

명제: 지니의 램프 안에서 일어나는 일은 바깥 세계에도 똑같이 적용된다.

병원 로비에서 막 깨어났을 때, 나는 눈앞의 난장판을 '사전입력'의 결과로 해석했다. 인간의 무의식은 특정한 상황에서 특정한 패턴의 행동을 하도록 뇌에 미리 입력해놓을 수 있다. 입력된 정보는 뇌가 패닉 상태에 빠질 때 유용하게 쓰인다. 다른 판단이 끼어들 여지 없이 곧장 사전에 입력된 패턴대로 행동하는 것이다.

보노보의 뇌라고 다를 바 있을까, 생각했다. 지니는 로비의 상황을, 밀림에서 위험에 처했을 때의 대처 방식으로 처리했을 것이다. 포식자나 다른 종, 혹은 적대적인 무리에 포위됐을 때처럼.

지금은 다른 가능성이 더 커 보인다. 민주에 따르면, 콩고 강변과 현실의 일이 기차의 두 레일처럼 평행으로 진행됐다. 이는 '사전입력'으로 설명되지 않는 현상이다. 이런 일이 일어나려면⋯⋯

나는 입력을 멈췄다. 멈출 수밖에 없었다. 메모장 위로 지니의 눈이 툭 튀어나왔으니까. 목 안에선 헛바람이 튀어나왔다. 예상치 못한 시점이자 위치였다. 화면에서 주먹이 튀어나왔다 해도 그토록 놀라지는 않았을 것이다. 심장이 쿵쾅쿵쾅 요동을 쳤다. 손끝이 바르르 떨려왔다. 뒤통수에서 열이 뻗쳐올랐다. 나는 성난 고함을 내지르며 지니의 램프로 끌려갔다. 아아, 염병할⋯⋯.

보름달이 높다란 나무 끝에 걸려 있었다. 숲은 환하고, 달빛을 받은 나뭇잎들은 크리스마스 꼬마전구처럼 반짝거렸다. 지니가 있는 곳은 나뭇가지가 그물처럼 얽힌 나무 위였다. 구체적인 번지수를 대자면 잔가지와 나뭇잎과 풀잎을 모아 만든 제 잠자리 안이었다. 가만히 쪼그려 앉아 어딘가에서 들려오는 소리에 귀를 기울이고 있었다.

신음 같기도 하고, 거친 숨소리 같기도 했다. 처음엔 하나의 소리였으나 차차 여럿이 내뿜는 합창이 됐다. 공기의 진동처럼 들린다기보다 감지되는 소리였다. 때때로 풀숲 사이로 걸어가는 발소리가 울리기도 했다. 발소리의 주인은 집결 신호라도 받은 양 소리를 향해 갔다.

지니는 발소리가 울리면 벌떡 일어났다가, 합창이 감지되면 주저앉았다. 자기도 행렬에 낄지 말지 망설이는 듯했다. 초조한 눈치였다. 불안해하는 기색이었다. 긴장한 나머지 숨소리가 떨리고 있었다. 발칵발칵, 심장을 펌프질하는 소리까지 들리는 것 같았다. 근육이 팽팽하게 부푸는 것이 느껴졌다. 눈으로 보듯이 생생하게.

무언가 이상했지만 무엇이 이상한지에 대해 나는 생각하지 않았다. 그럴 여유가 없었다. 머릿속이 쑥대밭이었기 때문이다. 뱃속에선 천불이 일었다. 긴긴밤을 다 보내고 날이 밝은 후에야 나를 불러들인 지니의 처사에 울화통이 터졌다. 할 수만 있다면 지니의 발목을 틀어쥐고 나무 꼭대기로 올라가서 거꾸로 흔들어주고 싶었다. 지금 장난하는 거야? 내 목숨이 달렸는데, 장난하는 거냐고.

와중에도 외부의 자극들을 빠짐없이 인지하고 있었다. 합창 소리가 점점 커지고 있으며, 지금 막 다섯 번째 발소리가 들리기 시작했다는 것까지. 잠시 후, 발소리는 나무 밑을 지나 합창 소리 쪽으로 멀어졌다. 마침내 지니는 나무에서 뛰어내렸다. 어디로 가야 할지는 이미 알고 있었을 것이다. 앞선 자의 인도가 없는데도 척척 길을 찾아가는 걸 보면.

가까운 곳이었다. 수풀과 덩굴, 작은 나무들이 뒤엉긴 공터로 들어서자 반원 형태로 서 있는 일곱 개의 그림자가 나타났다. 그들은 나무 그루터기 옆에 엉거주춤하게 기대서 있는 한 만삭의 보노보를 바라보고 있었다.

나는 단번에 임산부의 정체를 알아봤다. 홍수가 나던 날 아이를 등에 업고 물가에 나타났던 보노보였다. 귀 위쪽 머리만 하얗게 센 지니의 어미였다. 지니를 부르며 애타게 울던 나이든 어미였다. 그러니까, 지금은 그때보다 훨씬 오래전이었다. 그때 등에 매달려 있던 아기가 아직 태어나지 않은 대과거의 어느 시간이었다.

지니는 몸을 숨기듯 작은 나무 뒤에 붙어 섰다. 어미가 왜 저곳에 홀로 서 있는지, 동네 주민들은 어미를 둘러싸고 무슨 짓을 하는 것인지 지니는 모르고 있는 듯했다. 그로 인한 지니의 혼란과 두려움을 명확하게 느꼈다.

부글부글 열이 끓던 머리가 서늘하게 식었다. 좀 전에 느꼈던 이상한 '무언가'의 정체가 바로 이것이었다. 내가 지니의 감정과 내면을 느낄 수 있다는 것. 어제 낮에 불려왔을 때와 사뭇 달라진 부분이었다. 밀림에선 지니의 시야에서 상황을 보거나 들을 수 있었고, 강변으로 떠내려 온 후부터는 감정을 인식할 수 있었다. 지금은 인식에서 나아가 공감하듯 느끼고 있었다. 새로운 엔진을 추가로 장착한 셈이랄까. 다만 이것이 좋은 징조인지 나쁜 징후인지는 알 수 없었다.

출산이 임박한 듯, 어미는 몸을 굽히고 다리를 벌리고 섰다. 바구니처럼 오목하게 구부린 오른손은 가랑이 아래로 내려와 있었다. 아이를 받아낼 작지만 힘센 요람이었다. 발밑에 깔린 낙엽 더미는 양수에 젖어 번들거렸다.

어미 앞에선 더 연장자로 보이는 보노보가 똑같은 자세로 마주 서 있었다. 내 식으로 해석하자면 동네에서 가장 연륜 있는 할머니가 노쇠한 산모의 출산을 독려하는 광경처럼 보였다. 산파 할미 뒤편으로 나머지 주민들이 에워싸고 있었다. 외부 생식기로 판단했을 때, 성숙한 아주머니 셋, 십대 중반으로 보이는 아가씨가 둘이었다.

그들은 모두 산파 할미와 비슷한 자세를 하고 있었다. 어설픈 자세였지만 의미는 분명하게 읽혔다. 그들은 산파 할미 흉내 내고 있었다. 시선들은 한 묶음으로 어미의 가랑이 사이에 박혀 있었다.

지니는 서 있는 위치에 만족할 수 없게 됐다. 살금살금 움직여 산파 할미로부터 몇 발 떨어진 나무 뒤까지 전진했다. 그사이 나는 이 장면이 연출되기 직전의 상황을 상상해봤다. 잠자리에 누운 채 자세를 바꿔가며 진통을 견디는 산모. 산모가 거친 소리를 내며 몸을 일으키는 순간 호출 신호라도 받은 것처럼 조용하고 빠르게 모여드는 동네 주민들.

보지 않았다면 믿지 않았을 장면이었다. 침팬지가 출산하는 장면은 본 적이 있지만, 보노보의 출산을 보는 건 처음이었다. 그들의 출산에 관한 이런저런 얘기를 들은 바 있으나 동네 주민이 단체로 산모에게 빙의한다는 말은 들어본 적이 없었다.

어미는 아직 눈을 감고 있었다. 가끔 사타구니 안으로 손가락을 밀어넣고 아기가 어디쯤 내려왔는지 확인할 때 말고는 몸을 움직이지도 않았다. 사방은 고요하기 이를 데 없었다. 달빛이 쏟아져내리는 소리까지 들릴 듯한 정적이었다. 동네 주민 역시 같은 자세로 선 채 움직이지 않았다. 어미의 호흡에 박자를 맞춰 숨을 마시고 내쉴 뿐.

그러던 어느 순간 어미가 번뜩 눈을 떴다. 마침내 반투명 막에 둘러싸인 밤송이 같은 머리가 사타구니 사이를 뚫고 나와 어미의 손바닥으로 미끄러졌다. 이어 물이 쏟아지듯 몸통과 팔, 두 다리까지 빠져나왔다. 어미는 아기를 끌어올려 품에 안았다.

이론상, 보노보 신생아의 크기는 어미 몸의 23분의 1이었다. 실제로는 더 작아 보였다. 저 몸으로 젖이나 빨 수 있을까 싶을 만큼 연약해 보였다. 어미 손아귀에서 빠져버릴까봐 아슬아슬하기도 했다. 어미 역시 같은 심정이었는지도 모르겠다. 자세를 한껏 낮추고 앉더니, 아기의 몸에 붙은 양막을 혀로 핥아 걷어내기 시작했다. 입을 맞추듯 고개를 숙여 이빨로 탯줄을 끊었다. 태반과 부속물은 거의 한입에 삼켜버렸다.

동네 주민들은 상황이 종료됐는데도 집으로 돌아가지 않았다. 아기를 만져보고 싶어 안달이 나 있었다. 어미 주변으로 모여들어 아기를 보겠다고 자리다툼을 벌였다. 어깨를 밀치거나, 팔을 잡아당기거나, 조심스럽게 어미를 향해 손을 뻗거나.

어미는 아기를 안고 덤불 속에 마련한 잠자리로 들어가버렸다. 팔로 머리를 받치고 모로 누워 아기의 젖은 얼굴과 몸을 구석구석 핥았다. 나무에 걸린 달이, 아기의 쪼글쪼글한 얼굴과 몸 구석구석을 금빛으로 비췄다. 사내아이였다.

동네 주민들은 달이 이울기 시작할 무렵에야 하나둘 흩어졌다. 지니는 소리 죽여 나무로 올라갔다. 어미의 잠자리에서 가장 가까운 나뭇가지에 자리를 잡았다. 가지에 발을 걸고, 몸을 거꾸로 늘어뜨린 채 아래를 내려다봤다. 작고 까만 털 뭉치 같은 것이 어미의 품에서 꼬물거리고 있었다. 지니의 입 안에서 웃음 같은 소리가 구르기 시작했다. 제 동생에게 건네는 환영 인사 같기도 했다.

까꿍.

9장
민주

잠결에 새소리를 들었다. 잠을 깬 후에야 진이의 소리구나, 했다. 지금까지 들어본 소리와는 성격이 좀 달랐다. 야단스럽게 내지르거나, 날카로운 포물선을 긋거나, 애처롭게 떨리는 소리가 아니었다. 목 안에서 미끄러지는 은밀한 소리였다. 누군가의 손이 가슴을 간질일 때 나오는 소리였다. 모차르트는 이를 희한한 단어로 번역했다.

'까꿍.'

나는 머리 위까지 채운 침낭 지퍼를 턱 밑으로 끌어내렸다. 차고 축축한 안개가 얼굴로 내려앉았다. 시야 중심은 부옇고, 시야 주변은 초저녁 사위처럼 어둑했다. 잿빛 대기 속에선 가랑비가 희뜩희뜩 흩날리고 있었다. 어젯밤만 해도 별이 총총하더니.

그녀의 위치를 알아내는 데는 시간이 좀 걸렸다. 엉뚱하게도 마주 보이는 지붕 끝에 거꾸로 매달려 있었다. 우리가 처음 만났을 때와 똑같은 위치요, 자세였다. 처마 끝에 머리만 매달아놓은 듯한 형상이었다. 밑으로 쏟아진 짤막한 머리털에 가랑비 입자들이 붙어 부옇게 보였다. 머리

끝에서 물방울이 덜 잠근 수도꼭지처럼 1초에 한 번꼴로 똑똑 떨어졌다.

거기서 뭘 하느냐고 묻는 대신 나는 그녀와 눈을 맞췄다. 깜짝 놀란 양, 그녀는 눈을 휘둥그렇게 떴다. '엄마야, 어떡해. 쟤가 나를 봤어' 하듯 눈꺼풀을 빠르게 깜박거렸다. 짙은 속눈썹이 검은 눈동자 앞에서 나비 날개처럼 펄럭거렸다. 모르는 사람이 본다면 좋아 죽네, 할 표정이었다.

추측을 해보자면, 그녀는 내내 나를 내려다보고 있었을 것이다. 이유는 모르겠지만 그녀의 쾌감중추를 간질이는 게 나인 모양이었다.

"그만 내려와."

내 목소리는 아직 잠기운에 잠겨 있었다. 혹시 못 들었을까 싶어 한마디 더 보탰다.

"비 맞지 말고."

오케이, 하듯 그녀는 공중돌기로 바닥에 떨어져 내렸다. 허리를 굽히고 나를 향해 세 발로 살금살금 다가왔다. 한쪽 손은 뒤통수에 붙어 있었다. 손과 뒤통수 사이에 끼어 있는 건 아무래도 이파리지 싶었다. 진녹색 테두리가 모자챙처럼 뒤통수를 감싼 걸로 봐서, 크고 넓적한 덩굴 잎이었다.

비를 얼마나 맞은 것일까. 물길에 들어가 헤엄이라도 친 것처럼 온몸이 쫄딱 젖어 있었다. 그 바람에 털이 살갗에 찰싹 들러붙어 체구가 반쪽이 됐다. 검은 얼굴에선 빗물이 줄줄 흐르고, 발을 디디는 곳곳마다 물자국들이 찍혔다. 시선은 내 얼굴에 대못처럼 붙박여 있었다. 복잡하고도 미묘한 눈빛이었다. 긴장한 것도 같고, 수줍어하는 것도 같고, 웃는 것도 같았다. 동공이 열린 눈동자는 꿈을 꾸는 것처럼 몽롱해 보였다.

계속해서 마주 보기 부담스러운 표정이었다. 시선이 온전히 내게 쏠려 있다는 점에서 속도 좀 거북했다. 우리 사이의 거리가 점점 좁혀진다는 점에서 약간 겁이 났다. 두어 발짝 거리까지 왔을 땐 확신할 수 있었다. 그녀는 진이가 아니었다. 지니였다. 잠시 2군으로 좌천됐던 선수가 1군 경기로 복귀한 셈이었다.

나는 후다닥 일어나 정자 밖으로 튀어버리고 싶었다. 충동을 눌러 참느라 종아리 알이 박동하듯 불끈거렸다. 지니를 자극하거나 놀래서 득될 게 없었다. 머리 뚜껑이 열리면 무슨 일이 벌어지는지, 뼈아픈 심정으로 지켜본 바 있지 않은가. 그렇다고 가만히 누워 무방비 상태로 대면하는 것도 내키지 않았다. 도망칠 채비 정도는 갖춰둬야 했다.

채비의 첫 단계로 팔꿈치를 바닥에 괴고 상체를 반쯤 일으켰다. 시야가 조금 넓어지면서 침낭 옆에 놓인 흰 물체가 곁눈질에 걸려들었다. 얼핏 본 바로는 팝콘 무더기 같았다. 제대로 보니 흰 꽃망울이 복슬복슬 매달린 나뭇가지들이 무덤을 이루고 있었다. 더 자세히 들여다본 결과, 이팝나무 꽃가지라는 판단을 내렸다. 꽃무덤 주변에는 비에 젖고 발에 밟힌 낙화 송이들이 비둘기 똥처럼 흩어져 있었다.

불현듯 새벽 나절 일이 떠올랐다. 그때까지도 나는 잠을 이루지 못하고 있었다. 반은 허기 탓이었다. 텅 빈 위장 속에서 쉴 새 없이 늑대가 울어댔다. 사지는 축 늘어져 침낭 바닥에 눌어붙었다. 나 모르는 새에 어떤 놈이 뼈만 추려갔나 의심스러울 지경이었다.

나머지 절반의 책임은 그녀에게 있었다. 휴대전화 문자판 두들기는 소리가 새 부리처럼 귀를 쪼아댔다. 처음엔 뭘 쓰나, 하는 호기심으로 참을 수 있었다. 밤새 이어지자 고문이 됐다. 그렇다고 잠 좀 자자고 투덜거릴 상황도 아니었다. 최선을 다해 잠든 척해야 할 때였다. 그녀는 벼랑 끝에 서 있었고, 어쨌거나 우리는 한 팀이니까.

나는 여름한 잠과 각성 사이를 초 단위로 오갔다. 와중에 그녀가 움직이는 기적을 느꼈다. 눈을 떴을 때, 이미 그녀는 정자에 없었다. 그녀가 앉아 있던 기둥 앞에는 흔적들만 남아 있었다. 휴대전화, 야상, 모자, 다먹은 사탕 막대기. 반대편으로 고개를 돌리자 물길을 건너가는 그녀가 내려다보였다. 징검돌 위로 쫑쫑 뛰는 뒷모습이 새끼 고양이처럼 발랄했다. 이상하고도 낯선 모습이었다. 저렇듯 천진난만하게 뛸 기분이 아닐 텐데. 글을 쓰던 중에 벼랑을 뛰어넘을 묘수라도 발견했을까.

궁금했지만 그녀를 불러 세우지는 않았다. 보리밭 일이 떠올라서 잠자코 지켜봤다. 그녀는 새벽안개에 휩싸인 팽나무 숲으로 스며들듯 사라졌다. 나는 눈을 감았다. 볼일을 보러 갔겠거니 했다. 이제 보니 꽃을 꺾으러 갔던 모양이었다.

참으로 수고로운 일이었을 것이다. 기억하기로, 근처에 이팝나무가 있는 곳은 영장류센터뿐이었다. 꽃가지를 꺾으려면 팽나무 숲을 기어 올라가서 고갯마루 도로를 건너고, 망아산 능선까지 올라간 다음 영장류센터 담을 넘어야 했을 것이다. 그녀는 그때에도 지니었을까. 만약 그렇다면 이팝나무가 거기에 있다는 걸 어떻게 알았을까. 꽃향기를 따라갔을까? 아니면 무의식 속에서 진이의 GPS가 작동한 것일까?

지니가 사라진 후, 나는 침낭 지퍼를 머리끝까지 끌어 올렸다. 주변이 고요해지면서 깊은 잠에 빠져버렸다. 귀를 쪼던 새 부리가 사라지자마자 잠귀신이 덮친 꼴이었다. 그 바람에 지니가 돌아오는 소리를 듣지 못했다. 당연히 꽃무덤을 쌓는 것도 알아차리지 못했다. 내게 꽃무덤을 만들어 바친 이유 역시 짐작되지 않았다. 난감한 호의였다. 나를 꽃무덤에 묻어버리려는 건가, 싶어 무섭기까지 했다.

지니는 정자 입구를 등지고 꽃무덤 너머에 앉았다. 나는 발끝 쪽 정자 기둥에 시선을 붙박았다. 네가 무슨 짓을 하든 신경 안 쓴다는 의미였다.

정말? 하듯, 지니는 꽃무덤 위로 얼굴을 쏙 내밀었다. 콧김이 닿는 거리까지 다가와 신기한 것을 보는 듯한 눈빛으로 내 눈을 들여다봤다.

물기와 열기가 범벅이 된 눈이었다. 마주 봐주지 않으면 눈물이라도 흘릴 것 같은 분위기였다. 혹 끼쳐오는 숨결에선 짠내가 나고, 젖은 몸에선 두리안 냄새가 났다. 나는 숨을 멈췄다.

냄새 때문이 아니었다. 개 짖는 소리를 들은 것 같았다. 골짜기 위 도로로 짐작됐다. 전날 한기준 덕택에 피한 경찰 수색견이 번득 기억났다. 나는 고개를 저었다. 그놈은 아니겠지. 아니어야 했다. 무곡 마을에서 들리는 개 짖는 소리일 것이다. 어쩌면 아침 산책을 나온 개일지도 모르고. 경찰이 출동했다면 사이렌을 먼저 울렸겠지. 우리가 이곳에 있다는 걸 그들이 알 리도 없고.

지니는 뒤통수에 붙이고 있던 손을 슬그머니 내렸다. 짐작한 대로 손바닥에 넓적한 덩굴 이파리가 놓여 있었다. 나는 개 짖는 소리를 잊고자 지니의 손바닥에 대해 열심히 생각했다. 저 손바닥을 뒤통수에서 내린 건 나를 때릴 징조인가, 때리지 않을 징조인가. 손바닥이 내 얼굴로 불쑥 뻗어왔을 때, 목구멍이 확 오그라들었다.

먼 고갯마루에서 개 짖는 소리가 본격적으로 울리고 있었다. 도로 위가 아니라 팽나무 숲이었다. 낮고 우렁우렁하게 울리는 소리로 미루어 흉통이 큰 개였다. 이를테면 도베르만이라든가, 셰퍼드라든가. 숨이 저절로 거칠어졌다. 개 짖는 소리가 한 번씩 울릴 때마다 손끝이 저려왔다. 머리털이 서고 살갗이 따가웠다. 혈류가 빨라지는 소리마저 들리는 것 같았다.

지니는 개 짖는 소리에 전혀 신경 쓰지 않았다. 나달나달하게 뭉개진 이파리를 내 이마에 모자처럼 내려놓고 이리저리 살피는 중이었다. 모자가 어울리는지, 안 어울리는지 평가하는 것처럼. 시선이 마주치자 입술을 씰룩거리더니 목 안에 든 소리를 연달아 뱉어냈다.

'까꿍, 까꿍……'

지니는 검지 끝으로 내 귀뺨을 슬쩍슬쩍 건드렸다. 단단한 손톱이 살을 스칠 때마다 뺨이 움찔움찔 떨었다. 다홍빛 입술을 쭉 내밀고 속삭이는 '까꿍' 소리에 연방 딸꾹질이 터졌다. 이를 악물고 까꿍을 견디느라 악궁이 빠개지는 것처럼 아팠다. 이 상태가 3초만 더 지속됐다면 버럭 고함을 질렀을지도 모른다. 저리 비켜. 개 놈이 오고 있잖아.

지니는 얼굴과 손을 동시에 거둬갔다. 뜨거운 숨결도, 두리안 냄새도, 까꿍도 함께 거둬갔다. 대신 내게 등을 돌리고 서서 나와 눈을 맞추는 묘기 시연에 들어갔다. 세 번의 동작으로 완결되는 아주 간단한 기술이었다. 다리를 벌리고 선다. 등을 굽힌다, 가랑이 사이로 나를 내다본다.

지니의 눈빛은 여전히 몽롱했다. 시선이 닿는 곳은 아득히 멀어 보였다. 표정과 연관되는 감정의 범주는 '행복에서 황홀까지'였다. 나는 묻고 싶었다. 지니, 네 귀엔 저 개 짖는 소리가 안 들리는 거야? 나보다 성능 좋은 귀를 가졌을 텐데. 먼 곳도 아니고, 팽나무 숲 한복판에서 맹렬하게 울리고 있는데.

떠올릴 수 있는 답은 하나밖에 없었다. 내게 들리는 것이 지니에겐 들리지 않는다. '왜?'에 대해선 궁금해하지 않기로 했다. 지금은 도망칠 궁리를 할 때였으므로. 나는 도주로를 찾아 눈을 굴렸다. 골짜기 안쪽에서 시작해, 정자 뒤편 소나무 숲을 지나 물길 너머까지. 초고속으로 한 바퀴를 돌았다. 힘이 쭉 빠졌다.

다 부질없는 짓이었다. 개 짖는 소리를 처음으로 들은 게 불과 1, 2분 전이었다. 길어봐야 3분. 그새 근처까지 접근해 있었다. 배낭을 꾸리고 도망치기엔 너무 늦었다. 배낭을 두고 튀어도 잡히는 건 시간문제였다. 다급함이 내게서 초인적 질수 능력을 불러낸다 해도, 개보다 빨리 달릴 수는 없을 테니까. 무엇보다 달릴 힘이 없었다.

나는 육상 선수의 길 대신 연기자의 길을 택했다. 딱히 어려운 일도 아니었다. 그 자세 그대로 눈만 크게 뜨고 있으면 될 테니. 가랑이 사이로 나를 내다보면서, 내 머리에서 발끝으로, 발끝에서 머리로, 꽃게처럼 오가는 지니에게 겁먹은 것처럼. 그리 오래 기다릴 필요도 없었다. 눈을 크게 뜨기도 전에 팽나무 숲에서 새카만 도베르만이 튀어나왔다. 황금빛 눈을 번득이며, 단 두 번의 점프로 지니 뒤에 도착했다.

검은 표범의 도약을 보는 것 같았다. 살 떨리는 쇄도였다. 혓바닥까지 덜덜 떨리는 기분이었다. 입이 저절로 벌어지고 신음 같은 부름이 흘러나왔다.

"지니……."

지니는 태도에는 변화가 없었다. 무언가가 제 뒤에 있다는 걸 아예 인지하지 못하는 기색이었다. 꿈결을 배회하는 몽유병자처럼 의식이 다른 세상에 가 있는 듯도 했다. 무서운 검둥개가 곡괭이만 한 송곳니를 드러내고 으르렁대는데도 여전히 황홀한 표정으로 나만 바라봤다.

"흑표, 앉아."

낮고 단호한 명령이 날아왔다. 흑표는 뻗치고 있던 뒷다리를 접고 꼿꼿한 자세로 지니의 엉덩이 뒤에 앉았다. 나는 곁눈질로 물길 쪽을 더듬어 명령한 자를 찾았다. 경찰 제복을 입은 남자가 물길을 건너오고 있었다. 구조대원 넷이 뒤이어 줄줄이.

흑표의 집사가 정자 입구에 도착했다. 눈앞의 상황이 통 이해되지 않는 모양이었다. 흑표에게 내릴 다음 명령마저 잊어버린 듯했다. 이상한 표정을 짓고 선 자리에서 움직이지 않았다. 곧 한기준과 포획 장비를 든 대원들이 도착했다. 한기준은 지니를 향해 마취 총을 조준했으나, 쏘지 않았다. 까꿍을 연발하며 내 머리와 발끝 사이를 오가는 지니에게 시선을 꽂고 있을 뿐.

"포획 틀 놔봐."

한기준이 말했다. 지니는 내 발끝을 찍고, 다시 머리 쪽으로 이동하고 있었다. 구조대원들은 멧돼지 한 마리쯤은 거뜬히 들어갈 만한 포획 틀을 열어 내 머리 옆에 내려놨다. 지니는 알아서 포획 틀로 들어갔다. 가랑이 사이로 얼굴을 내민 그 자세 그대로. 탁, 소리와 함께 포획 틀이 잠겼다.

지니는 그 안에서도 까꿍 놀이를 멈추지 않았다. 세 발짝 만에 포획 틀의 한쪽 벽에 엉덩이를 부딪히자 곧장 반대편으로 움직였다. 세 발짝 만에 다시 다른 쪽 벽으로, 잠시 후 또 반대편 벽으로. 모르는 사람이 본다면 흥분한 유인원의 자해 행위로 여길 법한 행동이었다.

"애 상태가 좀 이상한데요."

구조대원 중 하나가 말했다. 한기준이 말했다.

"데리고 가서 인계해. 자기들이 알아서 하겠지."

세 구조대원은 포획 틀을 들고 현장을 떠났다. 정자를 나서는 순간까지, 지니는 몽롱한 눈길을 내게서 거두지 않았다. 물길을 건너갈 때까지 까꿍 소리를 멈추지 않았다. 한기준은 무전기로 포획에 성공했다는 전갈을 보냈다. 흑표 집사는 흑표를 데리고 퇴장했다. 나는 몸을 일으키고 앉았다. 이마에 붙어 있던 이파리가 폴럭 떨어져 내렸다.

"우리, 꽤 자주 만나는 것 같은데."

한기준이 입을 열었다.

"예. 실은……"

나는 대답하려다 입을 다물었다. 언제 온 것인지 한기준 뒤에 제복 경찰 둘이 서 있었다.

"두 사람, 아는 사이요?"

한 경찰이 정자로 올라서며 물었다. 나이를 가늠하기 어려운 남자였다. 얼굴로만 봐서는 한기준 또래 같았으나 머리털은 백발에 가까웠다. 한기준 뒤에 서 있는 경찰 2호는 나와 나이가 비슷해 보였다.

"어떻게 아는 사이요?"

백발 경찰은 나와 한기준 사이에 멈춰 서서 재차 물었다. 나는 한기준을 봤다. 당신 재량에 맡기겠다는 뜻이었다. 한기준은 팔짱을 끼며 시선을 맞대왔다. 상대를 얼어붙게 만드는 냉정한 눈이었다. 명백하게 보노보 도둑으로 단정하는 시선이었다. 호혜적 처리가 불가능하다는 걸 분명히 해두는 표정이었다. 전날 베푼 호의 같은 건 꿈도 꾸지 말라는 경고로 보였다.

"내 말 못 들었어요?"

백발 경찰은 한기준을 향해 대답을 재촉했다. 직감상, 그들 역시 아는 사이 같았다. 분위기상 친하게 지내는 사이 같지는 않았다.

"저 친구, 어제 아침에도 여기 있었습니다. 제가 시내까지 데려다줬고요."

한기준이 입을 열었다. 백발 경찰은 눈을 세모로 뜨고 되물었다.

"댁이 데려다주셨다고. 우리한텐 말도 없이?"

"저는 매뉴얼대로 행동했습니다만. 어제는 보노보도 없었고요."

한기준은 팔짱을 풀면서 어깨를 반듯하게 폈다. 백발 경찰은 엄지를 젖혀 나를 가리켰다.

"좀 전까지 이 사람이 데리고 있었잖소. 어제 댁이 제대로……"

"한 번 더 말씀드리죠."

한기준은 백발 경찰의 말을 가로챘다. 좀 전 내게 보여줬던 '딱 걸렸어' 하는 눈빛은 말끔하게 사라졌다. 사무적이고 억양 없는 목소리로 '말씀'을 되풀이했다.

"어젠 보노보가 없었습니다. 매뉴얼에 따라 저 친구를 시내로 데려다줬고요, 그게 답니다."

"이봐요. 내 말은 그게 아니잖아. 데려다주기 전에 우리한테 먼저 알려야……"

"더 알고 싶은 게 있다면 소방서로 협조 요청을 하세요."

한기준은 이만 가봐야겠다는 듯 가볍게 목례를 하고 돌아섰다. 백발 경찰에 대한 반감 때문인지는 모르겠으나 '저 노숙자가 보노보 도둑일지도 모른다'는 견해는 피력하지 않았다.

"이봐요, 이봐."

백발 경찰의 부름은 먹히지 않았다. 한기준은 물길 징검돌을 성큼성큼 건너가버렸다.

"새끼, 말하는 싸가지하고는……."

백발 경찰은 얄팍한 입술을 오물거리더니 정자 아래를 향해 퉤, 소리나게 침을 뱉었다.

"이건 또 뭐야."

뭉개진 꽃무덤을 발끝으로 툭 건드리며 백발 경찰이 나를 쳐다봤다.

"원숭이랑 결혼식이라도 했나?"

세상에 불만이 많은 자 같았다. 특히 머리가 하얗게 세도록 '원숭이'나 쫓아다니는 자기 처지에 대해서. 나는 대답하지 않았다.

"일단 지구대로 같이 갑시다."

왜요,라고 묻는 내신 나는 백발 경찰을 삼사고 쳐다봤다. 백발 경찰의 눈이 다시 세모가 됐다.

"출입 금지 구역에서 이틀씩이나 숙박을 하셨으니 숙박비는 물어야 하지 않겠나?"

나는 잡동사니들을 배낭에 쑤셔 담았다. 진이가 있던 자리로 가서 야상을 주워 입고 모자를 머리에 눌러썼다. 휴대전화는 바지 주머니에 담았다. 마지막으로, 운동화를 찾아 신고 정자를 나섰다.

우리는 한 줄로 걸었다. 백발 경찰이 맨 앞에, 중간에 나, 뒤에 경찰 2호. 길바닥이 찔꺽거리는 데다 현기증이 이는 바람에 몇 번이나 넘어질 뻔했다. 그때마다 백발 경찰은 세모눈으로 뒤를 봤다. 마치 내가 자기 뒤통수에다 박치기라도 한 것처럼.

나는 뒤늦게 생각을 해봤다. 수색대는 어떻게 알고 정자를 찾아왔을까. 동물의 귀소본능상 무곡으로 돌아갔을 거라 추측한 것일까? 지니를 데리고 나오는 내 모습을 병원 CCTV로 확인한 것일까? 아니면, 우연찮게 지니를 목격한 누군가가 신고를 했을까? 이를테면 보리밭 주인이라든가.

어느 쪽이냐에 따라 대처법도 다를 것이다. 첫 번째 경우라면 발뺌이 가능했다. 난 아무 짓도 안 했다. 자고 있는데 보노보가 나타났고, 잠을 깨는 순간 흑표가 달려들었다. 내게 잘못이 있다면 출입 금지 구역에 출입한 것뿐이다,라고. 두 번째와 세 번째 경우라면 씨알도 먹히지 않을 테다.

누리길 입구에 세 종류의 차량이 정차해 있었다. 경찰차, 구조대 공작차, 영장류센터 밴. 지니는 영장류센터 밴의 짐칸에 실려 있었다. 포획틀이 아닌 작은 철장으로 옮겨진 상태였다. 모로 누운 채 움직이지 않는 걸로 미루어 정신을 잃은 듯했다. 철장 옆에선 박 선생이 철장 안으로 손을 밀어넣고 지니의 혈압을 재는 중이었다. 그 옆에선 같은 셔츠를 입은 남자가 구급 장비로 보이는 상자를 정리하고 있었다.

나는 이 장면을 이렇게 해석했다. 지니는 누리길에 도착한 후에도 포획 틀을 마구 들이받으며 까꿍 놀이를 계속했을 것이다. 이를 위험 수준의 자해 행위, 혹은 흥분 상태로 진단한 박 선생은 진정제를 투여했을 테고. 구조대원들은 지니가 잠든 후에야 포획 틀에서 꺼내 영장류센터 철장으로 옮길 수 있었겠지. 그로 인해 내가 도착할 때까지도 현장을 떠나지 못한 것일 테고.

불현듯, 팽나무 숲으로 사라지던 지니의 뒷모습이 떠올랐다. 이팝나무 꽃무덤이 뒤이어 머리를 스쳐갔다. 두 상황 사이를, 알고 있는 사실과 순수한 상상으로 채워봤다.

지니는 영장류센터에서 이팝나무 꽃가지를 꺾는다. 같은 길로 되돌아온다. 한 번의 출행으로는 그만한 크기의 꽃무덤을 만들지 못했을 것이다. 적어도 두세 번은 가야 했으리라. 내 기억이 틀리지 않았다면, 망아산 능선과 면한 쪽에 직원 숙소가 있었다. 거기 사는 사람 중 하나가 창밖을 내다보던 중 우연히 지니를 발견했다면? 지니가 꽃가지를 팔에 끼고 울타리를 넘어가는 중이었다면?

어렴풋이 희망이 생기는 것 같았다. 씨알이 먹힐 수 있겠다는 계산이 섰다. 진이에게 전해 듣기로, 어제 새벽 영장류센터 직원들은 기숙사 복도에 있던 그녀를 포획 도구를 동원하고도 눈앞에서 놓쳤다. 그러니 이미 울타리를 넘어가는 중이라면 말해 무엇할까. 시도도 해보지 않고 체포 전문가에게 신고부터 했겠지.

"뭐 하고 있어요. 빨리 타요."

경찰 2호가 경찰차 뒷좌석 문을 열어주었다. 나는 배낭을 끌어안고 차에 탔다. 뒤 차창으로 엉장류센터 밴을 넘겨다봤다. 가랑이 사이로 나를 내다보던 지니의 눈을 생각했다. 다른 차원을 넘어다보는 것처럼 몽롱하던 눈, 행복과 황홀을 오가던 그 눈은 그때 무엇을 보고 있었을까. 남자 친구? 여자 친구? 좋아하는 먹이? 뭔지 짐작조차 되지 않았다. 분명한 건 그녀를 황홀경에 빠뜨린 무언가는 내가 아니라는 사실뿐이었다.

파출소는 터미널 근처에 있었다. 나는 백발 경찰과 책상을 사이에 두고 마주 앉았다. 이름과 나이, 거주지 등을 물은 후 백발 경찰은 본론으로 들어갔다.

"자, 이제 좀 들어볼까. 무곡에 왜 들어갔어요?"

이 경우, 가장 폼나는 대답은 '벌금 낼 테니 고지서 보내세요'일 것이다. 그럴 수 없는 처지라면 태도가 공손해야 한다. 쓸데없는 허세로 상대를 열 받게 해서도 안 되었다. 그렇다고 내 처지를 구구절절 털어놓고 싶지도 않았다. 나는 한기준에게 통한 바 있는 이야기를 거의 그대로 재생시켰다.

원주에서 산을 타고 넘어오던 중 길을 잃고 골짜기를 헤매다 어제 새벽녘 정자에 도착했고, 출입 금지 구역이라는 얘기는 나중에 들었으나 돈이 떨어져서 이틀째 정자에서 잤노라고.

"원주에서 산을 타고 넘어오다가 길을 잃으셨다고?"

백발 경찰은 의자 등받이로 몸을 젖히며 물었다.

"그래, 어느 산을 타고 넘어오셨나?"

한기준에게 받았던 질문과 똑같았다. 들은 바가 있는지라, 나는 자신 있게 대답했다.

"소금산요."

"소금산?"

확인하는 백발 경찰의 눈이 세모에서 초승달로 변신했다. 미소라고 해도 좋을 만한 눈이었다. 어쩐지 마음을 불안하게 만드는 미소였다. 미소 짓지 않고 못 배길 만큼 내가 사랑스럽지는 않을 것이므로. 그렇다고 해도 금방 뱉은 말을 즉각 취소할 수는 없었다. 나는 "네" 했다.

"이봐, 젊은 친구. 댁이 소금산에서 넘어왔다면 무곡이 아니라 인동호에 있었어야 해."

인동호라고…… 어디선가 들어본 이름이었다. 곰곰이 생각해보니 진이에게 들은 것 같았다. 가슴이 덜컥 내려앉았다. 아차 싶었다. 인동호와 무곡은 반대편에 있다 하지 않았던가. 나는 구급차 안에서 한기준과 나눈 대화를 차근차근 되짚어봤다. 비로소 내가 한기준의 유도신문에 걸렸다는 걸 깨달았다. 한기준이 내 거짓말을 모르는 척해줬다는 것도.

왜 그랬는지 이유는 알 수 없었다. 알 수 있는 건, 백발 경찰에겐 그럴 마음이 없다는 것이었다. 대답이 궁했던 나머지 하지 않음만 못한 말이 튀어나왔다. 소금산이 아니라 치악산이었던 것 같다고.

"아아, 치악산."

이번엔 백발 경찰의 눈이 아예 맞붙어버렸다. 불안이 두 배로 커졌다.

"이 친구야, 거짓말을 하려면 미리 지도라도 좀 봐두던가. 무곡은 망아산 골짜기야. 망아산은 나 홀로 산이라고. 댁이 무곡에서 길을 잃으려면 애초부터 망아산을 찾아가야 해."

나는 눈을 내리떴다. 당황한 기색을 감춰보려 했으나 잘되지 않았다. 목 밑으로부터 뜨끈뜨끈한 열기가 차오르고 있었다.

"어제 낮에는 뭐 했나? 119 구조대가 시내로 데려줬다면서."

질문이 갑자기 다른 주제로 도약했다. 두 번째 혐의로 가기 위한 포석

같은 질문이었다. 정확하지 않은 추측에 따르면, 백발 경찰에겐 나를 의심할 만한 근거가 없었다. 어젯밤 8시에서 9시 사이, 병원 지하 2층의 유수검지 장치실 앞에서 찍힌 CCTV 영상을 봤다면 또 모를까. 나는 믿고 싶었다. 그럴 가능성은 0에 가깝다고. 백발 경찰이 나를 지구대로 데려온 이유는 딱 하나일 것이다. 보노보를 포획한 자리에 때마침 불법 노숙자 하나가 있었다는 것.

"여기저기 돌아다녔습니다."

구체적으로 어디인지 생각하는 척, 나는 한 박자 쉬었다가 덧붙였다.

"오전엔 터미널에 있었고, 오후 몇 시간은 버스 승강장에 앉아 있었고요. 어두워진 후엔 다시 정자로 갔습니다."

백발 경찰은 손톱 끝으로 책상을 톡톡 두들겼다.

"그러니까 어젯밤 정자에서 그 원숭이 새끼를 만났다 그건가."

"아뇨, 오늘 아침에 처음 봤습니다. 개 짖는 소리에 놀라서 잠을 깼을 때요."

백발 경찰의 좁고 기다란 턱이 시계 바늘처럼 삐딱하게 틀어졌다. 내 대답이 점점 마음에 안 드나 보았다.

"자고 일어났더니 온 세상이 찾는 원숭이 새끼가 하필 내 앞에 있었다는 말씀이시구먼?"

나는 대답했다. 간단한 설명이 가능할 때 복잡한 설명을 해서는 안 된다는 '절약의 법칙'에 따라서 "네"라고.

"그럼 꽃무덤은 뭔가."

"모르겠습니다. 제가 만든 게 아니니까요."

잠시 침묵이 이어졌다. 나는 눈꺼풀을 내려 오른쪽 엄지에 시선을 박았다. 어젯밤 지니에게 아스피린을 먹이려다 물린 상처가 선명하게 남아 있었다.

"아주 쉬운 법률 상식 퀴즈 하나 낼까?"

백발 경찰이 입을 열었다.

"길에서 지갑을 주웠는데, 하루 동안 신고하지 않고 자기가 보관하면 절도일까, 아닐까."

나는 헛기침을 하면서 왼손을 오른손 위에 슬쩍 내려놨다. 잠시 잊고 있었다. 119 구조대의 고유 임무가 '구조'라면, 경찰은 '체포'라는 걸. 백발 경찰은 노숙자의 절도로 상황을 마무리하고 싶은 모양이었다. 망할 놈의 '소금산'이 발목을 잡은 셈이었다. 실마리를 풀려면 발언의 신빙성 회복이 먼저였다.

"사실은……"

나는 이야기를 시작했다. 거짓말과 진실의 황금비율인 1대 9로 간을 맞췄다. 아버지에게서 쫓겨난 이후 이러저러 흘러 다니다 부랑자가 됐고, 어느 날 무곡에 자살 숲이 있다는 소문을 듣게 됐으며, 목을 매달려고 찾아왔으나 막상 매달려고 보니 죽는 게 무서워서 실패했고, 실패하는 바람에 한기준을 만났으며, 어젯밤에 다시 죽기로 결심하고 돌아왔으나 또 실패하는 바람에 '원숭이 새끼'를 만났다고. 증거물로 주머니에서 야상 줄을 꺼내놓았다.

"그 알량한 물건으로 목을 매달려 하셨다?"

백발 경찰은 기다란 턱을 쳐들고 광대뼈 아래로 나를 내려다봤다. 이런 머저리를 만나는 것도 참으로 오랜만이라는 표정이었다. 내겐 지킬 만한 평판도 없었다. 머저리로 보도록 놔두는 것이 그나마 유화적 효능을 발휘할 터였다. 나는 대답했다.

"네."

"거기서 목을 매달려 한 대가로 어떤 처벌을 받을지는 잘 알고 계시겠지?"

"벌금 이야기라면 알고 있습니다."

백발 경찰은 곰팡이 자국처럼 희끄무레한 면도 자국을 손끝으로 문질렀다. 세모로 되돌아온 눈은 내 얼굴을 호미처럼 긁고 다녔다. 거짓말인지 아닌지 파보면 안다는 시선이었다. 잠시 후, 책상에서 일어나 소파를 가리켰다.

"일단 거주지 확인부터 해야 하니까, 저기 앉아 기다리지."

나는 늦은 오후가 되도록 파출소를 벗어나지 못했다. 내 거주지는 서류상 아직 아버지의 집으로 돼 있었다. 차일피일 전출 신고를 미룬 게 지금껏 그대로였다. 왜 그랬는지는 모르겠다. 거주지가 일정치 않다는 점도 있었지만, 마음 깊은 곳에선 집을 완전히 떠나고 싶지 않았을지도 모른다. 언젠가는 돌아갈 곳이라고 생각했는지도 모르고. 이제 와 그랬던 게 후회스러웠다. 확인하는 시간이 길어지자 점점 불안해졌다. 혹시 아버지에게 확인하는 중인가 싶어서.

설마 그러려고. 나는 들썽거리는 마음을 가라앉히려 안간힘을 썼다. 열한 살도 아니고 스물한 살도 아닌 서른한 살짜리 남자를, 불법 노숙을 했다 하여 부모에게 연락하지는 않을 것이다. 소명 의식에 불타는 경찰이 건수 하나 올려보겠다고 시간을 끄는 거겠지. 경찰과 구조대와 관련 공무원들이 한나절씩 매달려 대대적인 수색을 벌이고도 보노보 한 마리를 잡지 못했던 이유가 필요할 테니. 이를테면 돈에 눈멀어 남의 '원숭이 새끼'를 훔친 노숙자라든가.

백발 경찰은 인색한 자였다. 저녁때가 다 되도록 밥은커녕 비스킷 쪼가리 하나 건네지 않았다. 주워듣기로 국밥을 시켜주기도 한다던데. 나는 허기진 배를 끌어안고 휴대전화 메모장에 남긴 진이의 글을 읽었다.

쓰는 자에겐 하룻밤이 꼬박 필요했을 글이었다. 읽는 자로선 40분이면 충분한 분량이었다. 읽는 내내 문자판 두들기는 소리가 들리는 것 같았다. 지난밤엔 잠을 방해하는 소리였으나 지금은 아니었다. 구조를 요청하는 모스부호로 들렸다. 똑똑똑. 똑똑똑…….

이는 '사전입력'으로 설명되지 않는 현상이다. 이런 일이 일어나려면……

나는 미완성인 마지막 문장을 대신 완성시켜봤다.

이런 일이 일어나려면, 지니는 현실에서 잠든 상태라야 한다.

진이의 기록에 따르면, 램프 안의 지니와 현실의 진이는 흡사한 행동을 하고 있었다. 오늘 아침 내가 봤던 지니는 영락없는 몽유병 환자였다. 몽유 증상이 나타나려면 반드시 수면 상태에 있어야 할 것이다. 지니는 진이 모드일 때도 잠들어 있고, 지니 모드일 때도 잠들어 있는 셈이었다.

그렇다면 진이가 끌려가는 램프는 무의식의 세계가 아닐까. 꿈과 기억이 마구 뒤엉킨 세계. 진이가 끌려가면 무의식의 기억이 작동되고, 현실로 나온 지니는 작동되는 기억대로 행동하고.

짐작이 맞다면, 둘은 어느 쪽도 온전히 살아 있거나 죽지 않은 상태였다. 둘 다 산 자와 죽은 자의 국경을 배회하고 있었다. 한쪽은 죽음의 손에 몸이 붙들렸고, 한쪽은 정신이 무의식의 그물에 갇혔다. 자력으로 벗어나지 못하는 세계에 갇혔다는 점에서 둘은 같은 처지였다. 지지리 재수 없는 급행열차를 탔다는 점에서 같은 운명이었다. 삶의 안전핀이 빠진 상태라는 점에서 똑같이 위험했다.

온갖 질문들이 홍수처럼 쏟아졌다. '진이가 다정한 그녀에게 돌아산 다'와 '모든 것이 제자리로 돌아간다'는 것은 과연 동의어일까. 진이가 돌아가는 순간, 정말로 다정한 그녀가 반짝 눈을 뜨며 일어날까? 지니는 꿈의 그물을 벗어나 현실로 돌아올까? 만약 그 반대라면, 그러니까 진이 가 돌아갔을 때 다정한 그녀가 죽는다면 어떻게 될까. 지니는 영원히 꿈 의 세계에 갇히게 될까? 돌아가기 전에 다정한 그녀의 심장이 먼저 멈춘 다면 진이는 어떻게 될까. 영원히 교차 상태로 살아가게 될까?

도무지 답할 길이 없는 질문들이었다. 진이 역시 그렇겠지. 자신을 둘 러싼 수수께끼를 풀려고 애쓰는 중이겠지. 그녀가 불시에 램프로 불려 가는 건, 어쩌면 침입자로부터 자신을 방어하려는 지니의 무의식적 안간 힘일지도 몰랐다. 그것이 상황을 악화시키는 것과는 별개로. 지니의 몸은 삶을 두고 벌어지는 두 자아의 전쟁터인 셈이었다. 전쟁을 종결시킬 열쇠 는 진이가 쥐고 있는 셈이고. 자신에게 돌아가야만 전쟁도 끝날 테니까.

나는 진정제를 맞고 널브러진 지니의 모습을 떠올렸다. 아마도 영장류 센터 안 어딘가에 갇혀 있을 것이다. 지금쯤은 깨어났을까. 진이로 깨어 났을까, 지니로 깨어났을까. 지니 모드라면, 진이는 아직 램프에 있을 터 였다. 낯선 땅을 끝없이 항행하며 언제 나타날지 모르는 눈동자를 기다 릴 테고. 진이로 깨어났다면……

나를 기다릴까.

"김민주."

나를 부르는 소리가 들렸다. 아무 생각 없이 고개를 들었다. 순간, 손 에 쥐고 있던 휴대전화를 떨어뜨릴 뻔했다. 아버지가 내 앞에 서 있었다. 나는 벌떡 일어났으나 대답이 나오지 않았다. '네'라고도, '웬일이세요'라고도. 아버지라는 말조차 나오지 않았다. 이 모든 말들을 대신해서 몸이 대답하고 있었다. 꾸벅, 고개를 숙이는 것으로.

아버지는 말없이 나를 내려다봤다. 핏발이 선 눈에 불길이 지나고 있었다. 나는 귓불까지 뜨거워지는 걸 느꼈다. 등에서 진땀이 돋고, 손바닥이 두꺼비 등처럼 축축해졌다. 뱃속에선 불이 났다. 마음 같아선 황소처럼 돌진해서 백발 경찰의 긴 턱주가리를 들이받아버리고 싶었다. 그러지 않으려고, 주먹을 움켜쥐고 종아리에 힘을 주었다.

"김순철 경위가 누구시오?"

아버지는 사무실 안을 둘러보며 물었다. 구석 자리에서 백발 경찰이 의자를 뒤로 빼고 일어났다.

"무슨 일이십니까."

"저, 김민주 아비 되는 사람입니다. 아까 집으로 전화하신 분이지요?"

백발 경찰은 아버지 앞으로 걸어 나오며 인사를 던졌다. 아버님이 직접 오셨느냐는 둥, 부랴부랴 오시느라 고생하셨겠다는 둥. 아버지는 화답했다. 면목 없고 죄송하다는 둥, 못난 자식 놈에게 신경 써주셔서 고맙다는 둥.

나는 십대가 된 기분으로 두 사람의 인사치레를 지켜봤다. 아버지는 이제 내 아들을 데리고 가도 되느냐고 물었다. 백발 경찰은 다시는 그런 곳에 오지 않도록 가족이 신경 써야 할 것이라고 대답했다.

우리가 파출소를 나온 건 오후 5시 30분경이었다. 비는 그쳤으나 대기가 진회색이었다. 바람도 제법 쌀쌀했다. 5월이 아니라 11월 오후 같았다. 아버지가 물었다.

"밥은 먹었냐."

나는 고개를 저었다. 아버지는 경찰서 옆에 있는 국밥집으로 나를 데려갔다. 기분상 밥이 넘어가지 않을 것 같았으나 실제로는 술술 잘도 넘어갔나. 펄펄 끓는 국밥을 5분도 되지 않아 씩 비웠다. 아비지는 두어 술 뜬 당신 밥을 내 앞으로 밀었다.

"이것도 먹어라."

퉁명스러운 어조 때문이었을까. 지금 밥이 넘어가냐는 말로 들렸다. 그러거나 말거나 나는 수저를 담갔다. 자존심 따윈 아랑곳 않는 뱃속 늑대의 명령을 받들어서.

"네 엄마가 보내서 온 거다."

아버지가 말했다. 나는 수저를 입으로 가져가려다 멈칫했다. 엄마가 왜? 쫓겨날 땐 그렇게 매몰차게 외면하더니.

"그간 소식이 없어서 정신 차리고 살겠거니 했다."

복잡한 표정이었다. 실망과 연민과 포기와 울화, 그 밖에 짐작할 길 없는 감정들이 꽃무늬 벽지처럼 뒤엉켜 있었다. 소리 없는 탄식이 들리는 것도 같았다. 이 팔푼이가 내 새끼라니.

"굳이 찾아 나설 생각도 없었고."

점심 무렵, 어머니가 백발 경찰의 전화를 받았다고 했다. 무슨 일이냐고 묻자 당신 아들이 출입 금지 구역인 자살 숲에 들어가서 자살을 시도하려다 지구대에 잡혀 와 있노라는 대답이 돌아왔다. 친절하게도, 자살 숲에 대한 이야기도 들려주었다고 했다. 최근 자살을 꿈꾸는 사람들 사이에서 '핫 플레이스'로 떠오른 곳이라고. 마지막으로 전화를 건 이유에 대해 설명했다. 이곳에서 발견된 사람은 불행을 미연에 방지하는 차원에서 가족에게 연락해 집으로 돌려보내고 있으니 데리러 오셨으면 한다고.

"나는 데리러 올 마음 없었다."

어머니가 눈물 바람을 한 모양이었다. 정신 차리고 살게 하려고 내보냈지, 목매달고 죽으라고 내보낸 건 아니지 않느냐고. 정리하면, 네 엄마 성화에 여기까지 왔으니 집으로 돌아가는 건 네가 결정하라는 얘기였다.

"어쩔 테냐."

등가 학습은 빠른 결정을 가능하게 만든다. 집에서 쫓겨나던 작년 일을 떠올리자 별 갈등 없이 선택할 수 있었다. 나는 아직도 내가 왜 살아야 하는지 모르고 있었다. 가족들은 변함없는 나를 견디지 못할 것이다. 어쩌면 이전보다도 더. 돌아간다면 두어 달 내에 같은 과정이 다시 반복되리라는 데 내 손목을 걸 수도 있었다. 나는 대답했다.

"안 가겠습니다."

아버지는 말이 없었다. 진심인지, 호기인지 의심스러워하는 눈치였다. 아니면 거절 자체가 믿기지 않거나. 나는 수저를 놨다.

"밥, 잘 먹었습니다."

우리는 식당을 나왔다. 아버지는 나와 나란히 서서 담배 한 대를 오래오래 피웠다. 탐색하는 듯한 침묵이 견딜 수 없었던 나머지, 나는 아버지가 궁금해하지도 않을 일을 선언하듯 말해버렸다.

"저 죽을 생각 없어요."

'적어도 아직은'이라는 말은 꿀꺽 삼켜버렸다. 아버지는 담뱃불을 손톱으로 튕겨서 껐다. 불씨들이 빨간 빛을 흩뿌리며 검게 젖은 도로로 떨어져 내렸다.

"그래야지."

아버지는 한숨을 내뱉듯 대답했다. 눈빛은 여전히 진심인지 의심하는 기색이었다. 내게 대답을 번복할 기회라도 주려는 것처럼 내 표정을 살폈다. 나는 말하지 않을 수 없었다.

"그만 가세요."

우리는 식당 앞에서 헤어졌다. 아버지는 터미널 쪽으로 걸어갔고, 나는 멀어지는 아버지를 바라보고 서 있었다. 그사이, 어떤 생각이 별똥별처럼 머릿속을 빠르게 가로질러 갔다. 할까, 말까 망설일 틈 같은 건 없었다. 나는 아버지를 향해 뛰어갔다.

"잠깐만요."

아버지가 걸음을 멈추고 뒤를 돌아봤다. 나는 바지 주머니에서 지갑을 꺼냈다. 쓸 일이 없어 처박아둔 농산물 상품권 두 장을 빼서 아버지 손에 쥐여주었다.

"딸기 농장에서 며칠 일해주고 돈 대신 받은 거예요."

그래서? 하듯 아버지가 나를 봤다.

"농협 마트에 가면 현금처럼 쓸 수 있어요. 야채, 과일, 한우, 뭐든 다 사도 돼요."

아버지의 표정이 이상하게 일그러졌다. 가장 비슷한 표현을 찾자면, 취직한 자식이 첫 월급을 타서 사 온 빨간 내복을 보는 표정이랄까. 감동이 깊어지기 전에, 나는 용건을 밝혔다.

"십만 원에 드릴게요. 딱 반 가격이에요."

아버지의 지갑이 열리기까지 족히 5분은 걸렸을 것이다. 한숨 한 번 쉬고, 내 얼굴 한 번 보고. 상품권 한 번 보고, 한숨 한 번 쉬고. 지갑 한 번 열어보고, 한숨 한 번 쉬고. 내 손에 놓인 돈은 구만 오천 원밖에 되지 않았다.

"차비 빼고 이게 전부다."

잠시 후, 나는 터미널 옆에 있는 휴대전화 가게에 앉아 있었다. 서류를 작성하고 통신을 재개통하는 사이, 10퍼센트 남은 전화기 배터리를 고속 충전시켰다. 통화가 가능해지자 병원 중환자실로 전화를 걸었다.

"이진이 환자, 아직 거기 있습니까?"

전화를 받은 간호사는 그렇다고 대답했다. 살아 있다는 말이었다. 내 친김에 하나 더 물어봤다.

"환자 상태는 어떤가요? 의식은 돌아왔나요?"

"그건 주치의 선생님께 여쭤보세요."

그럴 일은 없을 테지만 그러겠노라, 하고 전화를 끊었다. 다음 행선지는 터미널이었다. 개인 사물함을 빌려 배낭 속 물건들을 집어넣었다. 빈 배낭은 등에 멨다. 행여 아버지를 다시 만날까 불안했지만 그런 일은 일어나지 않았다.

터미널을 나와 구글 맵을 열었다. 그로부터 한 시간 후, 나는 스쿠터 대여점이 건너다보이는 동네 빵집 안에 있었다. 이런저런 것들을 쟁반에 올렸다 내렸다 하는 중이었다. 파인애플 슬라이스, 물, 샌드위치, 오리알만 한 막대 사탕. 이벤트용 토끼 안경을 집어 들고 들여다보기도 했다. 진이의 기록에 따르면, 내일은 그녀의 생일이었다.

고른 물건들을 쟁반에 담고 카운터로 향하자 간장 종지가 재잘대기 시작했다. 괜한 일로 신세 망치지 마.

안다. 멈춰야 할 때가 있다는 걸, 나도 잘 안다. 일단 시작하면 돌이키지 못하리라는 것도 안다. 비루하나마 사회적 궤도 안을 맴돌던 내 삶이 완전히 전복되리라는 것도 안다. 그런데도 머릿속에서 끈질기게 울리는 말을 떨쳐버릴 수가 없었다. 동어반복적이고, 자기증폭적인 소리였다.

하지 않으면, 죽을 때까지 후회할 거야.

나는 계산한 물건들을 배낭에 넣고 길을 건넜다. 스쿠터 가게로 들어가 배달원 시절에 딴 원동기 면허증을 보여주었다. 고를 것도 없이 엔진 힘이 좋다는 혼다 스트림 125를 빌렸다. 직원은 하루 대여비로 이만 오천 원을 받고 기를 내주었다. 시동을 걸자 긴장 종지가 확인하듯 물어왔다. 지금 뭘 하러 가는지 분명히 아는 거지?

알다마다. 보노보를 훔치러 가는 길이지. 약간 있어 보이게 말하자면 진이의 충성분자가 되겠다는 거고. 나는 딱 한 번 만난 다정한 그녀의 얼굴을 떠올렸다. 제인과 마주 보며 입을 크게 벌리고 소리 내어 웃던 모습이 눈앞을 스쳐갔다.

나는 출발했다. 밤바람을 타고, 다정한 그녀의 웃음소리가 들려왔다. 아,하,하,하……

3부

인동호

10장
진이, 지니

천둥소리에 소스라쳐 눈을 떴다. 주변이 어두웠다. 공기는 뜨겁고 끈끈했다. 내부감각이 알려주기를, 지니는 어딘가에 등을 기대고 웅크려 앉아 있었다. 정확하지는 않았지만 거칠거칠하게 녹이 슨 무쇠 벽 같았다. 목에 걸린 물건 역시 쇠줄이었다. 목을 조이는 건 아니었으나 무게 자체만으로도 무겁고 답답했다. 엉덩이와 발바닥에 닿는 감촉으로 추측했을 때, 앉아 있는 바닥은 철망이었다. 발가락들이 구멍 속으로 빠져 있는 걸 보면 구멍 크기나 모양이 바둑판과 비슷할 것 같았다. 정수리가 천장에 닿는 걸로 미루었을 때, 아주 좁은 공간이었다.

이 모든 단서들을 조합하면 지니가 철장에 갇혀 있다는 결론이 나왔다. 그것도 철망 밑에 오물받이를 단 '뜬장'일 것이다. 그렇다면 아직 나는 램프에 머물러 있을 터였다. 바깥세상에서 지니가 목줄을 차고 뜬장에 갇힐 가능성은 거의 없었다. 구조대나 경찰 손에 잡혔다면 십중팔구 영장류센터로 후송됐을 테고, 그곳에는 뜬장이 없다. 목에 쇠줄을 채우지도 않는다. 밀매업자 손에나 들어가야 일어날 일이었다.

확인 차원에서 손가락 하나를 꼼지락거려봤다. 움직이지 않았다. 발가락은 물론 시선조차도. 틀림없는 램프였다. 다만, 그렇다고 결론 내리고 말기엔 석연찮은 구석이 있었다.

나는 지니의 몸을 내부감각으로 인식하고 있었다. 앉은 자세, 손과 팔, 발가락이 놓인 모양, 움츠린 어깨와 저릿한 통증까지. 램프 안에서 내 몸이 아닌 남의 몸을 자각하는 능력이 생겨난 셈이다. 외부 감관으로부터 전달되는 정보도 1인칭 시점으로 인지됐다. 무쇠 벽, 무쇠 목줄, 뜬장 바닥, 답답한 공기 같은 것들. 나 자신의 감관으로 인지하지 못했다면 강고한 어둠 속에서 지니의 상황을 파악하는 게 불가능했을 것이다.

이는 내가 지금껏 감지해온 '변화'의 범주에 들어가는 일이었다. 이번엔 시점이 전환됐다는 점에서 전복에 가까웠다. 일련의 변화가 무엇을 의미하는지 몰라 답답했다. 언제부터 지니의 몸을 내 몸처럼 인지하게 됐는지 시기조차 모호했다. 혹시 정신을 잃기 전에 조짐이나 단서가 있었는데 놓친 것일까.

나는 지니의 어미가 동생을 낳은 새벽으로 기억을 되돌렸다. 사소한 동작까지 하나하나, 차근차근 되짚어보기 시작했다.

동이 틀 무렵, 지니의 어미는 아기를 품고 잠이 들었다. 동네 주민들도 잠자리에 들었다. 지니만 제 둥지로 돌아가지 않았다. 흥분을 어쩌지 못해 근처 숲을 천둥벌거숭이처럼 나돌아다녔다. 나무와 나무 사이를 획획 날기도 하고, 널따란 수풀 지대를 전력으로 주파하기도 했다. 생소하다 못해 어리둥절한 모습이었다.

그때까지 나는 '동생을 본 유인원'과 만난 적이 없었다. 그런 상황을 맞은 유인원의 감정에 대한 논문도 읽어보지 못했다. 왐바의 류도 이런 사례에 대해서는 말해주지 않았다. 나 자신마저도 동생을 본 경험이 없었다. 그러므로 감정의 파장이 어느 정도로 큰지 구체적으로 짐작하기 어려웠다. 내가 읽을 수 있는 건 '지니가 기뻐한다' 정도였다. 기쁨의 강도가 너무 크고 갑작스러워 '어쩔 줄 몰라한다'고 여겼다.

고백하자면, 지니가 기뻐할 때 나는 속을 태우고 있었다. 지니가 밀림을 날뛰고 다니는 사이 바깥세상에서 무슨 일이 벌어지고 있을지 상상되고도 남았으므로. 지니에게 가닿지 않는다는 걸 알면서도 하릴없이 애걸복걸하고 있었다. 너의 기쁨을 모르는 바 아니나 내 사정을 한 번만 돌아봐달라고. 중환자실 면회 시간이 끝나기 전에, 내 몸이 돌아올 수 없는 곳으로 가버리기 전에 나를 내보내달라고. 내가 깨어나기만 하면 무슨수를 써서라도 너를 고향으로 돌려보내겠노라고.

속이 터진 나머지 급기야는 애원이 협박에 이르렀다. 계속 이러면 영원히 너의 기생충으로 살아버리는 수가 있어.

지니는 갑자기 달리기를 멈췄다. 빙글빙글 몸을 돌리면서 냄새를 맡는 것처럼 코를 킁킁거렸다. 이윽고 다시 달리기 시작했다. 도착한 곳은 커피처럼 생긴 빨간 열매들이 매달린 나무 앞이었다. 좋아하는, 혹은 자주 먹어본 열매인가 보았다. 별다른 탐색 없이 훌쩍 도약해 나무로 올라갔다. 손아귀로 훑어내다시피 열매를 따서 입 안으로 쑤셔넣었다. 제대로 씹지도 않고 허겁지겁 삼켰다.

아…… 나는 그때 혓바닥에서 몸 전체로 번지는 달콤한 쾌감을 느낀 것도 같다. 곧 다른 유의 기쁨이 지니의 마음을 채우는 것도.

식사가 끝날 무렵 비가 내리기 시작했다. 지니는 돌아갈 채비를 시작했다. 손대지 않은 열매가지 두 개를 꺾어 아래로 집어 던지고 잽싸게 나무에서 내려가더니, 던져둔 가지를 집어 한쪽 옆구리에 끼었다. 나무를 감고 오른 덩굴에서 큼직한 이파리를 하나 따서 뒤통수에 눌러 붙였다.

비어 있는 손이 없어 두 발 보행으로 걸어야 했다. 그 바람에 어미의 둥지에 도착하기까지 긴 시간이 걸렸다.

어미와 아기는 곤하게 잠들어 있었다. 둥지 가까이 다가가도 눈을 뜨지 않았다. 지니는 가지를 둥지 앞에 내려놓고 돌아섰다. 이파리는 여전히 뒤통수에 붙이고 세 발로 달려서 열매가 있는 곳을 다시 찾아갔다. 더 큰 가지 하나를 수확해 질질 끌며 되돌아왔다. 어미는 잠에서 깨어 아기에게 젖을 물리고 있었다.

지니는 추가로 가져온 선물을 같은 자리에 내려놓고 둥지 옆 나무로 올라갔다. 나뭇가지에 거꾸로 매달려 젖을 빠는 동생과, 손만 뻗어 열매를 따 먹는 어미를 지켜봤다. 가끔 뒤통수의 덩굴 잎을 고쳐 줄 때 말고는 손 하나 까닥하지 않았다.

이때 느낀 건 조바심과 기쁨이라는 기이한 감정의 조합이었다.

나는 지니가 자신의 선물이 통했다는 걸 기뻐한다고 생각했다. 선물을 받았으니 마땅히 어미의 호출이 있을 것이며, 그때를 기다리는 거라 해석했다. 어미는 배를 채운 후에야 지니를 향해 검지를 깐닥거렸다. 아기를 봐도 좋다는 승낙이 떨어진 셈이었다.

지니는 곧장 나무에서 떨어져 내렸다. 살금살금, 게걸음으로 둥지 근처까지 다가갔다. 처음엔 어미의 눈치를 살폈으나 저지 신호가 없자 둥지로 바짝 다가섰다. 대담하게도 어미의 품 안으로 얼굴을 들이밀어 아기를 살폈다. 나는 물수제비처럼 지니의 마음을 퐁퐁퐁 꿰뚫는 감정의 파문들을 이렇게 읽었다.

조막만 한 생명체에 대한 신기함이 강렬한 호감으로 증폭됐고, 꼬물거리는 손가락을 만져보고 싶어 안달이 났으며, 한 방울씩 떨어지는 빗방울에 맞아 아기 머리가 깨질까봐 불안해한다.

어미가 눈짓으로 승낙하자, 지니는 뒤통수에 붙이고 있던 이파리를 떼어 아기의 머리에 덮어주었다. 순간 아기가 반짝 눈을 떴다. 까맣고 초롱초롱한 눈이 지니의 시야를 가득 채웠다. 지니는 홀린 것처럼 아기의 얼굴로 손을 뻗었다. 손가락 끝으로 슬쩍슬쩍 보드라운 뺨을 만졌다. 벌어진 입술 사이에선 어떤 소리가 흐르고 있었다. 기쁨에 겨운 쾌감이 고스란히 묻어나는 소리였다. 인간의 소리로 변환하면 '흐흐흐……' 정도가 될까.

잠시 후, 어미가 지니의 손가락을 떼어냈다. 면회 시간이 끝났다는 신호였다. 이제 네 둥지로 돌아가라는 명령이었다. 지니는 한 발짝 물러났으나 둥지로 돌아가지는 않았다. 돌연하게 허리를 굽히고 엉덩이를 아기에게 쑥 내밀었다. 학자들이 흔히 '프레젠팅'이라 해석하는 동작이었다. 나를 당신에게 맡길 테니 마음대로 하세요.

대상이 갓 태어난 동생인 점을 감안한다면 '나는 네게 마음을 빼앗겼어'로 읽히는 행동이었다. 당연히 그대로 물러서기가 아쉬웠을 것이다. 아니면 아기와 한 번 더 눈을 맞추고 싶었거나. 지니는 엎드린 채 가랑이 사이로 아기를 내다봤다. 그 자세 그대로 둥지 앞을 왔다 갔다 하며 아기의 주의를 끌어보려 애썼다. 그러던 어느 순간, 아기의 얼굴이 꺼지듯 사라져버렸다.

어둠이 덮쳐들었다. 시야도, 의식도 한숨에 끊어버리는 맹수 같은 어둠이었다. 그러므로 어둠 이후, 지니의 기억이 어느 지점으로 건너왔는지 나는 알지 못한다. 여러 가지 정황으로 지금의 시간대를 추정할 수 있을 뿐. 뜬장에 갇혀 있다면 강가 습지에서 원주민에게 포획된 이후가 아닐까 싶었다.

나는 내가 램프를 통해 지나온 곳들을 순차대로 정리해봤다. 맨 처음 램프에 불려왔을 땐 사고의 순간에 끔찍하게 부서지는 내 얼굴을 봤다.

2차에선 폭풍이 시작되던 시점으로 갔다. 물길에 휩쓸려 정신을 잃었다가 깨어난 후엔 콩고 강변이었고, 원주민에게 붙잡히면서 램프를 벗어났다.

3차에선 최소한 수년 전의 과거, 동생이 태어나기 직전으로 날아왔다. 이후 이유도 모르는 채 정신을 잃었고, 뜬장에서 깨어났다.

램프의 시간대는 거꾸로 가는 느낌이었다. 최근에서 과거로, 과거에서 대과거로. 공통된 키워드는 명확하지 않았다. 주인공의 의식을 따라 흘러가는 프랑스 영화 같았다. 그러면서도 미니시리즈의 한 회 분량처럼 상황마다 구체적이고 연속적인 요소를 갖고 있었다. 반면 내게 일어나는 '변화'는 점진적 진행이라는 패턴을 갖고 있었다. 램프를 들고 날 때, 혹은 램프 안에서 정신을 잃었다 깨어날 때마다 하나씩 추가됐다.

1차로 불려왔을 때, 나는 지니의 존재를 전혀 감지하지 못했다.

2차 때엔 관찰자 시점으로 지니의 존재를 인식했다. 정신을 잃었다 깨어난 후부터는 지니의 감정을 읽기 시작했다.

3차부터는 지니의 감정을 느끼고 있었다. 책처럼 읽는 방식이 아니라 나 스스로 느끼는 방식이었다. 정신을 잃었다 깨어난 후에는 지니의 몸을 내면의 눈으로 감지하는 능력이 생겼다. 지니의 감정은 물론, 감정과 연계되는 사고까지 느끼고 있었다. 덕택에 지니의 몸 안 곳곳에서 울리는 두려움의 소리를 듣게 됐다. 귓속, 뱃속, 심지어 혓바닥 밑에서도 맥박이 둥둥거리고 있었다.

이 패턴대로 간다면 다음번엔 무엇을 알게 될까. 지니의 말을 알아듣게 될까? 아니, 스스로 말하는 것처럼 느끼게 될까? 몸까지도 내 뜻대로 움직일 수 있게 될까? 그리하여…… 나는 생각을 멈춰 세웠다. 들추면

볼 수 있을 것도 같은 무언가가 거기 놓여 있었으나 그대로 덮어버렸다. 직감이 그렇게 시켰다. 저 불길한 상상을 들춰보는 대신 해야 할 생각이 있다는 걸 상기시켰다. 변화에 패턴이 있다면 교차에도 패턴이 있을 터였다. 그걸 찾아내야 했다. 램프 밖 상황이 돌이킬 수 없는 지경에 이르기 전에, 내게로 돌아가려면.

나는 세 번에 걸친 교차 과정을 마이크로초 단위로 잘라서 생각의 현미경 밑에 내려놨다. 아무런 단서도 찾지 못했다. 출입문이 지니의 동공이라는 것과 불현듯 나타나 바라보게 만든다는 것 말고는 공통점이 없었다. 절망이 밀려들었다. 좌절감이 한기처럼 의식을 흔들었다. 거대한 빙벽에 매달려 발 디딜 곳을 더듬는 기분이었다.

뜬장 바깥에선 천둥이 세상을 흔들고 있었다. 번개가 번득일 때마다 시야에 쇠창살과 검은 장막이 떠올랐다가 사라졌다. 그럴 때마다 지니는 귀를 막고, 눈을 감고, 움찔움찔 몸을 떨었다.

나는 천둥의 굉음 뒤에서 울리는 어떤 소리를 들었다. 보노보의 소리는 아니었다. 침팬지 소리와도 달랐다. 성조가 낮고 균일하면서도 쩌렁쩌렁하게 울리는 소리였다. 누군가를 부르는 듯한 어조였다.

지니는 소리를 향해 귀를 쫑긋 세웠다. 부름은 두 번, 세 번 반복됐다. 잡음처럼 들렸고 의미를 알 수 없었으나 틀림없는 인간의 목소리였다. 누구일까, 생각하는 찰나에 지니의 입이 열렸다. 크고 길게 울리는 지니의 화답이 어둠 속으로 뻗어나갔다. 여기야, 여기라고.

바깥의 부름은 더 들려오지 않았다. 천둥이 침묵하는 사이사이, 다른 유의 소리가 들려왔다. 찔걱찔걱 비에 젖은 신발 밑창이 내는 소리였다. 조심스럽게 움직이는 소리였다. 소리가 점점 커지는 걸로 미루어, 다가오는 소리였다.

발소리는 뜬장 바로 앞에서 멈췄다. 천둥소리도 멈췄다. 뜬장 바깥에는 무거운 정적이 내려앉았다. 상대는 뜬장 안을 탐색하는 기색이었다. 근방에서 가장 소란스러운 건 지니의 갈비뼈 안에서 울리는 소리였다. 두려움과 기대와 희망으로 벌컥거리는 소리, 지니의 심장 소리.

나는 검은 장막을 뚫고 침투해오는 파인애플 향을 맡았다. 머릿속이 한숨에 헝클어졌다. 파인애플 향만큼이나 강렬한 기시감이 나를 덮쳤다. 설마 하는 사이 검은 장막이 걷혔다. 정면에서 눈부신 백광이 터졌다. 지니는 손을 들어 눈을 가렸으나 빛의 공습을 막을 수는 없었다. 섬광이 칼날처럼 눈을 가르고 지나갔다. 시야는 백색으로 암전됐다. 백색 어둠 너머에선 다시 천둥이 으르렁댔다.

볼 수도, 들을 수도 없는 몇 초가 지나갔다. 그사이 빛의 중심이 시야 옆으로 비스듬하게 이동했다. 비로소 손가락 사이로, 희끄무레한 물체가 내다보였다. 처음에는 무언지 모를 만큼 희미하게. 잠시 후, 사람의 얼굴이라는 걸 알만큼 또렷하게. 지니는 손을 내렸다. 쇠창살 너머에 여자가 앉아 있었다. 그녀는 젖은 머리칼만큼이나 까만 눈으로 지니를 바라봤다. 한 손에 플래시를 켠 휴대전화를, 다른 손에는 파인애플 꼬치를 들고.

그녀는 한쪽 무릎을 땅에 대고 몸을 낮췄다. 지니와 눈을 맞대고 나직한 목소리로 말을 걸어왔다. 지니의 귀를 거친 말은 낮게 뭉뚱그려진 잡음으로 전환돼 내게 닿았다. 그런데도 무슨 말인지 단번에 알아들었다. 아니다. 알아들은 게 아니었다. 무슨 말을 했는지 기억하고 있었다는 게 정확한 말이겠다.

"나는 진이야, 이진이."

지니는 창살 사이로 턱을 내밀었다. 나는 지니의 얼굴을 더듬는 내 눈동자의 움직임을 멍하니 마주 봤다. 반복적으로 울리는 '진이'라는 이름을 들었다. 이름에서 새콤하고 달착지근한 파인애플 냄새가 났다. 이름과 냄새가 하나의 기억으로 통합되는 순간이었다. 파인애플의 냄새가 진이의 냄새로.

거의 자동으로 인동호의 기억들이 불려나왔다. 낚싯대에 꿴 파인애플과 내 목소리, 나뭇잎 사이로 조심스레 시선을 맞춰오던 지니의 눈, 나무에서 미끄러지는 나를 향해 뻗어오던 지니의 손.

갑자기 시야가 아득해지는 느낌을 받았다. 현기증이 덮치는 것처럼 머릿속이 컴컴해졌다. 내 것도 아닌 손이 바들바들 떨려오는 느낌이었다. 왜 몰랐던가. 왜 여태 의심해보지 않았던가.

인동호에서, 나는 스스로 물었어야 했다. 지니가 왜 내 이름에 반응을 보이는지, 왜 그토록 빨리 경계심을 푸는지, 왜 의심 없이 파인애플을 받아먹는지, 왜 그리도 친밀하게 눈을 맞춰오는지, 왜 손을 뻗어서 나무에서 떨어지는 내 손을 붙잡았는지.

그때 못했다면, 후에라도 짚어봤어야 했다. 그 모든 일이 밀림에서 자란 보노보, 그것도 적대적 상황에 내몰린 야생 보노보가 낯선 인간에게 보일 수 있는 보편적 행동인지, 아닌지. 우습게도 나는 그것이 내 교감 능력의 결과인 줄 알았다. 어리석게도, 돌이킬 수 없는 지점에 이르러서야 진짜 이유를 알아차린 거였다.

이곳은 킨샤사였다. 지니는 기억하고 있었던 것이다. 우리가 만난 적이 있다는 것을. 진이라는 이름을. 내 얼굴과 목소리와 파인애플 향을.

시간이 고통스럽게 흘러갔다. 나는 지니가 기억하는 것들, 내가 잊어버리려고 몸부림쳤던 것들과 재회해야 했다. 지니는 모든 것을 기억하고 있었고, 내겐 기억을 피할 길이 없었다. 외면할 방법도 없었다. 지니를 향해 손가락 총을 쏘는 나와 내 손가락을 구원처럼 붙드는 지니와 지니의 손을 가차 없이 뿌리치고 어둠 속으로 멀어지는 내 뒷모습을 꼼짝 없이 지켜봐야 했다. 나를 향한 지니의 절망적인 부름을 들이야 했다. 흰 남자가 나타나 길쭉한 막대기로 지니의 허벅지를 찔러버릴 때까지.

지니의 턱관절이 딱 소리를 내며 벌어졌다. 나를 향한 부름은 흉통 깊숙이 가라앉았다. 신음마저 나오지 않았다. 숨통이 조여들고, 근육이 뒤틀렸다. 내 몸에서 일어나는 것처럼 생생하게 느껴지는, 불쾌하고 뜨거운 고통이었다. 그 밖의 감각은 완전히 사라졌다. 보이지도 않고, 들리지도 않았다. 파인애플 향마저 사라졌다.

나는 막대기가 전기충격기일 거라 생각했다. 시끄러운 보노보의 입을 틀어막기에 그보다 효율적인 물건은 없었다. 지니 역시 이 점을 뼈에 사무치게 배웠을 것이다. 감각이 돌아오자, 최대한 뒤로 물러나 몸을 옹크리고 입을 다물었다. 숨소리마저 입 밖으로 내지 않았다. 남자는 찌를 자세로 쥐고 있던 전기충격기를 거둬갔다. 검은 장막을 내려 뜬장을 덮었다. 다시 어둠이 내려왔다.

이후의 일을 지니는 완전하게 기억하지 못했다. 나는 기억의 흐름을 따라 어딘지, 언제인지 알 수 없는 시공간을 징검돌처럼 건너다녔다. 발디딘 곳마다 감각에 가까운 기억들만 분절된 형태로 남아 있었다.

차에 태워지는 느낌, 나직하게 엉키는 남자들의 목소리, 울퉁불퉁한 비포장도로를 내닫는 차의 흔들림과 속도감, 철문이 열리고 닫히는 소리, 철컥철컥 울리는 기계 움직이는 소리, 난기류를 만난 것처럼 마구 흔들리며 허공을 이동하는 비행의 감각, 길게 우는 뱃고동의 굉음, 발밑의 요동, 코를 마비시키는 기름 냄새, 뱃속을 쥐어짜고 비트는 경련의 감각, 식도가 열리는 느낌과 시큼한 위액 냄새, 쥐들이 찍찍대거나, 떼로 내달리거나, 무언가를 갉작거리는 소리.

언제부턴가 휘파람 소리가 울리기 시작했다. 처음엔 희미하고 아득한 곳에서, 차차 또렷하고 가깝게. 지니의 기억은 소리의 한복판에 연착륙했다. 그제야 나는 휘파람의 주인이 보노보라는 걸 알아차렸다. 지니는 아니었다. 한 마리가 내는 소리도 아니었다. 왼쪽, 오른쪽, 머리 위에서 동시에 들려왔다.

나는 왐바의 류가 들려준 말을 기억해냈다. 동물 밀매업자들은 대형 유인원을 비행기로 운반하지 않는다고 했다. 비행기에 태우려면 특수하게 설계된 케이지가 필요했다. 합법적 수화물로 선적이 가능한 동물의 케이지 밑에, 불법 수화물을 감출 비밀 칸이 있어야 하는 것이다. 특별히 허가된 경우가 아닌 이상, 합법적 수화물과 특수 케이지와 불법 수화물의 무게를 합해 총 40킬로그램을 넘겨서도 안 된다. 항공 규정을 지키기엔 대형 유인원의 덩치가 너무 큰 셈이다. 가장 작다는 보노보조차 성체의 경우엔 40킬로그램에 육박하니까.

따라서 대형 유인원은 대부분 배로 운반된다. 컨테이너 안에 '상품'을 감출 비밀 공간을 만들고, 주변에 다른 물건들을 선적해 은폐하는 방식을 쓴다고 들었다. 문제가 있다면, 목적지에 닿기까지 대개 한 달 이상이 소요된다는 점이었다. 이는 먹이와 물, 즉 생존에 필요한 물품 조달에 문제가 있다는 말과도 같았다.

이를 해결하고자 밀매업자들은 선원 한 사람을 매수한다고 했다. 매수된 선원은 일정 시간마다 먹이와 물을 가져다주지만, 그것이 개체의 생존까지 보장하지는 않는다. 목적지에 도착했을 때 상품 가치가 있는 상태로 살아남은 개체는 열에 하나 정도였다.

그런 이유로 한 마리나 두 마리만 싣는 경우는 없다고 했다. 혹독한 환경과 긴 항해 기간, 밀림 밖 세상에 면역력이 없는 야생 개체라는 점을 감안해 열 마리 이상을 싣는 게 일반적이었다. 보노보 한 마리가 고객의 땅에 도달하려면 아홉 마리가 희생돼야 하는 셈이었다.

지니가 있는 곳, 보노보들의 비명이 들려오는 이곳은 배 밑바닥이었다. 지니는 가게 앞에 서 있던 삼륜차에 실려 어느 항구에 도착했고, 컨테이너에 선적돼 배에 태워졌으며, 어딘가를 향해 긴 항해를 하는 중이었다. 지니의 분절된 기억은 기나긴 여로를 기록한 이정표인 셈이었다. 말하면 입만 아프지만, 최종 목적지는 한국일 터였다. 그래야 맞았다. 5월 1일 밤 10시 몇 분, 우리가 인동호에서 다시 만나려면.

비로소 나는 지니의 램프가 어떤 궤도를 항행하고 있는지 알 것 같았다. 사고 시점에서 시작해 사고 시점으로 향하는 사이클을 돌고 있었다. 유일하게 동생이 태어난 새벽만 별 관련이 없는 대과거의 기억이었다. 나는 그것이 지니의 무의식이 불러낸 삽화일 거라 생각했다. 자신이 처한 상황과 절망을 견디게 해줄 무언가가 필요했을 테니까. 내가 유수검지 장치실에 갇혀 있을 때 두려움을 이기고자 팬의 기억을 불러냈듯.

지니는 앉은 자세로 축 늘어져 있었다. 무릎에 뺨을 댄 채 가르랑가르랑, 힘겨운 어깻숨을 몰아쉬었다. 어깨 옆에선 희미한 대파 냄새가 났고, 발밑에선 시큼한 토사물 냄새가 올라왔다. 아마도 지니는 쉴 새 없이 토하다 나라졌을 것이다. 의식을 깨운 건 보노보들의 소리였을 테고.

나는 혈관 속으로 새파란 불길이 내달리는 걸 느꼈다. 나를 향한 불길이었다. 지니의 손을 뿌리치고 달아난 나에 대한 분노였다. 지니의 행로를 예상했으면서도 예상한 상황과 맞닥뜨리게 될 줄은 몰랐던 내 어리석음에 대한 분노였다. 지니의 몸에 들러붙어 살길을 찾고 있는 몰염치한 내 영혼에 대한 분노였다. 그때 내가 뭘 할 수 있었겠느냐고 변명해봤으나 돌아온 답은 냉정했다. 그건 네가 더 잘 알잖아.

그렇다. 나는 잘 알고 있었다. 내가 지니에게 주었어야 할 것은 파인애플이 아니었다. 구조의 손길이었다. 내 이름을 알려주고, 말을 걸고, 다정하게 달랠 시간에 구조 요청을 했어야 옳았다. 최소한 가게를 빠져나온 후에라도 용기를 냈어야 했다. 그랬다면 우리의 운명은 달라졌을지도 모른다. 지니는 한국에 오지 않았을 것이고, 나와 인동호에서 재회하는 일도 없었을 것이며, 죽음의 순간에 내가 지니 안으로 뛰어드는 일 같은 건 일어나지 않았을 것이다.

참담하고 부끄러웠다. 지니의 입술 새로 희미한 울음소리가 새어나왔을 땐 온몸이 활활 타는 것 같았다. 불길이 너무 뜨거워 비명을 지르고 싶었다. 어머니가 내게 그랬듯, 나도 지니에게 소리치고 싶었다. 울지 마, 울어서는 살아남을 수 없어.

나는 지니의 뺨으로 눈물이 흘러내리는 걸 느꼈다. 흐릿해진 시야에는 자홍빛 노을이 내려앉고 있었다. 밀림이었다. 키 작은 나무들 사이에 지니의 어미가 반듯하게 누워 있었다. 두 다리로 아이의 몸을 번쩍 들어올려서 비행기를 태워주는 중이었다. 아이는 두 팔을 날개처럼 활짝 열고 수풀 위를 날았다. 비상하고 활강할 때마다 손가락을 오므리고, 입을 크게 벌리고, 핑크빛 혀를 파르르 떨며 소리 내어 웃었다.

서너 살쯤 되어 보이는 아이였다. 처음엔 지니의 동생인 줄로 알았다. 자세히 보니 아니었다. 붉은 하늘로 날아오르는 아이의 사타구니에 사내아이의 성징이 없었다. 나는 어린 지니일 거라고 생각했다. 어미와의 비행기 놀이는 지니의 의식에 남은 가장 오래된 추억일 테고. 지니는 홀로 맞닥뜨린 삶의 잔혹한 순간 속에, 내면의 아이를 풀어놓은 셈이었다.

지니가 웃을 때마다 어미는 함께 웃었다. 어미가 웃으면 지니도 따라 웃었다. 모녀의 웃음소리는 조금씩 어두워지는 저녁 하늘로 종달새처럼 날아올랐다. 지니를 바라보는 어미의 눈동자에는 노을빛이 깜부기불처럼 깜박거렸다. 숲 여기저기에선 시끄럽게 재잘거리는 보노보들의 소리가 들려왔다.

어둠이 덮쳐왔다. 지니의 형상은 그림자처럼 어두워졌다. 하늘도, 숲도, 어미의 눈에서 깜박이던 노을빛도 까맣게 뭉개졌다. 모든 것이 눈처럼 녹아 어둠 속으로 스며들었다. 남은 것은 노래하듯 울리는 보노보들의 소리뿐이었다.

나는 잠자코 소리에 귀를 기울였다. 보노보들의 노래는 기억 속에서 울리는 것이 아니었다. 지금 이 자리, 지니의 주변에서 울리는 소리였다. 조금 전, 지니의 의식을 깨운 그 소리였다. 지니 역시 그 점을 알아차린 것 같았다. 무릎 사이에서 이마를 들어올리고, 들려오는 소리를 곰곰이 듣기 시작했다.

소리는 파도타기를 하듯 차례로 밀려왔다가 차례로 밀려갔다. 어떤 소리는 신경질적이었고, 어떤 소리는 성마르게 울렸으며, 어떤 소리는 가볍고 경쾌하게 울렸다. 각각의 소리들은 서로 겹치는 법이 없었다. 다른 소리를 막는 법도 없었다. 대화를 나누듯 핑, 퐁, 핑, 퐁 주고받았다. 앞선 상대의 소리와 비슷하게 톤을 맞추면서 음조만 끊임없이 바뀌는 양상이었다. '괜찮니?'라고 물으면 '너는?'이라고 되묻고, '좋아'라고 하면 '나도'라고 대답하듯.

지니는 그들의 대화에 끼어들지 않았다. 대신 대파 냄새가 나는 곳으로 손을 뻗었다. 곧 쇠창살에 매달린 먹이통을 찾아냈다. 먹이통 옆에 꼭지가 달린 물통이 설치돼 있다는 것도 알아냈다. 꼭지를 빨자 미지근한 물이 바짝 마른 목으로 쏟아져 들어왔다. 갈증이 가시자 식욕이 살아났다. 지니는 대파 조각을 꺼내 씹기 시작했다. 처음엔 조심스럽게 조금씩 씹다가, 구토 증상이 나타나지 않자 꿀꺽 삼켰다. 대파 세 조각이 순식간에 뱃속으로 들어갔다.

그사이 나는 보노보들이 내는 소리의 형태와 양상을 귀에 익혔다. 지니가 어느 정도 힘을 차릴 무렵엔 각 개체의 미세한 차이를 구분할 수 있었다. 성숙한 소리, 앳된 소리, 속사포처럼 빠르고 짧게 쏘는 소리, 상대적으로 가늘고 높은 소리, 상대적으로 굵고 낮은 소리, 힘 있게 내지르는 소리. 모두 여섯이었다. 아직 소리를 내지 않는 지니까지 일곱.

조금 이상했다. 왜 일곱인지. 애초에 일곱 마리만 선적됐을까. 아니면 보편적 선적 수인 열 마리 중 세 마리가 벌써 죽음을 맞은 것일까? 그것도 아니면 지니처럼 침묵하는 세 마리가 더 있는 것일까? 나로서는 알 길이 없었다. 시야는 깜깜했고, 소리에 의지해 상황을 추측하는 데는 한계가 있었다.

얼마 후, 나는 여섯 개의 소리 속에서 리더의 소리를 찾아냈다. 성별까지 알 수는 없지만 관습상 암컷일 거라 짐작했다. 그들의 대화는 대개 리더로부터 출발했다. 긴 부름이 들려오면 잠에서 깼다는 신호였다. 이어 점호를 하듯 짤막한 소리가 연달아 울렸다. 다섯 번의 응답이 끝나자 지니가 입을 동그랗게 내밀고 우우 소리쳤다. '나도 있다'고 손들고 나서는 조심스럽고 수줍은 소리였다. 마침내 지니도 점호 대열에 끼어든 것이었다.

어둠 속은 삽시에 시끄러워졌다. 경적이라도 울리듯 사방에서 휘익 소리가 이어졌다. 뜬장 벽을 탕탕 치거나 쇠창살을 흔드는 소리도 났다. 이 모든 소리가 환영 인사로 들렸다. 지니는 기뻐하고 안도했다. 나는 섬뜩하고 무서웠다. 이러다 보노보들의 언어까지 알아듣게 될까봐, 들추지 않고 덮어버린 상상이 구체적 현상으로 재현될까봐.

정적의 시간이 돌아오자 지니는 주변 탐색에 들어갔다. 손을 뻗어 머리 위와 옆, 뒤, 바닥을 차례로 만져봤다. 킨샤사에서 갇혀 있었넌 그 뜬장이었다. 다른 보노보들 역시 자기 뜬장에 갇혀 있을 것이다. 제각각 밀림에서 잡혀 와 어느 중개상의 뜬장에 갇혀 있다가, 뜬장 째로 어느 장소에 집화돼 배에 실렸겠지. 차라리 하나의 뜬장에 함께 넣어주었다면 저들의 두려움이나 외로움이 덜했을 것을. 이 기나긴 여행이 조금이나마 덜 고통스러웠을 것을.

지니가 움직임을 멈췄다. 누군가 컨테이너 문을 열고 있었다. 이어 발소리가 들려왔다. 저벅저벅 다가오는 소리였다. 보노보들은 북을 울리는 듯 일제히 소리를 지르기 시작했다. 곧 뜬장의 검은 장막 너머로 희미한 빛이 비쳤다. 지니는 몸을 움츠리고 발소리에 귀를 기울였다. 발소리는 어딘가에서 한 번 멈췄다가 곧 지니 앞으로 다가왔다.

장막이 걷혔다. 양손에 양동이와 주전자를 쥔 남자가 나타났다. 남자의 가랑이 사이로 비스듬하게 세워둔 랜턴이 내다보였다. '매수된 선원'일 것이다. 남자는 지니에게 눈 한 번 돌리지 않고 기계적으로 할 일을 해치웠다. 양동이에서 무언가를 꺼내 먹이통에 던져 넣고, 물통에 물을 채우고 장막을 내렸다.

나는 물 따르는 횟수를 셌다. 지니까지 합해 모두 일곱 번. 내 짐작이 맞았다. 점호에 참여하지 않은 보노보는 없었다. 애초에 일곱이었으리라. 아니면 셋이 이미 죽었거나. 급식이 끝나자 남자는 잽싸게 비밀 공간을 빠져나갔다. 발소리가 사라진 후, 지니는 달콤한 냄새를 풍기는 먹이통으로 손을 뻗었다. 이번엔 사탕수수 조각이었다.

그때부터 지니의 기억은 다시 건너뛰기 시작했다. 그러므로 지니가 얼마나 오래도록 뜬장에 갇혀 있었는지 짐작이 불가능하다. 지니는 앉은 자세로 먹고, 용변을 보고, 바깥의 소리에 귀를 기울였다. 사지와 근육과 관절은 앉은 자세로 굳어지고 있었다. 목구멍마저 굳어져 소리도 제대로 나오지 않았다.

다른 보노보들의 상황도 마찬가지였을 것이다. 침묵이 늘고 대화는 짧아졌다. 리더의 부름에 대한 화답도 점점 줄었다. 어느 순간, 다섯이었다가 그다음엔 넷, 다음엔 지니와 리더만.

언제부턴가 리더는 지니를 깨우지 않았다. 지니가 불러도 답하지 않았다. 급식 담당은 지니의 그릇에만 물을 붓고 먹이를 놔주고 사라졌다. 주변은 너무 고요해서 혈관으로 피 흐르는 소리까지 들리는 것 같았다. 어둠 속에서는 역한 냄새가 맴돌고 있었다. 죽음의 냄새이자 주검의 냄새였다. 지니는 무덤 같은 공간에서 홀로 살아 있었다.

지니는 외로움으로부터 도망치기 시작했다. 자신을 불러주는 이가 있었던 밀림 속으로 돌아갔다. 어미와 동생의 모습이 유령처럼 튀어나왔다가 사라지길 반복했다. 입술을 동그랗게 열어 지니를 부르는 어미의 얼굴, 양손을 마주 잡고 춤을 추듯 빙글빙글 도는 어미와 동생, 나뭇가지에 매달리려는 동생의 발을 잡아주며 걱정스레 바라보는 어미의 눈, 어미의 등에 올라탄 동생과 뒤를 따라가는 지니 자신의 모습.

장면들은 주인공을 바꿔가며 반복되었다. 어미의 젖을 빠는 얼굴이 동생에서 지니로 바뀌기도 하고, 어미의 등에 붙어 엄지를 빨고 있는 지니의 얼굴이 동생으로 바뀌기도 했다. 그럴 때마다 지니는 제 엄지를 입에 넣고 빨았다. 명백한 퇴행이자 정형 행동의 징조였다. 몸은 물론 정신마저 파열음을 내고 있다는 단서였다. 내가 지니에게 말을 걸기 시작한 건 그때부터였다.

'지니, 내 말 좀 들어봐.'

나는 나를 범차원적 존재라 여기기로 했다. 어디에나 있을 수 있고, 누구에게나 말을 걸 수 있지만 실체는 없는 유령 같은 존재. 그러자 많은 것들을 무시할 수 있었다. 지니가 내 말을 알아들을 리 없다는 점도, 이곳이 과거이며 이미 일어난 일이라는 것도, 조만간 지니는 살아서 목적지에 도착한다는 사실도.

그 순간 내게 중요했던 것은 말이 되는가, 혹은 가능한가 같은 것이 아니었다. 뭐든 해야 한다는 간절함이었다. 지니가 혼자라는 사실을 잊어버리게 해야 했다. 외로움의 무게에 눌려 스스로 죽는 일이 없도록. 어쩌면 지니가 아니라 나 자신에게 들려주는 이야기였을지도 모르겠다.

'지니. 나도 혼자야. 그게 무서워서 죽을 것 같았던 때가 있었어.'

나는 깊고, 진득하고, 죽음의 냄새로 가득한 어둠을 내다봤다. 그 안에, 바다가 내려다보이는 한 요양 병원 주차장이 나타났다. 때늦은 함박눈이 내리던 5년 전 4월 어느 아침이었다. 나는 주차장 한 귀퉁이에 차를 세우고 병원으로 들어섰다.

어머니가 그곳에 입원한 건 그해 1월 말경이었다. 뇌종양 말기 진단을 받은 지 딱 한 달 만이었다. 수술은 불가능했다. 남은 길은 항암 치료뿐이었다. 어머니는 치료를 거절했다. 쓸데없는 일에 시간을 쓰고 싶지 않다는 것이었다. 오롯이 당신 자신과 함께 남은 시간을 쓰겠다고 말했다. 그럴 수 있도록 보내달라고 했다. 봐둔 곳이 있다고 했다. 창밖으로 바다가 보이고, 뒤에는 야산이 에워싸고 있는 서해의 한 항구도시라 했다.

어머니는 삶에 대한 의지가 강한 사람이었다. 흔들리는 법도, 우는 일도 없었다. 사업을 하던 아버지가 엄청난 빚을 남기고 갑작스런 죽음을 맞았을 때에도, 장례식장으로 몰려든 채권자들에게 머리채를 잡혔을 때에도, 보증을 섰던 친가와 외가로부터 의절당했을 때에도 울지 않았다고 했다. 어머니 몸 안에서 내가 자라고 있었기 때문이었다.

아버지의 빚을 갚느라 식당 주방을 전전하면서도 어머니는 사자처럼 살았다. 자기 운명을 한탄하지도 않았고, 세상에 주눅 들지도 않았다. 그 유전자를 내게 물려주었을 뿐 아니라 똑같은 삶의 태도를 가르쳤다. 삶은 살아 있는 자의 것이며, 살아 있는 동안 전력으로 살아야 한다고. 살아 있는 한, 삶을 선택하는 것이 옳다고.

어머니가 암 진단을 받았을 때, 우리는 길고도 긴 빚 정리를 막 끝낸 참이었다. 12평짜리 낡은 빌라에서나마 맘 놓고 살기 시작한 지 한 달도 되지 않은 시기였다. 그때 날아든 운명의 주먹질이, 사자 같은 어머니를 한 방에 쓰러뜨린 것이었다.

어머니의 선택은 나를 공황에 빠뜨렸다. 이번에는 사는 쪽을 택하지 않았다는 점에서 충격적이었다. 어떤 설득으로도 고집을 꺾지 않아 막막하고 기가 찼다. 나는 그리할 수밖에 없었다.

적금을 깨서 중고차 한 대를 구입하고, 쉬는 날마다 380킬로미터나 떨어진 병원을 찾아갔다. 서툰 운전으로 먼 길을 오가면서 어머니의 속내를 이해하려 무던히도 애썼다. 딸의 삶을 지키려는 것이라 받아들였다. 이렇게 먼 곳으로 가버린 것도, 갈 때마다 야속할 만큼 무덤덤하게 나를 맞는 것도.

어머니의 상태는 갈 때마다 나빠졌다. 진통제 맞는 회수가 점점 잦아지고, 말수가 사라지고, 몸을 제대로 이기지 못했다. 걷지 못하게 되자 정신도 흐릿해졌다. 어떤 날엔 눈의 초점이 맞지 않았고, 어떤 날엔 나를 알아보지 못했다.

그날 아침은 여느 때와 좀 달랐다. 병실 문을 열었을 때, 어머니는 막 식사를 마친 참이었다. 기분이 좋아 보였다. 모처럼 환한 표정으로 나를 맞았다.

"신이 왔구나."

표정만큼이나 환한 목소리였다. 근 한 달 만에 들어보는 또렷한 음성이었다. 티슈로 어머니의 입을 닦아주던 보호사가 나를 돌아보며 말했다.

"오늘 어머니 기분이 최고예요."

어머니는 미음 한 그릇을 다 비웠다고 했다. 두통을 호소하거나 진통제 주사를 요구하지도 않았다. 근래 들어 가장 정신이 맑다고도 했다.

"근데 자꾸 산책로에 나가겠다고 하시네요. 눈이 많이 오는데."

말인즉, 네가 말려보라는 뜻이었다. 어머니는 기어코 나가겠다고 고집을 부렸다. 그것도 나와 단둘이서만. 주치의는 '중무장'과 '10분'이라는 조건을 붙여 산책을 허락했다. 나는 모자와 목도리와 코트와 담요로 어머니를 중무장시킨 후, 휠체어에 태워 산책로로 나갔다.

눈이 쌓여가는 숲에는 발자국 하나 없었다. 사실 발자국을 남길 만한 이도 없었을 것이다. 그곳은 말기 암 환자들이 죽음의 기차가 도착하기를 기다리는 종착역이었다. 환자 대부분이 의식이 혼미하거나 통증으로 탈진한 이들이었다. 산책은커녕 혼자 힘으로 일어서기도 힘든 사람들.

"나 사진 한 장 찍어줄래?"

어머니는 나무들 사이로 길게 이어지는 숲길을 가리켰다. 휠체어가 아니라 눈밭에 앉아서 찍게 해달라고 했다. 의사가 알면 펄쩍 뛸 일이었지만, 나는 그렇게 했다. 어머니는 종아리까지 빠지는 눈밭에 동그마니 앉아 내게 물었다.

"내가 너를 가졌을 때, 무슨 꿈을 꿨는지 아니?"

"아니."

나는 휴대전화를 꺼내 들고 뒤로 물러섰다. 이리저리 서보며 사진 각도를 맞추는 사이 어머니는 이야기를 들려줬다.

"이런 눈밭에 가만히 앉아 있는 꿩을 봤어. 가까이 갔더니 금세 알아차리고 포르르 날아가더라. 근데 멀리 가질 않고 여남은 발짝 거리에 내려앉는 거야. 날아간 자리에는 알이 한 무더기 쌓여 있고. 치마에다 그걸 다 주워 담고 또 욕심이 나서 꿩을 쫓아갔지 않겠니. 꿩은 또 포르르 날아가고."

꿩이 앉았던 자리엔 어김없이 알 한 무더기가 놓여 있었다고 했다.

"나는 그걸 다 주워 담았어. 그렇게 작고 예쁜 알은 처음 봤다."

"실망했겠네. 꿩 대신 타조가 나와서."

나는 카메라 속 어머니를 들여다보며 대꾸했다.

"아냐……."

어머니는 고개를 저었다.

"네가 얼마나 예뻤는데."

수줍은 고백이라도 한 것처럼, 어머니는 배시시 웃었다. 나는 셔터를 눌렀다. 사진은 어머니의 영정이 되었다.

나는 밤마다 같은 꿈을 꾸곤 했다. 눈 쌓인 숲길 입구에 어머니의 휠체어만 덩그러니 놓여 있는 꿈. 새하얀 나무들 사이로 어머니의 파란 코트 자락이 보였다 사라졌다 하는 꿈. 발자국 하나 없는 숲길을 나비처럼 사뿐사뿐 걸어가는 꿈. 어느 순간, 모퉁이 너머로 홀연히 사라져버리는 꿈.

꿈속에서조차 나는 울지 않는다. 어머니를 부르지도 않는다. 어머니의 발자국이 끊긴 곳에서 걸음을 멈추고, 가지런히 찍힌 이 세계의 발자국들을 돌아본다. 아무 흔적 없는 저편의 세계를 망연하게 건너다본다. 두 세계 사이로 정적이 강물처럼 흘러간다.

죽음은 살아 있는 사람의 문제라고 했던 엘리아스의 말은 옳다. 잠에서 깨어난 아침, 나를 맞는 것은 언제나 정적이었다. 밥 먹고, 일하고, 숨 쉬는 매 순간순간 정적의 급류가 나를 휘감고 흔들었다. 어머니와 살던 집에서 기숙사로 거처를 옮겨봤지만 상황은 달라지지 않았다.

나는 정적을 잊고자 삶을 소리로 채웠다. 저 앞에 놓인 모퉁이를 향해서 온 힘을 다해 달려가는 내 발소리로. 잠시라도 발소리가 들리지 않으면 불안하고 초조했다. 행여 틈을 비집고 정적이 끼어들까봐 두려웠다. 그 결과, 멈춰 서는 법을 잊어버렸다. 언제나 가드를 올리고 있으면 팔 내리는 법을 잊어버리듯. 킨샤사에서 지니를 만나기 전까지, 그로 인해 삶의 방향을 바꾸기 전까지 쭉 그랬다.

잠깐만, 하듯 지니가 어깨를 움찔했다. 귀를 쫑긋 세우는 것도 같았다. 외부의 소리들이 들려오고 있었다. 소리 죽인 발소리, 속삭대는 말소리, 컨테이너 문이 열리는 소리, 선적된 물건들이 치워지는 소리. 이윽고 불빛이 정면으로 비쳐들었다. 시야를 꽉 채운 빛의 한 중심에 지니의 눈이 있었다. 나는 순식간에 지니의 동공으로 빨려들어갔다.

"장 교수님 점심부터 식사하셨다면서요?"

불빛 너머에서 홍유미의 목소리가 들려왔다. 나는 누군가의 손가락이 내 눈꺼풀을 강제로 벌리고 있다는 걸 깨달았다. 눈 안으로 쏟아져 들어오는 백광은 펜 라이트의 불빛이었다.

"식사는 아니고, 그냥 물 몇 모금 드셨어요. 내일 오후쯤 일반 병실로 옮길 것 같긴 한데……."

박 선생의 목소리가 대답했다. 손가락도 박 선생의 것인 듯했다.

"같긴 한데, 라뇨? 무슨 문제 있어요?"

홍유미가 물었다. 박 선생은 눈꺼풀에서 손을 뗐다. 불빛이 멀어졌다.

눈이 스르르 감겼다. 나는 일이 잘못됐음을 직감했다.

"문제라기보다…… 이진이 팀장 어찌 됐냐고 자꾸 물어서요."

박 선생의 손이 이번엔 귓바퀴를 부드럽게 당겼다. 이어 길쭉한 물체가 귓속으로 들어왔다. 느낌상 체온계 같았다. 나는 마음의 준비를 갖췄다. 체온계가 아니라 송곳이 들어와도 움찔하지 않겠다고. 몸에 힘이 들어가지 않도록 소리 없이 호흡을 가다듬었다. 깨어난 걸 들키고 싶지 않았다. 내가 어떤 상황에 놓여 있는지 알아내기 전까지는.

"뭐라고 대답하셨는데요?"

"뭐라고 말해야 할지 몰라서, 그냥 중환자실에 있다고 했어요."

박 선생은 체온계를 뺐다. 달그락달그락 기구 움직이는 소리가 이어졌다.

"사실대로 말하기가 뭐해서요."

"지금 이진이 씨 상태가 어떤데요? 더 나빠졌어요?"

홍유미가 물었다. 박 선생이 대답했다.

"아직까지 심장이 뛰는 게 기적이라던데요."

저들이 왜 내 앞에서 내 이야기를 떠들고 있을까. 나는 스스로 묻고 스스로 대답했다. 지니는 영장류센터에 잡혀 왔다. 이곳은 검역실일 것이다. 영장류센터에 들어온 유인원이 가장 먼저 거쳐 가는 방이니까. 최소 3주는 머무르는 곳이었다. 건강에 큰 문제가 없고, 다른 개체에게 전염시킬 만한 병원체를 보균하고 있지 않다는 걸 확인할 때까지.

더하여 나는 구속 재킷을 입고 있었다. 양팔이 가슴 밑에서 교차된 채로 움직여지지 않았다. 생각지도 못한 조처였으나, 냉정하게 판단하면 과잉 조처는 아니었다. 구속 재킷은 여러 용도로 쓰이는 옷이었다. 개체의 자해를 막고, 불의의 사고나 난동을 예방하고, 수의사나 사육사가 처치 행위를 하는 동안 자신을 보호하기 위해서도 쓴다.

영장류센터에서 침팬지는 위험 동물 범주에 들어간다. 사납고 공격적인 성미와 무시무시한 힘 때문이었다. 진화 계보상 가장 가까운 보노보에게도 동일한 대우를 하고 있는 셈이었다. 사자와 치타를 같은 맹수과로 묶듯이. 무엇보다 지니에겐 홍유미를 공격한 전적이 있었다.

"내 생각엔 그 사람 살아날 거 같아요."

홍유미가 말했다. 박 선생은 왜?라고 묻지 않았다. 대신 내 팔에 혈압계 커프를 감았다. 나는 민주를 생각했다. 그는 어떻게 됐을까. 설마 그가 나를 이곳에 넘겨줬을까, 아니면 지니 혼자 어딘가를 떠돌아다니다 포획된 것일까. 그럴지도 몰랐다. 동생이 태어난 새벽, 천지사방으로 날뛰고 다닌 걸 생각하면.

"이 팀장 성격이 그런 데가 있잖아요. 사막에 던져놔도 기어코 살아 돌아올 것 같은……."

홍유미는 자기 생각에 대한 동의를 구하듯 덧붙였다.

"안 그래요?"

불현듯 나는 궁금해졌다. 언제부터 홍유미는 나를 이렇게 다양한 호칭으로 불렀을까. 이진이 씨, 그 사람, 이 팀장. 헛소리인지 진심인지 속내는 모르겠으나, 내 미래를 점치려거든 호칭이나 통일했으면 싶었다. 주어가 바뀔 때마다 헷갈리고 정신이 사나웠다.

"그렇게만 된다면 더 바랄 게 없겠죠."

박 선생이 혈압계를 풀면서 대답했다.

"이제 서른다섯인데 너무 젊고…… 아깝잖아요."

다시 달그락달그락 소리가 나기 시작했다. 무슨 소리인지 보지 않아도 알 수 있었다. 평소 수의사용 가방으로는 최고라고 찬양하는, 자신의 메이크업 박스에 진찰 도구를 정리하는 중일 것이다.

"그나저나 애는 꽤 깊이 잠든 것 같네요. 좀 전까지 깨어 있는 것 같더니."

홍유미는 돌연 화제를 바꿨다. 이번 호칭은 지니를 두고 한 말이었다. 박 선생은 지니가 전형적인 정형 행동과 퇴행 증세를 보이고 있다고 말했다. 줄곧 입술을 오물거려 뭔가를 빠는 시늉을 하고, 허공을 향해 하울링 같은 울음소리를 내고, 갑자기 고개를 들고 두리번거리는가 하면 무언가에 곰곰이 귀 기울이는 표정이 된다는 것이었다. 가장 큰 문제는 무의식 상태처럼 외부 자극에는 전혀 반응하지 않는 것이라고도 했다.

"내일은 스트레이트 재킷을 풀어줘볼까 해요. 저것 때문에 더 스트레스를 받나 싶어서."

"잡힐 때 자해 행동을 심하게 했다면서요. 본래 정신적인 문제가 있었던 것 아닐까요?"

홍유미가 물었다.

"좀 지켜봐야죠. 병적인 문제인지, 일시적인 장애인지. 인동호에서 구조될 땐 그러지 않았다고 들었거든요. 그 구조대장 말로는 몸이 날랜 데다 힘은 장사고, 사람처럼 영악해서 포획에 애를 먹었다더라고요. 이진이 선생을 부른 이유도 그것 때문이고요."

박 선생은 일시적 장애로 보는 요인 몇 가지를 설명했다. 별장 사설 동물원 시설이 열악했을 것이며, 수용된 후 내내 혼자 지냈을 것이고, 불이 난 데다 마침 총에 맞고 교통사고까지 당했으니 충격을 연달아 받은 셈이고, 이틀 내내 사람들에게 쫓겨 다녔으므로 정상적일 수가 없을 것이라고.

"비를 오래 맞았다고 해서 폐렴도 걱정됐는데, 아직 별다른 증세는 없어요. 본래는 건강한 아이였던 것 같아요."

"윤성태 씨 말로는 오늘 아침에 봤을 때도 이상했대요. 이팝나무 가지를 꺾어서 내던지고 울타리를 넘어가는 모습이 어쩐 좀⋯⋯."

홍유미는 거기서 말을 끊었다. 말 대신 제 검지를 머리 옆에서 뱅글뱅글 돌리고 있으리라고 추측하기는 그리 어렵지 않았다. 이팝나무 가지를 왜 꺾었는지 짐작하는 것도 어렵지 않았다. 윤성태가 경찰이나 119에 신고했으리라는 것도.

"말이 나왔으니 말인데, 어제 숙소에 나타났을 때도 반미치광이였잖아요."

홍유미는 자신이 지니에게 물렸다는 사실을 상기시켰다. 더하여 검진 결과가 나올 때까진 불안해서 잠을 못 이룰 것 같다는 세설을 덧붙였다.

"무슨 병이 있을지 지금 어떻게 알겠어요?"

"별일 없을 거예요. 옷 위로 물렸고, 상처가 난 것도 아니잖아요."

박 선생이 대답했다. 해석하면 '엔간히 해라' 정도가 될까. 홍유미는 발끈한 목소리로 받아쳤다.

"선생님 일이 아니라고 편하게 말씀하시네요."

"그럴 리가 있겠어요. 너무 불안해하지 말란 뜻이지."

박 선생의 목소리와 함께 케이지 문이 닫히는 소리가 났다. 이어 라텍스 장갑을 벗는 소리가 울렸다.

"홍 선생님 먼저 퇴근하세요. 검사 결과 나오면 바로 알려드릴 테니까 안심하시고요."

박 선생의 목소리가 멀어졌다. 문이 열리고 닫히는 소리가 났다. 곧 그들의 기척이 완전히 사라졌다. 감은 눈 주변은 침침해졌다. 검역실을 나가면서 전체 조명등을 끈 것 같았다. 완전히 어둡지 않은 걸로 봐서는 비상등을 켜났을 테고. 주변이 조용했지만, 나는 움직이지 않았다. 실눈을 떠서 시선만 옆으로 돌렸다.

건너편 벽엔 강화유리로 된 큰 창이 하나 있었다. 창문 너머의 방은 수의사들이 쓰는 의무실이었다. 그제 밤, 침팬지 팀이 모여 팬의 출산을 지켜보던 곳이었다. 의무실 너머에는 출산이나 심신 쇠약, 정형 행동 등의 이유로 집중 관리가 필요한 개체를 격리 수용하는 방이 있었다. 팬이 출산을 하던 바로 그 방이었다. 거기에도 의무실과 통하는 창문이 있었다. 수의사가 의무실에서 자기 일을 하며 좌우 양쪽을 관찰할 수 있도록.

내가 눈을 돌렸을 때, 박 선생이 의무실로 막 들어서고 있었다. 실내등을 켜고 책상 앞으로 가서 앉는 걸로 봐서 야근을 할 모양이었다. 그렇다면 최소한 한 시간은 지나야 퇴근할 터였다. 컴퓨터 화면에 불이 들어오는 걸 보며 나는 다시 눈을 감았다. 좀 전에 들었던 이야기와 알고 있는 이야기를 조합해 상황을 정리하기 시작했다.

지니는 무곡 어디쯤에서 포획돼 영장류센터로 이송됐다. 검역실에 수용된 후엔 기초 검사를 받았다. 내가 램프에 갇혀 있는 동안 지니는 램프 속 자신과 똑같은 행동을 했다.

박 선생의 묘사대로라면 지니는 영락없는 몽유병 환자였다. 민주에게서 비슷한 이야기를 들은 후, 그렇지 않을까 추측한 부분이기도 했다. 그렇다면 내가 현실에서 지니의 몸을 통제할 때 지니의 정신은 어디로 갈까. 나처럼 램프로 갈까? 지니의 램프에선 무슨 일이 벌어질까? 지니도 나처럼 램프 안에선 바깥세상을 볼 수 없을까? 이 추측이 맞다면 지니는 이십사 시간 내내 잠들어 있는 거나 마찬가지였다.

참으로 혼란스러웠다. 생각할수록 머리가 아팠다. 나는 뇌 전문가가 아니었으므로 상상을 더 밀고 나가기도 어려웠다. 변화의 기전이나, 내가 지니에게 점점 '동화'돼가는 듯한 이유도 여전히 설명할 수 없었다.

분명한 건 교차가 거듭될수록 위험하다는 것뿐이었다. 몸을 잃어버린 나노, 영혼을 잃어버린 지니도.

문제는 교차를 멈출 방법이 없다는 것이었다. 모든 것은 지니의 뇌에서 일어나는 일이었으므로 내가 개입할 여지조차 없었다. 할 수 있는 일은 하나뿐이었다. 가장 원론적인 결론이기도 했다. 다시 램프로 불려가기 전에, 내 몸으로 돌아가는 것.

갑자기 머릿속이 아득해졌다. 그게 과연 할 수 있는 일일까? 중환자실에 누운 내 몸은 가까스로 심장만 뛰고 있고, 민주는 어디에 있는지 알 수 없으며, 언제 램프로 불려갈지 모르는데 문제를 해결해야 할 지니의 몸은 검역실에 갇혀 있었다. 그것도 구속 재킷에 억압당한 채로. 뭍을 향해 헤엄쳐야 할 때 이중삼중의 파도에 부닥쳐 물 밑으로 가라앉고 있는 셈이었다.

홍유미의 말대로 나는 좌절에 대한 내성이 강한 편이었다. 감정적인 인간이긴 했지만 감정적으로 행동해서 화를 자초하거나 일을 망친 적은 거의 없었다. 지금은 아니었다. 모든 것이 다 부질없는 짓으로 보였다. 내가 뭘 하든, 아니 뭘 하려 들면 들수록 나를 침몰시킬 더 강력한 파도가 대기하고 있는 것 같았다.

절망이 덮쳐왔다. 격한 분노가 뒤따라왔다. 머릿속 압력이 높아지고 귀가 윙윙 울기 시작했다. 운명의 멱살을 틀어쥐고 고함이라도 지르고 싶었다. 나한테 왜 이러는지, 내가 무엇을 잘못했는지. 지금의 상황과 내가 살아온 삶의 인과관계를 설명해보라 따지고 싶었다. 하다못해 허공에 대고 발차기라도 하고 싶었다. 의무실에 박 선생이 없었다면 정말로 그랬을지도 모른다.

나는 어금니를 물고 소리 없이 분노를 견뎠다. 언제나 이겨내고, 그런 다음 또 이겨내기를 요구했던 어머니를 떠올렸다. 그렇게 살아온 내 삶을 생각했다. 모퉁이를 하나 돌면 지금보다 나은 무언가가 있을 거라고 나는 철석같이 믿었다. 그 믿음은 내 삶을 지탱해온 신앙과도 같은 것이었다. 지금 가장 하지 말아야 할 행동이 바로 신앙을 버리는 짓이었다. 내가 가진 모든 것이자 유일한 것이었으므로.

불길이 진화되기까지는 꽤 긴 시간이 필요했다. 생각을 정리하는 데 다시 한 세기쯤이 흘렀다. 지니가 포획될 때 민주는 전혀 힘을 쓰지 못했을 것이다. 어쩌면 경찰에게 끌려갔을지도 몰랐다. 보노보 도둑 혐의를 받았다면 아직도 경찰서에 있을 공산이 컸다. 나를 구할 사람은 나밖에 없었다.

나는 눈을 떴다. 박 선생은 퇴근한 모양이었다. 의무실 불이 꺼져 있다. 격리실의 초록 불빛이 컴컴한 의무실을 넘어 내 눈으로 곧장 뻗어왔다. 아마도 저 초록 불빛 아래엔 출산휴가 중인 팬이 아기를 품고 잠들어 있을 것이다. 그러니까, 출산 중에 특별한 일이 없었다면.

나는 몸을 옆으로 돌리고 상체를 일으켰다. 구속 재킷 때문에 중심 잡기가 힘들었지만, 곧 반듯하게 앉을 수 있었다. 다리에 힘을 주고 엉덩이를 밀어서, 애벌레 이동 방식으로 케이지 왼쪽 모서리까지 옮겨 갔다.

침팬지나 사람과 달리, 보노보는 손과 발의 분화가 크게 일어나지 않았다. 뒤집어 얘기하면 발을 손처럼 쓸 수 있는 종족이었다. 지금 지니가 쓸 수 있는 유일한 도구기도 했다. 나는 발을 들어올려 창살을 움켜쥐고 검지 발가락을 뻗어 창살 밖을 더듬기 시작했다. 발 끝에 도어록 버튼이 걸렸다. 위에서부터 버튼 숫자를 세어가며 비밀번호를 눌렀다. 두어 번의 시도 끝에 잠금장치가 풀렸다.

나는 문을 걷어차서 열고 케이지 밖으로 나왔다. 다음 과제는 구속 재킷을 벗는 것이었다. 찢는 건 불가능했다. 지니는 암컷이었다. 수컷처럼 에너지 넘치는 송곳니 따위는 갖고 있지 않았다. 나머지 이빨의 성능은 구속 재킷에 침이나 묻혀줄 수준이었다. 바닥에 주저앉아 어깨를 이리저리 움직여봤으나, 헛심만 뺐다. 구속복은 옷이 아니라 피부처럼 몸에 착 들러붙어 있었다.

이번엔 바닥에 엎드려 다리를 뒤로 꺾어 올려봤다. 발끝이 등에 닿기만 한다면 소매를 묶어놓은 벨트를 풀 수도 있을 것 같아서. 결과는 실망스러웠다. 어떤 자세를 해도 벨트에 발이 닿지 않았다. 지나치게 다리를 꺾어대는 바람에 양쪽 허벅지에 쥐가 났을 뿐. 덕택에 한동안 다리를 비틀며 씩씩거려야 했다.

검역실 안엔 쓸 만한 도구도 없었다. 구속복과 억제대 등을 정리해둔 선반, 작은 테이블 하나, 바퀴가 달린 보조 의자 하나. 가위나 칼 같은 것들은 의무실에 있었다. 의무실로 가려면 검역실부터 나가야 했다. 검역실과 의무실은 지문이나 사원증으로만 출입이 가능한 방이었다.

나는 의무실 창문 앞으로 가서 섰다. 발꿈치를 들어올리고 책상에 놓인 디지털시계를 내다봤다. 8시 38분. 야간 당직이 1차 라운딩을 하는 시각은 9시경이었다. 20분 남짓 남은 셈이었다.

방 안을 다시 살피기 시작했다. 방 한구석을 기어가는 바퀴벌레의 행로까지 꼼꼼하게 들여다봤다. 희망을 좀 발견해보려고. 내가 선택할 수 있는 것이 뭔지 알아내려고. 지니의 몸을 활용할 수 있는 일을 궁리하려고. 시간이 똑딱똑딱 갔다.

9시. 나는 문 옆 벽 모서리에 몸을 붙이고 있었다. 한쪽 발은 바퀴 달린 보조 의자에 올리고 한 발로 선 상태였다. 발밑에는 미리 동그랗게 고리를 지어둔 억제 벨트 두 개와 마른 수건 한 장이 놓여 있었다. 서 있는 자리는 의무실 창문으로도, 검역실 문에 달린 감시창으로도 보이지 않는 사각지대였다.

몇 분이나 지났을까. 마침내 발소리가 들려오기 시작했다. 운동화 소리도, 구두 소리도 아니었다. 슬리퍼를 끌고 오는 소리였다. 나는 마지막으로 계획을 점검했다. 머릿속으로 최종 리허설을 마쳤다. 문제는 심장 소리가 갑작스레 커지고 빨라졌다는 것이었다. 슬리퍼가 검역실 문 앞에서 멈췄을 땐 팡파르 수준으로 울고 있었다. 정확하게 셀 순 없어도 분당 200 가까이 치솟은 느낌이었다.

사람은 맥박수가 115에서 145일 때 능력의 최대치를 발휘한다고 한다. 가장 민첩하게 행동하고, 가장 분명하게 본다. 정확히 조준해서 한 방에 해치워야 할 때 꼭 필요한 숫자였다. 지금 당장, 흥분한 심장을 달래야 하는 이유였다. 그러지 못하면, 몸도 풀어보지 못하고 제압당할 테니까. 나는 오래전에 배운 호흡법을 기억해냈다.

하나, 둘, 셋, 넷까지 숨을 마셨다. 아마도 슬리퍼는 감시창으로 안을 들여다봤을 것이다. 케이지가 비어 있는 것도 봤을 테다. 하나, 둘, 셋, 넷까지 숨을 멈췄다. 검역실 도어록이 풀리는 소리가 났다. 하나, 둘, 셋, 넷을 세며 숨을 내뱉었다. 문이 열렸다.

나는 보조 의자를 발로 차서 문으로 밀어버렸다. 헉, 소리와 함께 슬리퍼가 이마로 바닥을 찍으면서 문 안쪽으로 고꾸라졌다. 나는 바닥을 차고 도약했다가 슬리퍼의 등짝을 온몸으로 내리찍었다. 흡사 침대 위로 떨어지는 듯한 느낌이었다. 슬리퍼가 누구인지를 알려주는 느낌이기도 했다. 영장류센터에서 등짝이 침대만 한 남자는 윤성태밖에 없었다.

윤성태는 갈비뼈가 짜부라지는 듯한 소리를 내지르며 등을 움츠렸다. 나는 잽싸게 윤성태의 머리통 옆으로 내려섰다. 오늘 밤은 내가 교육받은 인간이라는 사실을 잊어버릴 작정이었다. 윤성태를 발로 때려죽이는 일이 일어날지도 모른다는 걱정도 접어두었다. 힘 조절을 할 마음 따윈 눈곱만큼도 없었다. 고개를 드는 윤성태의 귀때기인지 귓구멍인지를 힘 뻗치는 대로 걷어차버렸다.

윤성태는 귀를 감싸고 악을 내질렀다. 상사의 귀뺨에다 슬리퍼 짝을 날리면 훗날 어떤 대가를 받게 되는지, 아마도 귀 아프게 배웠을 것이다. 나는 곧바로 몸을 날려, 귀를 막고 등을 옹크린 채 엎드린 윤성태의 뒤로 내려섰다. 온 힘을 발에 모으고 윤성태의 센터를 향해 최후의 일격을 날렸다. 앞선 공격들이 '기절시키기'라는 목표를 충분히 구현하지 못했기에 취한 조처였다. 119에 신고해준 친절을 기리는 인사이기도 했다.

윤성태는 그대로 뻗어버렸다. 나는 윤성태의 등을 깔고 앉아 발가락으로 억제 벨트를 집어 들었다. 다른 발로는 윤성태의 손목을 잡아다가 등 뒤로 모아 올렸다. 왼손, 오른손, 한 번에 하나씩 억제대 고리에 끼우고 버클로 꽉 죄었다. 같은 요령으로 두 발도 묶었다. 밤새 주둥이를 닥치고 있으라는 의미에서 입에다 수건을 쑤셔넣었다. 마지막으로 윤성태의 사원증을 벗겨 발가락 사이에 끼우고 검역실을 빠져나왔다.

나는 복도 벽으로 굴러간 의자를 발로 밀어 의무실 문 앞으로 끌고 갔다. 그런 다음 의자 위로 올라서서 발에 쥔 사원증을 도어록에 갖다 댔다. 소리 없이 문이 열렸다. 의자를 문 사이에 끼워둔 후 안으로 들어갔다. 가위가 어디 있는지는 잘 알고 있었다. 가위질이 서툴러서 재킷 소매를 자르는 데 시간이 걸리기는 했지만.

재킷을 벗어 던지고 손가락을 꼼지락거려봤다. 팔 근육이 뻐근할 뿐, 감각 박탈은 없었다. 나는 서둘러 서랍을 뒤졌다. 영장류센터 밴은 두 대였고, 남은 하나의 키가 서랍에 있으리라 생각했다. 평소 놔두던 자리에는 없었다. 나머지 서랍 네 개를 홀랑 뒤집었지만 마찬가지였다. 박 선생이 가지고 가버린 모양이었다.

그럼 병원엔 어떻게 갈 거야? 머릿속 목소리가 물어왔다. 걸어서? 달려서? 뭐 어찌어찌 간다 치자. 병원 안으로 어떻게 들키지 않고 들어갈 건데? 검역실 문보다 더 철통 같은 중환자실 문은 또 어떻게 통과할 건데?

일시에 힘이 빠졌다. 어깨가 늘어졌다. 거기까지는 생각조차 해보지 않았다. 내 머릿속에는 '차를 몰고 나간다'까지밖에 없었다. 나는 멍하니 격리실 창문 너머를 바라봤다. 검은 그림자가 조명등을 등지고 방 저편에 서 있었다. 순간적으로 가슴이 철렁했다. 반사적으로 고개를 숙이며 주저앉았다. 박 선생인가, 했으나 이내 그럴 리 없다는 생각이 들었다. 박 선생은 팬과 친하지 않았다. 적어도, 출산 사흘째인 산모의 거처에 들어갈 만큼 허물없는 사이는 아니었다.

나는 고개를 빼고, 슬그머니 창문을 올려다봤다. 그림자는 좀 전과 똑같은 자세로, 같은 자리에 서 있었다. 부스스한 머리털, 그늘이 져 검은 구멍처럼 보이는 커다란 눈, 넓은 어깨……. 팬이었다. 아기를 품에 안은 채, 내 쪽을 바라보고 있었다.

언제부터 저렇게 서 있었을까. 내가 케이지를 빠져나올 때부터? 의무실로 들어올 때부터? 나는 몸을 일으키고 창가로 다가갔다. 팬은 미동도 없이 나를 마주 봤다. 울컥, 그리움이 밀려왔다. 저 아이의 등을 쓰다듬으며 '사랑해, 팬'이라고 속삭이던 때가 불과 며칠 전이었는데.

'안녕, 팬.'

나도 모르게 손가락 총을 만들어 인사를 보냈다. 순간, 구멍 같은 팬의 눈에 어떤 빛이 반짝, 스쳐가는 것 같았다. 나는 착각이겠지, 생각했다. 눈빛을 읽기엔 거리가 좀 멀었으니까. 불빛도 어두웠고.

팬은 아기를 안고 창문 앞으로 다가왔다. 나와 눈이 마주치자 몸을 옆으로 돌리고 섰다. 동시에 품에 인긴 아기의 얼굴이 내 정면으로 돌아왔다. 나는 숨을 멈추고 바라봤다. 검고 가느다란 머리털과 쪼글쪼글하게 주름진 살굿빛 얼굴을, 젖꼭지를 찾아 어미의 가슴을 비비는 작고 귀여운 입술을, 갓 삶이 시작된 존재를, 그 눈부시고 연약한 모습을.

미친 소리 같지만, 나는 팬이 나를 알아봤다고 생각한다. 내게 자신의 아기를 보여주려고 창문 앞으로 다가왔다고 믿는다. 나를 내려다보는 팬의 얼굴에는 자부심이 어려 있었다. 내 아기야,라고 말하는 눈이었다. 목이 아파왔다. 뱃속이 뜨거웠다. 이 느낌을 오래도록 기억하려고, 나는 눈을 감았다. 윗입술을 들어올려 유리창에 입을 맞췄다.

'아기를 보여줘서 고마워, 팬.'

팬은 창문에서 멀어졌다. 둥지로 돌아가 아기와 함께 드러누웠다. 나는 실내등을 끄고 의무실을 나왔다. 팬은 내게 아기만 보여준 게 아니었다. 주어진 일을 해낸 자신의 용기를 보여주었다. 삶에 대한 태도를 보여주었다. 더하여 내가 아직 살아 있다는 걸 일깨웠다. 살아 있는 한, 할 수 있는 일을 다 해야 한다는 것도. 그것이 삶이 내리는 유일한 명령이라는 것도.

나는 침팬지관을 빠져나왔다. 기숙사 옆 울타리를 넘고, 산 아래 도로를 향해 달리기 시작했다. 신경 체계의 전압이 빠르게 올라갔다. 기분 좋은 흥분이 발끝으로 뻗어갔다. 지고의 자유를 얻은 기분이었다.

도로가 가까워질 무렵, 예민한 지니의 귀가 엔진 소리를 포착했다. 자동차는 아니었다. 그보다 훨씬 가볍고 날렵한 소리였다. 점점 커지는 소리였다. 나는 도로로 내려가 누리길 쪽을 내려다봤다. 고갯마루로 올라오는 불빛이 보였다. 이제 단언할 수 있었다. 다가오고 있는 것은 바퀴

두 개짜리 이동수단, 오토바이 혹은 스쿠터였다.

잠깐, 생각해봤다. 저걸 몰고 병원까지 갈 수 있을까. 즉각 아니라는 답이 나왔다. 자동차라면 모를까 몸이 훤히 드러나는 물건을 몰고 시내로 들어갈 수는 없었다. 경찰에게 날 잡아가라고 시위하는 것과 다를 바 없었다.

나는 도로변 가로수로 올라갔다. 이파리가 무성한 가지에 올라앉자마자 오토바이인지 스쿠터인지가 고갯마루로 올라왔다. 헬멧을 쓴 누군가가 빠른 속도로 내 앞을 통과했다. 순간, 두 가지 사실이 동시에 파악됐다. 누군가가 몰고 올라온 것이 스쿠터라는 것. 그 사람의 등에 낯익은 배낭이 매달려 있다는 것.

갈비뼈가 뻑, 소리를 내며 양쪽으로 벌어지는 것 같았다. 온몸의 피가 발끝으로 빠져나가는 듯했다. 민주였다. 어디서 훔쳤는지 모를 스쿠터를 몰고, 그가 나를 구하러 온 것이었다.

이것은 현실일까. 아니면 너무나 간절했던 나머지 헛것이 나타난 것일까. 어느 쪽이든, 그를 불러 세워야 했으나 목소리가 나오지 않았다. 목이 짜부라든 것처럼 소리는 목 밑에서만 맴돌았다. 스쿠터는 고갯마루 모퉁이를 향해 빠르게 멀어져갔다. 나는 주먹으로 가슴을 쳤다. 한 번, 두 번. 세 번. 흐느낌 같은 새소리가 가까스로 빠져나왔다.

'김민주.'

스쿠터는 모퉁이를 돌기 직전에 멈춰 섰다. 그가 헬멧을 벗고 뒤를 돌아봤다. 소리치듯 물어왔다.

"진이?"

11장
민주

"진이?"

내 목소리는 밤공기를 타고 골짜기 아래로 흩어졌다. 대답이 없었다. 어두운 도로에는 정적만 감돌았다. 분명 그녀가 부르는 것 같았는데. 잠시 더 귀를 기울여봤으나 들리는 건 밤의 소리뿐이었다. 나무들 사이로 은밀하게 오가는 바람 소리, 개구리 우는 소리, 밤잠 없는 산비둘기 울음소리. 나는 좀 전보다 더 크게 소리를 질러봤다.

"진이면 대답해."

메아리가 잦아들 무렵, 응답이 왔다. 짤막한 휘파람처럼 휘익, 하고 끊기는 소리였다. 진이가 맞았다. 입 열기가 몹시 귀찮으나 귀가 시끄러워 대답해준다는 어조였다. 나는 헬멧을 덮어쓰고 스쿠터를 돌려 고갯마루로 돌아갔다. 소리가 들려왔다고 생각되는 곳. 가드레일이 끊겨나간 사고 지점에서 스쿠터를 멈췄다. 휴대전화 플래시를 켜서 비탈 쪽 나무들 위를 살피며 물었다.

"어디 있어?"

도로 건너편 나무에서 검은 그림자가 슥 내려왔다. 두 발 보행으로 사부작사부작 유영하듯 걸어 길을 건너왔다. 심해를 산책하는 덤보 문어를 보는 것 같았다. 어찌나 한가하게 움직이는 문어인지, 스쿠터까지 오는 동안 의자 하나쯤은 거뜬하게 만들어 내어줄 수도 있을 것 같았다. 어서 오세요, 손님. 여기 앉으시죠.

그녀는 스쿠터 앞에서 걸음을 멈췄다. 전조등 빛 속에 비스듬하게 서서 곁눈질로 나를 봤다. 눈이 마주치자 팔짱을 끼듯 양팔을 교차시키더니 손끝으로 겨드랑이 밑을 북북 긁어댔다. 한 번씩 긁을 때마다 부연 털 먼지가 전조등 빛 속으로 부스스 피어올랐다. 나도 팔짱을 꼈다. '다시 만나 반갑다'는 말을 대신해 질문을 던졌다.

"나무 위에서 뭘 한 거야?"

그녀는 대꾸하지 않았다. 고개를 갸우뚱하게 기울이고 스쿠터 주변을 한 바퀴 돌았다. 발끝으로 바퀴를 툭툭 차기도 했다. 이 구지레한 물건은 어디서 훔쳤느냐고 묻는 듯했다. 나는 스쿠터에서 내려섰다.

"돈 내고 빌린 거야."

그녀는 고개를 갸웃하며 나를 봤다. 돈은 또 어디서 훔쳤느냐, 묻는 눈이었다. 지니의 탈을 쓴 백발 경찰과 만난 기분이었다.

"뭘 좀 팔았어."

그녀는 윗입술을 들어올려 큼직한 이빨을 보여줬다. '으'도 아니고 '윽'도 아닌 소리가 잇새로 새어나왔다. 아마도 이런 말일 것이다.

'잘했어.'

내가 스쿠터에서 내리자, 그녀는 몸을 돌리고 내려왔던 가로수로 걸어 갔다. 나를 향해 검지 하나를 깐닥거리면서.

'따라와.'

나는 스쿠터를 끌고 따라갔다. 우리는 가로수 뒤편에 나란히 앉았다. 스쿠터는 나무 사이 그늘에 숨겨놓았다. 묻고 싶은 것이 많았다. 몸은 괜찮은지, 어떻게 영장류센터를 빠져나왔는지, 영장류센터 직원들이 탈출한 걸 아직 모르는지, 왜 나무 위에 숨어 있었는지. 묻기 전에 일단 그녀가 좋아할 만한 것들을 배낭에서 꺼내 내밀었다. 생수 한 병, 파인애플 슬라이스가 든 컵, 플라스틱 포크. 그녀는 물끄러미 내려다보기만 했다.

"배 안 고파?"

나는 컵 뚜껑을 열고 포크 포장을 까서 내밀었다. 파인애플은 순식간에 그녀의 입 속으로 증발해버렸다. 마지못해 받아준다는 기색이더니. 물도 한 방에 다 비웠다. 종일 밥 한 끼 얻어먹지 못한 본새였다. 영장류센터도 경찰서만큼이나 인심이 박한 모양이었다.

"통신 살렸어. 좀 전에."

나는 주머니에서 휴대전화를 꺼내 내밀었다.

"연락할 데 있으면 하든가. 문자, 카톡, 다 돼."

그녀는 휴대전화를 받아들고 홈 버튼을 눌렀다. 화면 불빛이 그녀의 코끝을 회색으로 비췄다.

'나 오늘 새벽에, 무슨 짓 했어?'

그녀가 메모장으로 물었다.

"잡혀가기 전에?"

내가 묻자 그녀는 고개를 끄덕였다. 나는 요약본으로 이야기를 들려줬다. 갑자기 숲으로 사라진 후부터 영장류센터 밴에서 진정제를 맞고 잠들 때까지. 듣는 내내 그녀는 말이 없었다. 뭔가를 골똘히 생각하는 기색이었다.

"정자로는 다시 못 가."

나는 헬멧을 집어 들며 말했다.

"일단 시내로 들어가자. 내일 아침에 병원에 가려면 잠을 좀 자둬야지."

'아니, 지금 가.'

설마 하며 나는 되물었다.

"어디, 병원에?"

그녀는 고개를 끄덕였다. 나는 고개를 저었다.

"지금은 안 돼. 면회 시간이 끝났어."

'내일까지 못 기다려. 그사이에 무슨 일이 일어날지 몰라.'

"걱정 마. 살아 있으니까. 내가 전화로 병원에 확인해봤어."

그녀는 빠른 속도로 문자판을 두들겼다.

'내가 언제 불려갈지 모른다니까. 갈 때마다 지니한테 동화되는 중이고. 그러니까 지금 가야 해.'

나는 휴대전화에서 눈을 들었다. 그녀도 눈을 들고 시선을 맞대왔다. 검은 눈동자가 주먹질이라도 당하는 것처럼 마구 흔들리고 있었다. 나는 그것을 두려움으로 읽었다.

"내가 알아듣게 차근차근 설명해봐."

그녀의 이야기는 작년 10월로 거슬러 갔다. 킨샤사의 한 공예품 가게에서 만난 보노보가 지니라고 했다. 이어 오늘 새벽 램프로 끌려간 후부터 램프를 벗어날 때까지의 긴 여정, 자신과 지니의 교차 패턴, 지니의 몽유 증세, '동화'라 칭하던 자신의 의식 변화에 대해 말해주었다.

이젠 거의 모든 것을 지니처럼 인지하고 느낀다고 했다. 아직 이해하지 못하는 건 보노보의 언어뿐이라 했다. 다음에 불려가면 그마저 알아듣게 될 것 같다고 했다. 교차의 종점에 이르면 피아의 구분이 불가능할 거라고 했다. 종점이 다음일 수도 있고, 다음다음일 수도 있다고 했다.

'그땐 이곳으로 돌아오는 게 내가 아닐지도 몰라.'

그녀의 말에 따르면, 그녀는 두 종류의 시간제한에 걸려 있었다. 병원에 있는 자기 몸이 언제 죽을지 모르고, 언제 교차의 종점에 이를지도 모른다는 것. 그 전에 자기 몸을 만나야 둘 다 제자리로 돌아올 수 있다는 이야기였다.

'그러니까 지금 가야 해.'

가슴이 답답했다. 데려가는 거야 어렵지 않았다. 병원이 태양계 바깥에 있는 것도 아니니까. 지금은 움직이기 좋은 밤이고, 이동수단도 있었다. 문제는 중환자실 문을 통과할 수 없다는 것이었다.

"가도 만날 방법이 없어."

'만나지 못한다면, 멀리서라도 보게 해줘. 최소한 다음 교차를 늦출 방법 정도는 알 수 있을지도 몰라.'

"알아. 그 마음 알겠는데⋯⋯"

그녀는 내가 나머지 말을 할 때까지 내 눈을 붙들고 놔주지 않았다. 눈이 아니라 손으로 먹살을 쥐고 흔드는 기분이었다. 당장 내가 "가자"라고 답하지 않으면 스스로 스쿠터를 몰고 중환자실로 돌진할 기세였다. 나는 자리에서 일어났다. 그녀는 내 팔꿈치를 붙들고 늘어졌다.

'어디 가?'

"나무에 물 주러 가. 거기까지 따라올래?"

그녀는 마지못해 손을 놓았다. 나는 몇 발짝 떨어진 가로수에 볼일을 보며 중환자실 유리문을 떠올렸다. 뭘 어떻게 할 것인지 궁리해봤다. 아무 소득도 없었다. 될 대로 되라는 심정으로 그녀에게 돌아갔다. 그새 그녀는 배낭에 들어가 앉아 있었다. 배낭 뚜껑을 모자처럼 정수리에 덮어쓰고, 나를 향해 이를 하얗게 드러내 보였다. 스쿠터를 향해 손가락 총을 쏘며 출발을 보챘다.

'빨리.'

30분 후, 나는 병원 주차장에 스쿠터를 세웠다. 2층 로비로 올라가 화장실부터 들렀다. 세면대에서 얼굴을 씻고, 양치와 면도를 했다. 그런다 해서 사회의 요구에 부합하는 몰골이 되진 않았으나, 최소한 노숙자 같지는 않았다. 지니는 배낭 가장자리에 턱을 올려놓고 조급해하는 눈으로 나를 지켜봤다. 거울 속에서 눈이 마주치자 윗입술만 들어올려 주전자 꼭지처럼 쑥 내밀었다.

'엔간히 해. 그게 그거니까.'

나는 야상 주머니에서 줄을 꺼내 그녀의 손목에 묶었다.

"혹시 무슨 문제 생기면 바로 신호해."

줄 끝을 손에 쥐고, 나는 배낭을 뗐다. 중환자실이 가까워질수록 다리에 힘이 빠졌다. 중환자실이 아니라 치과로 끌려가는 기분이었다. 어릴 때부터 나는 누군가의 소맷부리를 잡고 늘어지는 일에 서툴렀다. 사실은 한 번도 그래본 적이 없다. 집에서 쫓겨날 때조차도 하지 않은 일이었다. 그럴 만한 비위도, 요령도, 용기도 없었다. 무엇보다 그만한 절실함이 없었을 것이다. 나는 도망치고 싶은 충동을 가까스로 누르고 인터폰을 눌렀다.

"무슨 일이신가요?"

인터폰 너머에서 간호사가 물었다. 나는 착한 목소리라고 생각하려 애썼다.

"늦은 시각에 죄송합니다. 이진이 환자 보호자인데요."

착한 간호사는 "아, 예" 했다.

"담당 간호사님께 말씀드릴 게 있습니다."

잠깐 기다리라는 답변이 건너왔다. 초록색 가운 차림의 착한 간호사가 나올 때까지, 나는 할 말을 정리했다. 나는 이진이 환자의 남자 친구다. 뒤늦게 사고 소식을 듣고 제주도에서 마지막 비행기로 날아왔으며 내일 아침 첫 비행기를 타고 다시 돌아가야 한다. 면회 시간이 아닌 줄은 알지만 여자 친구의 얼굴만이라도 보고 갈 수 있게 해달라.

거짓말이 탄로 날지도 모른다는 걱정은 접어두었다. 착한 간호사가 내일 아침 면회 시간까지 근무하고 있을 가능성은 없었으므로. 설령 그런다 해도, 그건 그때 가서 생각할 참이었다.

"안 됩니다."

착한 간호사의 거절은 단호했다. 예외적 면회가 불가한 이유를 상세하게 알려주었다. 사정은 이해하나, 예외가 생기면 다른 환자의 보호자에게도 예외를 허용해야 한다고. 대안으로 비행기 시간을 내일 오후로 늦추라는 의견을 내놨다. 토를 달 수 없는 설명이었다. 더 할 말도 없었다.

"아, 예."

물러터진 대답이 내 입에서 떨어지자마자, 그녀가 줄을 두 번 당겼다.

안 돼. 좀 더 물고 늘어져봐.

"저기, 선생님."

문 쪽으로 몸을 돌리는 착한 간호사를 허겁지겁 붙잡았다.

"꼭 면회를 시켜주지 않으셔도 됩니다."

나는 유리문 너머에 있는 면회 대기실을 가리키며 덧붙였다.

"저기 서서 보게 해주시면 안 될까요? 얼굴만이라도 보고 싶습니다."

"이진이 님은 개인 치료실에 계세요."

착한 간호사는 고개를 저었다.

"대기실에선 보이지 않습니다."

"하지만……."

나는 다음 말을 찾지 못하고 입을 다물어버렸다. 목이 바짝바짝 탔다. 얼굴이 삽시에 뜨거워졌다. 목에서 이마까지, 전기난로처럼 빨갛게 달아오르는 내 얼굴이 눈에 보이는 것 같았다.

거절당한 게 무안해서가 아니었다. '거봐, 안 될 거라고 했잖아' 하고 말아버릴 상황이 아니었기에 그랬다. 더 매달려볼 여지가 없어서 그랬다. 배낭 안에서 잔뜩 긴장한 채 대화에 귀를 기울이고 있을 그녀의 실망감이 짐작돼서 그랬다. 숨을 죽이고 내가 어떻게든 해주기만을 바라고 있을 그녀가 안쓰러워서 그랬다.

"알겠습니다."

목소리가 목젖을 꽉 조이며 흘러나왔다. 내 귀에도 들릴까 말까 한 작은 소리였다. 쪽팔리게도 목소리가 바르르 떨리기까지 했다.

"저기요."

안으로 들어가려던 착한 간호사가 다시 몸을 돌려 나를 불렀다. 나는 머뭇머뭇 눈을 들고 착한 간호사를 마주 봤다.

"저기 혈액 투석실 표지판 보이시죠?"

착한 간호사는 손가락을 들어 복도 한중간에 붙어 있는 표지판을 가리켰다. 내 시선은 표지판으로 뻗어갔다가 허둥지둥 착한 간호사에게 돌아왔다.

"보입니다."

"중환자실과 혈액 투석실 사이에 짧은 복도가 있어요. 그리로 들어가면 복도 끝에 길고 좁은 창이 하나 있을 거예요."

다정한 그녀가 있는 개인 치료실 창이라고 했다. 열리지 않는 채광창이고, 지금은 블라인드가 내려진 상태라고 했다.

"지금 그 앞으로 오세요."

착한 간호사는 문을 열고 몸을 돌리며 덧붙였다.

"안을 보실 수 있도록 블라인드를 올려둘게요."

고맙다고 할 새도 없이 착한 간호사는 안으로 들어가버렸다. 나는 일러준 방향으로 걷기 시작했다. 마음이 조급해지는 바람에 거의 달리는 모양새가 됐다. 등 뒤 배낭으로부터 전달되는 감각으로 판단했을 때, 그녀는 떨고 있었다. 떨림만큼이나 격한 긴장도 함께 전달됐다. 온몸에 힘을 주고 있는 대로 뻗지르는 느낌이었다. 숨소리는 흐느낌처럼 길고 불규칙하게 울렸다.

"다 왔어."

나는 창문 앞에 멈춰 서서 그녀에게 속삭였다. 약속한 대로 블라인드가 올라가 있었다. 유리벽으로 분리된 작은 공간이었고, 유리벽 너머로 간호사실이 내다보였다. 다정한 그녀의 몸은 담요로 덮여 있어 얼굴밖에 보이지 않았다. 인공호흡기를 입에 물고, 링거액 줄과 심전도 기계의 전선과 소변줄을 매달고, 정체 모를 기계들에 둘러싸여 있었다. 머리맡 벽에 설치된 심전도 모니터의 그래프는 규칙적이고 뾰족한 산 모양을 그렸다. 창문이 강화유리로 되어 있는지 안쪽의 소리는 전혀 들리지 않았다.

"잠깐만 기다려."

나는 배낭을 바닥에 내린 후, 아기띠를 하듯 앞으로 돌려서 멨다. 배낭 헤드를 열고 창문에 바짝 붙어 섰으나 높이가 맞지 않았다. 배낭 헤드가 창턱 밑에 가까스로 닿는 높이였다. 그녀가 안을 볼 수 있도록 해주려면 발꿈치를 들고 배낭 밑을 양손으로 받쳐 올려줘야 했다. 키가 5센티만 더 컸어도 하지 않았을 수고였다.

"이제 봐도 돼."

그녀는 배낭 안에서 시선만 올려 나를 마주 봤다. 초점이 심전도 모니터처럼 날카롭게 흔들리고 있었다. 마음의 준비를 좀 하면 안 될까,라고 묻는 듯한 눈이었다. 떨리는 심정이야 짐작 못할 바 아니었으나, 나로서는 재촉하지 않을 수 없었다.

"시간이 별로 없어."

그녀는 눈을 한 번 껌벅이더니, 얼굴을 배낭 밖으로 삐쭉 내밀었다. 순간, 누군가 머리채라도 잡아당긴 것처럼 그녀의 머리가 앞으로 홱 쏠렸다. 입 안에선 작은 비명이 터졌다. 짧고 날카롭게 울리는 소리였다. 전해 들은 것과 직접 보는 것의 차이에서 온 충격이었을 것이다. 어쩌면 이렇게까지 심각한 상태이리라고는 생각하지 않았을지도 몰랐다.

나는 후들거리기 시작한 팔과 다리에 힘을 주었다. 와중에 유리벽 너머 간호사실을 척후병의 눈으로 주시해야 했다. 혹시 착한 간호사가 이 방을 보고 있는 건 아닌지, 허락한 시간이 다 됐음을 알리고자 병실로 들어오는 건 아닌지. 누군가 움직이는 기미가 보이면 곧장 창문에서 비켜나야 할 테니까.

움직이는 기미는 배낭에서 먼저 느껴졌다. 배낭 밖으로 그녀의 한쪽 팔이 빠져나오고 있었다. 팔뚝을 뒤덮은 길고 검은 털들이 가닥가닥 일어서 있었다. 살갗 밑에선 기다란 근육들이 경련하듯 꿈틀거렸다. 바들바들 떨며 허공을 건너간 손은 창문 앞에서 멈췄다. 창문 유리에 독약이라도 묻은 것처럼, 만지려다 손을 떼고 뻗었다가 회수하길 되풀이했다. 창을 통해 자기 모습을 만지려면 천년의 세월이 필요할 것 같았다.

이해하면서도 지켜보기 힘든 순간이었다. 사실 더 지켜볼 수도 없었다. 유리벽 너머에서 착한 간호사가 걸어오고 있었다. 그리 큰 키도 아니건만 눈 한 번 깜박일 사이에 성큼 병실로 들어섰다. 나는 창문에서 물러서지 않을 수 없었다. 병실 안에서 내다보이지 않을 각도로 비켜선 뒤, 벽에다 등을 기댔다. 곁눈질로 블라인드가 시시히 내려오는 걸 지켜봤다. 이윽고 완전히 닫혔다.

그제야 깨달은 건데, 그녀의 몸이 축 늘어져 있었다. 창문을 만지려던 손은 배낭 밖으로 길게 늘어져 있었다. 둥글게 선 귀마저 축 늘어진 것 같았다. 나는 허둥지둥 배낭을 바닥으로 내려놓고 그녀를 들여다봤다. 초점 없고 퀭한 눈이 허공을 물끄러미 응시하고 있었다.

"괜찮아?"

물으나 마나 한 말이 튀어나왔다. 괜찮을 턱이 있겠는가. 다 죽어가는 자기 몸을 자기 눈으로 봤는데 괜찮다면 그게 더 희한할 일이지. 그래도 견딜 만큼은 괜찮았으면 했다. 여기까지 버텼으니 끝까지 버텼으면 했다. 나는 그녀의 어깨를 흔들며 재차 물었다.

"괜찮은 거지?"

그녀는 꿈에서 깨어난 사람처럼 번쩍 머리를 들었다. 늘어진 팔도 들어올려서 배낭 안으로 집어넣었다. 어느새 눈의 초점도 돌아와 있었다. 눈꺼풀을 한 번 깜박거리는 걸로 봐서, 이런 말을 하고 있는 것 같았다.

'문제없음. 더 묻지 말 것.'

나는 배낭을 멨다. 로비 현관문을 빠져나와 주차장으로 들어서며 그녀에게 물었다.

"이제 어디로 갈까."

참고하라는 의미에서 내 의견을 먼저 들려주었다. 일단 어딘가로 가서 쉬어야 한다. 무인텔이 그나마 가장 나을 것이다. 입실 절차가 간단하고, 사람과 마주칠 염려가 없으며, 아무 때나 음식을 배달시킬 수도 있다는 점에서. 쓸데없는 설명도 하나 덧붙였다. 투숙객 대부분이 소리를 지르기 때문에 네가 소리를 좀 질러도 아무도 이상해하지 않을 거라고.

"혹시 다른 생각 있어?"

스쿠터에 배낭을 내려놓자 그녀가 휴대전화 메모장을 내밀었다.

'인동호로 가.'

"그 불난 별장?"

내가 되묻자 그녀는 고개를 끄덕였다. 왜 하필 거기일까. 묻고 싶었으나 그러지 않았다. 그녀는 두 번째 메시지를 보여주었다.

'와이어 자물쇠가 필요해.'

이 시간에 그걸 어디서 구한단 말인가. 하지만 의외로 아주 쉽게 구했다. 병원 앞 마트에서. 그녀는 휴대전화를 내게 건넸다. 나는 구글 내비게이션에 인동호를 검색한 후 거치대에 끼웠다. 나머지 물건은 글로브 박스에 담았다. 배낭을 등에 메고 가슴 벨트를 채웠다. 스쿠터를 출발시켰다. 내비게이션이 이끄는 대로 시내를 빠져나갔다.

얼마 후, 큰 도로를 벗어나 한적한 길로 접어들었다. 행인은 물론이고 차량도 거의 없다는 점에서 무곡으로 가는 길과 비슷했다. 다만 도로변 풍경이 완전 딴판이었다. 길 양편으로 가로등이 환하게 불을 켜고 있었다. 너른 보리밭 대신 넓은 정원과 차고가 딸린 전원주택들이 이어졌다. 얼마 후엔 강처럼 길게 흐르는 호숫가에 다다랐다. 호수 저편까지 긴 다리가 놓여 있었다. 다리 건너편 산 밑에는 드문드문 불빛들이 반짝거렸다. 내비게이션은 안내를 종료했다. 나는 어깨 너머로 뒤를 보며 물었다.

"이제 어디로 가?"

그녀의 손가락이 허공으로 뻗어나와 다리 건너편 끝자락을 가리켰다. 나는 다리를 건너갔다. 도로라기엔 좁고, 산책로라기엔 넓은 길이 호수를 따라 이어졌다. 불빛의 사각지대마다 널찍한 숲들이 그림자처럼 옹크리고 있었다. 숲 하나를 건널 때마다 개들이 짖어댔다. 좀 전에 지나온 전원주택보다 크고 화려한 집들이 나타났다. 불이 켜진 집도 있고, 가로등만 켜진 집도 있고, 완전히 꺼진 집도 있었다.

다섯 개의 숲을 지나자 매캐한 연기 냄새가 마중을 나왔다. 냄새를 따라가자 철망 울타리로 길이 봉쇄된 지점에 이르렀다. '사유지'라 쓰인 팻말 옆에는 샛노란 테이프로 봉쇄된 철문이 있었다.

화재 조사 중. 출입 금지

나는 파이어 라인 앞에서 스쿠터를 세웠다. 배낭을 땅바닥에 풀어놓고 테이프 밑으로 들어갔다. 대문은 잠겨 있지 않았다. 살짝 밀자 활짝 열렸다. 우선 배낭부터 안으로 옮겼다. 다음으로 스쿠터를 테이프 밑으로 통과시켜 끌고 들어갔다. 대문을 닫고 나자 한숨이 나왔다. 출입 금지 구역 전문 노숙자가 된 기분이었다.

대문 앞에서 길이 두 갈래로 갈라졌다. 하나는 호숫가로 내려가는 산책로였고, 하나는 마당으로 통하는 길이었다. 그녀는 배낭을 손에 쥐고 서서 마당 저편을 골똘히 응시하고 있었다. 나는 그녀의 시선을 따라갔다.

스쿠터의 전조등 빛 너머에 두 개의 건물이 기역 자 형태로 서 있었다. 호수를 바라보는 2층 건물은 기둥과 외벽만 남은 폐허였다. 외벽 밑엔 불에 타 무너져내린 건물 잔해가 작은 구릉을 이루고 있었다. 측면으로 서 있는 단층 건물은 비교적 멀쩡해 보였다.

그녀는 배낭을 스쿠터 손잡이에 걸어놓고 앞장서 걷기 시작했다. 나는 스쿠터를 끌고 뒤따라갔다. 도착한 곳은 멀쩡한 건물 문 앞이었다. 창문 하나 없이 출입문만 있는 건물이었다. 그녀의 글에서 본 별채인 듯했다.

322

악어와 거북이와 뱀과 지니가 함께 지냈다는 동물사. 왜 하필 이곳일까. 지니가 알면 좋아하지 않을 텐데.

밤을 보내기에도 적절한 장소가 아니었다. 세상을 떠돌기 시작한 이래, 잠자리로 까탈을 부려본 적은 없지만 이 집만큼은 마음에 들지 않았다. 기분 면에서도, 물리적 환경 면에서도. 우선 냄새가 너무 지독했다. 대기가 온통 냄새로 채워진 느낌이었다. 숯덩이가 된 건물은 을씨년스럽고 흉물스러웠다. 건물 위에서 가물거리는 별빛마저 음산했다.

그녀는 손가락을 들어 별채 뒤편을 찔러 보였다. 이어 내가 서 있는 자리를 두 번 찔렀다.

'볼일 좀 보고 올게. 여기서 기다려.'

그녀는 횡하니 사라졌다. 나는 문짝을 바라보며 우두커니 서 있었다. 도어록이 설치돼 있고, 문은 닫혀 있고, 손잡이 쪽 문틀이 어긋난 상태였다. 빠루로 뜯고 들어간 흔적 같았다. 한기준 군단의 솜씨겠지. 문을 열어볼 마음은 들지 않았다.

잠시 후, 그녀가 돌아와 문을 열었다. 안으로 들어서자 악취가 습격하듯 덮쳐왔다. 연기 냄새, 동물 비린내, 배설물 냄새가 뒤범벅돼 눈과 코를 찔러댔다. 혹시나 해서 나는 문틀 옆에 붙은 실내등 버튼을 눌러봤다. 역시나 불은 들어오지 않았다.

스쿠터 전조등을 조명 삼아 실내를 쭉 둘러봤다. 옆으로 긴 직사각형 공간에 벽 모퉁이마다 환풍기가 두 대씩 설치돼 있었다. 그것들이 정전으로 인해 작동하지 않으면서 악취가 심해진 듯했다. 동물사는 공간 안쪽 벽에 일렬로 위치해 있었다. 강화유리로 만든 네 칸의 관상용 동물사, 끝 쪽에 붙은 대형 철창. 문은 모두 열려 있었다. 배설물 악취가 그곳을 통해 콸콸 쏟아지고 있는 것 같았다.

그녀는 유리문을 차례차례 닫았다. 그것만으로도 냄새의 절반이 사라진 느낌이었다. 나는 동물사 맞은편을 돌아보았다. 용도 불명의 물건들이 놓여 있었다. 낡은 3인용 소파, 리모컨 몇 개와 미니 앰프 같은 것들이 놓인 테이블이 있고, 소파 위쪽 벽엔 대형 텔레비전이 있었다. 별채 투숙객들에게 드라마라도 보여줬던 것일까. 어쩌면 그들의 정신 건강을 위해 클래식 음악을 틀어줬는지도 모르지. 콩나물도 모차르트를 들려주면 쑥쑥 자란다지 않던가.

"여기서 자면 되겠다."

나는 소파를 가리켜 보였다. 그녀는 스쿠터로 올라가더니 와이어 자물쇠를 내게 던졌다. 얼떨결에 받아들고 물었다.

"어쩌라고?"

그녀는 휴대전화를 거치대에서 빼 들고 스쿠터에서 내려왔다. 내가 어안이 벙벙해 있는 사이, 철장 안으로 들어가 문을 닫았다. 잠시 후, 나는 휴대전화 메모장에 담긴 그녀의 메시지를 받았다.

'철장 문에 자물쇠 채워. 비밀번호 알려주지 말고.'

"가두라는 얘기야?"

그녀는 고개를 끄덕였다. 뱃가죽 힘이 스르르 풀렸다. 궁금했던 것들이 한숨에 풀리는 순간이기도 했다. 와이어 자물쇠를 사라고 했던 이유, 이곳으로 오자고 한 이유.

지니 모드로 바뀔 때에 대비한 조처였다. 몽유 상태로 나돌아다니누군가의 손에 잡히는 일이 일어나지 않도록 지니를 가두겠다는 속셈이었다. 아마도 중환자실에서 병원 현관까지 나오는 사이에 궁리해냈을 것이다. 사람들 눈에 띄지 않고, 무슨 짓을 벌여도 주의를 끌지 않을 장소가 어디일지.

"무슨 생각인지는 알겠는데……"

꼭 이렇게 해야 하느냐고 물으려다, 나는 입을 닫았다. 이렇게 하지 않아도 좋을 만한 대안이 없었다. 내키지 않는다는 감정적 이유 말고는 반대할 이유도 찾지 못했다. 뭐라 토 달 수 없는 결정이었다. 목적만 생각하면 이보다 더 적절한 장소는 없었다.

철장 안은 그리 안락해 보이지 않았다. 짚더미가 깔린 바닥, 철봉 모양의 통나무 구조물과 거기에 매달린 작은 그네, 먹이통, 물통. 나는 눈을 내리뜨고 자물쇠를 만지작거렸다. 단순하게 생각해보려 했다. 비밀번호를 설정하고, 와이어를 감고, 자물쇠를 잠그면 되는 일이었다. 여기에 쓸데없는 의미를 부여하지 말라고 나를 설득했다. 불편한 마음으로 치자면 갇히겠다는 당사자보다 더하지는 않을 테니까.

'절대로 문을 열어주면 안 돼.'

나는 고개를 끄덕였다.

'내가 안에서 무슨 짓을 하든, 모르는 척해야 해.'

"알았어."

'철장 안으로 들어와서도 안 돼.'

약속을 바라듯, 그녀의 눈이 나를 똑바로 응시했다. 나는 철장 문과 쇠창살 사이에 와이어를 감고 자물쇠를 잠갔다.

"약속해."

그녀는 뒤로 물러섰다. 나도 스쿠터 쪽으로 물러서며 샌드위치를 꺼내 보였다.

"뭐 좀 먹을래?"

그녀는 고개를 저었다. 이번엔 랜턴을 들어 보였다.

"이건?"

그녀는 고개를 삐딱하게 틀고 팔짱을 꼈다. 쓸데없는 질문에 답하고 있기가 정말로 고뇌나는 표정이었다. 나는 그만하겠다는 표시로 고개를 끄덕였다. 사실은 랜턴 따위를 물어보려던 게 아니었다. '다정한 그녀'와의 만남에 대해 묻고 싶었다. 그녀의 바람대로, 자신에게 돌아갈 방법을 찾았는지. 돌아가면, 본래대로 환원될 수 있다는 확신을 얻었는지.

끝까지 하지 못한 건, 머릿속에 저류처럼 휘도는 불안 때문이었다. 순전한 내 입장에서의 불안이었다. 정반대의 이야기를 듣게 될까봐. 예감하고 있는 어떤 일을 사실로 확인하게 될까봐. 듣고 나면 그녀의 선택에 간여하는 말을 하게 될까봐. 우리가 타인이며, 내겐 그럴 권리가 없다는 걸 잊어버릴까봐.

나는 '잘 자'라는 인사 대신 스쿠터 전조등을 끄고 랜턴을 켰다. 그녀는 철장 맨 안쪽 벽으로 가서 무릎을 세우고 앉았다. 나도 소파로 가서 드러누웠다. 랜턴을 끄자 어둠이 우리 사이에 심연처럼 내려앉았다. 지난밤과 비슷한 그림이 만들어졌다. 그녀는 어둠 속에 앉아 휴대전화 메모장에 글을 쓰고, 나는 눈을 감고 누워 똑똑똑 울리는 키보드 음을 들었다.

종종 소리가 멈출 때도 있었다. 눈을 떠보면 그녀는 입술을 꽉 물고 자기 앞에 놓인 어둠을 노려보고 있었다. 그녀의 눈 속에선 휴대전화 반사광이 안개처럼 어룽거렸다. 숨을 쉴 때마다 그녀의 목 밑이 구멍처럼 패였다가 불거지곤 했다. 그때마다 낮고 긴 숨소리가 입김처럼 밀려와 내 귀에 닿았다. 누군가 그 숨소리에 이름을 붙이라고 한다면 나는 1초도 망설이지 않고 '두려움'이라 부르겠다. 그녀는 나와 함께 있었으나 완벽하게 혼자였다.

나는 눈을 감고 내가 아는 국기들을 떠올리기 시작했다. 삼색기는 이태리, 흰 바탕에 십자가는 핀란드……. 그녀가 지금 어디에 있는지, 무얼 바라보는지 궁구하지 않으려고. 내일 아침 무엇을 보게 될지, 무엇을 듣게 될지에 대해 예측하지 않으려고. 숲의 바람 소리가 흐느낌처럼 밀려왔다.

언제부턴가 바람 소리가 비명처럼 들렸다. 처음에는 꿈결처럼 아득한 곳에서, 차차 가까이에서. 어느 순간 귓속으로 송곳을 찔러 넣듯 난폭하고 날카롭게. 나는 번득 눈을 떴다. 몸을 일으키면서, 내가 자고 있었다는 것을 깨달았다.

귀를 찌르던 비명은 꿈속의 소리가 아니었다. 그녀의 비명이었다. 숨이 턱 끝까지 차올라서 토해내는 비명이었다. 본능적으로 내지르는 비명이었다. 생명에 위협을 느낄 때 나올 법한 동물적 비명이었다. 도와달라는 외침이었다. 모차르트는 지니의 귀환을 알렸다.

나는 랜턴을 찾아 버튼을 눌렀다. 직선으로 뻗어간 불빛이 철장 안을 비췄다. 지니는 이빨을 모조리 드러내고 쇠창살을 흔들어대며 소리를 지르고 있었다. 바짝 일어선 귀는 시커먼 연기를 칙칙폭폭 내뿜는 것 같았다.

나도 모르게 소파에서 뛰어 내려갔다. 철장 앞에 선 후엔 어찌할 바를 몰라 우왕좌왕했다. 자물쇠로 손을 뻗었다가 곧바로 손을 거둬들였다. 절대로 문을 열어주지 말라던 그녀의 당부가 뒤늦게 기억나서. 가만히 서 있자니 철장을 때려 부술까봐 겁이 났다. 실내가 밝아지면 나을까 해서 스쿠터 전조등을 켰다. 빛에 자극을 받은 듯 비명이 두 배로 커졌다. 허둥지둥 전조등을 끄자, 이번엔 네 배로 커진 비명이 길고도 길게 이어졌다.

판단이 서질 않았다. 어찌해야 이 야단법석을 수습할 수 있을지 감조차 오지 않았다. 이 비명이 도심 한복판에서 흘러나왔다고 가정하자 머리털이 쭈뼛 섰다. 점점 자신이 지니와 동화되어간다는 말이 기억나 등허리가 서늘해왔다.

진이는 막연하게 지니 모드로의 변환에 대비해 철장에 들어간 게 아니었다. 무슨 일이 일어날지 구체적으로 알고 있었다. 지니가 어떤 상황 속으로 자신을 불러들일지 예측하고 있었다. 절대로 철장 문을 열어주지 말라고 당부한 건 그 때문일 것이다.

비명은 끝도 없이 지속됐고, 폭발적으로 증폭됐다. 애처롭게 흔들리는 까만 눈에선 눈물이 흐르기 시작했다. 나는 마음이 흔들리는 걸 느꼈다. 어떤 놈이 확확 내 등을 밀치는 기분이었다. 빨리 문을 열라고, 저 눈물과 저 비명이 네겐 와닿지 않는 것이냐고. '아무것도 하지 않는다'는 것이 이토록 잔인한 일인 줄 예전엔 미처 몰랐다. 결국 더 버티지 못하고 별채 밖으로 뛰쳐나갔다.

동이 터오고 있었다. 먼 지평선 끝에서 하늘이 푸른 띠처럼 열리는 중이었다. 나는 문 앞에 쪼그려 앉았다. 양손으로 귀를 틀어막고, 내가 아는 신들을 향해 기도했다. 이 끔찍한 순간을 빨리 끝내주기를, 너무 늦기 전에 진이가 돌아오기를, 그리하여 이른 아침 햇빛 속으로 걸어갈 수 있도록.

벽을 뚫고 나오던 비명이 갑작스레 끝났다. 정적이 너무도 돌연해서 귀가 먹먹할 지경이었다. 기도가 즉각적으로 먹혀본 게 난생처음인지라 얼떨떨하기까지 했다. 비명이 그친 게 아니라 내 고막이 터진 건 아닐까 의심스럽기도 했다.

나는 몸을 일으켰다. 소리 죽여 별채 문을 열었다. 문 틈새로 랜턴을 비춰서 상황을 살폈다. 지니는 철장 문 앞에 쓰러져 있었다. 한쪽 뺨을 바닥에 붙인 채 모로 누워 움직이지 않았다. 너무도 극적인 변화였다. 예

328

기치 못한 상황이었다. 비명을 지르다 제풀에 넘어갔나 싶어 잠시 지켜 봤다. 지니는 손끝 한 번 움찔거리지 않았다.

나는 안으로 들어갔다. 철장 문 앞에 쪼그려 앉아 지니를 살폈다. 조막 만 한 얼굴이 눈물과 콧물로 함빡 젖어 있었다. 벌어진 입가에는 분홍빛 혀가 길게 빠져나와 있었고, 반쯤 뜬 눈엔 초점이 없었다. 몇 번 망설이 다가 손끝으로 어깨를 건드려봤다. 반응이 없었다. 이번엔 쇠창살에 입 을 들이밀고 소리를 질러봤다.

"지니."

반응은커녕 숨도 쉬지 않는 것 같았다. 이틀 전 병원 유수검지 장치실 안에서 발견했을 때처럼. 다만 그때와 수위가 달랐다. 그때가 잽이었다 면 지금은 카운터블로로 보였다. 램프 안에서 무슨 일이 벌어진 게 틀림 없었다. 지니의 의식과 몸을 단숨에 분리시켜버릴 만큼 무서운 일이.

왈칵 겁이 났다. 지니가 이대로 깨어나지 않는다면 진이는 어떻게 될 까. 두 번 생각할 것도 없었다. 영원히 램프에서 나오지 못하겠지. 조급 증이 앞에 나섰다. 더 늦기 전에 지니를 깨워야 한다는 생각이 머리를 흔 들어댔다. 인간에게 '골든 타임'이 생사를 결정하는 시간이라면, 보노보 도 마찬가지 아니겠는가. 나는 랜턴을 바닥에 내려놓고 일어섰다. 일말 의 망설임도 없이 철장 자물쇠를 풀고 문을 열었다.

"지니, 정신……"

나는 말을 끝내지 못했다. 새카만 형체가 한쪽 다리를 들고 날아올랐 다. 주워듣기로 권투선수의 주먹은 시속 32킬로미터로 날아드는 6킬로 그램짜리 쇠망치와도 같다고 했다. 그 위력의 열 배짜리 폭탄이 턱뼈 위 에서 터졌다. 비명조차 나오지 않았다. 눈알이 튀어나올 듯했고, 입이 저 절로 벌어지고, 숨이 꼴깍 넘어갔다. 내 몸은 소파 밑으로 날아가 떨어졌다. 추락의 충격이 뒤통수를 덮쳤다. 지니의 비명은 아득하게 멀어졌다.

정신이 들었을 때, 나는 마당 한복판에 서 있었다. 막 퍼지기 시작한 새벽빛 속에 서서, 사방을 향해 귀를 열고 지니의 행로를 탐색하는 중이었다. 아무 단서도 걸려들지 않았다. 아득한 곳에서 울리던 소리마저 사라진 지 오래였다.

내가 언제부터 거기에 서 있었는지는 잘 기억나지 않는다. 소파 밑에서 턱을 싸안고 끙끙 앓는 사이, 지니의 비명이 종횡무진으로 폭주했다는 것만 기억날 뿐. 멀어졌다가, 가까워졌다가, 동에서 울렸다가, 서에서 울렸다가. 그러다 뚝 끊겼다. 라디오를 꺼버린 것처럼, 갑자기.

어디서 끊겼는지 모차르트는 감조차 잡지 못했다. 당연한 일이었다. 어둠 속에서 천지 분간 못하게 날뛰다 끊긴 소리를 무슨 수로 쫓는단 말인가. 모차르트가 아니라 소리를 설계한 신이라도 모를 일이었다.

나는 아직도 욱신대는 턱을 문지르며 정원을 둘러봤다. 정원 가장자리를 에워싼 바위들, 바위 사이를 채운 작고 둥글둥글한 향나무들과 이파리가 무성한 이름 모를 나무들, 가로등, 분수대, 대형 개집 두 개…… 곳곳이 엄폐물이었다. 불탄 건물 뒤편에는 잎이 무성한 나무들이 열대우림처럼 우거져 있었다. 설령 어디 있는지 알아낸다 해도, 아직 지니 모드라면 붙잡을 가망이 없었다.

무엇보다 걱정스러운 것은 동네 주민이었다. 별장과 별장 사이가 멀고 숲이 가로막고 있기는 하나, 지니의 비명을 완전히 차단하지는 못했을 것이다. 별장에 사람이 없다면 모를까, 있다면 잠을 깨우고도 남았을 소리였다. 그중 누군가 119나 경찰서에 신고를 했을지도 몰랐다. 불이 난 별장에서 괴상한 짐승이 울부짖고 있으니, 와서 확인해달라고.

나는 손목시계를 봤다. 4시 58분. 내가 잠들기 직전까지도 그녀는 진이였다. 언제 지니가 됐을까. 언제 진이로 돌아올까.

진이의 기록으로 봐선 램프에 머무는 시간이 일정치 않았다. 맨 처음, 사고의 순간에 불려 갔을 땐 얼마나 머물렀는지 모른다고 했다. 병원 로비에선, 내가 본 바로 30여 분에 불과했다. 진정제를 맞고 잠든 어제는 종일 머무른 것 같다고 했다. 상황적 변수나 의식 상태는 체류 시간과 관련이 없는 모양이었다. 어떤 규칙이 있는 것 같지도 않았다. 바꾸어 말하면 아무것도 예측할 수 없다는 뜻이었다. 기다리는 것 말고는 방법이 없다는 의미이기도 했다. 오전 면회까지 몇 시간 여유가 있다는 게 그나마 다행이었다.

나는 별채로 들어왔다. 심란한 심정으로 철장 안을 들여다봤다. 그녀가 앉아 있던 마른 짚더미 위에 휴대전화가 떨어져 있었다.

12장
진이, 지니

새벽녘, 지니의 눈이 찾아왔다. 이번엔 휴대전화 화면보다 더 가까운 곳이었다. 외부가 아닌 내 머릿속에서 찰나적 심상으로 재현됐다. 늘 느끼던 진입 시 압박감도 없었다. 어둠을 통과하지도 않았다. 눈동자가 떠오르자마자 나는 이미 램프에 와 있었다.

예상한 그곳이었다. 나와 민주가 밤을 보내던 곳, 인동호 별장의 별채 안이었다. 상황과 등장인물만 달랐다. 전체 등이 켜진 실내는 환하고, 음악이 떠들썩하게 울리고, 남자의 목소리가 고함을 지르고, 텔레비전에선 어느 걸그룹의 뮤직비디오가 돌아가고 있었다.

그저 바라만 보고 있지.

그저 눈치만 보고 있지.

늘 가깝지도 않고 멀지도 않은 우리 두 사람……

나는 철장 문 바깥에서 춤 연습에 매진하고 있었다. 플라스틱 장난감

기타를 어깨에 메고, 목에 긴 줄을 차고, 스텝을 밟았다. 줄이 왼쪽으로 당겨지면 왼쪽 사이드 스텝. 오른쪽으로 당겨지면 오른쪽 사이드 스텝. 앞으로 당겨지면 한쪽 발을 앞으로 내밀어 어깨 흔들기. 위로 올라가면 다리를 벌리고 점프. 한 바퀴 돌아가면 엉덩이를 내밀고 빙글빙글 돌기.

"원 투, 원 투……"

소파 앞에서 구령을 붙이는 남자가 춤 선생 같았다. 사십대 초반이나 됐을까. 한눈에도 정신없이 바빠 보였다. 잇새에 문 담배를 벅벅 빨면서 구령을 붙이는 동시에 통통한 배통을 흔들며 스텝을 밟고, 오른손에 쥔 목줄로 내 움직임을 조정하느라. 어쩌다 눈이 마주치면 왼손에 쥔 막대 기를 두어 번 흔들어 보였다. 틀리거나 해찰을 하면 이걸로 화끈하게 지적해주겠다고 말하는 것처럼.

춤 선생 옆에는 핏불 한 마리가 호위무사처럼 버티고 앉아 있었다. 윤기가 자르르 흐르는 검은 털, 낮은 체고, 보디빌더처럼 근육이 발달한 어깨와 다부진 턱. 존재 자체로 상대를 주눅 들게 하는 놈이었다. 욕구불만으로 보이는 갈색 눈은 내 움직임을 예의주시하고 있었다. 춤 선생의 막대기가 허공에서 춤을 출 때면 박자를 맞추듯 윗입술을 말아올려 긴 송곳니를 보여주었다. 너는 내 밥이야, 하듯.

어떻게 하나.
우리 만남은 빙글빙글 돌고……

나는 엉덩이를 뒤로 빼고 '빙글빙글' 돌았다. 도는 사이 수상쩍은 냄새를 맡았다. 배기가스처럼 매캐하면서 코를 톡 쏘는 냄새였다. 내 콧구멍은 냄새를 따라 출입문 쪽으로 돌아갔다.

"야."

춤 선생이 버럭 고함을 지르며 목줄을 잡아챘다. 나는 낚싯대에 걸린 붕어처럼 붕 떠올랐다가 시멘트 바닥에 코를 처박으며 고꾸라졌다. 콧구멍 안에다 최루탄을 터트리면 그런 느낌일까. 맵고 화끈한 감각이 얼굴을 강타했다. 눈물이 핑 돌았다. 코는 말할 것도 없고 머릿속까지 얼얼해졌다.

"일어나."

일어나기도 전에 나는 벌써 일어나 있었다. 우악스러운 손이 목줄을 잡아올려서 드잡이하듯 흔들어대는 중이었다. 시야가 상하좌우로 시소를 탔다. 춤 선생의 얼굴이 두세 개로 겹쳐 보였다. 식도에선 신물이 역류하고 있었다.

"자꾸 딴짓할래?"

춤 선생은 막대기로 바로 옆 유리장을 텅텅, 소리 나게 두들겼다.

"기어코 저놈 아가리에 들어가봐야 정신 차릴 거야?"

나는 '저놈 아가리'를 곁눈질했다. 유리장 안에 설치된 물웅덩이에서 비단구렁이 한 마리가 아가리를 벌리고 있었다. 세상 사람들이 라벤더 알비노라 칭하는 귀하신 몸이었다. 놈은 턱관절을 180도로 열면서 루비색 눈을 번뜩거렸다. 아마도 이런 말일 것이다. 토스해주면 나야 고맙지.

"이만큼 가르치면 이놈도 너보다는 잘하겠다."

춤 선생의 막대기가 이번엔 호위무사를 가리켰다. '가리킴'을 당한 호위무사는 윗입술을 귀밑까지 찢으며 나직하게 으르렁거렸다. 밀걸레처럼 넓적한 혀는 긴 송곳니 사이로 빠져나와 허공을 쓸어댔다.

으스스 몸이 떨려왔다. 옆집 구렁이 아가리도 무서웠지만, 송곳니가 달린 개 주둥이는 더 무서웠다. 그보다 더 무서운 건 춤 선생의 지적하는 막대기였다. 보기만 해도 뼈를 바수는 듯한 타격감이 되살아나는 걸로 봐서, 지니는 호되게 지적당한 적이 있을 것이다. 아니면 사사건건 뻔질나게 지적을 당해 뼈에 사무쳤거나.

"말로 할 때 잘해라. 마지막 경고야."

춤 선생은 막대기를 내 눈에 들이대고 흔들어 보인 후 소파 앞으로 돌아갔다. 동영상은 첫 장면으로 돌아갔다.

"시작."

나는 기타를 좌우로 흔들며 사이드 스텝을 밟기 시작했다. 막대기를 기억해두려 했으나 정신이 곧 딴 데로 팔려버렸다. 막대기 이상으로 강렬하게 주의를 끄는 것이 있었다. 출입문 쪽으로부터 밀려드는 매운 냄새였다. 점점 더 짙어지는 데다 사납고 독한 기운마저 느껴졌다.

"스톱."

춤 선생은 목줄을 흔들어 동작을 중단시켰다. 환장하겠다는 얼굴로 허공을 향해 한숨을 쉬더니 내 앞으로 서서히 다가왔다.

"이 미친년아. 인사가 먼저잖아."

지적하는 막대기가 허공을 가르며 날아와 귀빵을 사선으로 후려쳤다. 귓속에서 펑 하는 폭음이 울리고 눈에선 불꽃이 터졌다.

"인사 몰라? 인사 모르냐고. 무릎 굽히고."

막대기가 왼쪽 오금으로 날아와 박혔다. 왼 다리가 툭 접혔다. 고압 전류에 관통당한 것처럼 찌릿하고 타는 듯한 통증이 아킬레스건까지 뻗어갔다.

"다리 뒤로 보내고."

이번엔 오른쪽 허벅지 위로 막대기가 내리꽂혔다. 오른쪽 다리가 알아서 뒤로 갔다.

"대가리 박고."

지적하는 막대기를 마지막으로 영접한 건 정수리였다. 악, 소리가 튀어나왔다. 두개골에 금이 쩌쩍 가는 기분이었다. 목뼈가 파열음을 내며 90도로 꺾였다.

"차려."

나는 가까스로 등을 세우고 차려 자세로 섰다. 재교육이 시작됐다. 춤 선생의 지적질엔 탄력이 붙었다. 눈자위를 희뜩거리고 거친 숨을 몰아쉬며 손이 보이지 않을 정도로 빠르게 인사 교육을 반복했다. 막대기가 지나간 자리마다 살이 나달나달해지는 느낌이었다. 비명이 자동으로 터졌다.

"주둥이 닫아."

마지막 지적 대상은 목젖이었다. 턱이 쩍 벌어졌다. 비명 대신 시디신 토사물이 솟구쳤다. 나는 목을 감싸 쥐고 바닥에 엎어져버렸다.

몇몇 동물원에서는 아직도 침팬지 쇼를 한다. 악기 연주나 텀블링, 숫자 계산 같은 재롱이 주요 레퍼토리라고 들었다. 어딘가에 그들을 조련하는 학교가 따로 있다는 얘기도 전해 들었다. 조련 도구가 회초리와 목줄이라는 얘기도. 춤 선생은 아마도 그곳에서 온 모양이었다.

나는 목의 통증을 잠깐 잊었다. 미안하다는 말조차 떠올릴 수 없을 만큼 참담한 심정이 되었다. 무엇보다 부끄러웠다. 지니를 밀림 밖으로 끌어내고, 바다를 건너 지구 반대편까지 배달시키고, 인간이 하는 짓을 제대로 흉내 내지 못한다 하여 지적하는 막대기로 교육시키는 사피엔스라는 문명인이.

그중 가장 몰염치하고 가장 지능적인 약탈자는 바로 나였다. 지니의 몸을 무단 점령하고 정신마저 빼앗았다는 점에서 그랬다. 내 처지만 돌아보느라 그 사실을 깨닫지 못했다는 점에서 그랬다. 그럴 의도는 아니었으나 의도 따윈 중요하지 않았다. 중요한 것은 실제로 한 일이었다.

"일어나, 이년아."

춤 선생은 목줄을 움켜쥐고 나를 일으켜 앉혔다. 휴대전화 벨소리가 울린 건 바로 그때였다. 내겐 구원의 나팔 소리로 들렸다. 교육이 즉각 중단됐다.

"봉봉, 지켜."

명령의 수신자는 호위무사였다. 나는 어깨를 움츠리고 쪼그려 앉아 춤 선생의 움직임을 훔쳐봤다. 춤 선생은 동영상을 끄고 소파에 앉아 느긋하게 전화를 받았다. 친구인 듯했다. 고맙게도 통화가 길어졌다. 듣고 싶지 않았으나 통화 내용이 우격다짐으로 귀에 들어왔다. 요약하면 이런 내용이었다.

내일 모임은 못 나갈 것 같다. 며칠 전, 관리인 영감이 너무나 '영감'이 됐다는 이유로 잘리는 바람에 혼자 별장을 지키는 중이며, 2주 후에 있을 '마빡에 피도 안 마른 전무 놈의 초등학생 딸년'의 생일파티를 위해 보노보 한 마리를 속성으로 조련하는 중인데, 혈압이 올라 쓰러지기 직전이다. 조련사 생활 15년 만에 저렇게 멍청한 짐승은 처음 본다. 차라리 구렁이한테 탭댄스를 가르치는 게 낫겠다…….

갑자기 어떤 깨달음이 왔다. 지금껏 나는 인간의 말을 알아듣고 있었다. 걸그룹의 노래도, 춤 선생의 말도. 통역 시차 같은 건 없었다. 무의식적으로 인지되고 자동으로 해석됐다. 예상에서 어긋난 부분이었다. 내가 지니의 언어를 알아듣는 게 아니라, 지니가 인간의 언어를 알아듣게 된 모양이었다.

나아가 인지 방식에 비약적인 변화가 있었다. 지니의 자아를 감지해내는 수준에서 내 자아와 지니를 동일시하는 단계로 한숨에 도약해버렸다. '지니가 춤을 춘다'를 '내가 춤을 춘다'로, 지니의 고통을 내 고통으로, 지니의 절망을 내 절망으로 느꼈다. 나와 지니라는 두 개체 사이의 경계가 무너지고 있는 것이었다. 우리 사이에 남은 것은 '동일시를 인식하고 딩황하는 나'뿐이었다.

나는 새삼스러운 충격을 받았다. 충분히 예상할 수 있었는데도 그러지 않았던 것, 지금껏 겪어온 '변화'의 최종 단계, 머릿속 한구석으로 밀어넣고 덮어버린 진실이 스스로 모습을 드러냈기 때문이다. 이제 그것을 똑바로 바라보지 않을 도리가 없었다.

곧 나는 '교통사고'라는 출발점에 도착할 것이다. 지금껏 지나온 행로로 보아 램프의 사이클이 완결되는 지점이었다. 지금까지 겪어온 변화의 추이로 보자면 그땐 피아의 구분마저 불가능한 '동화'에 이를 듯했다. 지금처럼 퍼뜩 나를 자각하는 순간마저 없을 터였다. 유인원과 인간이 하나로 동화된 완전체 호미노이드의 탄생을 목전에 둔 셈이었다.

나는 후들후들 떨리기 시작한 무릎을 양팔로 감싸 안았다. 춤 선생의 통화는 한탄으로 흘러가고 있었다. 똑같은 나이에 어떤 놈은 부모 잘 만나 전무님 소리를 들으면서 제 새끼한테 동물 쇼나 보여주며 사는데, 어떤 놈은 결혼도 못해보고 다니던 직장에서 쫓겨나 보노보 춤 선생질을 하며 살아야 하는 이 더러운 세상과 자기 신세에 대해.

"똥 싸고 물 내릴 시간도 없다니까. 동물사 청소해야지, 먹이 만들어야지. 이 집 악어가 생닭을 하루에 몇 마리나 처먹는 줄 알아? 그놈 배 채워주느라고 나는 종일 쫄쫄 굶고 있잖아. 아까 점심때도 내일 일찍 보노보 쇼 진행 상황을 점검하러 온다고 전무 놈이 전화질을 해대는 통에 라면 하나 먹으려고 물을 올려놨다가……"

춤 선생은 말을 멈췄다. 아차, 하는 표정으로 문 쪽을 돌아봤다. 그제야 매운 냄새를 알아차린 듯 콧구멍을 사방팔방으로 휘둘러 냄새를 맡았다.

"전화 끊어봐. 이따 다시 할게."

전화를 끊자마자, 바깥에서 쾅, 하는 폭음이 울렸다. 잇달아 무언가 와르르 쏟아져내리는 소리가 났다. 춤 선생은 별채에서 뛰쳐나갔다. 호위무사는 앞다리를 뻗치고 서서 철통같이 나를 지켰다. 눈만 한 번 깜박거려도 송곳니 맛을 보여줄 기세였다. 나는 움직이지 않았다. 어떤 기대감을 품고, 다음에 일어날 일을 기다렸다.

춤 선생은 온몸에 불 냄새를 묻히고 돌아왔다. 열린 문틈으로 독한 연기 냄새가 콸콸 쏟아져 들어왔다. 마침내 나는 확신할 수 있었다. 이날이 그날이었다. 나와 지니가 미루나무 위에서 재회한, 지난 5월 1일이었다. 그날 일어나도록 예정된 일이 어김없이 일어나고 있는 것이었다. 바깥의 폭음은 어느 창문의 유리창이 터져나가는 소리였으리라. 춤 선생은 외부와 차단된 공간에서 교육에 전념하느라 라면 물이 별장을 집어삼킬 때까지 몰랐던 것이고.

"일어나."

내가 몸을 일으키자, 춤 선생은 부랴부랴 목줄을 벗겨냈다. 어깨에 건 기타도 걷어 갔다.

"들어가."

춤 선생의 손가락이 철장을 가리켰다. 나는 뒷걸음질해서 철장 안으로 물러났다. 춤 선생은 철장 문을 닫고 자물쇠를 채운 뒤 호위무사와 함께 밖으로 나가버렸다. 출입문 닫히는 소리가 천둥처럼 울렸다.

이후는 한기준에게 들은 바와 같다. 비바람을 뚫고 도망치는 주체가 나라는 점만 달랐다. 이것은 과거이자 지니의 기억이라는 걸 알면서도, 나는 현재 시점으로 느끼고 나로서 행동했다. 쫓아오는 사람들이 무서웠다. 어디로든 도망쳐야 한다는 절박감에 사로잡혔다. 이대로 내달리면

집에 닿을지도 모른다는 어린애 같은 바람을 품었다. 기겁한 비명과 겁에 질린 울음이 끊임없이 터져나왔다.

호숫가 산책로는 막다른 길이 됐다. 대문으로 통하는 앞쪽에서 한기준과 대원 하나가 걸어오고 있었다. 뒤쪽에선 두 대원이 계단을 뛰어 내려왔다. 나는 정면에 있는 미루나무로 뛰어올랐다. 이어 다음 나무로 몸을 날려 옮겨갔다. 다시 그 다음다음 나무로. 호수를 따라 쭉 이어진 미루나무를 징검다리 삼아 전진했다.

다섯 번째 나무에서 나는 이동을 멈춰야 했다. 다음에 기다리고 있는 것은 나무가 아닌 부교였다. 나무는 부교 너머에 있었다. 지니와 만난 그 미루나무였다. 거기까지 한 번에 뛰어넘기엔 부교의 폭이 너무 넓었다. 구조대원들은 길 양쪽을 점령하고 거리를 좁혀오는 중이었다. 한기준은 마치 총을 조준하며 다가왔고, 뒤쪽에선 다른 대원이 네트 건을 겨누며 접근해왔다.

나는 부교 난간으로 뛰어내렸다. 난간에 착지하자마자 양팔을 번쩍 들고 미루나무를 향해 도약했다. 등 뒤에서 네트 건이 발사되는 소리가 났다. 머릿속에선 지니의 눈이 나타났다. 빗줄기가 쏟아지는 밤하늘은 발그레한 새벽하늘로 바뀌었다. 한기준과 구조대원들이 사라졌다. 불길도, 연기도 보이지 않았다.

정신을 차리고 보니 나 홀로 부교 위에 만세 자세로 서 있었다. 잠깐 어리둥절했다. 나는 왜 여기에 와 있을까.

답이 자동으로 출력됐다. 민주가 철장 문을 열어준 것이다. 그러지 않았다면 부교 난간 위가 아니라 철장 안에서 만세를 부르고 있었겠지. 나는 들고 있던 팔을 슬그머니 내렸다. 온 동네 사람들의 새벽잠을 깨웠을 지니의 비명을 떠올리자 한숨이 새어나왔다. 문을 열어주지 말라고 그리도 일렀건만.

나는 난간 위에 선 채로 귀를 세웠다. 119 구급차나 경찰차의 사이렌 소리는 들리지 않았다. 주변은 고요하기 이를 데 없었다. 가끔씩 호수를 뒤덮은 안개 속에서 사냥을 나온 새들이 수면으로 내리꽂히는 소리가 울릴 뿐.

호수 저편, 두 산봉우리 사이에선 빨간 해가 이마를 내밀고 있었다. 세상이 온통 붉었다. 하늘도, 산등성이도, 물결이 찰랑대는 호수도, 수면 위로 수증기처럼 피어오르는 물안개도, 안개 속으로 자맥질하는 새들의 깃도, 호수를 향해 뻗어간 긴 부교도. 마침내 아침이 온 모양이었다.

나는 난간에서 부교로 뛰어내렸다. 무엇에 홀린 것처럼 호수를 향해 걷기 시작했다. 부교 바닥의 나무 패널들이 삐걱대는 소리를 들으며 두 발 보행으로. 부교 끝에 다다르자 호수를 향해 앉았다.

이틀 전 내린 비로 호수는 꽤 높은 수위까지 차올라 있었다. 부교 끝에 엉덩이를 걸치고 다리를 밑으로 늘어뜨리자 발이 수면 밑으로 잠겼다. 빠르게 흘러드는 물살은 발목을 휘감아 끌고 갔다. 부드러우면서도 완강한 힘이었다. 빙하호의 물처럼 차가운 감촉이었다. 지난밤 손끝에 닿던 중환자실 창문의 감촉과도 비슷했다. 갑자기 몸서리가 일었다.

지금껏 나를 버티게 한 건 희망이었다. 내 앞에 길이 있으며, 그 길은 삶을 향한 것임을 믿어 의심치 않았다. 나와 지니는 본래 자리를 되찾을 것이라 믿었다. 내 몸이 지금껏 살아 있는 건 그 때문이라 생각했다. 그러므로 내 몸으로 돌아가면 모든 것이 해결된다고 여겼다. 아니, 그렇다고 우겼다. 그 많은 단서와 정황들이 한결같이 동일한 방향을 가리키고 있는데도.

어젯밤, 병원으로 데려다달라고 민주를 조른 것도 그 때문이었다. 기다리는 일로 하룻밤을 써버릴 수가 없었다. 기다리는 동안 다시 램프로 불려갈 게 뻔했으니까. 불려가면 언제 돌아올지 알 수 없었으니까. 돌아온 후에도, 내 심장이 건재하게 뛰고 있으리라는 보장이 없었으니까.

내가 '지금 여기'에 있을 때 나를 만나야 했다. 직접 대면하진 못하더라도 멀리서라도 보고 싶었다. 마음 한구석에 붙어 사라지지 않는 무서운 의혹을 떨쳐버리고 싶었다. 아직 살아 있으며, 돌아올 때까지 살아 있게 되리라는 걸 확인하고 싶었다. 그래야 무언가를 할 수 있을 것 같았다. 적어도 무언가가 무언지는 알 수 있을 것 같았다.

내 기대는 민주가 병실 창문을 향해 걷기 시작할 때부터 틀어지기 시작했다. 배낭 안에 숨어 있는데도, 아직 창문에 다다르지도 않았는데도, 나는 정체 모를 장력에 붙들렸다. 우악스러운 손이 머리채를 쥐어 잡고 막무가내로 끌고 가는 기분이었다. 손목에 찬 줄을 떠올릴 틈조차 없었다. 그가 창문 앞에서 배낭의 가슴 벨트를 풀었을 땐 비명을 지르기 직전이었다.

'안 봐. 안 볼 거야, 안 본다고.'

어느새 나는 그의 품에 안겨 창문을 바라보고 있었다. 눈을 감아버리고 싶었으나 감기지 않았다. 고개를 돌리고 싶어도 목이 돌아가지 않았다. 머리채를 잡아끌던 무형의 손아귀가 이번엔 내 뒷덜미를 움켜쥐고 있었다. 강제로 눈꺼풀을 벌리고 있었다. 내게 닥친 운명을 똑바로 보라는 듯. 보고 싶은 대로 보지 말고, 보이는 걸 보라는 듯.

나는 어둠을 봤다. 병실 안을 휘도는 암흑의 소용돌이를 봤다. 소용돌이 한복판에 가랑잎처럼 위태롭게 떠 있는 내 몸을 봤다. 머리를 휘감은 붕대, 거무죽죽하게 멍들고 이상한 형태로 일그러진 뺨, 부어오른 눈꺼풀, 입에 물린 인공호흡기, 미동도 없는 몸. 나는 이미 주검이었다.

내 몸 어디에서도 삶의 단서가 느껴지지 않았다. 느껴지는 게 있다면 소용돌이를 향해 쏜살같이 미끄러지는 나였다. 무형의 손아귀가 내 손목을 감아쥐고 나를 그곳으로 끌어당기고 있었다. 팔이 창문으로 질질 끌려갔다. 어깨가 딸려나갔다. 나는 끌려가지 않으려고 필사적으로 버텼다. 악문 잇새로 애원 같은 비명이 새어나왔다.

'손 놔. 제발 놔.'

민주가 창문에서 물러났다. 애원하는 말을 듣기라도 한 양, 창문을 뚫고 들어가기 직전에 나를 끌어냈다. 다른 무엇도 아닌, 내 몸이 보낸 죽음의 손아귀로부터 나를 떼어놨다. 불안한 눈으로 내게 괜찮으냐고 물었다.

아아. 하마터면 골로 갈 뻔했어,라고 농담할 수 있었다면 얼마나 좋았을까. 공황에 빠진 나머지 나는 아무 말도 할 수 없었다. 왜 몰랐을까. 아니, 왜 무시했을까. 지니의 몸은 지니의 것이며, 내 몸은 나의 것이라는 근본적이고 절대적인 진리를. 돌아간다는 것은 죽어가는 내 몸으로 돌아간다는 뜻임을.

'그렇게 될지도 모른다'가 아니었다. 이미 그렇게 되어 있었다. 가능성이 아니라 결정된 수순이었다. 바꿀 수도 없고, 피할 길도 없는 사실이었다. 그것이 내 몸이 내게 알려준 유일한 '무언가'였다.

어디로 갈 것인지 민주가 물었을 때, 나는 시간이 필요하다는 걸 깨달았다. 홀로 생각해야 하는 사적이고 독립적인 시간, 지금껏 외면해왔던 것들을 정면으로 마주 볼 시간, 내게 남은 선택이 있는지, 있다면 무엇인지 알아낼 시간. 램프로 불려갔을 때, 지니를 가둬둘 수 있는 공간도 필요했다. 계산대로라면, 다음 램프가 될 시공간은 인동호였다.

램프의 부름을 기다리면서 나는 파일을 만들었다. 그간의 기록과 어제 고갯길에서 민주에게 들려준 이야기를 편집하고, 중환자실 창문 앞에서의 상황을 새로 기술해 시간 순으로 정리했다. 그러는 사이 내가 가진 패를 들여다볼 수 있었다.

내게 돌아간다는 건 죽음을 택한다는 의미였다. 돌아가지 않겠다면, 지니의 삶을 훔쳐야 할 것이다.

이 냉정한 진실을 나는 냉정한 심정으로 받아들일 수가 없었다. 모든 것에 앞서, 무서웠다. 턱이 덜덜 떨릴 정도로 두려웠다. 돌아가는 것도, 돌아가지 않는 것도. 어느 순간부터는 생각 자체를 할 수 없게 되었다. 온갖 감정들이 휘몰아쳐 와서 이성과 통제력을 한 손에 쓸어갔다. 나는 머리를 감싸 쥐고 미치광이처럼 철장 안을 굴러다녔다.

나를 사지로 밀어뜨리고 당신만 살아남은 스승에게 묻고 싶었다. 내게 왜 그랬느냐고. 이런 선택을 강요하는 운명에게 묻고 싶었다. 내게 왜 이러느냐고.

나는 운명도 어느 지점에선 공평해져야 한다고 생각한다. 적어도, 살아남고자 안간힘을 다해온 자에게 비수를 꽂아서는 안 된다. 그런데 비수를 꽂고도 모자라 비틀어서 숨통마저 끊으려 들고 있었다. 다른 꼴은 다 봐도 너 사는 꼴은 못 봐주겠다는 것처럼.

분노가 나를 활활 태웠다. 겨우 서른다섯 해를 산 내 인생을 생각하자 왈칵 눈물이 쏟아졌다. 중요한 것만 생각해야 한다는 걸 알면서도 정신을 차릴 수가 없었다. 곁길로 새서는 안 된다고 생각하면서도 감정의 격랑을 피할 길이 없었다. 그것이 불가피한 선택을 미루게 만들었다.

뭔가를 생각할 수 있게 된 건 램프에 불려온 후부터였다. 지니의 시점이 된 후에야 비로소, 내가 아닌 지니를 생각하게 되었다. 인간에 의해 인간들 속으로 끌려 나온 후, 인간으로 인해 생사의 질곡을 넘나들고 인간을 위한 쾌락의 도구가 되었다가 인간에게 자신을 통째로 강탈당해버린 지니의 삶을, 지니 자신으로서 바라보게 되었다.

운명은 우리 둘 사이에서도 공평하지 않았다. 지니에겐 선택조차 허락되지 않았다. 내가 지니의 몸으로 들어간 순간부터 나는 지니의 삶에 쳐들어온 침입자였다. 지니에게 인간의 말을 할 수 있는 입이 있다면 나와 똑같은 질문을 던졌을 것이다. 너는 내게 왜 이러느냐고.

내가 의도했느냐, 아니냐는 그에 대한 답이 되지 않았다. 내가 어떤 선택을 하느냐도 그다음 문제였다. 나는 타당성에 대한 답을 해야 했다.

램프는 이제 종착역으로 가고 있었다. 다음번엔 미루나무 위에서 시작해 교통사고의 순간에 끝날 것이다. 바로 그 지점에서 출발해 이 부교 위까지 왔으니까. 그땐 램프가 닫힐 것이고, 그마저 닫히면 선택할 기회도 영원히 사라지게 될 터였다. 지금껏 지니는 램프를 통해 침입자에게 호소해온 것이었다. 삶의 타당성에 대해 생각해보라고. 자신의 삶을 자신에게 돌려달라고.

예상이 맞는다면 램프가 닫히는 순간 내 몸은 물리적 죽음을 맞을 것이다. 만약 내가 지니의 삶을 훔치기로 한다면 내 죽음에는 주검만 남게 될 터였다. 진이로 살아온 내 삶의 의미를 스스로 저버리는 짓이었다. 지니는 나와 정반대 쪽에 서 있었다. 몸은 살아 있되 영혼은 죽음을 맞아야 하는 입장이었다. 내 죽음과 지니의 삶이 모두 무의미해지는 선택이었다.

나는 내게 돌아가야 했다. 다음 교차가 오기 전에, 내 몸이 엔진을 완전히 멈추기 전에, 지니에게 지니의 삶을 돌려줘야 했다. 그것이 타당한 선택이었다. 나아가 지니를 본래의 자리로 돌려보내야 할 것이다. 지니가 떠나온 곳. 나고 자란 자신의 세계, 밀림 속으로. 이는 내가 수행해야 할 삶의 마지막 의무였다.

그런데도, 알면서도, 겁이 났다. 이 세상에 내가 부재하게 되리라는 사실보다 작별이 무서웠다. 내 삶에서 유일무이하고 전적인 존재, 나 자신과 헤어지는 게 미치도록 무서웠다. 다시는 나로서 생각하고, 나를 의식할 수 없다는 사실을 상상조차 하기 싫었다.

아니, 더 솔직하게 말해야겠다. 나는 죽고 싶지 않았다. 살고 싶었다. 지니 앞에 엎드려 애원해서라도, 살고 싶었다. 너의 생을 내게 양보해달라고 떼를 써서라도 살고 싶었다. 그것은 내 안, 가장 깊은 바닥에서 울리는 본성의 목소리였다.

어머니가 떠난 후부터 내게 죽음은 두려운 일 그 이상도 이하도 아니었다. 두려움을 피하려고 그것과 관련된 일을 하려 들지 않았다. 피할 수 없을 땐 고의적으로 감정을 격리시켰다. 죽음은 너의 일이지, 나의 일은 아니라 여겼다. 죽음과 관련된 책이나 영화를 보지 않았다. 장례식에선 유족의 슬픔을 마음 깊이 공감하지 않으려 애썼다. 심지어 건강검진조차 받으려 하지 않았다. 홍해파리처럼 영원히 살 것도 아니건만, 내일이 오지 않을 수도 있다는 걸 인정하려 들지 않았다. 그럼으로써 나는 두려움을 따돌릴 수 있었다. 적어도 그렇다고 믿었다.

만약 두려움을 외면하지 않았다면, 우리는 모두 죽는다는 대자연의 질서를 받아들였더라면, 삶의 한가운데에 죽음이 있다는 걸 인정했더라면, 나와 작별하는 법을 미리 배웠더라면, 지금의 나는 좀 달랐을까. 운명에 분노하는 대신 이것이 그저 내게 주어진 패라는 걸 인정할 수 있었을까. 떨지 않고 의연하게, 타당한 선택을 할 수 있었을까.

나는 하류를 향해 흘러드는 물결을 힘주어 걷어찼다. 발가락에 쥐가 날 때까지 몇 번이고. 걷어차인 물결은 작은 가닥으로 나뉘어 발가락 사이로 빠져나간 후, 흘러온 큰 물결과 합류했다. 어디선가 코웃음 소리가 들리는 것 같았다. 성질부려봐야 바뀌는 것도, 막을 수 있는 것도 없어.

"뭐 해?"

등 뒤에서 민주의 목소리가 들렸다. 소곤대는 것처럼 낮고 작은 목소리였다. 나는 고개를 돌려 뒤를 봤다. 그가 나를 향해 오고 있었다. 삐걱삐걱 소리를 울리며, 붉은 새벽빛 속을 느릿느릿 걸어오고 있었다. 부교가 아니라 생의 저편에서 걸어오는 것 같았다. 내게 문을 열어주러 오는 사자로 보였다.

"옆에 앉아도 돼?"

그가 한 발짝 거리에서 걸음을 멈추고 물었다. 떠날 준비가 됐느냐는 물음으로 들렸다. 항상 준비는 돼 있지 않을 것이다. 내일이든, 내년이든, 그 언제든. 지금 당장이야 더 말할 것도 없고. 누구도 그런 준비는 하지 않는다. 떠날 시간을 헤아리며 살아가지도 않는다. 적어도, 자기 삶이 아직 남아 있다고 믿었던 자는. 그러니까…… 나는.

나는 손바닥으로 내 옆자리를 두들겼다. 그는 곁으로 다가와 앉았다. 야상 주머니에서 휴대전화를 꺼내 내게 건넸다. 나를 어떻게 찾아냈는지에 대한 설명이었다. 파일을 봤을 것이다. 내가 어떤 처지에 몰려 있는지도 알았을 테고. 나는 휴대전화를 받아 쥐고 호수 저편으로 고개를 돌렸다. 반쯤 올라온 붉은 해의 한복판으로 잿빛 띠구름이 지나가고 있었다. 그가 물었다.

"물 시원해?"

고개를 끄덕이자, 그는 신발과 양말을 벗고 바지를 걷어 올렸다. 나와 똑같은 자세로 다리를 늘어뜨리고, 발가락으로 물을 휘저었다. 물결이 그의 발끝에서 작은 소용돌이를 이루며 돌기 시작했다.

"저기……"

다음 말이 나오기까지 길고도 긴 시간이 걸렸다. '저기 뭐?'라고 묻기 직전에야 그의 입이 열렸다. 내가 아니라, 자기 발끝을 내려다보면서 이렇게 물었다.

"노래 하나 불러도 돼?"

노래라면 조금 전 램프에서 넌덜머리 나게 들었다. 민주의 노래라면 더욱 듣고 싶지 않았다. 그는 야상 주머니에서 이상한 안경을 꺼내 끼더니 목을 한 번 가다듬었다. 내가 거부 의사를 나타내기도 전에, 예의 현란한 노래 솜씨를 선보이기 시작했다.

생일 축하합니다.
생일 축하합니다.

나는 순간적으로 멍해졌다. 생일……이라고.

나의 친구 진이의
생일 축하합니다.

그는 노래를 끝내고 짠, 하듯 나를 돌아봤다. 그의 눈에 토끼 얼굴 모양의 장난감 안경이 붙어 있었다. 안경테 양쪽 윗부분엔 귀 모양의 장식이 달려 있고, 귀와 귀 사이에 이런 문구가 붙어 있었다.

Happy Birthday

그는 양쪽 손가락 두 개를 귀 옆으로 들어올려 토끼처럼 깐닥거렸다.

"생일 축하해."

안경 뒤에서 그의 눈이 웃고 있었다. 차마 눈 뜨고는 봐줄 수 없는 '귀여운 짓'이었다. 그래서 눈을 질끈 감아버렸다. 콧날이 벌에 쏘인 것처럼 아파왔다. 눈두덩이 뜨뜻해지고 목이 꽉 조여들었다. 깜박 잊고 있었다. 35년 전 오늘, 내가 태어났다는 걸. 이 사소한 일을 축하해줄 사람이, 나를 '나의 친구 진이'라고 불러줄 사람이 곁에 있다는 것도 미처 몰랐다. 그 사람이 내게 말했다.

"케이크는 못 샀어."

나는 어금니를 꽉 물고 입을 다물었다. 목 안에서 솟구치는 흐느낌이 밖으로 새어나오지 않도록 단단히 목을 잠갔다.

"하루 두면, 상할까봐."

그가 안경을 벗고 야상 주머니에서 큼직한 막대 사탕을 꺼냈다. 별의별 것들이 차례차례 나오는 마술사의 주머니를 보고 있는 것 같았다.

"대신 이걸 샀는데……"

나는 사탕을 받아들고 떨리는 손으로 포장을 뜯었다. 투명하고 큼직한 구체 안에 색색으로 박혀 있는 작은 별들을 한동안 들여다봤다. 검은 별에 혀끝을 살짝 대봤다. 달콤하고 새콤한 파인애플 향이 목 안으로 퍼졌다. 다시 목 안이 조여들었다.

"내 것도 있어."

그도 주머니에서 똑같은 막대 사탕을 꺼내 포장을 뜯었다. 우리는 똑같은 사탕을 똑같이 입에 물고 나란히 호수를 바라보았다. 느릿느릿 단맛을 삼켰다. 막대만 남을 때까지 오래오래 물고 있었다. 그러면 시간도 느릿느릿 갈까 해서, 이 순간이 오래오래 지속될까 해서.

언제부턴가 갈매기 한 마리가 우리 머리 위를 맴돌고 있었다. 날개를 활짝 열고 소리도 없이 폐곡선을 그리며 돌았다. 그사이 구름 뒤로 넘어 갔던 빨간 해가 산봉우리 위에서 말갛고 큰 얼굴을 드러냈다. 이제 이야 기할 시간이 되었노라, 알리는 것처럼. 나는 메모장을 열었다.

'나는 막다른 곳에 도착한 것 같아.'

그는 메모장과 나를 번갈아 쳐다봤다. 무슨 말이냐, 묻는 눈이었다. 나 는 지난 새벽 이야기를 들려주었다. 내가 어떤 선택을 했는지, 왜 그래야 하는지에 대해서도.

그는 반응이 없었다. 시선을 내려 물을 휘젓고 있는 자기 발끝만 쳐다 봤다. 복잡한 표정이었다. 심란해하는 것도 같고, 답답해하는 것도 같 았다.

'부탁이 있어.'

비로소 그가 눈을 들어 나를 봤다. 말해보라는 눈이었다. 나는 그렇게 했다.

'병원에 가면, 나를 끝까지 붙잡고 있어줘. 완전히 끝날 때까지.'

그는 무언가 말하려는 것처럼 입을 벌렸다가 다시 닫아버렸다. 이내 시선마저 호수 쪽으로 돌려버렸다. 네 일이니까 네가 알아서 해,라고 하 는 것처럼. 우리 사이에 암묵적인 불간섭조약이라도 체결된 것처럼.

섭섭하면서도 고마운 침묵이었다. 왜 하필 자신에게 저승사자 노릇을 시키느냐고 따지면 답할 말이 없었으니까. 무엇보다 결심이 다시 흔들릴 까 두려웠다. 이야기를 들려주는 내내, 나는 충동에 시달리고 있었다. 나 를 데리고 어디로든 가달라고 조르고 싶었다. 내가 돌아가지 못하도록 나를 잡아달라고 애원하고 싶었다. 삶을 훔쳐서라도 살아남으라고 말해 주었으면 했다. 그가 마음을 바꾸라고 말했다면, 정말로 그리해버렸을지 도 모른다.

안개가 걷힐 무렵 그가 입을 열었다.

"가자."

그가 먼저 몸을 일으키고 내게 손을 내밀었다. 나는 그의 손을 잡고 일어났다. 우리는 손을 맞잡고 무쇳빛 햇살 속을 나란히 걷기 시작했다. 짧고도 짧았다. 부교를 나와 계단을 오르고 마당을 통과해 별채까지 오는 길이 허망해서 울고 싶을 만큼 짧았다. 내 인생처럼.

우리는 병원으로 돌아갈 준비를 시작했다. 내가 할 준비라고 해봐야 배낭으로 들어가는 것 정도였지만. 출발 전, 그는 야상 주머니에서 줄을 꺼내 내 손목에 채웠다.

"마음이 바뀌면 두 번 당겨."

나는 고개를 끄덕였다. 그는 시동을 걸었다.

10시. 우리는 인동호를 빠져나왔다. 그는 배낭을 등에 멘 채로 스쿠터를 몰고, 나는 배낭 안에서 눈만 내밀고 세상을 내다봤다. 5월의 파란 아침 하늘, 오가는 차량들, 사람들, 하얀 꽃으로 뒤덮인 이팝나무 가로수. 꽃들이 피고 지며 봄은 산화를 거듭할 것이다. 세상도 무수한 생명이 나고 지면서 산화를 거듭할 테고. 따지고 보면 존재하는 모든 것들이 산화의 순간을 품고 태어난다. 지금 내게로 오고 있는 것이 바로 그 순간이었다.

나는 앞서간 어머니를 생각했다. 사는 쪽을 택하는 것이 옳다고 했으면서 본인은 죽음을 택한 사람. 짧고 쓸쓸했던 어머니의 마지막을 떠올렸다.

나는 어머니와 작별 인사조차 나누지 못했다. 어머니는 저녁 식사까지 마치고 잠든 상태에서 홀로 죽음을 맞았다. 눈밭에서 사진을 찍고 돌아온 그날이었다. 야밤에 연락을 받고 달려간 내게 보호사가 흰 봉투 하나를 내밀었다. 입원 직후에 맡기면서 꼭 당신이 떠난 후에 전달하라고 당부했다는 것이었다. 내게 보내는 어머니의 마지막 편지였다.

'진이에게'로 시작된 편지는 어머니다운 당부를 담고 있었다. 자신이 떠난 후에도 너는 살아야 하는 사람이라고 했다. 그러니 짧게 작별하자고 했다. 3일장을 치르지 말고 곧장 화장해서 바다로 보내달라고 했다. 당신을 위해 울지 말라고 했다. 연민하지도 말라고 했다. 그것은 죽을힘을 다해 살았던 당신 삶에 대한 모독이라고 했다. 대신 당신을 기억해달라고 했다. 내 딸이어서 미안했고, 내 딸인 게 고마웠다고 했다.

어머니와 달리 내게는 작별 인사를 나눌 사람이 있었다. 떠나는 나를 끝까지 지켜봐줄 이가 있었다. 어이없게도 나는 그가 누군지 모른다. 어디서 태어났고 어디서 자랐는지, 무슨 꿈을 꾸었는지, 어떤 삶을 살아왔는지, 무엇을 사랑하며 무엇을 싫어하는지, 심지어 몇 살인지조차도.

내가 아는 건 김민주라는 이름뿐이었다. 삶의 마지막 사흘을 함께 보냈고, 마지막 생일을 축하해준 사람이었으며, 나를 '나의 친구'라고 불러준 이였으나 우리는 아무것도 공유하지 않은 관계였다. 그러므로 그와 나의 관계를 어디에 위치시켜야 할지 잘 모르겠다. 어머니에게 내가 그랬듯, 그도 내게 미안하고 고마운 존재였다는 것 말고는.

나는 새로운 메모장을 열었다. 그에게 남기는 글을 쓰기 시작했다.

민주에게

10시 25분. 스쿠터가 병원에 도착했다. 면회 시간 5분 전이었다. 나는 편지를 저장했다. 민주는 주차장에 스쿠터를 세웠다. 배낭을 스쿠터에 내려놓고 배낭 헤드를 들어올려 나와 눈을 맞췄다. '마음이 변치 않았느냐'라고 묻듯, 잠자코 바라봤다. 나는 그에게 휴대전화를 내밀었다. 그는 휴대전화를 재킷 주머니에 담고 다시 배낭을 멨다.

로비 현관문 앞에서 그는 걸음을 멈췄다. 아직 줄을 두 번 당길 기회가 있다고 상기시키는 것처럼, 잠시 그 자리에 서 있었다. 나는 배낭 헤드를 조금 들어올렸다. 정면에 떠 있는 아침 해를 향해 얼굴을 들고 눈을 감았다. 감은 눈 너머로 5월의 환한 햇살이 쏟아져내렸다.

'이제 가.'

줄을 한 번 당기자, 그는 움직이기 시작했다. 로비를 통과해 2층으로 가는 에스컬레이터에 탔다. 나는 배낭 안으로 머리를 집어넣고 몸을 옹크렸다. 들려오는 소리와 그의 움직임으로 바깥 상황을 추측했다. 지금 대기실로 들어섰구나, 면회를 신청했구나, 배낭을 풀고 손을 씻는구나, 멸균복을 걸치는구나, 다시 배낭을 메는구나…….

소리가 들리지 않기 시작한 건 중환자실 안으로 들어선 후부터였다. 갑자기 사람들의 목소리가 사라졌을 땐 중환자실 특유의 정적이려니 했다. 기계음이나 호출 소리조차 들리지 않자 비로소 이상하다는 생각이 들었다. 그가 한 발짝씩 전진할 때마다 정적의 밀도는 점점 높아졌다. 비행기가 이륙할 때처럼 귀가 먹먹해왔다. 시야도 흐릿해졌다. 잠시 후엔 민주의 움직임마저 느껴지지 않았다. 현실이 아득하게 멀어졌다. 때 이르게 덮쳐온 감각 박탈 상태에서 나는 떨기 시작했다.

누구에게든 세상에 작별을 고할 때가 찾아온다. 작별하는 태도도 제각각일 것이다. 죽음을 부정하다 죽거나, 죽음을 채 인식할 새도 없이 죽거나, 죽음에 분노하며 죽거나, 죽음을 의연하게 받아들이며 죽거나, 어머니처럼 홀로 죽음을 맞거나. 아무래도 나는 끝까지 떨다가 죽을 모양이었다.

"이진이."

민주의 목소리가 정적을 뚫고 귀에 닿았다. 마침내 목적지에 도착한 모양이었다. 이제야 하는 말이지만, 나는 그가 내 이름을 불러주는 게 좋았다. 진이가 아니라, 이진이라고 온전하게 불러주는 게 더 좋았다. 수줍어하는 것처럼 입 안에서만 구르는 어감이 가장 좋았다. 그 어감을 간직하려고 나도 내 이름을 불러봤다.

'이진이.'

배낭 뚜껑이 열렸다. 겨드랑이 밑으로 민주의 손이 미끄러져 들어와 나를 일으켜 세웠다. 나는 후들거리는 다리에 힘을 주고 서서 주변을 돌아봤다. 시야가 흐릿하고 어두웠으나, 유리벽으로 막힌 작은 방에 세 사람이 있다는 건 알 수 있었다. 침상에 누워 있는 내 몸, 배낭 안에 서 있는 나, 내 뒤에 서서 나를 붙잡아주고 있는 민주.

비로소 나는 깨달았다. 시야가 흐려진 게 아니었다. 방 안 전체가 먹구름처럼 짙은 회색 대기에 잠겨 있었다. 먹구름의 소용돌이에 갇혀 흔들리는 내 몸은 이미 생명체가 아니었다. 심장이 마지막 연료를 태우며 뛰고 있는 살덩어리일 뿐. 나는 눈을 감고, 가빠오는 숨을 가누려 안간힘을 썼다. 민주가 흔들리는 내 어깨를 잡아주며 물었다.

"괜찮아?"

그럴 리가 있을까. 죽으러 와서 괜찮을 사람이 세상에 어디 있겠는가. 나는 침대 가장자리에 놓인 내 오른손을 바라보았다. 손등을 뒤덮은 암자색 피멍 자국과 퉁퉁하게 부어오른 손가락, 핏기 없는 손톱. 내 손이 원래 저렇게 컸던가. 어디선가 어머니의 목소리가 들려오는 것 같았다.

돌잔치 때, 네가 뭘 잡았는지 아니? 칫솔을 잡았어. 그래서 우린 네가 치과 의사가 될 줄 알았다.

나는 아마 이렇게 대꾸했을 것이다. 그래서 침팬지 이빨을 닦아주고 살잖아.

아, 하고 입을 벌려 이빨을 대주던 어린 팬의 얼굴이 머리를 스쳐갔다. 아기를 보여주며 자랑스러워하던 어미 팬의 표정이 기억 속에서 되살아났다. 나는 마른 침을 넘겼다.

내 인생이 행복했다는 말은 못하겠다. 그래도 불운하지만은 않았다고 믿고 싶다. 어쨌거나 전력 질주로 살 기회가 있었으므로. 어머니의 바람대로 이겨내고, 그런 다음에 또 이겨내려 기를 썼던 삶이 후회되지도 않았다. 그리고 지금은 그만 이겨낼 때였다.

나는 내 손을 향해 손을 뻗었다. 손을 맞잡기 직전, 고개를 돌려 민주를 봤다. 열이 오르는 것처럼 그의 목 밑이 벌게지고 있었다. 이어 양 뺨과 귀까지 빨개졌다. 시선은 서 있는 내 왼손과 누워 있는 내 오른손 사이를 오락가락하고 있었다. 나와 눈이 마주치자 그의 입꼬리가 떨리는 것처럼 움찔거렸다. 나는 그것을 미소로 읽었다. '괜찮아?'라고 묻는 게 아니라 '괜찮아'라고 다독이는 것 같았다.

몸의 떨림이 거짓말처럼 멈췄다. 날뛰던 심장이 차분해졌다. 머릿속이 고요해져왔다. 그에게 말해줄 여유가 생겼다.

'김민주. 나, 괜찮아.'

나는 손을 뻗어 내 손을 잡았다. 손바닥을 맞붙이고, 마지막 순간에 손을 빼버리지 못하도록 단단하게 깍지를 꼈다. 순간, 내 몸이 꿈틀 움직이며 손을 맞잡아오는 느낌을 받았다. 현기증이 나고, 불빛이 사라지고, 방 안 사물들이 소용돌이치듯 휘돌았다. 병실 바닥이 발밑에서 까마득하게 멀어졌다. 커튼이 닫히듯, 시야가 서서히 줄어들었다. 이윽고 완전히 닫혔다.

어둠이 찾아왔다.

에필로그

101번 버스가 종점에 도착했다. 나는 버스에서 내려 배낭을 멨다. '무곡 마을' 표지석을 지나 누리길 쪽으로 걷기 시작했다. 7시가 다 돼가는데도 하늘이 아직 어두웠다. 검게 젖은 보도 위에선 가랑잎들이 쉭쉭 소리를 내며 굴렀다. 잎을 벗은 나무들은 희뿌연 겨울 대기 속에서 바짝 날을 세우고 서 있었다. 12월 마지막 날이었다. 막 눈이 내리기 시작한 이른 아침이었다.

그녀가 떠난 후 계절이 세 번 바뀌었다. 종종, 어쩌면 종종보다 더 자주, 그녀는 내 꿈속으로 걸어 들어오곤 했다. 청바지에 검은 야구 모자를 쓴 '다정한 그녀'가 지니의 손을 잡고 자박자박 나를 스쳐간다. 나를 알은체하거나 부르지 않는다. 심지어 일별조차 없다. 거리에서 스치는 행인처럼, 무심한 얼굴로 멀어진다.

꿈에서 깨어나면 나는 어김없이 그녀가 떠난 아침으로 불려갔다. 그녀가 다정한 그녀의 손을 맞잡기 전, 불안하게 흔들리는 눈으로 내게 작별을 고하던 그 순간으로. 그때 나는 저 겨울나무들처럼 바짝 얼어붙어 있었다.

나는 생각해보고는 한다. 그때 내가 뭘 할 수 있었을까. '안녕'이라는 작별 인사라도 했더라면 이렇듯 두고두고 후회하는 일은 없었을까. 지니로 살면 안 되겠느냐고 물어보기라도 했다면 더 좋았을까. 그녀를 붙들고 있을 게 아니라, 떼어내서 중환자실을 뛰쳐나왔더라면 어땠을까.

무엇이 옳았을지 아직도 잘 모르겠다. 분명한 것은 신이 그 순간으로 다시 돌려보낸다 해도 나는 여전히 아무것도 할 수 없으리라는 점이다. 그녀는 자기 운명을 스스로 결정했고, 나는 타인이었다. 지켜보는 것 말고는 할 수 있는 일이 없었다. 그녀의 부탁대로 마지막까지 붙잡고 버텨주는 게 그녀의 선택에 대한 존중이라고 생각했다.

얼빠진 소리 같겠지만 '다정한 그녀'는 그녀를 기다렸다고 생각한다. 잘못 봤을지도 모르나, 그녀가 깍지를 끼자 다정한 그녀는 손가락을 오므려 맞잡았다. 그녀의 귀환을 환영하는 것처럼, 이것이 옳다고 말하는 것처럼. 호흡 기계의 소리가 불규칙하게 빨라진 것도 바로 그때였다. 심전도 모니터의 파형도 달라졌다. 보일러 열선처럼, 폭이 좁고 짧은 산을 그리며 날뛰기 시작했다.

내 다리에 기댄 그녀의 등은 꿈틀꿈틀 경련을 일으켰다. 들숨과 날숨이 교차할 때마다 등뼈가 내 다리를 타고 승강기처럼 오르내렸다. 나는 쿵쿵 울리는 그녀의 심장 소리를 온몸으로 들었다. 그녀의 몸을 뒤에서 받치고, 후들거리는 다리를 버티려고 안간힘을 썼다. 침착하라고 스스로 수십 번도 더 되뇌었다. 내가 뭘 하고 있는지, 내 인생에서 그때만큼 정확히 알고 있었던 적은 없었을 것이다. 나는 그녀가 빠져나가야 할 세상의 문을 붙들고 있었다.

잠시 후, 날뛰던 심장 모니터의 파형이 수평으로 누웠다. 동시에 지니의 몸이 축 늘어져버렸다. 이후의 기억은 띄엄띄엄 남아 있다. 간호사들이 병실로 뛰어들어왔고, 나는 배낭 헤드를 닫아 늘어진 지니를 숨겼고, 누군가 내게 나가달라고 했으며, 잠시 후 다급하게 울리는 원내 방송을 들었다.

"코드블루. 신경외과 중환자실, 코드블루."

나는 중환자실 문 앞에 우두커니 서 있었다. 입 안이 탔다. 목이 따가 웠다. 그녀를 붙들고 있었던 손이 불에 덴 것처럼 뜨거웠다. 온몸이 아팠 다. 칼날처럼 날렵한 뱀 한 마리가 근육과 뼈를 가르며 기어다니는 기분 이었다. 현실은 저만치 멀어져 있었다.

제정신으로 돌아온 건 젊은 의사가 '이진이 씨 보호자'를 찾았을 때였 다. 아마도 중환자실에서 쫓겨난 후 5분쯤 지났을 때였을 것이다. 의사 는 내게, 조금 전 주치의가 그녀의 죽음을 선언했다고 전했다.

내가 할 수 있는 일은 그리 많지 않았다. 그녀의 법적 보호자가 아니 었기 때문이다. 따라서 병원 측이 원하는 퇴원 절차를 밟을 수 없었다. 할 수 있는 일이라곤 장례식장에 전화를 걸어 빈소를 예약하는 정도 였다.

나는 배낭을 메고 중환자실 앞을 떠났다. 로비 출입문을 나와 앞쪽 공 원을 살폈다. 벤치 근처에서 담배를 피우는 이들이 눈에 띄었다. 뒤편으 로 돌아가자, 벤치 몇 개가 놓여 있는 산책로가 나왔다. 벤치들은 텅 비어 있었다. 소나무 군락지 아래 벤치에 지니를 눕히고 119로 전화를 걸었다.

"정주의료원 뒤뜰 산책로에 보노보 한 마리가 쓰러져 있습니다."

지니는 그때까지도 의식이 없었다. 눈동자가 눈꺼풀 위로 움직이는 것 같긴 했지만 눈을 뜰 기미는 보이지 않았다. 그제 저녁, 유수검지 장치실 에서 그녀를 발견해 데려오던 때가 기억났다. 지니에게마저 무슨 일이 생긴 건 아닌가 싶어 더럭 겁이 났다.

나는 지니의 코에 귀를 들이대고 호흡을 확인했다. 골골, 고양이 목 울림과 비슷한 소리가 났다. 코를 고는 소리가 아닌가 싶었다. 귀를 가슴에 대봤다. 쿵쿵쿵 규칙적으로 힘 있게 뛰는 심장 소리가 들렸다. 귀를 떼자 거리 쪽에서 사이렌 소리가 들려왔다. 나는 작별 인사 대신 지니의 손을 한 번 잡았다가 놓았다. 서둘러 벤치 뒤편 소나무 군락지 안으로 몸을 숨겼다.

예상대로, 혹은 기대했던 대로 한기준 팀이 나타났다. 그들은 주변을 둘러보는 기색이었으나 신고자를 찾으러 다니지는 않았다. 지니를 포획 틀에 넣고 즉시 산책로를 떠났다. 나는 중환자실로 돌아갔다. 가는 내내 불안이 가시지 않았다. 혹시 한기준이 영장류센터가 아닌 다른 곳으로 지니를 데려가면 어떡하나. 영장류센터로 가더라도 가는 중간에 무슨 일이 생기면 어떡하나. 무사히 도착하더라도 사람을 해친 동물로 간주되어 안락사를 당하면 어떡하나.

불안은 중환자실 문 앞에서 스르르 사라져버렸다. 장례식장 직원이 시트로 감싼 그녀를 이동 침대에 싣고 문을 빠져나오는 중이었다. 이동 침대 옆으로 다가서자 직원이 물었다.

"이진이 씨 보호자 되십니까?"

나는 그렇다고 대답했다. 따라가도 되느냐고 물었다.

"안치되는 걸 볼 수 있을까요?"

직원은 시원스레 대답했다.

"그럼요."

나는 황량하고 떨리는 심정으로 뒤따라갔다. 엘리베이터를 타고 지하로 내려가 사흘 전 그녀가 숨어 있던 유수검지 장치실을 지나 시신 안치실까지 이동 침대와 함께 걸었다. 직원과 함께 그녀를 안치대로 옮겼다.

직원은 그 자리에서 바로 수시를 시작했다. 머리와 목을 반듯하게 눕히고 팔을 펴서 다리 옆에 내려놓았다.

"손이 왜 이러는지 혹시 아세요?"

직원이 그녀의 오른손을 가리키며 내게 물었다. 나는 직원 옆으로 한 발짝 다가서서 오른손을 들여다봤다. 손가락이 손깍지를 낀 모양으로 구부러져 있었다. 잘못 본 게 아니었던 것이다. 헛것을 본 것도 아니었다. 구부러진 손가락은 그녀가 남긴 명백한 흔적이었다. 죽음을 향한 그녀의 확고한 의지이기도 했다.

"제가 펴도 될까요?"

나는 직원에게 물었다. 직원은 잠깐 망설이더니 그러시라고 했다. 나는 그녀의 손을 내 손에 올려놓았다. 하나씩, 하나씩, 조심스레 주물러서 손가락을 폈다. 펴는 동안 입속말로 그녀에게 귀띔해주었다. 이제 그러지 않아도 돼.

수시가 끝나자 그녀는 냉장실에 안치됐다. 나는 장례식장 한구석에 앉아 그녀의 편지를 읽었다. 편지라기보다 희귀 나비의 날개 무늬에 대해 설명하는 곤충학자의 기록 같았다. 어쩌면 가장 그녀다운 편지였는지도 모르겠다. '민주에게'라는 서두 밑에 행갈이로 표시한 세 개의 문단이 있었다.

첫 번째 문단은 장례식에 대한 내용이었다. 인연을 끊다시피 했다는 작은아버지의 연락처가 적혀 있었다. 전화를 걸어 '남자 친구'라 신분을 밝히고 '조카의 유산과 보험금 등을 상속하라'고 알리면 초고속으로 달려와 법적 절차와 장례식 문제를 해결할 거라고 구체적인 요령을 적어놓았다. 2일장으로 간소하게 장례를 치르고 화장해서 바다로 보내달라는 부탁도 적어놓았다.

두 번째 문단은 지니의 신변 처리에 대한 내용이었다. 전화번호와 이

메일 주소가 적혀 있었다. 그녀의 스승이자 사고 차량의 운전자인 장 교수의 연락처였다. 그녀가 만들어둔 파일을 전달해달라고 부탁했다. 스승은 지니의 신변을 지켜줄 사람이자 콩고의 왐바 캠프로 보내줄 수 있는 사람이며, 왐바는 지니가 나고 자란 밀림에서 가장 가까운 곳이라는 내용이었다.

세 번째 문단의 수신자는 나였다.

민주에게

뻔뻔하고 염치없는 얘기를 해야 할 것 같아. 나는 결국 채무이행을 못하게 되었다고. 방법이 없었어. 미안하고 고맙다는 말을 하고 싶었는데, 그마저 하지 못했어. 하나 마나 한 생각만 자꾸 떠올랐어. 떠나기 전에 신이 내게 한 가지 일을 할 수 있게 허락해준다면, 그러니까 '다정한 그녀'의 목소리로 한마디만 말할 수 있게 해준다면, 그러면 나는 내 친구의 이름을 불러볼 텐데. 가만히, 입속말로.

김민주……라고.

추신: 나와 지니는 오래오래 너를 기억할 거야. 네 형편없는 노래도.

나는 몇 번이나 되풀이해서 마지막 문단을 읽었다. 미리 이 편지를 볼 수 있었다면 얼마나 좋았을까. 그랬다면 떠나기 전에 말해줄 수 있었을 것이다. 너는 내게 늘 '다정한 그녀'였으며 네가 부르는 내 이름을 이미 여러 번 들었다고. 원한다면 언제라도 노래를 들려주겠노라고.

빈소에 제단이 차려진 후, 나는 그녀가 부탁한 일을 하기 시작했다. 가장 먼저 작은아버지의 연락처로 전화를 걸었다. 과연 그녀의 말대로, 깐깐하게 생긴 노인네와 아들이라는 사내가 빈소에 나타나 '진이의 남자 친구'를 찾았다.

다음으로, 그녀가 작성해둔 파일과 그녀가 부교 위에서 내게 들려준 이야기, 그리고 장 교수와 관련된 편지의 일부분을 발췌해 장 교수의 이메일로 보냈다. 내 전화번호도 첨부했다. 궁금한 게 있다면 언제라도 연락하라는 의미에서.

지니의 소식은 알아볼 길이 없었다. 119 상황실로 전화를 해봤으나 영장류센터에 인계했다는 사실만 알 수 있었다. 박 선생이 빈소로 찾아 왔을 때 묻고 싶었지만 물을 명분이 없었다. 어깨너머로 장 교수의 소식만 전해 들었을 뿐.

박 선생은 진이의 친척 부자에게 저간의 사정을 들려주었다. 장 교수역시 중상을 입었고, 그녀의 소식을 아직 모르고 있으며, 이제 막 죽을고비를 넘긴 터라 당분간은 알리지 못할 것 같다고 했다.

그녀의 유언대로 장례는 2일장으로 치러졌고, 이튿날 아침 발인했다. 그녀의 바람대로 다정한 그녀는 화장되어 바다로 갔다. 친척 부자는 마지막 배웅을 기꺼이 내게 맡겼다. 당연한 얘기지만, 배웅 길에 동행을 하지도 않았다.

그녀는 파도를 타고 먼바다로 떠났다. 그 모습을 나 홀로 지켜봤지만 쓸쓸하지 않을 거라고 믿고 싶다. 어쩌면 지금쯤 전력 질주로 헤엄을치고 있을지도 몰랐다. 언젠가 지니와 재회하게 될지도 모르는 태초의땅을 향해.

이후, 나는 한 번도 이 도시에 오지 않았다. 그녀가 죽음을 받아들였듯, 나는 삶을 받아들였다. 여전히 내가 찾는 '무엇'을 찾지 못했으나 팽나무 숲을 생각하지는 않는다. 부랑하며 떠돌지도 않는다. 닥터K를 따라다니며 문지기 일을 배운다. 자격증 공부도 한다. 밤이 되어 쪽방에 몸을 뉘면 이 일이 내가 찾는 '무엇'인지도 모르겠다는 생각도 든다. 여든이 훌쩍 넘은 사부가 여전히 나를 '타고난 문지기'라고 추켜세우는 걸 보면.

어제 나는 장 교수로부터 메일을 한 통 받았다. 지니가 내일 아침 일찍 콩고의 왐바 캠프로 떠난다고 했다. 작별 인사를 하고 싶다면 8시까지 영장류센터로 오라는 내용이었다. 처음엔 놀라웠다. 정말로 장 교수가 보낸 게 맞나 싶어 몇 번씩 이름을 확인했다. 지니와 만날 수 있다고 생각하자 가슴이 벌렁거리기 시작했다. 그간 연락 한번 없었던 장 교수에 대한 야속함 같은 건 단숨에 사라졌다.

오늘 새벽, 나는 정주로 가는 첫차를 탔다. 주머니엔 진이의 신분증이 들어 있었다. 지니에게 줄 작별 선물이었다. 어느 날, 어디에선가 진이와 지니가 만났을 때 서로 알아볼 수 있도록. 진이에게 돌려주는 차용증이기도 했다. 이제 빚은 다 갚았노라고.

정문 앞에 도착한 건 8시 10분 전이었다. 나는 장 교수가 알려준 대로 연구소 2층으로 올라가 201호실 문을 두들겼다. 장 교수가 직접 문을 열었다. 사고 현장에서 봤던 모습과는 조금 달랐다. 그때보다 10년쯤은 더 나이가 든 것 같았다. 나는 고개를 숙였다.

"김민주입니다."

장 교수는 나를 응시하며 말없이 서 있었다. 요식적인 인사조차 없었다. 어서 오라든가, 반갑다든가, 잠깐 들어오라든가. 내 꼴이 너무 구지레한가, 사부의 말대로 새 외투를 사 입을 걸 그랬나, 싶어질 무렵 장 교수가 불쑥 손을 내밀었다. 손을 맞잡자 힘주어 한 번 잡았다가 놓았다.

"들어오시게."

장 교수가 마침내 입을 열었다. 푸릇한 눈자위에선 실핏줄이 빨갛게 일어나고 있었다.

"와줘서 고맙네. 그 아이가 좋아할 거야."

진이를 칭하는 말인지, 지니를 칭하는 말인지 나로선 알 길이 없었다. 다만 나직하게 울리는 목소리에서 가슴 깊숙이 억눌려 있는 슬픔을 읽었다. 우리는 테이블을 사이에 두고 마주 앉았다. 잠시 침묵이 지나갔다.

"혹시 자네가……"

장 교수는 불러놓고 눈을 내려 자기 손을 한동안 내려다봤다.

"고갯길에서 나를 깨우던 그 젊은이가 맞나?"

묻는 장 교수의 목소리가 가늘게 떨리고 있었다. 나도 눈을 내리떠서 내 손등을 봤다. 네,라고 답했다.

"그러지 않을까…… 생각했네."

내 메일을 열어본 건 지난가을이었다고 했다. 장례식이 끝난 지 일주일 만에야 진이의 소식을 들었다고 했다. 이후 몇 달 동안 아무것도 할 수가 없었다고 했다. 내 메일을 봤을 땐 시간이 너무 많이 지나 있었다고, 수십 번씩 내게 메일을 썼다가 지웠다고 했다. 홀로 살아 있는 것이 부끄러웠노라 말했다.

진이를 대신해 내게 용서를 구하는 거라고 나는 생각했다. 내겐 용서할 권리가 없었지만 대답하지 않을 수 없었다.

"교수님이 없었다면 지니는 콩고로 돌아갈 수 없었을 겁니다."

우리는 침팬지관 주차장으로 내려갔다. 약속이라도 한 것처럼, 지니도 침팬지관 현관으로 나오는 중이었다. 흔들리는 밀차가 불안한 모양이었다. 케이지 안에 웅크려 앉아 창살을 꽉 움켜쥐고 있었다. 검은 눈동자는 쉴 새 없이 사방을 살폈다. 문득 궁금했다. 킨샤사에서 진이와 만났을 때에도 저런 모습이었을까.

밀차는 뒷문이 열려 있는 밴에 도착했다. 박 선생과 몇몇 남자가 짐칸으로 케이지를 끌어 올렸다. 나는 가까이 가서 지니를 보고 싶었으나 발꿈치를 꾹 눌렀다. 내키는 대로 행동해서는 안 될 일이었다. 이곳은 영장류센터였다. 더하여 지니는 진이가 아니었다. 돌아보면, 나는 지니와는 친해질 기회가 거의 없었다.

"가까이 가서 인사하겠나?"

장 교수가 물어왔다. 안달복달하는 속내를 들여다본 듯한 권유였다. 우리는 나란히 걸어가 지니 앞에 섰다. 장 교수가 먼저 지니에게 손을 내밀었다. 작별의 악수를 하자는 말 같았다. 지니는 장 교수의 손을 새침하게 맞잡았다. 와중에 말갛고 까만 지니의 눈은 내게로 뻗어왔다. 시선이 원을 그리듯, 내 눈동자를 따라 느릿느릿 돌았다. 나로서는 읽을 길이 없는 눈이었다. 넌 누구냐 묻는 것인지, 다시 만나서 반갑다는 것인지.

"저기 이거……"

나는 주머니에서 진이의 사원증을 꺼내 장 교수에게 내밀었다.

"지니에게 주고 싶은데요."

장 교수는 사원증을 받아들고 들여다봤다. 진이의 기록을 읽었으니 그것이 무얼 의미하는지 알고 있을 터였다.

"직접 줘보게."

사원증은 내게로 돌아왔다. 가슴이 두근거리기 시작했다. 나를 알아볼까. 내 선물을 받아줄까. 나는 지니의 정면으로 다가섰다.

"지니, 안녕."

지니는 고개를 갸웃했다. 발그레하고 얇은 윗입술은 뾰족하게 위로 말려 올라갔다. 나는 사원증을 들어올려 내 목에 걸었다. 그런 다음 다시 벗었다. 두어 번 같은 행동을 반복하자 지니의 눈이 반짝거리기 시작했다. 성급한 손은 이미 케이지 밖으로 뻗어나와 있었다. 나는 손가락 끝에 사원증을 걸어주며 말했다.

"이제 네 거야."

지니는 사원증을 쥐고 이리저리 살피더니 마침내 목에 걸었다. 어때, 라고 묻는 것처럼 흘끔 나를 봤다.

"출발해야 할 것 같습니다."

박 선생이 뒤에서 말했다. 장 교수는 고개를 끄덕이며 한 발짝 물러섰다. 나는 지니에게 작별 인사를 보냈다. 손가락 총을 세워 케이지 창살 앞에 대고, 진이의 방식으로.

"잘 가, 지니."

순간, 사원증에 정신이 팔려 있던 지니가 멈칫했다. 머뭇머뭇 제 손을 들어올리더니, 검지를 길게 펴고 내 손과 제 손을 번갈아 쳐다봤다. 잠시 후, 엄지를 세워 손가락 총을 만들었다. 이제 기억이 난다는 듯 나를 향해 검지를 깐닥거렸다. 한 번, 두 번. 나는 멍하니 서서 모차르트가 전하는 말을 들었다.

'안녕, 민주.'

차 문이 닫혔다. 박 선생이 앞좌석에 타자 바로 출발했다. 지니는 뒤 차창 위로 고개를 길게 빼고 나를 넘겨다보고 있었다. 잠시 후, 차는 모퉁이를 돌아 시야에서 완전히 사라져버렸다. 나는 눈사람처럼 그 자리에 선 채 꼼짝하지 않았다. 지니가 사라진 곳을 오래도록 바라봤다. 눈바람이 이마를 쓸고 갔다. 머릿속이 횅했다.

"올라가서 차 한잔하고 가지. 바쁘지 않으면."

장 교수가 말했다. 바쁜 일은 없었지만 나는 고개를 저었다. 장 교수와 내가 앉아 무슨 이야기를 나눌 수 있겠는가. 진이가 자신의 운명을 감당해냈듯 장 교수도 온전히 홀로 견뎌야 할 것이다. 그것이 죄책감이든, 슬픔이든, 그리움이든.

"그만 가보겠습니다."

장 교수를 뒤로하고 영장류센터를 나섰다. 점퍼 지퍼를 턱 끝까지 채워 올리고, 올라왔던 길을 터벅터벅 걸어 내려갔다. 눈바람은 이제 눈보라가 되어 정면으로 몰아들고 있었다. 나는 그녀가 떠나던 날의 찬란하고 잔인했던 태양빛을 떠올렸다.

그녀는 내게 삶이 죽음의 반대말이 아님을 보여주었다. 삶은 유예된 죽음이라는 진실을 일깨웠다. 내게 허락된 잠깐의 시간이 지나면, 내가 존재하지 않는 영원의 시간이 온다는 걸 가르쳤다. 그때가 오기 전까지, 나는 살아야 할 것이다. 그것이 삶을 가진 자에게 내려진 운명의 명령이었다.

정자가 내려다보이는 지점에서 나는 걸음을 멈췄다. 눈보라에 갇힌 물길을 내려다봤다. 새벽녘, 이팝나무 꽃을 따라 팽나무 숲으로 들어가던 그녀가 보이는 것 같았다. 그녀는 지금 어디쯤에 가 있을까. 소망하던 곳에 가닿았을까. 그리하여 곧 돌아올 지니를 기다리고 있을까. 불현듯, 편지의 마지막 줄이 기억났다.

나와 지니는 너를 오래도록 기억할 거야. 네 형편없는 노래도.

겨울새 한 마리가 푸드득, 깃을 치며 내 머리 위를 스치고 골짜기 아래로 날아갔다. 곧 파란 점이 되었다가 눈보라 속으로 완전히 사라져버렸다. 나는 고갯길 아래로 걸음을 떼며 입속말로 노래를 부르기 시작했다.

이른 아침이 되면

예고도 없이 찾아오는 아주 이른 아침이면……

……햇살 속으로 당신이 오는 게 보여요.

상처 입은 치유자,
트라우마를 넘어 눈부신 사랑의 길로 떠나다
─인간과 유인원, 두 세계의 경계가 아름답게 부서지는 순간

정여울(문학평론가)

> 타인의 기쁨에 기뻐하고, 타인의 아픔에 아파하는 것.
> 이것이야말로 인간을 이끄는 최고의 지도자이다.
> ─알베르트 아인슈타인

1. 선한 사람의 트라우마, 두 세계의 경계가 깨지는 순간

트라우마는 피해자에게만 상처를 남기는 것이 아니라 가해자에게도 깊은 상처를 남긴다. 평소 공감 능력이 뛰어나고 누구에게든 해를 끼치지 않을 것 같은, 지극히 선한 사람이라면 더더욱. 피해자의 상처는 많은 사람들의 공감과 지지를 받을 수 있다. 하지만 가해자의 상처는 이해도, 공감도 얻어내기 어려울뿐더러 자신조차 제대로 인식하지 못할 때가 많다. 스스로의 죄의식이나 폭력의 기억으로부터 필사적으로 도망치려는 방어기제가 작동하기 때문이다. 타인을 괴롭히는 가해행위로부터 쾌

감을 느끼는 자들은 더더욱 트라우마를 치유하기 어려운 상태가 된다. 하지만 '착한 사람들, 좋은 사람들, 끝내 양심적인 사람들'조차도 가끔은 돌이킬 수 없는 폭력을 저지르며, 그들의 가슴속에는 '가해자의 트라우마', 즉 자신을 영원히 용서할 수 없을 것만 같은 깊은 죄의식이 자리 잡게 된다.

《진이, 지니》는 바로 이 '선한 가해자의 트라우마'로부터 시작되는 이야기다. 첫 번째 가해자, 진이는 인간에게 납치당한 보노보가 자신에게 구원을 요청하는 눈빛을 보내는 것을 외면했던 기억으로 고통스러워한다. 진이는 세상에 "이토록 매혹적인 생명체가 존재한다"는 것에 대한 놀라움을 간직한 채 영장류를 연구하던 학자이자 전문 사육사였기 때문에 더 깊은 죄책감에 사로잡힌다. 콩고 밀림에서 온 야생 보노보는 도시 생활자 평균 소득의 네 배 이상을 받을 수 있는 고가의 상품으로 거래되고 있었다. 진이는 보노보를 일시적으로 구해주더라도 밀렵꾼들에게 '보복 살해' 당할 위험성이 높다는 것을 너무도 잘 알고 있는 전문가다. 바로 그 위험 때문에 보노보를 자신의 품에 안지 못하지만, 그녀의 마음속에는 처음 보는 어린 보노보에 대한 애정이 이미 싹튼 뒤였다. 진이가 보노보들이 가장 좋아하는 간식인 파인애플을 먹여주자, 마치 인간 아기처럼 까르르 행복의 미소를 짓는 보노보의 모습은 독자의 가슴속에 아프게 아로새겨진다. 보노보를 끝내 구해내지 못하고 힘겹게 뒤돌아선 기억이 진이의 지울 수 없는 트라우마로 자리 잡으면서, 그녀는 자신이 영장류 연구자로서 자격이 없다는 죄책감에 괴로워하게 된다. '인간 진이'와 '보노보 지니'의 만남은 바로 이런 참혹한 죄책감 속에서 시작되지만, 이 안에는 이미 소통의 씨앗, 공감의 씨앗, 나아가 구원의 씨앗이 도사리고 있다. 그녀는 동물이 발화하는 '눈동자의 말'을 이해하는 재능 있는 사육사였고, 바로 그 보노보 지니가 자신을 향해 보내는 간절한 구조의 신호를 뿌리친 대가가 얼마나 엄청난 변화를 가져올 것인지 아직 알지 못한다.

'눈동자의 말'은 주로 배가 고프거나, 상처가 났거나, 위험에 처했거나, 곤경에 빠진 동물들이 보내오는 신호였다. 때로는 평화로운 침팬지관에서도 들린다. 그들은 인간이 생각하는 것 이상으로 인간을 잘 안다고 말한다. 자신들의 생사여탈권을 쥔 자가 인간이라는 점도 안다고 말한다. 싫고 무서워도, 자신이 살려면 인간으로 하여금 손을 내밀게 만들어야 한다는 걸 이해하고 있다고 말한다. 이 서늘하고 처연한 말이 나를 사육사로 만들었고, 사육사를 그만두게도 만들었다.(63쪽)

한편 평범한 취업준비생에서 오갈 데 없는 노숙자로 전락한 민주는 자신이 음식 배달 심부름을 해주던 동네 할아버지의 구조 신호를 외면한 죄책감을 트라우마로 새긴 채 괴로워한다. 민주는 자신이 그때 그 '해병대 할아버지'의 아픈 신음 소리를 그냥 지나치지 않았다면 그가 죽지 않았을 수도 있었다는 사실 때문에 고통스럽다. 동네 어르신들의 온갖 잔심부름을 도맡아 하면서도 불평 한마디 없던 유순한 청년이었기에 그의 트라우마는 한층 더 짙은 그림자를 드리운다. 진이는 보노보 지니를 두고 온 것에 대한 죄책감 때문에 괴로워하고, 민주는 해병대 할아버지의 죽음에 대한 죄책감을 느끼는데, 이 두 사람의 첫 번째 조우가 '동물과 인간 사이의 눈부신 소통'의 장면이라는 점이 흥미롭다. 침팬지 제인과 마치 엄마와 딸처럼 다정하게 '말 없는 대화'를 나누는 진이를 보면서, 민주는 남몰래 진이를 '다정한 그녀'라고 이름 붙인다. 영장류센터에서 침팬지의 엄마이자 친구로 살아온 다정한 그녀, 진이. 민주는 사람에게는 감정을 잘 드러내지 않지만 동물에게는 거리낌 없이 마음을 열어 주는 진이의 수줍은 따스함을 단번에 알아본 것이다.

> 제인은 도약하듯 다정한 그녀를 향해 몸을 날렸다. 나무 타기라도 하듯, 다 정한 그녀의 목과 허리에 팔다리를 휘감으며 찰싹 들러붙었다. 둘은 얼굴 을 맞대고 입을 크게 벌려서 헐떡이는 소리를 냈다. 아,하,하,하……. 다정한 그녀와 제인이 듀엣으로 선보인 '아하하하'는 날숨으로 목젖을 세 게 쳐야 나오는 소리였다. 인간들 사이에선, 적어도 이 홀로세의 인류는 쓰 지 않는 방식의 웃음소리였다. 모차르트는 즉각 이에 대한 해석을 내놨다. 하느님, 우린 행복해요.(28~29쪽)

민주는 서른이 되도록 취직을 하지 못했다는 이유로 아버지에게 내쫓 겨 노숙자로 전락한 신세이지만 '세상을 소리로 읽는 재능'을 지니고 있 다. "벌이 자외선을 감지하듯, 살무사가 적외선을 보듯, 나방이 야밤에 색깔을 구별하듯" 이 세상 모든 소리의 미세한 차이를 감별해내는 민주 의 재능은 이 작품의 중요한 테마 중 하나인 '우리가 잃어버린 공감 능 력'과 연관된다. 너무 많은 미디어의 자극, 너무 다채로운 상품의 자극 속에 감각이 마비되어가는 현대인은 타자의 아픔에 쉽게 공감하지 못하 고, 그 모든 타인의 안타까운 신음을 재난영화 속의 스펙터클을 감상하 듯 멀찌감치 떨어져 바라보게 된다. 다채로운 소리들 속에서 남들이 '무 의미한 소음'밖에 감지해내지 못할 때, 그 복잡한 소리의 어우러짐 속에 서 뜻밖의 소통의 가능성을 발견하는 민주의 재능은 빛을 발한다. 경청 과 존중의 가치가 위협받는 이 사회에서 민주가 지닌 이런 '모차르트의 귀'는 소중한 소통의 희망이 된다.

제인과 진이의 언어 없는 소통은 인간과 동물이 서로를 진심으로 이해할 때 일어날 수 있는 눈부신 소통의 아름다움을 보여준다. 제인에게 바나나를 먹여주며 행복해하는 진이, 그런 진이를 세상에서 가장 멋진 존재로 바라보는 제인. 두 존재 사이에는 어떤 언어도 오가지 않지만 그들의 몸짓 속에서 민주는 바로 이런 메시지를 읽어낸다. "하느님, 우린 행복해요." 이대로 우리는 너무 행복하니, 그 누구도 우리의 행복을 빼앗아갈 수 없다고 간절하게 속삭이는 듯한 이들의 모습은 독자의 가슴속에 침팬지를 비롯한 영장류에 대한 친밀감을 심어놓는다. 모차르트의 귀를 가진 민주는 방방곡곡을 떠돌며 그처럼 아름다운 소통과 정겨운 몸짓을 꿈꾸었던 것이 아닐까. 배고픔과 절망에 지쳐 도심에서 멀리 떨어진 영장류센터까지 벼랑 끝으로 떠밀리듯 찾아온 민주의 또 다른 구조 신호를 '다정한 그녀'는 미처 알아차리지 못한다.

2. 트라우마 이후, 갈림길에 선 두 주인공

진이와 지니의 두 번째 만남. 지니는 자신을 구조하려고 다가오는 인간들을 상대로 난투극을 벌이다가 초주검이 된 상태였고, 진이는 지니가 자신이 외면했던 그 야생 보노보라는 사실을 아직 모른 채 지니를 구하려 한다. 진이가 사육사의 길도, 연구자의 길도 포기한 채 독일로 유학을 떠나기 바로 전날이었다. 진이의 스승 장 교수와 진이는 구조대원들에게 침팬지로 오인당한 보노보 지니를 구하기 위해 어두운 밤길을 쏜살같이 달려간다. 그러나 우여곡절 끝에 지니를 간신히 구하여 영장류센터로 데려오는 길에 끔찍한 교통사고가 일어나고 만다. 공포와 추위에 떠는 지니가 저체온증에 걸리지 않게 앞좌석의 따뜻한 히터 쪽으로 옮겨 앉은 직후라 진이는 안전벨트를 매지 못했고, 지니를 껴안고 있던 진이는 함께 차체 밖으로 튕겨져나가고 만다. 그때 보노보 지니의 몸속으로 진이의 영혼이 진입한다. 판타지 소설 같은 플롯이지만, 정유정은 이 스토리를 '저 세상 너머의 신비로운 판타지'가 아닌 '어쩌면 우리가 반드시 이해해야 할, 인간과는 다른 생명체가 지닌 무의식의 진실'로서 핍진하게 그려내고 있다. 판타지의 형식을 통해서라도 지니의 무의식 속으로 들어가야만, 우리는 보노보의 깊이 상처 입은 영혼 속으로 들어가 그 아픔을 어루만져줄 통로를 찾을 수 있기 때문이다. 교통사고로 만신창이가 되어버린 진이의 몸 대신 아직 건강한 지니의 몸으로 옮아간 진이의 영혼. 진이의 정신은 보노보 지니의 두뇌 속으로 침투함으로써 자신이 콩고에서 구조해내지 못한 보노보의 인생에 어떤 트라우마가 자리하게 되었는지 비로소 이해하기 시작한다.

한편 민주는 '여기가 바로 세상 끝이구나'라는 절망적인 깨달음 속에서 노숙을 하고 있는 상태였는데, 바로 그날 진이의 스승 장 교수가 교통사고 이후 애타게 울려대던 클랙슨 소리를 듣는다. 그는 민간인 출입 금지 구역에서 노숙을 한다는 사실이 발각되면 체포당할 수 있다는 것을 알면서도 장 교수를 구한다. 그리고 우여곡절 끝에 차체에서 튕겨나간 또 다른 부상자를 찾다가 진이의 정신과 지니의 몸을 가진 보노보를 만나게 된다. 이후 진이의 육체는 병원에 누워 사경을 헤매고 있고, 정신은 지니 안에 들어가 보노보의 몸속에서 지니와 진이의 영혼이 교차한다는 것을 알게 된 민주. 민주는 결국 진이의 죽어가는 육신이 누워 있는 병원으로 보노보 지니를 데려다주지만, 그 과정에서 보노보 지니를 살리기 위해 진이가 자신의 생명을 포기해야 함을 알게 된다.

민주는 "해병대 노인이 누군가에게 도움을 요청했다는 것, 요청을 들은 누군가가 그걸 외면했다는 것, 누군가의 외면으로 목숨, 혹은 살아날 기회를 잃었다는 것, 그 누군가가 바로 나라는 것"을 기억하며 괴로워했다. "그때 달아나지 않았더라면. 자전거를 멈추고 문을 열어봤더라면" 모든 것이 달라졌을 텐데. 교통사고 이후 간절하게 구조를 기다리는 클랙슨 소리만을 듣고도 사태의 심각성을 깨달은 민주는 경찰에게 발각될 위험을 무릅쓰고 끝내 스승과 진이를 구하려 한다. 그들과 자신이 아무런 상관이 없는 사람들임을 알면서도. 민주의 트라우마는 '그때 내가 그 해병대 노인의 외침을 외면하지 않았더라면, 그는 지금도 살아있을 텐데'라는 후회 속에 뿌리박고 있다. 그리고 아들을 항상 '간장 종지'라고 폄하했던 부모의 시선을 내면화하여, '나는 그릇이 이것밖에 안되는구나!' 하는 자기폄하 속에 자신의 인생을 가두어두었던 스스로에 대한 원망이 그 트라우마를 강화한다. 그러나 클랙슨의 간절한 신호에 용감하게 응답하는 순간, 민주는 바로 그 '간장 종지'의 트라우마와 콤플렉스를 뛰어넘는다. 민주는 지니의 몸속에 갇힌 진이의 정신과 대화를 거듭할 때마다 점점 더 용감해지고 점점 더 나은 존재가 되어간다. 마침내 지금까지 한 번도 발휘하지 못했던 뜨거운 용기를 끌어내어, 민주는 자신을 그토록 한심하게 여기는 아버지에게 농산물 상품권을 팔아서 받은 돈으로 오토바이를 빌려 보노보 지니의 몸속에 갇힌 인간 진이의 영혼을 구원하러 간다. 그가 자신이 피땀 흘려 일한 대가인 농산물 상품권을 아버지에게 파는 장면은 매우 코믹하게 그려지지만, 마침내 그가 트라우마를 이겨내고 자신의 어두운 내면의 그림자를 뛰어넘는 감동적인 장면이기도 하다. 이 순간 그는 자신을 '간장 종지'라고 비웃는 부모님의 매트릭스로부터 영원히 벗어나 고통받는 타자를 구해줄 수 있는 사람, '상처 입은 치유자'가 되어 누군가를 구해줄 수 있는 구원자가 된 것이다. 그는 진이와 지니의 상처를 치유하는 미션을 아무 대가 없이 떠맡음으로

써 '간장 종지'의 감옥에 갇혀 있던 자기 자신의 인생도 마침내 구해내게 된다.

3. 트라우마보다 위대한 사랑을 향하여

트라우마는 눈에 보이지 않는 치명적인 무기가 되어 인간을 쓰러뜨릴 수 있다. 그러나 트라우마로 인해 '여기가 나의 한계다'라는 인식의 마지노선이 무너지면서 바로 그 한계를 스스로 뛰어넘으려는 불굴의 투쟁이 시작될 수도 있다. 트라우마 이후에 돌이킬 수 없이 망가져버리는 사람들도 있지만, 트라우마를 통해 삶의 소중함을 뼈저리게 깨닫고 더 나은 존재가 되려는 사람들도 많다. 바로 이 '트라우마 이후의 성장post-traumatic growth'이 진이와 민주를 '더 나은 존재'로 만들어준다. 트라우마는 자칫하면 인간의 인생을 파괴할 수도 있지만, 트라우마를 이겨내려 초인적인 노력을 기울이는 사람들은 마침내 자신이 트라우마보다 훨씬 크고 깊은 존재임을 깨닫게 된다.

트라우마 이후의 성장은 《진이, 지니》의 감동의 원천이다. 진이에게 바로 그 트라우마 이후의 성장을 가능케 해준 동력은 그녀가 지금까지 실천해온 사랑과 공감의 에너지였다. 특히 생물학적 어미에게 사랑받지 못했지만 인간 사육사 진이의 사랑을 받아 마침내 자신의 아기를 낳아 키울 수 있게 된 침팬지 '팬'의 이야기가 이 작품의 한가운데 마치 구원의 오아시스처럼 자리하고 있다. 진이가 엄마처럼 젖병을 물려가며 키운 침팬지 팬은 자신을 사랑해주지 않는 어미의 딸이었다. 팬의 어미 '마마'는 동물원 역사상 처음으로 공개 출산을 한 침팬지였다. 신임 동물원장은 동물원의 고질적 적자 경영을 타개하기 위해 침팬지의 출산을 미디어와 대중의 구경거리로 만들어버린다. 침팬지 마마는 자신의 출산을 구경하기 위해 몰려든 인파, 쉴 새 없이 터지는 카메라 셔터, 나팔을 불며 축하 행진을 하는 괴상한 축제 속에서 큰 상처를 입고 그 트라우마와 산후우울증이 겹쳐 자신의 아기인 팬을 사랑할 수 없게 되어버린다. 어미에게 사랑받지 못한 팬을 자기 아이처럼 키우기 위해 진이는 기꺼이 휴학을 하고 지극정성으로 팬을 돌보며 훌륭한 사육사로 성장했다. 팬을 안거나 등에 업은 채로 사육장 청소, 배설물 치우기 같은 막노동까지 해내며, 밤에는 팬을 품에 안고 재웠다. '진이의 아기'로 자라난 침팬지 팬이, 이제는 자신의 아기를 낳아 마치 진이가 팬을 돌봐주었듯 지극한 사랑으로 키우는 모습을 보며, 진이는 자신에게 지금 절실하게 필요한 용기가 무엇인지를 깨닫는다.

팬은 아기를 안고 창문 앞으로 다가왔다. 나와 눈이 마주치자 몸을 옆으로 돌리고 섰다. 동시에 품에 안긴 아기의 얼굴이 내 정면으로 돌아왔다. 나는 숨을 멈추고 바라봤다. 검고 가느다란 머리털과 쪼글쪼글하게 주름진 살굿빛 얼굴을, 젖꼭지를 찾아 어미의 가슴을 비비는 작고 귀여운 입술을, 갓 삶이 시작된 존재를, 그 눈부시고 연약한 모습을.
미친 소리 같지만, 나는 팬이 나를 알아봤다고 생각한다. 내게 자신의 아기를 보여주려고 창문 앞으로 다가왔다고 믿는다. 나를 내려다보는 팬의 얼굴에는 자부심이 어려 있었다. 내 아기야,라고 말하는 눈이었다. 목이 아파왔다. 뱃속이 뜨거웠다. 이 느낌을 오래도록 기억하려고, 나는 눈을 감았다. 윗입술을 들어올려 유리창에 입을 맞췄다.
'아기를 보여줘서 고마워, 팬.'
(……) 팬은 내게 아기만 보여준 게 아니었다. 주어진 일을 해낸 자신의 용기를 보여주었다. 삶에 대한 태도를 보여주었다. 더하여 내가 아직 살아

있다는 걸 일깨웠다. 살아 있는 한, 할 수 있는 일을 다 해야 한다는 것도.

(308쪽)

이 장면은 진이의 가슴속에서 그동안 잠자고 있던 동물에 대한 사랑이 얼마나 크고 깊은 것인지를 보여준다. 팬은 침팬지 어미에게 사랑받지 못했지만, 인간 사육사 진이에게 모성을 고스란히 물려받은 것이다. 겉모습이 달라도, 생물학적 어머니가 아니더라도, 다만 한 생명이 다른 생명을 조건 없이 품어 안음으로써 누구라도 어머니가 될 수 있다는 기적을, 진이는 이미 온몸으로 증명한 존재다. 진이의 사랑을 듬뿍 받아 누구보다도 따스한 모성을 지니게 된 팬은 보노보의 몸속으로 들어간 진이의 영혼을 한눈에 알아보는 것만 같다. 팬은 말 못하는 동물이지만 분명 '상처 입은 치유자wounded healer'이기도 하다. 어머니 침팬지 마마에게 버려진 상처를 간직한 존재이지만, 또 다른 어머니인 인간 진이에게서 배운 사랑을 실천하는 존재이니까. 팬은 우리에게 이렇게 속삭이는 것 같다. 나도 진이 엄마처럼, 당신처럼, 사랑을 알고, 사랑을 베풀 수 있는 힘이 있다고. 나는 결코 인간들에게 상처받은 내 어머니처럼 내 아이를 포기하지 않을 거라고. 진이가 보노보 지니에게 몸을 돌려주면 그녀는 죽을 것이다. 하지만 그 사실을 알면서도 진이는 용감하게 목숨을 포기하려 한다. 그녀의 선택은 지금까지 그녀가 베풀고 체험해온 모든 사랑의 총합이기도 했다.《진이, 지니》에서 나는 우리가 '인간이 아니라는 이유만으로 상처 입힌 존재들'에게까지도 반드시 실천해야 할 사랑의 가치를, 우리 모두가 끝내 아름다운 '상처 입은 치유자'가 될 수 있다는 눈부신 가능성을 발견한다.

미안하다는 말조차 떠올릴 수 없을 만큼 참담한 심정이 되었다. 무엇보다 부끄러웠다. 지니를 밀림 밖으로 끌어내고, 바다를 건너 지구 반대편까지 배달시키고, 인간이 하는 짓을 제대로 흉내 내지 못한다 하여 지적하는 막대기로 교육시키는 사피엔스라는 문명인이.

그중 가장 몰염치하고 가장 지능적인 약탈자는 바로 나였다. 지니의 몸을 무단 점령하고 정신마저 빼앗았다는 점에서 그랬다. 내 처지만 돌아보느라 그 사실을 깨닫지 못했다는 점에서 그랬다. 그럴 의도는 아니었으나 의도 따윈 중요하지 않았다. 중요한 것은 실제로 한 일이었다.

(……) '지니가 춤을 춘다'를 '내가 춤을 춘다'로, 지니의 고통을 내 고통으로, 지니의 절망을 내 절망으로 느꼈다. 나와 지니라는 두 개체 사이의 경계가 무너지고 있는 것이었다. (……) 유인원과 인간이 하나로 동화된 완전체 호미노이드의 탄생을 목전에 둔 셈이었다.(336~338쪽)

지니의 삶을 훔쳐야만 생명을 유지할 수 있다는 것을 알면서도 진이는 그 길을 걸어가지 않는다. 지금까지 인간 아닌 모든 생물들의 삶을 착취하면서도 제대로 된 반성도 성찰도 하지 않았던 호모사피엔스 모두의 죄책감을 한꺼번에 등에 짐 진 자처럼. 진이는 자신의 목숨을 버리고 보노보 지니의 삶을 위해 한 걸음 나아간다. "인간에 의해 인간들 속으로 끌려 나온 후, 인간으로 인해 생사의 질곡을 넘나들고 인간을 위한 쾌락의 도구가 되었다가 인간에게 자신을 통째로 강탈당해버린 지니의 삶을, 지니 자신으로서 바라보게 되었다." "지니에겐 선택조차 허락되지 않았다. 내가 지니의 몸으로 들어간 순간부터 나는 지니의 삶에 쳐들어온 침입자였다." 그녀는 자신의 삶에서 "유일무이하고 전적인 존재, 나 자신과 헤어지는 게 미치도록 무서웠"지만, "지니 앞에 엎드려 애원해서라도" 살고 싶었지만, 그 지극히 인간적인 열망을 버리고 보노보 지니의 삶을 되돌려준다.

진이는 이 모든 두려움을 이겨내고 마침내 보노보를 콩고의 밀림으로 보내주기로 한다. 자신의 생명을 불태워서, 자신의 마지막 숨결을 지니에게 선물함으로써. 진이는 결코 혼자가 아니다. 진이와 민주의 우정은 자신의 잘못을 뉘우치는 아름다운 사피엔스끼리의 뜨거운 연대감을 증언한다. 민주는 떠돌이 백수로 살지언정 '나 자신으로 살기'를 포기하지 않은 인물이다. 그래서 그의 겉모습은 노숙인일지언정 그의 영혼은 누구보다도 용맹스럽고 당당하다. 그래서 진이가 자신의 목숨을 진정으로 포기하는 바로 그날이 진이의 생일이라는 것은 의미심장하다. 진이는 '인간의 육신'을 포기할 뿐 더 나은 사피엔스의 삶, 인간 자신의 행복만이 아니라 살아 있는 모든 생명체의 안부를 걱정하는 아름다운 사피엔스의 삶으로 부활하는 것이 아닐까. 우스꽝스러운 토끼 얼굴 모양의 장난감 안경을 쓰고 〈Happy Birthday to You〉를 부르며 진이의 생일을 축하해주는 민주의 모습을 보며 진이는 자신의 마지막이 결코 외롭지 않음을 깨닫는다.

진이는 지니의 몸으로 들어간 이후, 처음에는 자신이 지니의 몸을 통제하는 정신의 사령부 역할을 하고 있다고 생각했으나 점점 지니의 의식과 무의식이 복잡하게 혼재된 불가해한 공간으로 빨려들어가는 것을 느낀다. 점점 마지막 시간이 다가오고 있음을 느끼지만 그 마지막 시간은 단지 슬프고 비극적인 것만은 아니다. 인간과 인간 아닌 존재가 서로의 눈물의 뜨거운 질감을 느낄 수 있을 만큼 가까워진다는 것, 작품 제목 '진이, 지니'처럼 두 존재의 경계가 거의 사라져 서로의 상처 속으로 깊이 스며들며 더 이상 '너의 삶과 나의 삶'이 구별되지 않는 상태로까지 가까워진다는 것을 의미하기 때문이다. 어떤 고통이 찾아와도, 그야말로 질기게 버티며 평생 홀로 딸을 키우는 것에서 유일한 기쁨을 찾았던 진이의 착한 어머니처럼. 이제 누구보다 용감해진 민주의 도움을 받아 보노보를 추적하는 사람들을 따돌리고, 병원 침대에 누워 꺼져가는 자신의 생명 속으로 기꺼이 들어간다. 그것은 읽는 이에게 삶의 포기로 다가오는 것이 아니라 또 다른 삶의 시작으로 다가온다. 진이와 지니가 하나된다는 것. 그것은 단지 '진이의 죽음'이 아니라 콩고의 밀림 저 머나먼 곳에서 누군가 아기를 낳기라도 하면 온 이웃들이 다 모여 산모의 고통을 함께 아파하는 보노보들의 정겨운 공동체 속으로, 마침내 보노보 지니를 다시 되돌려 보내는 아름다운 통과의례. 동생이 태어났다는 이유만으로 기뻐서 어쩔 줄 모르고 온 숲을 헤매며 엄마와 아기를 위해 선물을 가져와 '까꿍 놀이'를 하는 천진난만한 보노보 지니를 그녀만의 이야기가 살아 숨 쉬는 콩고의 밀림 속으로 돌려보내는 아름다운 제의가 치러지는 것이다. 그것은 어떤 위대한 진화보다도 값진 선택이며, 자신의 트라우마를 승화시켜 타자의 더 나은 삶을 위한 에너지로 만드는 위대한 용기다.

나는 이 작품을 통해 작가 정유정이 지닌 가장 따스한 모성의 얼굴을 만난다. 가만히 다짐해본다. 아무리 삶이 각박해지더라도 우리가 절대 잊어서는 안 될 공생과 공존의 가치를 붙들어야 한다고. 우리가 결코 잃어버려서는 안 될 생의 온기를 지켜내고, 우리가 반드시 닦아주어야 할 고통받는 타자의 눈물을 잊지 말아야 함을. 그들도 우리처럼 아프고, 눈물 흘리고, 슬퍼하는 존재라는 것을 잊지 않을 때 우리는 더 나은 존재가 될 수 있음을. 우리에겐 아직 기회가 남아 있다. 타자의 아픔에 귀를 기울여줄 마음의 온기가 남아 있다면, 모든 것을 효율성으로 환원시켜버리는 이 잔혹한 자본주의의 세계에서 나의 아픔을 누군가 진심으로 알아 준다면, 힘들 때 등허리를 쓸어주는 딱 한 사람만 있다면, 우리 삶의 이 야기는 완전히 새로운 빛깔로 다시 시작될 수 있음을 아는, 바로 당신이 있다면.《진이, 지니》는 우리 안의 가장 따사로운 공감과 치유의 햇살을 당신의 상처 가득한 심장 깊은 곳까지 실어나를 것이다.

작가의 말

시간의 어떤 순간에는 아무것도 존재하지 않는다.

— 버트런드 러셀

삶은 계획대로 흘러가지 않는다. 중차대한 시점에서 엉뚱한 길에 홀리고, 홀린 김에 기수를 아예 돌려버리기도 한다. 의외로 종종 일어나는 일이다. 그러니까, 내 경우엔 그렇다는 것이다.

2017년 여름, 나는 '바다에 갇힌 사람들'의 이야기를 준비 중이었다. 이미 줄거리와 개요를 작성해두었고, 자료 조사도 얼추 끝난 참이었다. 책상에는 1년 가까이 공부해온 관련 분야 책들이 쌓여 있었다. 아직 읽지 않은 책은 한 권뿐이었다. 마저 읽고 나면, 곧장 초고 작업에 들어갈 계획이었다.

그날 새벽, 나는 여느 때처럼 커피 한 잔을 타서 책상 앞에 앉았다. 전날 읽던 책과 필기할 노트를 펼쳤다. 두어 페이지 정도 넘겼을 때, 어떤 문장에 시선이 탁 걸렸다.

시간의 어떤 순간에는 아무것도 존재하지 않는다.

이 한 줄의 문장은, 아주 오래전 어느 날로 나를 데려갔다. 3년 동안 투병하던 어머니가 내가 근무하던 중환자실로 내려온 날이었다. 그간에도 입원실과 중환자실을 수차례 오갔으나 이번에는 상황이 좀 달랐다. 의식이 완전히 사라졌고, 몸은 외부 자극에 일절 반응하지 않았다. 위태롭게 뛰는 심장이 살아 있다는 유일한 증거였다. 주치의는 내게 마음의 준비를 하라고 말했다.

'아무것도 존재하지 않는 어떤 순간'이 어머니에게 닥쳐오기까지 만 사흘이 걸렸다. 내게는 백일몽처럼 스쳐간 사흘이었다. 어머니 곁에 앉아 무슨 생각을 했는지는 기억에 남아 있지 않았다. 미동도 없는 어머니를 향해, 가끔 속삭이듯 물었던 것만 기억났다. 엄마, 지금 어디에 가 있어?

29년이나 지난 그날 새벽에도 나는 그것이 궁금했다. 세 번의 낮과 밤이 지나는 동안, 어머니의 영혼은 어디에 가 있었을까. 무엇을 했을까. 당신 앞에 새파란 미래가 바다처럼 놓여 있던 열두 살 시절로 갔을까? 당신 인생에서 가장 행복했던 순간에 있었을까? 아니면 내가 모르는 당신의 비밀스러운 꿈속을 날아다녔을까?

나는 '꿈속'으로 줄달음하는 내 상상을 좀처럼 멈출 수가 없었다. 그래서 미련 없이 책을 덮었다. 내친김에 새 노트를 꺼내 이렇게 썼다.

생의 가장 치열했던 사흘에 대한 이야기.

줄거리와 개요를 전력 질주하듯 썼다. 주인공과 주인공의 이름, 제목까지 한자리에서 정해버렸다. 직감에 따르면, 무겁거나 우울한 이야기여서는 안 되었다. 나는 이 소설을 죽음 앞에 선 한 인간의 선택에 관한 이야기이자, 삶의 마지막 희망을 찾아 떠나는 모험 이야기로 만들고 싶었다. 이야기의 특성상 판타지의 옷을 입는 게 맞겠다고 판단했다. 주인공의 육체적 존재가 될 '누군가'는 인간이어서도, 인간과 너무 다른 존재여서도 안 되었다.

인간일 경우, 주인공에게 부여할 선택의 여지가 거의 없었다. 도덕적으로도, 사회 통념적으로도 답이 너무나 명명백백했으므로. 인간과 너무 멀 경우, 이야기가 자칫 사소해질 위험이 있었다. 인간과 가장 비슷하면서 인간이 아닌 존재, 자신에게도 자기 삶이 있음을 주장할 수 있는 존재가 필요했다.

동물학자인 프란스 드발은 현존하는 세 영장류(침팬지, 인간, 보노보)의 원형에 가장 가까운 종으로 보노보를 꼽는다. 600만 년 전, 침팬지 3종 세트가 분화하기 이전의 조상과 가장 닮은 꼴이라는 얘기다. 그에 따르면, 보노보는 DNA가 인간과 98.7퍼센트 일치하고, 인간만큼 공감 능력이 뛰어나며, 침팬지보다 감정이 훨씬 깊고 풍부한 데다 지능도 아주 높다. 인간 남성에 가까운 기질을 지닌 침팬지와 달리 종의 개성이 인간 여성 쪽에 좀 더 가깝다고도 한다. 주인공 진이의 또 다른 페르소나인 지니가 인간도, 침팬지도 아닌 보노보여야 했던 이유다.

취재를 위한 이동 거리가 이전보다 길었다. 우리나라에는 이 신비로운 영장류가 살고 있지도 않고, 살았던 적도 없기 때문이다. 덕택에 취재 과정에서 세계 각국의 동물학자들을 만날 수 있었다. 책만으로는 불가능한 도움과 조언을 얻었다. 무엇보다 생명을 대하는 '타당한 자세'를 배웠다.

그럴 수 있도록 기회를 만들어주고, 원고를 먼저 읽어봐주신 이화여대 최재천 교수님께 머리 숙여 감사드린다. 교토대 영장류센터와 구마모토 보노보 생추어리에 데려가주시고 여러 나라의 학자들로부터 배울 수 있는 자리를 마련해주신 김예나 박사님, 보노보의 세계로 길을 인도해주신 구마모토 보노보 생추어리의 가노 교수님, 지금쯤 왐바 캠프에서 보노보 현장 연구에 한창 매진 중이실 류흥진 박사님께 감사드린다. 아울러 서울대공원 우경미 사육사님과 홍보팀 양우정 님, 서울과 일본, 베를린 동물원까지 길고도 먼 여정을 함께해주고 지원해준 은행나무출판사에도 감사드린다.

《죽음, 지속의 사라짐》에서, 저자인 최은주 박사는 죽음의 의미를 이렇게 정의했다.

모든 위험을 받아들이면서 삶을 총체로서 사랑하는 것이, 인간의 유한성에도 불구하고 죽음을 단지 '무'로 만들지 않는 길이다. 그것이 죽음의 의미인 것이다.

'우리는 모두 죽는다'. 언젠가는 반드시, 아무것도 존재하지 않는 어떤 순간이 온다. 운명이 명령한 순간이자 사랑하는 이와 살아온 세상, 내 삶의 유일무이한 존재인 나 자신과 작별해야 하는 순간이다. 그때가 오기 전까지, 치열하게 사랑하기를. 온 힘을 다해 살아가기를…….

2019년 5월
광주에서, 정유정

진이, 지니

1판 1쇄 발행 2019년 5월 27일
1판 20쇄 발행 2023년 10월 6일

지은이 · 정유정
펴낸이 · 주연선

(주)은행나무
04035 서울특별시 마포구 양화로11길 54
전화 · 02)3143-0651~3 | 팩스 · 02)3143-0654
신고번호 · 제 1997-000168호(1997. 12. 12)
www.ehbook.co.kr
ehbook@ehbook.co.kr

ISBN 979-11-89982-14-0 03810